PENDUES TENDREMENT DANS LA NUIT :

UN ROMAN POLICIER AVEC L'INSPECTEUR NICK LARSON

MARIA ELENA ALONSO-SIERRA

Traduction par
DANY MATER THELLIEZ

NOTE DE L'AUTEUR

Le Poste de Police Seize à New York City n'existe pas. Ni les personnages qui y travaillent. Tout relève de l'imagination et de la création.

New York City est New York.

Les acronymes, par contre, font partie intégrante du travail des policiers et de la rédaction des rapports. C'est un type de sténo utilisé car il serait beaucoup trop long de réécrire constamment les noms qu'ils remplacent. Certains sont peut-être déjà familiers au lecteur, d'autres moins. Donc, pour faciliter les choses, voici une liste d'acronymes utilisés dans le roman avec leur signification.

AEW—L'élite des lutteurs
AMM—Art martial mixte
BAOL—Bureau américain d'odontologie médico-légale, instance utilisée dans les enquêtes
BMLC—Bureau du médecin légiste en chef
CCTR—Centre criminel en temps réel
DAS—Département administratif de sécurité
DIML—Département des investigations médico-légales
DIY—En kit
DMSO—Dimethyl sulfoxyde

GC-MS—Chromatographie gazeuse– spectromètre de masse
HIPAA—Réglementation américaine sur l'assurance-maladie
IdO—Internet des objets
IND—Ligne de métro
IRT—Ligne de métro
LIE—Voie express de Long Island
LIRR—Ligne ferroviaire de métro
MASPEC—Spectromètre de masse
MIA—Aux abonnés absents
ML—Médecin légiste
MO—Modus operandi
NDT—FDA, Food and Drug Administration, équivalent de l'ANSES
NYPD—New York Police Department
OGM—Organismes génétiquement modifiés
QVC—Une chaîne télévisuelle d'achats
RH—Ressources humaines
SIIED—Service informatisé d'identification des empreintes digitales
SNL—Saturday Night Live, émission de divertissement américaine
SNOPES—site web qui empêche la propagation des fausses rumeurs.
TI—Technologies de l'information
TIR—Test d'impulsion irrésistible
TOC—Trouble obsessionnel compulsif
TXA—Acide tranexamique
VPN—Connexion VPN
WWE—World Wrestling Entertainment

*MAINTENANT JE M'ÉTENDS POUR DORMIR,
JE PRIE LE SEIGNEUR QU'IL GARDE MON ÂME...*

*The New England Primer, inspiré de l'essai de Joseph
Addison dans The Spectator, 1711*

CHAPITRE UN

L'ODEUR de la chair en décomposition, des excréments humains, et de la désespérance assaillirent le détective Nicky Larson qui se tenait sur le seuil de l'élégant vestibule de la brownstone d'Upper East Side.

Les narines de Nick frémirent de dégoût. Il eut la nausée. La mort était une odeur à laquelle il ne s'habituait pas.

« Ah, merde. »

La vapeur exhalée par les paroles de Nick flottait dans l'air glacial de janvier. Encore un cadavre. C'était tout ce qu'il fallait au service après une semaine infernale. Pas du tout ce qu'il fallait à Nick, après à peine deux heures de sommeil.

Il attrapa une paire de chaussons dans la boîte posée près de l'entrée, recouvrit ses chaussures, et pénétra dans le vestibule, suivi de près par Vic Sacco, son équipier depuis près de six ans.

Sacco toussa. « C'est un peu tôt pour les morts pour être aussi... »

« Puants ? » compléta Nick. Son visage était probablement déjà d'une blancheur malsaine. Il se sentait moite, la peau tirée par un froid intérieur qui n'avait rien à voir avec la température extérieure. « J'aurais dû prendre ma voiture au lieu de me faire transporter dans la tienne, » marmonna Nick, se couvrant les narines du mieux qu'il pouvait.

Sacco tapota l'épaule de Nick en signe de compassion. Il avait l'habitude de la sensibilité de Nick à chaque fois qu'un cadavre se pointait. L'odeur de décomposition lessivait toujours Nick, raison pour laquelle il conservait habituellement un petit flacon de Febreze dans le coffre de sa voiture pour vaporiser sur les masques anti-poussière bon marché qu'il y gardait. Sans ce flacon, Nick aurait probablement des haut-le-cœur pendant toute l'enquête, ou courrait vomir quelque part où il ne contaminerait pas la scène.

Sacco le dépassa, ouvrant plus grand la porte. L'ouverture agit comme un aspirateur, l'air vicié giflant les hommes en s'échappant. Larson haleta par la bouche, ses dents opposant un obstacle incisif aux miasmes qui l'assaillaient dans le courant d'air soudain.

Quelque part dans le vestibule, un « Nom de Dieu ! » explosa en même temps que celui de Nick.

« Fermez la satanée porte. » Le cri venait de Tish Ramos, le gourou du Département des Investigations Médico-légales du Département de Police de New York qui était en train d'étiqueter les preuves quelques mètres plus loin. « Il fait moins onze degrés ici, putain. »

Sacco ignora son ordre.

« Ramos, je me fous qu'il fasse moins dix, » dit Sacco. « Soit on se gèle les couilles, soit mes vêtements pueront la merde toute la journée. Devine ce que je préfère ? » Sa tête de taureau désigna d'une secousse Larson. « De plus, Larson ici présent est sur le point de vomir partout sur ta scène de crime. Je doute que ça plaise à ton chef d'équipe. »

Tish Ramos ferma méthodiquement le sachet à indices, l'étiqueta, et tourna son attention vers les deux hommes. D'un rapide regard de haut en bas, elle captura la silhouette d'un mètre quatre-vingt de Nick. Il savait qu'il ressemblait à un sac de papier récemment froissé, la cravate de travers, sa chevelure noire peignée avec des doigts impatients pour lui donner un semblant d'ordre, son visage anguleux affichant déjà l'habituelle barbe de fin de journée. Il n'avait pas eu le temps de se raser et de s'habiller correctement, comme à son habitude. Après la fin de son service, il s'était affalé sur son canapé, face cachée, et n'avait pas bougé jusqu'à l'appel vingt minutes plus tôt. Pour une fois, il avait été content de l'appel. Il avait interrompu un cauchemar récent récurrent.

« Qu'est-ce que vous faites ici ? » demanda Ramos. « Vous n'êtes pas de service et ce n'est pas une affaire locale. »

« Encore une urgence à cause de la grippe, » croassa Nick, qui eut un haut-le-cœur et se frotta les yeux. Il regarda l'une des femmes les plus méticuleuses du Département des Investigations Médico-légales déposer des preuves dans ce que le département appelait euphémiquement des sacs à restes. Comme d'habitude, Ramos avait une apparence stérile, des vêtements stériles, et avait l'air aseptisé.

« Le commandant est fatigué de jongler avec l'effet domino des employés qui tombent malades, » lui dit Nick. « Nous sommes ici pour un moment, à moins que nous ne nous effondrions. Ce n'est pas que ça me dérange, mais pourquoi cette touche personnelle, Ramos ? On nous a appelés pour un suicide. »

« C'est ce que le premier intervenant a d'abord pensé. » Ramos redressa son mètre soixante de sa position accroupie et fit un geste vers l'arrière de la maison de ville. « Stan a travaillé avec moi sur un présumé suicide similaire il y a environ deux mois. Quand il a vu la victime, son instinct s'est mis en branle. Elle est trop soignée. Aucune preuve qu'elle se soit débattue. Pas de brûlures causées par la corde. »

Nick fixa Ramos dans l'espoir d'un démenti, et sachant qu'il n'en obtiendrait pas.

Des gesticulations.

Des brûlures de corde.

Ramos lui rendit son regard. Il y avait du regret dans ses yeux couleur chocolat, souligné par une bonne dose de pitié. Nick reconnut ce regard, connaissant Ramos depuis trois ans, depuis qu'elle avait rejoint le Département des Investigations Médico-légales. Elle savait qu'un seul type d'incident affectait Nick après la mort d'Angela, son ex-femme. Un seul. C'était la raison principale pour laquelle le commandant de Nick évitait de lui confier des suicides pour le moment. C'est-à-dire, jusqu'à ce que Nick règle ses affaires.

« Pendaison. » La voix de Nick était rauque.

Ramos hocha la tête.

Sacco jura.

« Qui a donné l'alerte ? » demanda Nick. Tout était bon pour retarder l'inévitable.

Ramos désigna du menton l'homme en uniforme. Nick le reconnut. Stan Horowitz avait quinze années à son actif et était un pilier du poste de police Seize. Toujours fiable, axé sur les détails, et surtout expérimenté.

Horowitz étudia son bloc-notes et, sans se faire prier, se mit à donner des détails.

« L'alerte a été donnée au 911, qui l'a transférée au poste local, à quatre heures du matin, par un voisin de l'autre côté de l'arrière-cour, » dit-il. « Le témoin est un dénommé Pradeep Mansoor. Sa chambre lui offre une vue plongeante sur la scène du crime. Il a donné l'alerte quand il s'est rendu compte de ce qu'il voyait. »

« Le témoin arrivait ou partait ? » demanda Nick.

« Yoga avant d'aller au travail, » répondit Horowitz.

« Je vous parie que le spectacle lui a gâché son Pranayama, » commenta Ramos, qui leva immédiatement la main. « Et avant que tu me sortes une boutade à la con, Sacco, c'est un terme de yoga pour les exercices de respiration. Enrichis ton vocabulaire. »

La lèvre de Nick se contracta. Sacco envoya un baiser à Ramos.

« Commençons à quadriller la zone, Stan. » Nick se tourna vers Horowitz. « Envoyez deux hommes en uniforme pour ratisser la rue et recueillir des dépositions. Je vais organiser un entretien avec le témoin plus tard. »

Horowitz tendit son bloc-notes. Nick nota le contact sur son calepin.

« Et la victime, Ramos ? » demanda Sacco. « Elle est identifiée ? »

« D'après son permis de conduire, c'est une certaine Isabel Creasy, et sans les préliminaires du Bureau du médecin légiste en chef, on a pratiquement que dalle sur la cause exacte de la mort, à part l'évidence, » dit Ramos, atteignant le seuil de la véranda contiguë à l'arrière de la maison. « À première vue, la victime a probablement été droguée et placée dans le nœud coulant comme une poupée de chiffon. Un examen rapide du cou ne montre aucun signe de traumatisme excessif. Totes nous en dira plus quand il aura la victime sur sa table. »

Christopher Millsap, affectueusement surnommé Totes, était médecin légiste pour la fine fleur de New York. Quelques années auparavant, un petit malin avait sorti un brillant syllogisme après un incendie sur la ligne D. Au milieu du chaos sur la scène, où seize personnes avaient été piétinées et où sept étaient mortes après avoir inhalé de la fumée, le bureau du médecin légiste chef avait amené des sacs mortuaires à la morgue pendant des heures jusqu'à ce que la scène ait été dégagée. Mais pour le malheur de tous, celui qui avait trouvé le sobriquet l'avait fait durer, ce qui avait vraiment énervé Christopher Millsap. Et on n'énerve pas Christopher Millsap, médecin légiste. Après, Totes retourna la pareille en affublant tout le monde au poste de police de surnoms ridicules. À présent, quand quelqu'un était fâché, il utilisait les surnoms pour énerver les autres. Juste un magnifique jeu de représailles après une fâcherie dans le poste Seize.

Ramos s'arrêta sur le seuil et regarda Nick. « Prêt ? »

Le corps de Nick se raidit. Des conversations chuchotées passées le tourmentèrent dans les recoins de son esprit.

Viens à moi, Nicky. Sauve-moi.

Tu ne veux pas qu'on te sauve, Angie. Tu veux me faire tomber de force à ton niveau. J'en ai marre de cette merde. Trouve-toi quelqu'un d'autre à saigner.

Son estomac se souleva, et il eut un accès de sueur malgré le froid qui s'installait dans le couloir aux lambris sombres. Il serra les mâchoires et les poings. Il était la succession d'Angela : un miroir pathétique de lui-même, rongé par la culpabilité et meurtri par les reproches. Pathétique, il le savait, mais il était impuissant à y mettre fin pour le moment.

Ramos franchit la porte-fenêtre qui donnait sur la véranda.

« Il fait plus chaud qu'en enfer ici, » dit Sacco, évaluant la pièce en y pénétrant. En quelques secondes, il ouvrit son manteau et le rabattit.

« Le thermostat est réglé sur trente-deux, » répondit Ramos.

« Pour le bénéfice de qui ? Des plantes, ou de la victime ? » demanda Nick.

Ramos sourit. « Faites attention où vous marchez. Le sol est glissant. »

Nick pénétra dans la véranda pentagonale. Il respira au minimum. Eut encore un haut-le-cœur. Se concentra sur un catalogue visuel de la zone. Durant les heures de clarté, la pièce absorbait la lumière à travers d'immenses panneaux rectangulaires en verre trempé. À présent, l'éclairage d'ampoules électriques écologiques baignait la pièce, mettant en valeur des meubles coûteux en rotin et des plantes tropicales dans une tentative de faux hommage. Mais le soleil factice ne parvenait pas à dissiper l'odeur de la tragédie ni à dissimuler le corps d'une petite femme vêtue d'une robe de nuit pêche à bretelles spaghetti, pendu au milieu de cette serre comme de la viande dans le congélateur d'un boucher.

« Ramos, » et Nick désigna le corps du menton, la voix enrouée. « Putain, tu es pleine d'égards. » C'était une exigence déraisonnable, il le savait.

« Hé, reporte ta contrariété sur quelqu'un d'autre, » dit Ramos, le regard réprobateur. « Totes n'est pas encore arrivé. »

Nick eut une remontée de bile. Il sentait l'acidité sur sa langue, et les muscles de sa gorge étaient pris de spasmes pendant que ses yeux ne quittaient pas le corps de la femme. Il se balançait doucement dans la brise générée par un ventilateur au-dessus, accentuée encore par la main légère de la rotation terrestre. Nick regrettait, et ce n'était pas la première fois, d'avoir fait le trajet dans la voiture de Sacco. Son équipier n'avait même pas un flacon de Vicks Vaporub. Le menthol camouflerait au moins l'odeur.

Concentre-toi sur la pièce, bon sang, pas sur le corps.

Nick se retourna. Il inspecta l'enceinte de verre, atermoyant et se préparant. La véranda utilisait efficacement l'espace et la lumière, surtout dans une arrière-cour grande comme un dé à coudre et entourée de canyons de brique et d'acier. Les maisons et les immeubles dans cette partie de la ville étaient liés comme des jumeaux siamois, et chaque arrière-cour contemplait son image-miroir à à peine trois mètres de distance. *Aucune intimité.* Il préférait se cacher derrière les murs massifs de son appartement qu'être exposé de la sorte, avec des yeux espions ou curieux tapis trois mètres plus loin derrière des stores élégants.

Nick écarquilla les yeux en se focalisant. « Fils de pute. » Le témoin était rivé à sa fenêtre, sa silhouette créant une image sombre fantomatique contre la clarté derrière.

« Horowitz. »

La tête de l'officier apparut dans l'embrasure de la porte. « Oui, Lieutenant ? »

« Envoyez un homme en uniforme à l'appartement du témoin. Tout de suite, Horowitz. Faites-lui fermer les satanés stores, ou quoi que ce soit d'autre que cet homme a sur ses fenêtres. Je veux qu'il ne puisse rien voir de ce qui se passe sur cette scène de crime. »

Horowitz opina et allait disparaître quand Nick l'arrêta. « Demandez à l'agent de vérifier son téléphone. Confisquez-le si vous trouvez des photos ou des vidéos. »

« Il a probablement déjà tweeté à tout le putain d'univers. » Les paroles de Ramos dégoulinaient de colère et de cynisme.

« Ramos, réveille-toi, » dit Sacco. « Les vidéos en direct, les émoticônes, les hashtags, les podcasts et les selfies sont la tendance du jour. »

« Plutôt le fléau de nos existences, » dit Nick, prenant note mentalement de vérifier plus tard les posts. Il ne comprenait absolument pas la société hédoniste (ou narcissiste, si vous préférez) dans laquelle le monde pataugeait, avec des téléphones comme appendices annexes et dont le contenu régurgité avait plus de valeur que la vie privée ou la moralité. Il n'y avait pas de filtre à la violence, à la grossièreté, et à la vulgarité. Comme le suicide d'Angela...

« À propos, la première unité a trouvé une lettre de suicide. » Le ton de Ramos suggérait qu'elle n'était pas dupe. Elle fit un geste, les paumes levées, vers le corps inerte. « D'abord. Dites-moi ce que vous voyez. »

Nick essaya de garder son sang-froid, mais échoua lamentablement, son esprit substituant à la réalité des souvenirs tordus. Ses yeux enregistrèrent le rideau de cheveux blonds de la victime, mais son cerveau leur superposa des cheveux châtain à hauteur d'épaule. Des yeux noisette, exorbités par la peur et la strangulation, remplacèrent les paupières fermées de cette morte. Une petite bouche, hurlant comme *Le Cri* d'Edvard Munch, remplaça les lèvres presque paisibles du visage maintenant cireux de la femme à quelques mètres.

Son estomac le brûla. Son esprit l'alimentait en acidité.

Nicky, j'ai besoin de toi.

Tu n'as pas besoin de moi, Angie. Tu massacres.

Si tu ne reviens pas, je me tuerai. Je le jure, Nicky. Je me tuerai.

Nick serra les mâchoires. Ce moment prouvait que cette garce de Vie avait un programme et était avide de lui porter préjudice à la première occasion. Son corps frissonnait. Il se demanda pour la millième fois s'il redeviendrait normal un jour.

Il avait besoin d'une boisson.

Il avait besoin de son Febreze.

Il eut un haut-le-cœur.

« Par ici, mon pote. » Ramos plaqua un sac en plastique Ziploc sur le torse de Nick. « Va vomir ailleurs. Veille à bien le refermer quand tu auras fini. »

Sacco ricana. « Toujours prête. Tu es anale, Ramos. »

Ramos sourit gentiment. « Tu peux parier tes petites fesses, Sacco. Vous, les garçons, vous bousillez ma scène de crime et c'est mes fesses qui vont prendre. » Elle observa Nick, qui gagnait la bataille contre son estomac et contre ses fantômes, et hocha la tête. « Maintenant, arrêtez de me faire perdre mon temps et bougez-vous le cul. J'ai besoin de participation. »

Nick se concentra. La vraie victime occupa son attention. Elle pendait comme une plante en pot à un noeud coulant grossier accroché au plafond en pente. Ses pieds étaient mollement pointés vers une chaise de la salle à manger placée dix centimètres au-dessous de ses orteils qui prenaient une teinte violette. Il n'y avait pas de trace de lutte, ni d'indice de cet instinct de survie primitif qui amène à se cabrer quand le manque d'air fait suffoquer. Pas étonnant que Ramos se méfie.

Sacco et lui enfilèrent leurs gants de latex.

« À moins que cette corde ait des propriétés rétractiles que nous ignorons, » dit Sacco, montrant l'espace entre les pieds de la victime et la chaise. « Quelqu'un l'a aidée. »

Nick examina les bras nus de la femme. « Elle n'a absolument pas fait ça toute seule. Elle n'a pas dans le haut du corps la force de se pendre comme un singe, de placer cette corde autour de son cou, puis de se laisser tomber. »

« Bon sang, quelle façon désagréable de se suicider, pour ne pas dire incertaine, » acquiesça Sacco.

Nick se tourna vers Ramos. « Il y a des indices de raclement ? »

« La chaise ? » Ramos secoua la tête. « Ce truc n'a pas bougé d'un millimètre depuis qu'on l'a posé là. Elle n'a pas non plus d'éraflures autour du cou. »

Nick regarda son équipier. Les suicides par pendaison n'étaient jamais statiques. L'élan, les secousses et les gesticulations éparpillaient ou renversaient toujours tout dans un rayon d'une dizaine de centimètres. Qui plus est, les gens sautaient de leur plate-forme temporaire, et ne se pendaient pas au-dessus d'eux.

Ramos pointa le doigt. « Jetez un coup d'œil. »

Sacco tint l'échelle branlante que Ramos avait placée près du corps. Nick grimpa.

« Le plastique qui protégeait le métal sur ce crochet est arraché, » poursuivit Ramos. « Je parie que la victime a d'abord été attachée, qu'on a fait plus tard un noeud coulant à la corde et qu'on a tiré, en utilisant le truc comme pivot. Le labo va établir s'il y a des traces de plastique sur la corde elle-même. Après qu'on l'a pendue, le reste de la pièce a été mis en scène. »

Nick examina la zone que Ramos avait désignée. Le crochet était du type utilisé pour accrocher des objets lourds, comme des bateaux ou des bicyclettes dans des entrepôts ou dans des garages. La protection de plastique du crochet était arrachée, le plastique tordu, comme si quelqu'un avait serré dans des mouvements opposés, comme pour une serpillière.

« Le dégât aurait-il pu avoir été causé précédemment ? » Nick descendit de l'échelle et la tint pendant que son partenaire grimpait pour jeter un coup d'œil. Le personnel du Bureau du médecin légiste se mit à défiler dans la pièce, deux hommes roulant entre eux une civière, marmonnant des excuses pour leur arrivée tardive.

« Je ne pense pas, » dit Ramos, saluant les nouveau venus d'un signe de tête. « Aucun autre crochet ne présente le même dommage. »

« Tu prends ce côté, » dit Nick à Sacco qui descendait.

Les deux hommes écumèrent la zone, contournant les meubles et les techniciens sur le site. Nick examina les creux de tous les autres crochets qui parsemaient les poutres, vit des traces de dégât des eaux sur certains, une décoloration due au frottement métallique sur d'autres, mais rien de similaire à ce qui était arrivé au crochet de la victime. Il attira l'attention de Sacco, mais son équipier secoua la tête. Il n'avait rien trouvé.

« Oh, et ce n'est pas le meilleur, » dit Ramos, comprenant la communication silencieuse entre les hommes. « Regardez le pied avant gauche de la chaise, près du sol. »

Nick s'approcha et s'accroupit avec précaution. Il y avait un anneau distinct, comme un doughnut, qui encerclait sa base. « C'est de la glace ? » Son intonation était incrédule.

« De la glace, » confirma Ramos.

Ils se regardèrent, se demandant comment de la glace avait bien pu s'enrouler autour d'une chaise ayant servi à un suicide, dans une pièce plus bouillante qu'une serre tropicale en décomposition.

« Quelqu'un a dû avoir cette idée de plaisanterie, » dit Nick , toujours incrédule.

« Comment la glace a-t-elle pu arriver là ? » demanda Sacco.

Ramos gratifia Sacco « DU Regard », celui qui disait que sa question ne méritait ni considération ni réponse de sa part.

« Je travaille ici depuis une demi-heure. La maison était bien chaude jusqu'à ce que vous, bande de clowns, fassiez baisser la température jusqu'à zéro. Comment diable de la glace pourrait-elle se former à la base de cette chaise ? Tu es le détective de génie. Tu vas me le dire. »

Nick interrompit avant que le badinage entre ces deux-là dégénère. « Une panne ? »

Millsap manœuvra autour du nombre croissant de corps vivants qui remplissaient la zone et se dirigea directement vers le corps, débitant des excuses pour la putain de circulation sur la Trente-quatrième.

« C'est possible, mais j'en doute, » dit Ramos. « Même si Con Ed avait un court-circuit dans le coin, les fluides corporels n'auraient simplement pas le temps de geler aussi vite. »

Nick prit note qu'il devait contacter Con Edison quant à des pannes électriques dans le voisinage. « À quand remonte l'heure de la mort ? »

« D'après mon thermomètre, » dit Millsap à la cantonade dans la pièce, sachant que tout le monde prêterait attention à sa voix. « Elle est partie il y a plusieurs heures. » Il sortit la sonde hépatique de la victime et tamponna avec son avant-bras la sueur qui s'accumulait sur son front. « Mais alors, ici dans cette pièce de l'enfer amazonien, la lecture de sa température corporelle sera faussée. Je vous le dirai plus tard. »

Ramos tordit un de ses doigts pour que les hommes la suivent. Ils pénétrèrent dans le vestibule froid. « Même s'il y avait eu des perturbations de courant, » poursuivit Ramos, « un examen sommaire ne montre aucune particule de l'environnement dans la glace. En fait, la matière est trop transparente. » Elle alla vers son kit de collecte de preuves, se pencha et récupéra une feuille de papier à l'intérieur d'un sac d'indices en plastique.

Nick tendit la main. « Est-ce la lettre de suicide ? »

« Lisez-la et pleurez. » Ramos se dessaisit du sachet de plastique.

Manteurs. Tous des manteurs.
il est temps de dormir.

« C'est joyeux, » dit Sacco. « Et elle ne sait même pas orthographier. »

Nick secoua la tête.

« C'était scotché à l'extérieur de la porte fermée. » Ramos prit son appareil photo et montra aux hommes les photos digitales qu'elle avait prises plus tôt. « J'espère relever des empreintes digitales dessus. »

« Relève aussi les empreintes sur le pot de fleurs près du corps. » La corbeille débordante de ce qui semblait être pour Nick des fleurs d'impatiences avait été précautionneusement enlevée de son crochet, posée soigneusement sur une table de salon au bout de la véranda au plus près de la victime, et remplacée par un autre élément plus macabre.

« Tu es en train de m'expliquer mon travail, Monsieur Page-de-magazine ? » railla Ramos. Sa bouche se releva légèrement.

Nick sourit. « Moi ? Jamais, Kit-Kat. Un homme sait quand éviter la castration imminente. »

« Quelle doucereuse gentillesse ! » dit Sacco. « Ne me faites pas vomir. Nous savons tous que tu n'es ni gentille, ni sexy, ni douce, Ramos. »

« Ah, voilà le hic. *Tu* n'aimerais pas le savoir ? » dit Ramos.

« Oh si, il aimerait bien, » dit Millsap, avec un geste du menton vers Sacco tout en enfermant la victime dans sa housse de transport temporaire. « Tout le monde parie sur quand vous allez finalement faire la danse horizontale. J'ai mis vingt dollars dans la cagnotte du bureau. »

Nick s'étouffa. Sacco vira à une teinte malsaine de cramoisi. Ramos fit comme si elle n'avait rien entendu et continua de dévisser un bocal à indices qu'elle avait sorti de sa poche. Elle s'accroupit pour saisir la glace.

« Je dois continuer d'emballer, les gars. À plus tard. »

Nick la suivit des yeux. À travers la porte ouverte, l'activité se poursuivait à un niveau sonore respectueux par déférence pour la victime. Les flashs d'appareil photo répertoriant tout sur la scène illuminaient la zone de temps à autre. Le corps fut enveloppé dans une housse, prêt à partir.

Ils allaient traiter la scène pendant des heures. Et il n'était même pas encore six heures du matin.

CHAPITRE DEUX

LES RUES ENFUMÉES de Manhattan faisaient tourbillonner les émissions d'échappements du métro et des taxis autour de Nick et Sacco tandis qu'ils se hâtaient vers la voiture.

« Je crois que mes sourcils viennent de geler, » dit Sacco, sautant sur le siège passager.

Nick claqua la portière sur le froid, prit une gorgée du cappuccino qu'il avait pris à la cafétéria de l'hôpital, et soupira. Dieu, il était fatigué—épuisé, épuisé jusqu'à l'âme. Ils avaient travaillé hier pendant quinze heures sans une seule pause. Il leur fallait un temps d'arrêt pour avancer dans les piles de paperasses qui s'amoncelaient au poste de police. Le Département des Investigations Médico-légales était toujours en train de traiter la scène de crime de ce matin, et il fallait qu'il commence le dossier de l'affaire Creasy.

Nick grimaça en prenant une autre gorgée revigorante de caféine. Il détestait rédiger ces livres de la mort. Ils décrivaient les conséquences violentes subies par les victimes, plus qu'ils ne célébraient la vitalité de leur existence. D'ici la fin de la semaine, il éplucherait des tas de rapports, en ajoutant d'autres au fil des progrès de l'enquête, tout en le remplissant de photos de mort et de dissection. Cela le déprimait toujours.

Et il fallait encore qu'il survive à l'autopsie.

Il prit une plus longue gorgée de café.

« Bon sang, c'est juste ce qu'il nous fallait, » dit-il, appréciant la chaleur qui se diffusait depuis son estomac et balayait un peu de sa fatigue. « Si la situation au travail perdure encore quelques jours, je serai mort, et donc plus fatigué. »

Hier, deux autres détectives avaient succombé à la grippe et quatre autres étaient encore en arrêt de maladie. Certains avaient traîné leurs fesses au travail avant de recevoir un bulletin de bonne santé, pour être renvoyés chez eux après avoir toussé et vomi plusieurs fois. Avec tout le stress, le commandant mâchouillait sérieusement son tabac. Tout ceux dont la santé leur permettait encore de marcher sans s'effondrer étaient déployés sur toute la zone, avec des séances de débriefing qui tombaient à toute heure du jour.

« Au moins, on s'en foutrait complètement, » dit Sacco en inclinant la tête en arrière. « Quelle journée de merde. »

Et il est seulement onze heures trente en cette merveilleuse matinée.

Nick démarra la voiture et remonta la Soixante-et-unième en direction du poste de police. Malgré les fenêtres fermées, le chaos du bruit de New York s'infiltrait, les habituelles masses humaines piétonnes, les taxis, les autobus et les cyclistes gênant la progression de Nick. Un léger brouillard enserrait l'atmosphère en cette matinée glaciale de janvier, tandis que la chaleur issue de tous les pores des humains, de l'asphalte et du béton se dissipait vers le haut.

Nick égrena sa liste mentale de choses à faire. À part commencer de nouveaux rapports, ils devaient planifier des auditions avec les derniers amis et parents de la victime. Ré-auditionner le témoin. Peut-être déjeuner tout en mettant le commandant au courant de tout, y compris de l'affaire de famille sur laquelle ils venaient de travailler.

« C'était une petite Portoricaine irascible que les services médicaux d'urgence ont déposée avec son petit ami embroché à l'hôpital presbytérien de New York, » dit Sacco comme s'il lisait dans ses pensées.

Nick se souvenait de cette femme qu'ils avaient auditionnée lors de cette dernière enquête sur une affaire domestique. Son visage était couvert d'hématomes et elle avait quelques fractures, mais elle avait réglé ses comptes avec son dernier petit ami en lui enfonçant une fourchette à travers les testicules.

« Je me demande ce qu'il pensera quand le chirurgien l'informera qu'à quelques millimètres près dans n'importe quelle direction il aurait chanté comme une soprano... à vie, » dit Sacco.

La voix de Nick se fit dure. « Ce fils de pute le méritait. »

Nick fit faire une embardée à la voiture pour éviter un idiot de coursier à bicyclette et klaxonna pour évacuer son dépit. Il fila dans la Deuxième Avenue, évita de quelques millimètres un taxi, et négocia sa trajectoire dans la circulation qui se déversait du pont de la Cinquante-neuvième rue, coupant la route à plusieurs conducteurs furieux. Il freina pour des feux tricolores et se réengagea directement dans la circulation.

« Tu veux t'arrêter chez Laura ? » demanda Sacco.

La boulangerie haut de gamme de Laura Howard, Les Gâteaux Riches, était à proximité. Nick et Sacco avaient fait sa connaissance quand ils l'avaient arrêtée presque un an auparavant. Elle avait été la suspecte principale du meurtre violent de son mari et aurait été déclarée coupable si l'intuition de Nick n'avait pas allumé tous les voyants indiquant que Laura n'était pas la meurtrière. Cette dernière, ainsi qu'une empreinte de pouce trouvée sur la caméra de surveillance de la chambre, les avait menés à une sœur jumelle dont Laura avait ignoré l'existence. Et c'est cette empreinte qui avait disculpé Laura.

En dépit du conflit d'intérêt et des avertissements intérieurs, Nick était tombé fou amoureux de Laura Howard. Amoureux de ces yeux couleur de chocolat noir qui lui avaient toujours fait penser à du caramel liquide chaud. Et quelle que fût l'humeur de Laura, Nick se noyait toujours dans ses yeux... depuis qu'elle s'était assise en face de lui, les questions, l'incrédulité, l'horreur et la souffrance imprimées sur son visage.

Nick secoua la tête et accéléra.

Sacco fixa son partenaire. « Quand est-ce que vous allez cesser tous les deux de tourner autour du pot ? »

« C'est trop tôt pour elle. »

Sacco soupira. « Conneries. Ça fait quoi ? Déjà presque un an que nous l'avons innocentée du meurtre ? Et elle était séparée de son salopard de mari avant cela. »

Les yeux de Sacco s'arrondirent quand il vit la mâchoire serrée de Nick.

« Merde. Ne me dis pas qu'Angela est toujours en train de tirer les ficelles à ta place depuis sa putain de tombe ? Après ce qu'elle t'a fait ? »

L'expression de Nick se durcit. Avant le suicide d'Angela il y avait quatre mois, il avait pensé à approcher Laura. À faire quelques sorties avec elle, pour voir comment les choses évolueraient. Il avait pensé qu'il aurait pu avoir une chance de connaître de nouveau une vie normale. Non pas que la vie d'un détective puisse être normale, mais beaucoup de ses collègues et amis avaient réussi. Ils avaient des maris, des épouses, des enfants. Une famille. De la chaleur à offrir et à recevoir, pas de la colère au degré qu'il offrait à présent.

Tu es un salopard égoïste, Nicky.

Ouais, Angie. Tellement égoïste que je suis celui qui écoute tes conneries à la place de ton dernier petit copain.

Tout est de ta faute ! J'ai besoin de...

Merde ! Épargne-moi ton disque rayé. Tu as besoin, tu veux, tu exiges. Toi, toi, toi. Et je suis le connard qui, malgré notre divorce, te remet toujours d'aplomb.

Reviens à moi, Nicky. Je t'aime.

Conneries, Angie. Tu ne m'aimes pas. Tu aimes ta picole, tes pilules, tes addictions et tes défonces.

S'il te plaît, Nicky. Je te promets d'être gentille. Reviens. Je n'arrive pas à vivre sans toi.

Nom de Dieu ! Je raccroche. On parlera quand tu seras sobre.

Je te le jure, Nicky, je vais me tuer.

Vas-y. Tu verras si ça m'atteint.

Le plus triste dans tout cela était que Nick se souciait d'elle, mais Angela avait crié au loup tellement souvent, avait si souvent mis en scène ses tentatives de suicide, et avait joué sur sa compassion pendant tant d'années qu'il avait été vacciné à toutes ses exigences. Et cette dernière fois ? Cette dernière fois, elle avait mal calculé, trop ivre pour voir la vérité dans les yeux de Nick tandis qu'elle lui lançait au téléphone des invectives et des imprécations. Elle avait été trop sûre qu'elle pouvait toujours manipuler la situation, le manipuler. Elle avait toujours détesté qu'il ne cède pas à ses besoins étouffants. Mais elle avait été trop ivre pour relever la ceinture qu'elle avait mise en scène pour lui autour de sa gorge. Trop ivre pour se rendre compte que la chaise sur laquelle elle était montée était plus branlante qu'elle-même. Trop ivre pour comprendre que l'image qu'elle voyait sur l'appel FaceTime était une image électronique de Nick, et pas un entretien en face-à-face. Finalement, elle avait tenu ses précédentes promesses en l'air. Et Nick, se rendant compte de ce qu'elle avait fait, était arrivé trop tard pour la sauver.

« Économise-toi ça. » La voix de Nick devenait dure. « Laura en a assez sur le dos avec l'appel la semaine prochaine. Elle est perturbée. Je ne vais pas ajouter à cette merde. »

« Qu'est-ce que sa sœur prétend cette fois ? »

« Son nouvel avocat a dit qu'elle n'était pas en possession de ses moyens lors du meurtre, et qu'elle a avoué sous la contrainte. »

« Tu déconnes. Maintenant, elle plaide la folie ? »

« Ouais, » dit Nick. « Le bla-bla légal selon lequel l'institution a failli en ne désignant pas un professionnel de la santé mentale pour évaluer l'accusée au moment du meurtre. » Le nouvel avocat de Sandra voulait maintenant que soit établie une TII, ainsi que le test M'Naghten Rule. La contrainte et la détresse, ainsi qu'une enfance traumatisante au cours de laquelle Sandra Ward avait été privée d'élevage, auraient dû être des indicateurs pour son défenseur public précédent afin de lui offrir une meilleure défense. Ou du moins c'est ce que prétendait le nouvel avocat de Sandra.

« Laura craint que sa jumelle obtienne ce qu'elle réclame, un non-lieu afin qu'elle puisse présenter les nouvelles preuves, et obtienne un transfert vers une structure psychiatrique à sécurité minimale. »

Le silence retomba entre les deux hommes. Sandra Ward, la sœur jumelle éloignée de Laura, était aussi mauvaise que possible. Elle avait découpé et embroché Orlando Howard sans sourciller. Et tout cela pour que sa sœur perdue depuis longtemps voie ce dont elle était capable. À la base, te bousiller, bousiller ton existence confortable, bousiller ta paix et ta santé mentale. Et, oh, c'est toi que les flics traîneront en prison et accuseront de meurtre. Belle vie à toi.

Dieu merci, Nick avait eu des doutes, et ils avaient trouvé la preuve que Laura n'avait pas commis le crime.

DANS L'une des arrière-salles des Gâteaux Riches, Laura Howard était assise à sa table de préparation et soufflait doucement dans le tube. Le mélange de sucre qu'elle avait collé à son extrémité commençait à gonfler. Tel un maître verrier, elle faisait tourner le tube entre ses doigts tandis que la masse malléable grossissait depuis la paraison en une bulle, et en une sphère translucide. Le produit fini, après qu'elle l'aurait façonné avec une louche en bois et ses mains pour créer ses formes en sucre, ressemblerait à une magnifique bulle de savon. Sucrée et fragile. Trop fragile. C'est pourquoi elle en fabriquait en plus pour le gâteau qu'elle décorerait plus tard. Sur le gâteau de fiançailles à trois niveaux, ce serait finalement comme si des bulles colorées de différentes tailles débordaient d'une imitation de baignoire à griffes de métal, descendant en cascade du rebord sur l'imitation de sol carrelé. Ses clients avaient insisté à maintes reprises sur leur penchant pour ce qui moussait : les bains, le champagne, la mousse. Dieu merci, ils n'étaient pas entrés dans davantage de détails. L'imagination de Laura avait comblé les blancs en ce qui concernait cet amour particulier pour les choses qui moussent.

Fréquemment, les clients, dans leur enthousiasme, ne se rendaient pas compte qu'elle ne voulait vraiment, vraiment pas connaître tous les détails de leur relation, mais cela participait de ce qui rendait ses gâteaux exclusifs. Ses créations étaient personnalisées pour une originalité qui reposait sur ce qu'ils lui disaient. Le soin qu'elle apportait à l'élaboration de leurs gâteaux de célébration demeurait toujours spécial et unique. C'était pour cela que les clients revenaient. C'était pour cela que son entreprise prospérait.

Jusqu'à ce qu'elle soit accusée de meurtre.

Jusqu'à ce que sa sœur jumelle jusque-là ignorée manque détruire son entreprise. Sa vie.

Elle avait définitivement détruit la paix de Laura.

Sans l'intervention de Nick...

Un tremblement se propagea à travers toutes ses extrémités et elle s'arrêta. Avec un soin infini elle posa le tube et la bulle sur la table près de la lampe chauffante pour empêcher le sucre de se cristalliser. Elle se frotta le visage pour chasser la fatigue. Elle ne pouvait pas se permettre de casser les formes fragiles qu'elle élaborait, non parce qu'elle ne pouvait pas se permettre le coût du sucre, mais parce qu'elle ne pouvait plus perdre de temps. Il avait fallu la patience de Job pour fabriquer ces formes fragiles, et elles étaient si friables qu'un soupir pourrait les briser.

Et elle avait une échéance.

Elle arpenta la pièce, s'étirant la colonne vertébrale, cambrant le dos pour dénouer ses muscles. Il semblait qu'elle ne parvienne pas à s'apaiser après que l'image de sa sœur et de Nick avait saccagé ses pensées. D'habitude, se concentrer à façonner ces formes suffisait à la transporter dans ce qu'elle décrivait comme sa zone de créativité, où rien ne la déconcentrait et où le temps n'avait aucun sens.

Pas à présent.

Elle se demanda si elle pourrait un jour revenir à l'époque où aucune Sandra Ward n'était venue gâcher sa vie. Une époque où elle n'avait pas encore rencontré son défunt mari.

Une époque où elle n'aurait pas à revivre les cauchemars sur le meurtre d'Orlando.

Mais alors, elle n'aurait pas rencontré Nick. Et cela avait rendu sa vie d'autant plus riche... et extrêmement compliquée.

Laura se pencha pour toucher ses orteils. Si elle activait sa circulation et étirait ses muscles, peut-être pourrait-elle se libérer des pensées de cette femme qui avait été séparée d'elle par la naissance et le destin. Si seulement elle pouvait comprendre pourquoi Sandra Ward avait refait irruption dans sa vie, peut-être Laura pourrait-elle lui pardonner d'avoir essayé de la détruire et de s'obstiner encore à la gâcher.

Et puis il y avait Nick. Ne voyait-il pas qu'ils étaient faits l'un pour l'autre ? D'accord, leur relation serait différente de leurs fiascos précédents, mais après tout ils étaient deux âmes marquées, brisées par les personnes mêmes qui étaient censées garder polie, brillante, intacte, la porcelaine de leur amour. Mais cette fois, ce serait différent. Laura en était convaincue. Leur relation serait plus forte, plus saine, plus profonde et tellement plus riche justement *à cause de* ce qu'ils avaient enduré dans le passé. De véritables attentes, pas des attentes de contes de fées.

Malheureusement, Nick ne s'engageait pas dans des sorties avec elle. Et elle non plus. Ils le souhaitaient tous les deux, mais ils se comportaient toujours comme des chevaux nerveux, dansant autour du dresseur, désirant le sucre offert mais craignant de l'attraper et de le garder. C'était ridicule, cette façon d'attendre que l'autre fasse le premier pas.

Un léger coup interrompit sa tirade mentale.

« Tu as bientôt fini ? »

Erin Devreaux, son associée et amie depuis l'école de cuisine, passa la tête dans la pièce. Le visage rond, les cheveux grisonnant prématurément, et une allure maternelle, son associée avait la voix douce et un don pour travailler la pâte de sucre pour en faire les plus belles fleurs qui n'aient pas été créées par la nature. Elle avait la patience d'une sainte et gérait sa vie à un rythme de paresseux. Les dates butoirs ne l'impressionnaient jamais. Une seule chose avait secoué Erin Devreaux, et cela avait été le meurtre du mari de Laura un an auparavant, et le fait que son associée avait été traînée en prison, accusée du crime. Et même alors, pendant cette horrible débâcle, Erin avait maintenu tout le monde les pieds calmement au sol.

Laura ne savait pas si elle, et leur entreprise, auraient pu survivre sans Erin.

« Je travaille sur le dernier. » Elle remua la tête et entendit des muscles claquer. « J'ai pris une petite pause. »

Erin, iPad à la main, pénétra dans la pièce et ferma doucement la porte, se tournant face à elle.

Laura regarda le visage de son amie et vit qu'il avait rougi. « Qu'est-ce qui ne va pas ? »

« Ça doit cesser, Laura. Ça doit cesser. »

L'estomac et l'esprit de Laura se contractèrent. Quelque part, elle savait ce qui avait contrarié Erin. Ç'avait été un barrage permanent depuis l'année dernière, avec des mesures et des contre-mesures pour neutraliser le chaos dans lequel elles étaient précipitées.

Elles avaient toujours un temps de retard.

Erin tourna l'iPad face à Laura. L'écran montrait une petite fenêtre avec les appréciations de leur commerce, les Gâteaux Riches, par le moteur de recherche Google. Pendant un moment, la fierté l'emporta sur l'inquiétude, comme Laura savait ce que ses clients verraient en ouvrant sa page. Son gestionnaire de site avait créé un superbe design, qui reflétait ses goûts et ceux d'Erin et leurs objectifs pour leur entreprise. Une interface conviviale pour ceux qui ne possédaient pas les compétences nécessaires, comme Laura, affichant les designs de leurs gâteaux dans toute leur splendeur, leurs biographies, les événements, les témoignages, les produits.

Eh bien, les témoignages « fond dans la bouche, » « des saveurs d'une richesse à tomber, » et « des designs innovants pour plaire à l'imagination, » ainsi que toute possibilité de rédiger sur la page, avaient été supprimés. Et le calendrier des événements avait aussi été supprimé de la page internet, surtout après que Sandra, avant son arrestation, s'était rendue à l'un d'entre eux, s'était présentée à sa place, et avait ruiné le gâteau pour le couple dont le cœur avait été fixé sur sa création.

Maintenant, Erin et elle restaient jusqu'à ce que ses clients arrivent à l'événement, voient leurs produits, et s'extasient sur leurs créations, la sécurité en alerte jusqu'à ce qu'elles quittent les lieux.

Erin tapota l'écran avec une force inhabituelle pour elle. « Regarde les appréciations. »

La notation à cinq étoiles du site était spectaculairement tombée à deux étoiles.

« Mais bon Dieu ? »

Erin tapa l'écran avec une impatience inhabituelle, comme la fenêtre ne changeait pas assez vite.

« Allez. Allez. ALLEZ. »

La page s'ouvrit.

Laura fut choquée. C'était comme si de méchant trolls d'internet, dont beaucoup de ses collègues s'étaient plaints, avaient pris le contrôle de la partie commentaires. À travers les avertissements précédents de son gestionnaire de site, Laura avait su à quoi s'attendre quand elles auraient ouvert leurs portes au public. Certains commentaires sur l'entreprise seraient générés par un logiciel robot conçu pour spammer les sites avec des avis négatifs. Elles en avaient signalé certains, et leur gestionnaire de site les avait bloqués. D'autres seraient des scélérats stipendiés qui choisissaient les sites au hasard pour critiquer. Personne ne pouvait y remédier. Et beaucoup d'autres viendraient de gens méchants qui avaient trop de temps libre, qui s'était levés du mauvais pied et décidaient de s'en prendre à n'importe quelle entreprise qu'ils prenait pour cible. C'était ça, faire des affaires à Manhattan et exposer ses produits sur internet. Après tout, Laura et Erin ne pourraient jamais satisfaire cent pour cent de la clientèle qui passait leur porte. Mais globalement, elles espéraient que le positif l'emporterait toujours sur le négatif. Elles ignoreraient le reste.

Et pendant près de cinq ans, la satisfaction des clients avait penché en leur faveur.

Cela avait changé dès le moment où Laura avait été accusée de meurtre.

Elles avaient réussi à remonter dans les notations quand elle avait été innocentée du crime.

Mais elles avaient souffert dès le moment où Sandra Ward s'était mise à prendre pour cible l'entreprise de Laura.

Ce qui avait changé en leur faveur dès le moment où leur gestionnaire de site s'était mis à bloquer les adresses IP qui s'en prenaient à leur réputation. Mais l'internet avait plus de trous que du bois rongé par les termites, par lesquels Sandra pouvait remonter pour la harceler et détruire son entreprise, malgré une injonction restrictive, une condamnation et une incarcération. Malgré la surveillance des comptes de courrier électronique et une absence de téléphones portables en prison, Sandra trouvait toujours un moyen, un naïf, un avocat, l'ami ou l'amoureux de quelqu'un pour poster à sa place, créer pour elle des pages de profil, et faire le sale travail pour elle.

C'était une lutte permanente.

Laura pensait qu'elles avaient fini par prendre le dessus. Puisqu'elles n'avaient plus subi d'attaque depuis trois mois, elle pensait que la situation était sous contrôle.

Elle s'était trompée.

« Mais qui diable est cheekiefelon à cette satanée adresse, bon sang ? » demanda Erin.

Bon Dieu. « Encore un autre pseudonyme, probablement. Ou Sandra a arnaqué une de ses compagnes de cellule pour qu'elle poste à sa place. »

Laura fit dérouler lentement en examinant les posts, tous fallacieux.

cheekiefelon@...
 Ma sœur est LGBT. Laura Howard, propriétaire,

*a REFUSÉ de prendre la commande pour une fête de fian-
çailles.*

Écœurant !

Lahar12@...
Quelle garce ! Sectaire !! J'annule ma commande.

Iam Thinker3000@...
*Les propriétaires comme Laura Howard sont merdiques.
#boycottGâteauxRiches*

cheekiefelon@...
J'ai entendu dire que les gâteaux ne sont pas si bons.

oopintszNOT@...
*J'ai mangé un des gâteaux de Howard à un mariage.
Les portions étaient crues. Le marié a gaspillé son argent.*

papitsrice19@...
*Je t'écoute, oospintszNOT@. J'ai acheté un gâteau pour ma
copine. J'ai trouvé que le fondant était épais et caoutchouteux. Je
n'y ai pas touché. Je lui ai dit plus jamais de Gâteaux Riches.*

oospintszNOT@...
*Je suis d'accord. Les gâteaux ont l'air vraiment beau. Quand
on les goûte, ils sont infects. Ça devrait s'appeler Gâteaux de
Merde.*

106Jadix@...
*Des crottes de souris sur la crème au beurre quand on m'a
livré.*
*Ai signalé l'entreprise au Service d'Hygiène. S'il y avait eu
zéro étoile sur Yelp, je l'aurais mise.*

Et c'étaient les posts les plus gentils, vit Laura, descendant et lisant plus
vite les écrits vitriolés.

« Qu'est-ce que nous allons faire ? » Les yeux d'Erin s'embrumèrent. « Rien de tout ça n'est vrai, mais nous avons eu deux annulations aujourd'hui, et on murmure que la convention pour la foire aux vins de New York réfléchit à prendre quelqu'un d'autre. »

« Tu as appelé Mac ? » demanda Laura, faisant référence à leur gestionnaire de site IT.

Erin opina, mais elle semblait mécontente. « Il va essayer de s'y mettre aujourd'hui, mais il est submergé de travail. De plus, cela dépasse ses compétences. Il a suggéré que nous engagions un spécialiste pour boucher tous les trous. » Elle se pencha plus près. « On parle aussi parmi les employés. J'ai entendu par hasard Alexis dire qu'elle allait partir bientôt. Elle a dit à Paki qu'elle avait déjà quelques trucs en vue. »

Et c'est ce qu'elle ferait, pensa Laura. Certains de leurs employés étaient recherchés par leurs concurrents parce qu'ils étaient les meilleurs de la profession. D'autres partaient pour ouvrir leur propre boutique. Ça faisait partie du jeu. Mais ceci était nouveau.

Laura s'assit à son poste de travail et rendit l'iPad à Erin.

« Je vais faire des copies de tout ça pour les déposer chez notre avocat dès que j'aurai terminé ici. » Elle regarda Erin, emplie d'une tristesse à fendre l'âme. « Je vais aussi lui faire tirer des papiers pour la vente. »

« Non, Laura. »

« C'est pour le mieux, Erin. Tu le sais. »

Erin quitta la pièce, les épaules voûtées.

Laura prit le tube et la bulle, vérifiant des doigts sa souplesse. Satisfaite en constatant que le matériau était encore malléable, elle continua de travailler le sucre jusqu'à ce que la forme et la translucidité fussent conformes à ses normes.

La situation atteignait un point critique, et il fallait qu'elle prenne une décision. Elle avait pensé disposer de plus de temps. À présent, elle était contrainte d'appliquer le plan A. Et si Sandra obtenait un non-lieu la semaine prochaine... eh bien... que Dieu leur vienne en aide.

CHAPITRE TROIS

NICK GARA SA voiture banalisée sur le large trottoir devant le poste de police, à côté d'un cruiser, la fatigue pesant sur son dos. Dans le bâtiment de métal et de verre qui abritait son domicile loin de chez lui, Nick scruta le bureau. La ruche bourdonnant habituellement de bruit était en quelque sorte silencieuse.

« Combien sont tombés aujourd'hui, Horowitz ? » demanda Nick.

Horowitz souleva deux doigts du clavier. « Le commandant a mâchouillé entièrement son cigare précédent, » ajouta-t-il. « Il travaille sur une nouvelle affaire. »

« On est foutus, » dit Sacco.

Un patrouilleur novice à l'air épuisé fourra quelques feuillets de messages dans la main de Sacco en sortant. Nick et Sacco poursuivirent leur route jusqu'à leurs propres bureaux sans ralentir.

« Totes a programmé l'autopsie de la victime à cinq heures cet après-midi, » dit Sacco, lisant l'un des messages. Il tendit le feuillet à Nick et passa dans son espace de travail en face de Nick.

Formidable. Pile pour gâcher le dîner.

Nick posa son calepin sur le bureau et prit un classeur à trois anneaux sur l'étagère. Il démarra son ordinateur, s'assit et se mit à taper ses notes dans son compte-rendu. Au moment où Josh Carpenter, l'un de leurs techniciens en criminologie, apparut, Nick avait presque terminé son rapport sur les constatations criminelles.

« Voici, » dit Carpenter en lui tendant une chemise en papier kraft. Sa peau avait une nuance verdâtre.

« Comment te sens-tu ? »

Le dégoût sur son visage aurait pu provenir du souvenir de la malheureuse semaine qu'il avait passée avec la grippe, ou du fait qu'il était toujours nauséeux. Nick pensa que ce pourrait être ce dernier.

« Comme ci, comme ça. » Sa petite carcasse frémit. « Au moins, la scène de crime aujourd'hui était propre. Sinon, tu aurais eu de la compagnie pour vomir. »

Aucune scène de crime n'est propre. Mais Carpenter avait raison. Hormis la zone même où la victime avait été pendue, la maison était dans un ordre parfait.

« Tes impressions ? » demanda Nick en ouvrant la chemise et en étalant les photos en éventail.

« Soit la femme était une folle du ménage, soit elle venait de nettoyer sa maison récemment. Je pencherais pour la dernière. Le deuxième étage semblait vide et inutilisé. » Carpenter désigna deux photos sur le bureau de Nick. « Le premier étage semblait avoir été récemment à demi vidé. Plusieurs boîtes, étiquetées et scellées, étaient empilées dans la chambre inutilisée. On dirait qu'elle se préparait à déménager. »

Nick hocha la tête. « Le placard était presque vide, juste un minimum de vêtements et de chaussures. À peu près pareil pour la salle de bain. Juste le strict minimum. »

« Pareil pour la cuisine et la salle de séjour, » dit Carpenter.

Nick regarda les photos. Tout était ordonné. Rien n'était déplacé. S'il n'en savait pas autant, ce serait presque surréel, comme si la victime était rentrée chez elle, avait tout déposé à sa place et était calmement descendue pour mettre un terme à sa vie.

Pas beaucoup d'avancées pour résoudre l'affaire.

« Merci. » Nick fit sortir Carpenter d'un geste. « Vas te détendre dans ton bureau. Tu sembles sur le point de tomber. »

Carpenter ne se fit pas prier. Il réapparut pourtant quelques secondes plus tard. « J'avais presque oublié. Le commandant veut un débriefing dans une demi-heure, » dit-il en disparaissant.

Faisant décrire un arc à sa tête, Nick relâcha un peu de la tension qui tenaillait son cou, en continuant la préparation du dossier. Il mit à part certaines photos de la scène de crime pour le tableau blanc et fourra les autres dans des protège-feuilles. Il relut ses notes et ajouta d'autres détails au compte-rendu de la scène, chargea la photo du permis de conduire de la victime dans ses fichiers informatiques, et envoya le tout à l'imprimante.

En allant à la salle de briefing, Nick remarqua que le bureau bruissait de monde. Les rangs se remplissaient de nouveau, bien que certains semblassent avoir besoin de quelques jours d'arrêt supplémentaires. Mais les flics étaient les flics. Malades ou à l'agonie, ils se sentaient coupables de ne pas ramener leur cul au travail. Sans parler de la quantité écrasante de paperasserie ajournée qu'ils auraient à gérer plus tard.

Il posa le classeur sur la table et regarda le numéro du dossier. Il l'écrivit sur le tableau, ainsi que le nom de la victime et une petite chronologie du crime. Il recula et analysa minutieusement les informations. Bon sang, qui voulait-il leurrer ? Ils n'avaient que des informations de merde sur la victime et sur le crime. Nick se rappela la maison silencieuse qui évoquait le vide, en dépit de la perfection de la décoration « H&G » du rez-de-chaussée. Il s'interrogea sur la vie de la victime avant qu'un cruel salopard vienne l'éteindre en utilisant une corde. Le regard de Nick parcourut le sol du poste de police, avec ses espaces encombrés, ses bureaux décrépits, sa peinture délavée, ses espaces vitrés, ses allées et venues incessantes. La routine quotidienne. La victime avait-elle eu une existence ordinaire ? Comment avait-elle atterri sous le radar de ce meurtrier ? Était-ce un crime passionnel ? Ou un crime de situation ? Leurs impressions étaient-elles fallacieuses, et Isabel Creasy s'était-elle donné la mort ? Avec davantage de questions que de réponses, Nick sortit pour aller chercher la photo du permis de conduire de la victime, et au moment où il l'agrafait à côté des informations qu'il avait écrites, Sacco, Horowitz et Carpenter l'avaient rejoint.

Ramos entra quelques secondes plus tard, s'installa près de Carpenter, et fixa le tableau.

« Elle a tellement l'air d'avoir été mise en scène, » dit-elle, désignant du menton une photo. « C'est presque comme si on l'avait fait poser avec amour pour l'appareil photo de Carpenter. »

« Si c'est le cas, » dit Nick, « on a un sale fils de pute à attraper. »

« Alors attrapons ce salopard, » dit le Commandant Jared Kravitz en entrant. Petit, trapu, des cheveux coupés court qui révélaient plus de blanc que de noir, le commandant était un vétéran de trente ans du NYPD. Vêtu d'un costume démodé depuis dix ans, avec un ventre trop rond pour lui permettre de fermer la veste, il tira une chaise et s'assit. Il sortit de sa bouche le cigare cabossé et le posa sur son bloc-notes.

« Qu'est-ce que nous avons ? »

Nick détourna les yeux du cigare, qui ressemblait à une plante flétrie dont les racines avaient été ravagées par les dents tachées du Commandant. Meilleur indicateur de l'humeur du commandant, la pauvre chose émettait un SOS perpétuel.

« Pas grand-chose pour avancer, » commenta Ramos. « Du moins pas pour l'instant. »

Kravitz observa les photos de la femme, puis regarda Nick.

« J'ai entendu dire que vous n'avez pas perdu vos moyens sur la scène. » Son regard était un mélange de sollicitude et d'approbation. « Comment se passent les séances ? »

Nick n'apprécia pas ce rappel. Il comprenait pourquoi sa présence dans le bureau du psychologue du Département était nécessaire. C'était le baratin bureaucratique de la politique du Département. Mais sans le feu vert du psy, le commandant ne réintégrerait pas Nick aux homicides, et cela le laissait sur un sentiment d'incomplétude.

« Vous pouvez peut-être dire à Kilcrease de hâter mon déblocage, » dit Nick.

Le commandant le fixa encore quelques instants. « Voyons ça, » dit-il. « En attendant, quid de cette nouvelle victime ? »

Horowitz prit cela comme son signal de commencer.

« L'appel est venu par le central du 911. Un voisin les a appelés. Le nom de la victime est Isabel Creasy, trente-et-un ans, récemment divorcée. Elle vivait seule dans la maison. Des agents quadrillent toujours la zone, et nos communiqués suivront. Deux voisins ont accepté de venir cet après-midi au poste de police pour nous donner des informations. »

« Et les témoins oculaires ? » demanda Kravitz.

Nick secoua la tête. « Pas grand-chose sur ce point. L'audition de départ a confirmé ce qui avait été transmis au 911. Monsieur Mansoor faisait son yoga matinal avant d'aller travailler quand il a remarqué la victime par la fenêtre de sa salle de séjour. »

« Il a une vue précise sur le domicile de la victime et sur la scène de crime ? » demanda Kravitz.

« Trop précise, » murmurèrent en même temps Nick et Sacco.

Horowitz poursuivit. « Il ne la connaissait que de vue. Il prétend qu'elle aimait recevoir et que son arrière-cour était toujours pleine de monde. Il s'est plaint plusieurs fois du bruit. Nous vérifions ces signalements. »

« L'homme a-t-il vu quelqu'un ? »

« Non, » dit Sacco. « Ça a été agréablement calme pendant un moment, d'après sa déclaration. Il y a dit qu'il n'y avait plus de fêtes depuis quatre ou cinq mois. » Sacco se tourna vers Horowitz. « Cela coïncide-t-il avec la prononciation du divorce ? »

Horowitz acquiesça après avoir regardé ses notes et avoir effectué un rapide calcul mental.

« La seule raison pour laquelle Monsieur Monsoor était levé et a vu la victime est qu'il travaille dans le milieu bancaire international, » poursuivit Sacco. « Cela explique ses horaires étranges de travail. »

Nick regarda le commandant. « Sans son appel au 911, nous n'en aurions rien su avant des jours. »

« Ou avant que la puanteur submerge les voisins, » ajouta Ramos. « Entre la pièce chaude et les prévisions météorologiques qui annoncent plus de 10° demain soir, les gens auraient remarqué. Même les New-Yorkais. »

« Une audition complémentaire du témoin ? » demanda Kravitz.

« C'est déjà programmé, » répondit Nick. « Mais je crois que c'est une impasse. »

« Et les appareils électroniques ? » demanda Kravitz.

« Le Service de Technologies de l'Information a son ordinateur. Nous n'avons pas trouvé de téléphone portable, » dit Carpenter. « Nous dressons une liste d'amis, de connaissances et de relations de travail à partir de ce qu'elle a pu stocker dans le Cloud. Vous devriez bientôt recevoir les photos de la victime téléchargées dans votre dossier de l'affaire. Nous fouillons aussi dans tous ses réseaux sociaux, sites de rencontre, et nous recherchons tout ce qui pourrait être déplacé. Nous devrions avoir recueilli la liste, et d'autres informations, d'ici demain matin après avoir obtenu l'aval. »

« Et nous avons zéro élément de preuve. Jusqu'à présent, » intervint Ramos. Elle entra dans une description détaillée de la scène de crime pour le Commandant. « À part cette glace et les fluides sous elle, la scène était impeccable. Pas de détritus ou de rebuts suspects. Rien dans la maison ni au sous-sol qui indique que la corde ait pu être une arme d'opportunité. Rien n'était déplacé. Il n'y avait de sang nulle part. Tandis que nous parlons, nous sommes en train de traiter les empreintes digitales avec le Système Informatisé d'Identification des Empreintes digitales, mais aucune touche pour l'instant. Le Service Toxicologique est en attente d'échantillons de l'autopsie. Le service des empreintes travaille sur la corde et sur tout ce que Totes recueille sur le corps. »

« Le médecin légiste a fixé l'autopsie à cet après-midi, » intervint Nick. « Espérons qu'il pourra compléter ce que nous avons. »

« C'est-à-dire rien du tout pour l'instant, » dit le Commandant Kravitz en ramassant son cigare. Il recommença la torture du mâchouillage. « Espérons que nous pourrons boucler celle-ci rapidement, les gars. À propos, » Kravitz concentra son regard sur Nick et Sacco. « Où en êtes-vous avec ce crime domestique ? »

« Nous avons tiré la mauvaise pioche quand la furie a décidé d'agresser son petit ami au poing facile à l'intérieur de notre juridiction, » dit Sacco. « Sinon, ç'aurait été une affaire pour le trente-deuxième. »

«L'homme, un dénommé Ramón Otero, est plongeur chez El Rio Lindo sur la Trente-Huitième et la Troisième, » ajouta Nick en faisant un résumé de l'agression. « Otero et sa future ex-petite amie, Miriam Pagán, sont en ce moment soignés pour leurs blessures. La femme veut envoyer ce gros naze en prison. On attend que le petit ami embroché émerge de l'anesthésie pour voir s'il veut porter plainte. Tous les deux ont des uniformes. Elle sera entendue dès qu'elle sortira. Lui aussi. »

« Où habitent ces deux clowns ? »

Nick parcourut ses notes. « Ils partageaient un appartement sur la Cent quarante troisième Ouest, entre Bradhurst et Douglass. »

« Je vais passer un appel au trente-deuxième. Il faut qu'ils se chargent de cette affaire. Nous sommes déjà en sous-effectif et surchargés. »

« L'agression de départ a eu lieu dans leur appartement, d'après Mademoiselle Pagán, » dit Nick. « C'est leur juridiction. Et elle porte plainte. Il faudra qu'ils envoient là-bas des techniciens de scène de crime. »

Le commandant prit quelques notes avant de renvoyer tout le monde. « Retournez au travail, les gars. Tenez-moi au courant si il y a du nouveau. »

Nick enleva tout du tableau blanc et se retira vers son bureau. Cinq minutes plus tard, Sacco prit un siège à côté de Nick.

« Je viens de raccrocher avec l'ex de la victime. Il travaille dans un endroit appelé TeC4M, une entreprise de soutien en télémarketing, près de Battery Park. Il a dit que si nous voulions lui parler, il serait disponible après deux heures à son bureau. » Sacco prit une bouchée d'une Power Bar, la mâcha à moitié, et l'avala avec une gorgée de soda.

« Je ne comprends pas pourquoi tu aimes cette boisson pisseuse, » dit Nick. « Je déteste cette merde. »

Sacco sourit. « Ça chatouille les réflexes de vomir ? »

« Comme l'odeur d'un cadavre. Qu'est-ce que tu as dit à cet homme ? »

« Je lui ai notifié que nous serions là à trois heures, et qu'il n'aille nulle part. »

Nick se rinça la bouche avec un Coca qu'il avait pris au distributeur un moment auparavant. Des bulles tièdes. Il jeta dans la poubelle la bouteille pratiquement pleine.

« Quelle est son excuse pour ne pas nous avoir vus plus tôt ? »

« En réunion toute la matinée, » dit Sacco en continuant de mâcher. « Très occupé. Le temps c'est de l'argent, ces conneries-là. Il a dit qu'il ne savait rien et affirme que nous perdrions notre temps. »

« Nous savons tous les deux qu'il a voulu dire que nous lui faisions perdre le sien, » dit Nick.

Sacco eut un sourire en coin. Il connaissait ce genre-là.

« Il m'a dit qu'il n'a pas vu la victime depuis qu'elle lui a remis les documents de divorce. Il a insisté sur le fait qu'il a passé la nuit à son appartement de Tribeca en compagnie de sa dernière... »

« A-t-il pris le temps de te dire la raison de la rupture ? »

« Étonnamment, oui. Un véritable cœur sensible, celui-là. » Sacco s'éclaircit la gorge, se préparant à imiter l'ex mari. « Et, je cite : Trop en demande... ça m'étouffait. Je ne pouvais pas être moi-même. J'avais besoin d'espace. La séparation il y a cinq mois a été la meilleure des choses. »

Quand l'ordinateur de Nick émit un bruit, il étendit le bras vers le clavier et la souris. il vit que, fidèle à sa parole, le Département de Technologies de l'Information avait téléchargé toutes les photos de l'ordinateur de la victime. Il commença par chercher parmi celles-là.

« Nous avons ses photos numériques du Cloud, » dit Nick.

Sacco se tenait derrière lui tandis que Nick faisait défiler les photos de la femme l'une après l'autre.

« Des selfies, et essentiellement des selfies, » dit Sacco. « Incroyable. »

Qu'arrive-t-il à cette société, pensa Nick, dont quatre-vingt-dix pour cent des membres s'adonnaient à ce rendez-vous narcissique avec eux-mêmes ? Il continua à fouiller dans le dossier, regardant des aperçus de la vie de cette femme. Des selfies dans des coffee shops, à Central Park, au cinéma, au théâtre, chez elle, dans la salle de bain, dans des restaurants. Quelques photos du travail, ou c'est ce que Nick présuma. Des petits flashs d'une durée de vie présentée comme une histoire illustrée.

Des gens normaux qui s'affichaient, sans se rendre compte que de sales histoires arrivaient à des gens bien.

« Absolument incroyable, » murmura Nick. « Toute sa vie étalée à la vue de tous les pervers. Personne ne devrait faire ce genre de connerie. »

« Nous sommes des flics. » Sacco lui tapota l'épaule. « Nous ne mettons même pas nos noms sur nos boites aux lettres. »

Nick cliqua sur une douzaine d'autres photos. Il fit une pause. Deux ou trois poses de la femme retinrent son attention. Son regard se déplaça vers les dates. Environ quatre mois auparavant, juste après le divorce. Il se focalisa de nouveau sur la victime. Il y avait quelque chose dans son attitude qui évoquait un sentiment de... quoi, exactement ? Il examina attentivement le visage d'Isabel Creasy. Son expression semblait presque mélancolique, et en même temps elle envoyait des messages, un besoin d'approbation, d'amour. *Regardez-moi*, semblait-elle dire. *Je compte. J'ai des aspirations. Je suis disponible, sexy. Je vous plais ?*

Aimez-moi s'il vous plaît.

Aimez-moi.

La vulnérabilité mise en scène.

Nick ignorait pourquoi il pensait cela.

« Combien y en a-t-il ? » Sacco lança un regard oblique vers le dossier.

« Trop. »

« Eh bien, nous ferions bien de nous presser, » dit Sacco après un bref coup d'œil à sa montre-bracelet. « La circulation vers Wall est une véritable merde à cette heure.»

Nick pensa qu'un retard de quelques minutes ne vaudrait même pas un clin d'œil dans l'éternité de cette pauvre femme. Pour Isabel Creasy, les retards terrestres n'affecteraient plus son horloge éternelle.

« Je te retrouve à la voiture dans cinq minutes. »

CHAPITRE QUATRE

LE TRAJET vers Wall fut ennuyeux, long et désagréable.

Quand ils furent parvenus à destination, Nick plaça la carte de stationnement sur le tableau de bord, un avantage de l'insigne, et monta avec Sacco à l'étage du lieu de travail de l'ex-mari.

Les ascenseurs s'ouvrirent sur un vaste hall, dont la décoration donnait une impression huppée. Le nom de cette entreprise de support de télémarketing était inconnu à Nick, mais d'après le bien immobilier qu'ils louaient actuellement, ils devaient faire partie des cinq cents plus grosses fortunes du coin, ou ils devaient s'approcher de leurs marges bénéficiaires. Mais cela pouvait aussi être de la poudre aux yeux à la con.

« Puis-je vous aider ? »

Une réceptionniste, jeune et vêtue dans la perfection du chic new yorkais, s'approcha. Malgré un sourire robotique plaqué sur ses lèvres, ses yeux exprimaient que leur présence était considérée comme un désagrément imprévu.

Nick faillit chercher du regard une pancarte « Pas de démarchage. » À la place, il tapota l'insigne épinglé sur la poche gauche de son costume.

« NYPD. Nous souhaitons voir Monsieur David Creasy. »

Cela arrêta la femme, qui, en un millième de seconde impressionnant, remplaça sa stupéfaction initiale par son expérience bien rodée du service à la clientèle.

« Certainement, » et elle pointa le doigt vers sa gauche. « Est-il au courant de votre visite ? »

Nick et Sacco échangèrent des regards. Le sourire narquois de Sacco fut éloquent.

« Il nous attend, » répondit Nick sans satisfaire l'étincelle de curiosité dans le regard de la femme.

Des portes de verre s'ouvrirent sur un espace de travail bourdonnant aussi long et deux fois plus large qu'un terrain de basket, avec des tables occupant toute la longueur et la largeur de l'espace. Devant et sur les côtés de chaque employé, un écran de plexiglas translucide entourait chaque espace de travail. Flottant au-dessus de plusieurs compartiments, des banderoles colorées portant des mentions vantant le dépassement du quota d'employés ondulaient de temps à autre dans le flux de l'air chauffé.

Ils continuèrent jusqu'à une série de fenêtres découpant un L dans la perspective du sol. Curieux, Nick scruta les compartiments autour de lui. Beaucoup contenaient des touches personnalisées déposées çà et là autour de deux écrans d'ordinateur placés à des extrémités opposées, chacun touchant la frontière de plexiglas avec un clavier marquant le centre. Des alertes illuminaient un écran, clignotant comme des feux de circulation schizophrènes dans des verts, des jaunes et des rouges aléatoires. L'autre écran avait des conversations pré-écrites avec lesquelles les employés pouvaient ébranler le client.

Tout le monde était parqué pour une production maximale. C'était tout-à-fait *La ferme des animaux*.

« Voilà David. » La réceptionniste désigna un compartiment à quelques mètres sur la gauche.

L'homme emprisonné à l'intérieur du compartiment était mince, vêtu de façon décontractée, et portait des écouteurs en permanence sur la tête. Le code de couleur de son écran était vert, et sa voix avait une intonation persuasive, appâtant le client pour lui faire acheter davantage de produits.

« Monsieur Creasy, » commença Nick, mais l'homme leva le doigt dans un geste emphatique pour intimer le silence.

Nick et Sacco attendirent pendant que l'homme tapait furieusement sur le clavier. Une nouvelle fenêtre s'ouvrit sur la droite de l'écran, et il se lança dans une nouvelle tirade.

« Il lit sur un téléprompteur ? » Sacco était incrédule.

« Ça y ressemble, » chuchota Nick

Le vert passa au jaune, puis au rouge. Creasy raccrocha, dégoûté.

« Merci de nous recevoir, » commença Nick, les présentant, Sacco et lui. Il scruta la pièce. « Y a-t-il un endroit plus intime où nous pourrions parler ? »

Malgré sa contrariété manifeste, Creasy opina. Il fit rapidement quelque chose sur le clavier et se tourna vers eux.

« Nous pouvons utiliser la salle de réunion, » dit-il.

Ils suivirent l'homme jusqu'à un espace vitré à peine à quelques mètres sur la gauche. Avant que la porte se refermât et que Nick pût exprimer ses condoléances, Creasy se tourna vers eux.

« Il ne s'agit pas d'une plaisanterie, hein ? »

« Votre ex-femme a été retrouvée pendue dans votre véranda tôt ce matin, Monsieur Creasy. » Nick n'atténua pas la brutalité de ses propos. « Donc non, ce n'est pas une plaisanterie. »

Creasy s'assit, comme un ballon qui se dégonfle. « Je veux dire, vraiment ? Isabel ? »

« Je crains que oui. »

« C'est juste qu'elle n'a pas le cran de se suicider. »

Un commentaire hautement révélateur, et un témoignage de l'opinion de cet homme sur la femme qui avait quitté cette terre. Mais les impressions de l'homme corroboraient les leurs sur la scène de crime... que le corps avait peut-être été mis en scène.

« Pourquoi pensez-vous que votre femme ne pourrait pas mettre fin à ses jours ? » demanda Nick.

« Ex femme. Et Isabel est du genre effacé. » Il s'arrêta un moment, comme s'il digérait le fait que son ex n'était plus. « J'ai dit à votre collègue qu'elle est... qu'elle était en manque d'affection. Très collante. Elle manque de confiance en elle et a toujours besoin d'approbation, vous savez. »

Non. Nick ne savait pas.

« Elle me rendait tout le temps furieux. Je ne pouvais pas respirer.

Elle me demandait toujours si je l'aimais, elle me disait qu'elle m'aimait, bla-bla-bla. »

Creasy regarda les deux hommes, comme s'ils allaient comprendre son calvaire masculin.

Nick et Sacco attendirent.

« J'avais besoin d'espace, vous savez, » poursuivit Creasy, un peu découragé par leur manque d'implication. « Ce travail me prend toute mon énergie. Je ne peux pas l'avoir cramponnée à moi vingt-quatre heures sur vingt-quatre, ou à m'interrompre au travail. Nos périodes de travail sont dures, flexibles, elles dépendent des besoins ou de la commission, et c'est suffisamment stressant. Au bout d'un moment, ça irrite, vous savez, ce manque d'assurance, cette dépendance. Bon sang, qui a envie de partager son espace avec quelqu'un qui pense comme un cerf mis en joue ? Je ne pouvais plus le supporter. Donc, je me suis tiré. »

Quelle humanité chez lui. « Elle voyait quelqu'un ? » demanda Nick.

« Ah, ça m'aurait facilité la vie, hein ! Mais c'est non. »

« Est-ce qu'une dépression est survenue ? » demanda Sacco. « Les divorces peuvent être difficiles. Vous a-t-elle déjà parlé de suicide ? »

« Isabel ? Non. Elle est... elle était terrorisée par la mort. Et je veux dire , ça en était phobique. J'ai l'habitude de manger sainement, de faire de l'exercice, vous savez ? Mais pour Isabel, c'était à un autre niveau. Des vitamines pour tout... des crèmes hydratantes, les derniers produits anti-âge, des probiotiques, des boissons protéinées, des barres, pas d'OGM, ni de tous les acronymes à la con à la mode. Nos factures d'épicerie étaient insensées. Cela pompait un tiers de mon budget. »

Nick le regardait sans commenter.

« Donc, non, » répondit Creasy, maintenant plus tendu. « Isabel ne pensait pas au suicide. Du moins, je ne pense pas. » Il regarda les deux hommes. « Vous avez parlé à M-Li Watson ? C'est la meilleure amie d'Isabel. Elle la connaît mieux que personne. Elle possède un salon de beauté haut de gamme sur la Cinquante-neuvième est, entre Madison et Lex. »

Nick et Sacco ouvrirent leurs bloc-notes et écrivirent les renseignements.

« Notre enquête et nos auditions en sont au point de départ, » dit

Nick. « Auriez-vous par hasard les numéros de téléphone de Mademoiselle Watson ? Cela nous ferait gagner un temps précieux. »

« Bien sûr. » Creasy sortit un smartphone de sa poche et parcourut ses contacts. « L'entreprise de M-Li s'appelle La Fille Ultra Choyée, » dit Creasy. Il vit Nick écrire Emily et agita la main pour l'arrêter. « Non. Non. Ça ne s'écrit pas comme ça. C'est M majuscule–tiret-L–i. C'est une Américaine d'origine asiatique. »

Il énuméra l'adresse de l'entreprise et les numéros de téléphone, y compris le numéro personnel. « Isabel y allait religieusement pour se faire faire les cheveux et les ongles, » termina-t-il.

« Isabel travaillait-elle ? »

L'homme acquiesça. « Elle était conseillère beauté pour l'une des plus importantes sociétés de cosmétiques, Saks. »

« Auriez-vous par hasard aussi ces contacts ? »

Quelques secondes plus tard, Nick et Sacco avaient un numéro de son lieu de travail et le nom de son supérieur.

« Au meilleur de votre connaissance, avait-elle des problèmes avec quelqu'un au travail ou dans son cercle d'amis ? »

Creasy haussa les épaules. « Après notre séparation, j'ai coupé le cordon ombilical. Nous ne nous parlions pas, sauf par l'intermédiaire de nos avocats du divorce. M-Li devrait en savoir bien plus que moi sur ces conneries. »

« Étiez-vous au courant que votre ex-femme était en train de déménager ? » demanda Nick, pensant aux cartons.

« Le bail prenait fin, donc oui. » Son regard eut un éclat un peu vindicatif. « J'ai payé la deuxième moitié de mon loyer pour cette enfoirée en décembre. Elle m'a aussi pompé ça, la... » Il s'arrêta, se rendant peut-être compte de l'impression qu'il donnait.

« Si jamais vous pensez à autre chose, aussi insignifiant que cela paraisse, » Nick sortit un bristol et le donna à l'homme. « Appelez-moi s'il vous plaît. N'importe quel renseignement peut aider. »

Sans prendre la peine de présenter leurs condoléances, Nick et Sacco partirent par là où ils étaient arrivés sans attendre d'être reconduits.

Le froid, amplifié par le vent qui soufflait à travers les canyons artificiels du bas de Manhattan, frappa Nick qui se protégea en boule dans son manteau d'hiver. L'intérieur de la voiture n'était pas plus chaud, mais au moins le vent ne taillait pas sa peau en pièces. Nick aurait tué pour avoir à ce moment une tasse revigorante de caféine.

« Eh bien, c'était vraiment une relation pleine d'amour, » laissa échapper Sacco.

« Et une totale perte de temps. Ce n'était pas le grand amour, du moins pas pour lui. » Nick démarra la voiture. Le chauffage cracha un souffle d'air froid avant que la température monte. « Ça a été plutôt gentil de sa part de ne pas la traiter de garce. »

« Je pense qu'il a cru que nous aurions pu l'arrêter s'il avait fini sa phrase. »

« Ça fait de lui un connard, pas un tueur, » dit Nick, s'engageant dans la circulation. Il freina et klaxonna simultanément en tournant le coin. Il détestait le bas de Manhattan. Un contorsionniste avait plus de chances de se tordre le corps en un noeud que quiconque de sortir de cette zone sans ennuis. Il fit une embardée pour éviter des piétons, et remonta sur William.

« Mais nous verrons. Voyons ce que cette amie M-Li a à nous dire sur l'ex pas si éploré. Voyons si nous pouvons l'entendre maintenant. » Comme Nick coupait vers l'ouest à Liberty et faisait un crochet à droite sur Trinity, il vit l'horloge du tableau de bord et se rendit compte qu'ils n'auraient pas assez de temps pour auditionner l'amie de la victime, pas avant cinq heures.

« Laisse tomber. On va voir si elle peut venir au poste ce soir. Totes ne sera pas content si nous sommes en retard pour l'autopsie. »

Nick se traîna à travers la circulation croissante et écouta Sacco parler avec M-Li Watson.

« Elle travaille jusqu'à huit heures ce soir et ne peut pas modifier son emploi du temps, » dit Sacco, appuyant un doigt sur le micro de son téléphone. « Elle a demandé si nous pourrions être à son salon vers huit heures, après la fermeture de sa boutique. »

« Pas de problème, » dit Nick. Quelle importance auraient quatre heures de plus, ajoutées à leur poste de douze heures ?

Sacco confirma le rendez-vous et se tourna vers Nick.

« La nouvelle a semblé beaucoup l'affecter. Elle pleurait quand j'ai raccroché. »

Au moins quelqu'un pleure cette pauvre femme.

« Dis à Totes par SMS que nous sommes en chemin. »

BIEN QUE les dieux de la circulation fissent foirer tous les raccourcis que Nick prenait, ils parvinrent au bureau du légiste deux minutes avant cinq heures.

Le couloir qui menait à la salle de dissection n'était pas plus chaud que l'air extérieur, et l'odeur n'était pas meilleure que d'habitude, mais le froid aidait toujours à faire descendre l'odeur sur l'échelle du prêt-à-vomir de Nick.

« Eh bien ça, ce sont des égards, » dit Sacco, désignant les objets sur une petite table près des portes battantes. Deux masques chirurgicaux, une minuscule fiole de Vicks Vaporub, et un petit flacon d'aérosol Febreze, étaient disposés dessus.

« Je ne vais pas cracher dessus. Merci, Totes, » dit Nick en attrapant la fiole avant que Sacco puisse s'en saisir.

Il prit du Vicks sur son doigt, le tendit à son partenaire et appliqua la pâte sous et dans ses narines. Le camphre et l'eucalyptus pénétrèrent dans les voies nasales de Nick et lui montèrent au cerveau. Il inspira profondément plusieurs fois, saturant ses voies nasales de l'odeur, et vaporisa du désodorisant sur un masque. Il le plaça tout contre son visage, et suivit Sacco dans la pièce.

Millsap, dans ses vêtements antiseptiques pour ceux qui n'auraient plus jamais à se soucier des infections, était penché sur la victime, examinant attentivement son corps nu, pendant que son assistant procédait à l'enregistrement photographique de tout. Des enveloppes de papier de différentes tailles étaient déjà scellées et inventoriées sur un plateau de métal près de Millsap, incluant des prélèvements scellés.

Une autre autopsie était également en cours, à deux tables sur la droite. Le bourdonnement de la voix de l'assistant légiste dictant l'état des entrailles de la victime dans un enregistreur numérique répertoriait les blessures de ce qui ressemblait à un délit de fuite.

Nick évita de regarder de ce côté et respira en goulées superficielles.

« Bonjour, les gars. » Millsap souleva le bras droit de la victime, examinant la peau à la recherche de résidus ou d'hématomes. « Ma femme tuerait pour avoir une peau comme celle-ci. »

« Est-ce une métaphore pour une absence d'hématomes ? » demanda Nick.

« Pas même une éraflure. »

Millsap posa le bras sur la table avec la délicatesse souvent réservée aux nourrissons ou aux femmes. Nick savait que Totes traitait toujours ses clients de la sorte. Il rappelait constamment à ses assistants et aux enquêteurs que les victimes sur son bloc méritaient des égards dans la mort, comme la plupart du temps elles avaient subi des sévices pendant leur existence.

Il n'y a rien de mal à leur faire d'ultimes adieux respectueux.

« Alors, que vous dit-elle ? »

Le masque chirurgical de Millsap tressauta, comme si un sourire l'avait étiré. Son regard exprimait la même chose.

« Cette femme prenait grand soin d'elle-même, du moins extérieurement. Sa peau n'a pas été endommagée par le soleil, elle n'a pas de taches solaires ni de cicatrices, il y a juste son appendice qui a été retiré il y a des années. Ses ongles et ses orteils sont manucurés à la perfection. Sa chevelure est naturelle, sans coloration. »

« Son ex a dit qu'elle ne sautait jamais ses rendez-vous au salon de beauté, » intervint Sacco.

« Et c'était aussi une spécialiste en cosmétiques chez Saks, » ajouta Nick.

« C'est cohérent, » dit Millsap en poursuivant son examen. « Des bilans comme le sien, on en voit un sur deux cents flacons de sérum. Ou cela pourrait juste être dans son ADN. »

Millsap semblait en avoir terminé avec l'examen extérieur du corps. L'étape suivante serait l'examen des organes.

« Maintenant, la question à un million de dollars, » demanda Nick, avalant plusieurs fois sa salive. « D'après l'examen préliminaire... suicide ou homicide ? »

« Ceci, messieurs, n'est en aucun cas un suicide, d'après mon expérience professionnelle. » Millsap désigna la victime. « Aucune violence d'aucune sorte. Ses poings ne sont pas serrés. Aucun signe que la ligature ait bougé sous la secousse. Le nœud de la corde est un peu plus haut que la normale dans la région occipitale. »

« Le noeud n'est pas de l'autre côté ? » demanda Nick, se souvenant du suicide d'Angela. Malheureusement pour lui, il était devenu depuis lors involontairement expert dans les morts par pendaison.

« Non. Elle n'aurait pas pu faire cela si elle s'était suicidée. C'est atypique. » Millsap désigna ensuite la gorge de la victime. « Les signes normaux d'asphyxie, dans ce cas l'étirement de son cou, les hémorragies pétéchiales sur la peau du visage et dans les yeux, sont là. Le cou est profondément entaillé par la ligature. L'état du foie indique qu'elle est restée pendue pendant six à sept heures maximum avant que nous la découvrions. Les radiographies ont exclu une fracture cervicale. » Il fit un signe de tête en direction de Sacco. « J'ai pensé que, pour votre bien, j'allais utiliser un minimum de jargon médical. Ça n'a pas d'intérêt pour vous ? »

« Très drôle, Millsap. »

« S'il vous plaît, dites-moi qu'elle a lutté pour éviter d'être pendue comme un cochon à l'abattoir, » demanda Nick.

Millsap se retourna face à eux. « Cela, messieurs, est le mystère du jour qu'il nous appartient de résoudre. Elle s'est asphyxiée à cause du poids de son corps, mais il n'y a aucun signe de lutte à aucun endroit de son corps. Aucun. Pas de griffures. Pas de substances étrangères sous ses ongles. Pas de fibres de la corde dans ses mains. Pas de marques d'ongles en croissant autour de sa gorge qui indiqueraient soit une tentative de strangulation par des tierces personnes, soit sa réaction viscérale pour arracher la corde qui l'étouffait. C'est-à-dire, avant que la confusion s'installe. »

Nom de Dieu. Nick se rappelait les moments où Angela avait tiré frénétiquement avant que le flux sanguin vers son cerveau soit coupé. La prise de conscience dans son regard, la terreur de ce qui s'était produit quelques instants avant que le téléphone s'écrase au sol et que la connexion FaceTime se coupe. Une image qu'il mettrait des années à oublier. S'il le pouvait un jour.

« Vous avez vu la scène de crime, » dit Nick. « Ses vêtements n'étaient pas non plus arrachés ni en désordre. Nous n'avons vu absolument aucun signe de lutte. »

« Je m'en souviens. »

« Ramos jure que c'était une mise en scène, » ajouta Sacco.

« Jusqu'à ce que j'ouvre la victime, ma première conclusion coïncide avec son analyse. Je parierais que cette femme a été droguée jusqu'à ce qu'elle soit inconsciente, placée dans le nœud coulant, soulevée et abandonnée à sa mort. Il n'y a pas d'hématomes dans la région axillaire, donc on ne l'a pas d'abord tenue avant de lui placer ensuite le nœud coulant autour du cou. J'en chercherai des preuves sous le derme quand je l'aurai ouverte. »

« Le crochet présentait des signes qu'on a tiré la corde, » dit Nick.

Millsap le regarda. « Vers le haut, ou vers le bas ? »

« Vers le haut. Nous en saurons plus quand Ramos aura vérifié. »

« Cela parle d'homicide, pas de suicide, c'est criant. »

« Nom de Dieu. » Nick n'aima pas l'expression dans le regard de Millsap.

« Le laboratoire toxicologique aura les échantillons sanguins quand j'aurai terminé. Je leur ai demandé d'effectuer un bilan complet. »

« Des indices ? » demanda Nick.

« Aucun que je voie maintenant. Les prélèvements, la corde et les vêtements seront entre les mains de Ramos dans les mêmes délais. Espérons qu'elle trouve quelque chose. »

« Ce qui signifie qu'il n'y a rien, » intervint Nick.

Millsap enregistra ses constatations, souleva le scalpel, et commença l'incision en Y. Nick se brouilla la vue. Cela rendait moins horrible ce qui allait venir au cours de l'autopsie.

CHAPITRE CINQ

NICK FIT SAUTER la capsule de sa bière et prit quelques agréables gorgées. Sacco l'avait déposé à son appartement un peu avant dix-neuf heures. Après l'autopsie, ils avaient éprouvé le besoin de se débarrasser sous la douche de la puanteur de la mort, de se changer et d'auditionner la meilleure amie d'Isabel Creasy. Nick espérait qu'elle allait compléter leur victimologie car, pour le moment, ils ne disposaient pas de grand-chose.

Pas de fréquentations.

Pas d'ennemis.

Pas de suspects.

Que dalle.

Juste un abruti d'ex-mari, une meilleure amie, et des photos sur un ordinateur.

Il mit la bière dans le réfrigérateur pour la consommer plus tard. Il était sur le point de retourner dans la chambre pour prendre sa cravate quand un léger coup suivi par *Nick, c'est Laura* le fit se retourner. Avant qu'il atteigne la porte d'entrée, trois autres coups saccadés retentirent.

Nick déverrouilla et ouvrit la porte en finissant de boutonner sa chemise fraîchement lavée.

« Puis-je vous parler ? » demanda Laura, qui semblait mal à l'aise, indécise, serrant contre sa poitrine une enveloppe de papier kraft. « Je sais que vous êtes occupé... »

Pendant un moment, Nick demeura planté comme un adolescent ébloui se retrouvant face à une Vénus incarnée. Dieu, mais elle était belle... si désirable physiquement qu'il avait envie de se plonger dans son corps comme il avait puisé dans ses gâteaux. Il se rappela la première fois qu'il avait goûté l'une de ses créations. En signe de reconnaissance pour tout ce qu'ils avaient fait, Laura avait confectionné un gâteau pour le poste de police. Pour la première fois, il comprit ce que signifiait la compulsion. Une portion ne lui avait pas suffi. Et ce serait la même chose avec elle. Et son désir était terrible. Il comprit que s'il goûtait à Laura, la femme qui faisait danser son cœur, sa faim pour elle se poursuivrait jusqu'à le consumer.

« Je suis désolée de vous déranger. J'ai vu vos lumières allumées en rentrant chez moi. »

Laura habitait dans l'immeuble en face de chez lui dans la Trentième ouest. Environ sept mois plus tôt, on avait signalé à son chef que deux appartements étaient à louer en face. À la recherche d'une bonne recommandation, l'homme avait demandé à Nick s'il connaissait quelqu'un de fiable pour les loyers. Nick avait sauté sur l'occasion. Il savait que Laura cherchait un logement à elle. Après le meurtre de son mari, Laura avait ouvert les portes de son appartement précédent à Goodwill et aux services caritatifs de son église et avait fait don de tout ce qu'il contenait. Ses papiers personnels et son matériel de pâtisserie avaient été emballés et placés dans un local de stockage, et elle avait emménagé chez Erin. Mais l'appartement de son associée était petit, et Laura s'était sentie comme l'intruse qu'elle était, dormant sur le canapé et privant d'intimité Erin, son mari Gabe, et leur enfant de deux ans.

Quand les gestionnaires de l'immeuble avaient approuvé la demande de Laura, Nick avait été heureux de sa proximité, de leurs liens grandissants, espérant qu'une relation intime pourrait naître bientôt.

Mais d'abord, il y avait des choses à exorciser. Et il en avait presque terminé.

« Il n'y a pas de dérangement, » dit Nick en s'effaçant pour la laisser entrer.

Laura passa près de lui et pénétra dans la salle de séjour tandis que Nick fermait la porte.

« Sacco passe me prendre dans quelques minutes pour une audition sur une affaire de meurtre, » dit Nick. « Ça vous ennuie si je continue de me préparer ? »

« Je regrette tellement. Je ne voulais pas vous perturber. » Elle fit demi-tour, prête à se retirer.

Nick soupira. « Laura, arrêtez. »

Il la prit par la main et la tira doucement vers le comptoir de la cuisine. Il sentit un léger frémissement chatouiller sa paume, sut ce qu'il signifiait et reconnut une aspiration analogue à la sienne. Mais il en resta là pour le moment—à un attouchement volé. « Je suis heureux d'avoir votre compagnie. Puis-je vous offrir quelque chose ? De l'eau ? De la bière ? »

Laura huma l'air, respirant le lourd parfum d'agrume qui se mêlait à l'eau de Cologne masculine. « Je prendrai un peu de cette citronnade, s'il en reste. »

« Ce n'est pas de la citronnade, c'est moi. »

Laura attendit que Nick développe son commentaire, mais il n'allait pas lui dire que le jus de citron était le seul moyen de débarrasser sa peau et ses cheveux de l'odeur tenace de la mort. Il s'assit sur un tabouret et attendit qu'elle explique ce qui n'allait pas, parce que quelque chose n'allait pas. Il le sentait. Il le voyait. Elle était crispée, son beau regard était vague, comme si elle se livrait à un débat intérieur avec elle-même.

« Laura ? »

« Ah, oui. Désolée. » Ses yeux se concentrèrent. Elle posa l'enveloppe de papier kraft sur le comptoir et la fit glisser vers lui. « C'est pour vous. »

« Et c'est ? »

« Encore des preuves de harcèlement et de traque de la part de Sandra... pour votre dossier sur l'affaire. »

Nick ne répondit pas. Il semblait que la sœur dérangée ne sortirait jamais de sa phase de destruction. Il ouvrit l'enveloppe et parcourut les commentaires.

« Quelle garce. »

Laura eut un sourire narquois. « Les jurons de mon avocat ont été bien plus hauts en couleur. »

« Je pensais que nous avions mis fin à ses activités. » Nick remit les papiers dans l'enveloppe. « Ils sont censés contrôler ce genre de merde en prison. »

Laura haussa les épaules, comme si cela l'indifférait, mais ses yeux s'embrumèrent. « C'est ce que l'institution pénitentiaire devrait faire. Mais ce n'est pas la réalité, n'est-ce pas ? » Elle prit une profonde inspiration. « Sandra a probablement arnaqué quelqu'un à l'extérieur de la prison pour qu'il poste pour elle. Ou quelque chose de pire. »

Nick ne voulait même pas penser aux méthodes désagréables que Sandra aurait pu utiliser pour obtenir ce qu'elle voulait. Il regarda l'horloge de la cuisine et jura mentalement. Son partenaire allait arriver à tout moment. C'était habituel. Il éprouvait maintenant un besoin intense de réconforter Laura. Encore un exemple des tours de cochon que lui jouait l'univers pour le réveiller, en lui rappelant : *Dommage pour toi, mon gars. Le devoir t'appelle.*

« Laissez-moi prendre une cravate. Je reviens tout de suite. »

Nick se précipita vers son lit, prit la cravate qu'il avait choisie plus tôt, et la noua en revenant. Tandis qu'il ajustait le nœud en hauteur, la remarque suivante de Laura l'arrêta net.

« Je vends ma part de l'entreprise à Erin. »

Nick se reprit et continua d'arranger sa cravate. « Ce n'est pas plutôt soudain ? »

Laura pencha la tête et ses lèvres s'étirèrent en un sourire triste. « Non, ce ne l'est pas. J'ai mentionné une ou deux fois cette possibilité. »

« Comme une hypothèse, » dit Nick. « Pas comme une certitude. »

« Ceci, » dit Laura en désignant l'enveloppe de papier kraft, « est injuste pour moi. Mais c'est encore plus injuste pour Erin. Je ne peux pas laisser détruire ce que nous avons construit ensemble. Quand j'aurai disparu du paysage, l'entreprise se remettra et restera rentable. Elle est tellement douée. Elle va s'en sortir. Et Gabe l'aidera. »

« Vous devriez vous accorder davantage de temps pour y réfléchir. »

« Le temps de la réflexion est terminé. Je dois agir. Plus vite je débarrasse le plancher, et mieux ce sera. »

Tandis qu'elle s'approchait, la tristesse dans les yeux de Laura fit presque tomber Nick à genoux. Elle écarta les mains de Nick de sa cravate, et entreprit de terminer ce qu'il avait commencé.

« Il est fort possible que Sandra s'en tire avec ce qu'elle souhaite : un transfert dans un établissement psychiatrique. Personnellement, je pense que sa place est là-bas. Mais en tant que psychopathe qui me ressemble, s'habille comme moi, marche comme moi, et a même modifié son apparence pour me ressembler presque exactement, jusqu'à la blessure qu'elle s'est infligée... »

Laura tourna son pouce pour dévoiler la cicatrice. Quand elle avait environ huit ans, elle avait eu un accident au cours duquel le couteau qu'elle utilisait pour couper un bagel avait glissé, entaillant profondément son pouce. Cette cicatrice avait été son salut, la preuve qui l'avait innocentée du meurtre de son mari. Mais quand Sandra l'avait découvert, elle s'était arraché la peau pour imiter l'ancienne blessure de Laura.

Elle tira une dernière fois sur la cravate, ajusta le col de Nick, lissa sa chemise, et se recula.

« Voilà, » dit-elle, une lueur approbatrice dans le regard, qui devint grave l'instant d'après. « Elle est dangereuse. »

« Nous pouvons vous protéger... »

« Non. » Sa tête remua en écho à sa dénégation. « Rien ne peut me protéger de cela, sauf ce que je suis en train de faire... et qu'il faut que je fasse. Pouvez-vous vous occuper de mes plantes pendant un ou deux jours ? »

« Vos plantes. »

« Je ne demande pas habituellement, mais je ne peux pas laisser passer cette opportunité professionnelle. C'est en dehors de la ville. »

Elle sortit une clé de la poche de son jean, prit la main de Nick et la pressa dans sa paume.

Nick regarda la clé argentée, dont la tête était recouverte de plastique bleu et portait en filigrane le mot *Home* en caractères gras noirs. Ce geste était chargé d'une sacrée signification : *Je fais le premier pas. Vas-tu accepter ?*

Il enferma la clé dans sa main.

« D'accord. Pas de problème. »

« Je devrais être de retour dans trois ou quatre jours. Cela dépend. Si cela vous dérange, je pourrais demander à Erin... »

Nick la regarda fixement.

« Qu'est-ce que vous essayez réellement de me dire ? »

Laura avala sa salive. « Je pense quitter carrément New York. »

« Vous partez. » Une déclaration sobre, prononcée comme dans une transe. Nick avait l'impression d'avoir les jambes coupées.

Laura acquiesça.

« Chez vos parents ? »

« Je ne peux pas. Je ne peux pas les entraîner dans l'enfer que je vis. » La respiration de Laura se fit irrégulière. « J'y réfléchis seulement... Enfin, une chose peut... Je resterais si... » Ses yeux exprimèrent le message qu'elle avait tu.

Le choc cloua Nick sur place. Sa respiration semblait s'être arrêtée. L'écho de la voix d'Angela résonnait dans sa tête... *Peu importe, Nicky. Tout ce que tu veux que je fasse. J'ai besoin de toi.*

Nick vit que Laura comprenait exactement sa réaction à peine dissimulée et le souvenir qu'elle masquait. Ses bras s'avancèrent vers lui. S'arrêtèrent. À la place, elle enfonça ses mains dans les poches arrière de son jean.

« Je sais que j'avance peut-être sur du sable mouvant. » D'hésitant, son regard se fit déterminé, et son corps s'arc-bouta comme dans l'attente d'un coup. « Je t'aime. Voilà. Je l'ai dit. » Elle haussa les épaules devant l'inévitable. « Je suis désespérément amoureuse de toi. Je n'y peux rien. Mais ceci, » et elle désigna l'enveloppe de papier kraft, « a changé la donne. Je ne peux plus vivre dans ce carrousel d'émotions. Je ne peux pas permettre que ceux que j'aime soient sans cesse affectés par ceci. Il faut que je disparaisse, que j'aille là où personne ne me connaît, là où ma cinglée de sœur ne pourra pas m'atteindre. » Elle leva le menton, déterminée. « Mais je tenterais ma chance si nous sommes ensemble. Avons-nous un avenir ? Pouvons-nous ? »

Nick avait envie de dire à Laura que son timing était glauque. Qu'elle ne pouvait pas lâcher cette bombe juste avant que son partenaire vienne le chercher. Qu'il avait envie de la menotter à son lit et de ne pas la laisser partir jusqu'à ce qu'elle reprenne ses esprits. Mais la seule chose qu'il dit fut : « Quand ? »

« Je ne sais pas exactement, » soupira Laura. « Cela dépend de ce que je concrétiserai pendant ce voyage. »

Le portable de Nick vibra. Il le sortit de sa poche et vit le SMS de Sacco disant qu'il était presque là.

« Merde. Écoute, j'ai... »

Laura posa de doux doigts sur ses lèvres.

« Je sais. Le travail t'appelle. »

Ensuite, cette femme qui pourrait changer l'essence de son existence fit une chose qu'elle n'avait jamais faite auparavant. Une chose que Nick avait voulu faire depuis toujours. Laura prit le visage de Nick entre ses mains, se pencha en avant et l'embrassa avec une douceur dévastatrice et une profondeur de sentiments qu'il n'avait jamais encore connue.

Laura recula de quelques pas.

« Je sais que je t'en ai balancé beaucoup. Mais penses-y. Sois prudent au travail, s'il te plaît. »

Elle fit demi-tour et sortit silencieusement.

Une minute après le départ de Laura, Nick fixait toujours la porte, se demandant comment un baiser pouvait insuffler une telle chaleur dans son âme meurtrie.

LA salle commune du centre de détention de Bedford Hill bourdonnait de groupes de conversations.

Sandra Ward était assise dans un coin, indifférente et franchement un peu ennuyée. Les bribes de conversations qui lui parvenaient ne faisaient que ressasser les événements importants de la soirée, et le journal qu'elle était en train de lire n'avait sorti aucun article sur sa préoccupation essentielle : sa sœur, ou le policier qui l'avait si impitoyablement mise derrière les barreaux.

« Ils emmènent son corps à la morgue plus tard ce soir, » dit une des détenues à sa droite.

Sandra utilisa son ongle pour séparer les pages collées ensemble, et consulta la rubrique nécrologique. Elle aurait préféré mettre la main sur un ordinateur, mais cela lui était interdit depuis la semaine dernière. En parcourant le contenu de la page, elle se focalisa sur l'annonce du décès d'une danseuse de ballet à l'âge respectable de soixante-dix-huit ans. Au moins cette femme avait vécu sa vie dans une carrière qu'elle adorait. Il y a une éternité (quand était-ce, quand elle avait six ans ?) Sandra avait rêvé de danser dans un tutu froufroutant coloré, tournoyant comme une toupie sur une scène illuminée dans des chaussons roses. Des applaudissements d'admiration et d'émerveillement auraient suivi sa silhouette tourbillonnante et auraient dominé le son de la musique autour d'elle. Mais comme sa garce de mère droguée l'avait gardée *elle* au lieu de sa sœur jumelle, cette chère maman l'avait préparée pour ces clients qui s'intéressaient plus à écarter de jeunes jambes et à pénétrer de la chair jeune et ferme. Des rentrées d'argent garanties pour les doses et la peau flasque de sa mère.

« Un sacré gâchis. »

« Je ne savais pas que les allergies pouvaient tuer. »

Le regard de Sandra tomba sur une autre annonce mortuaire, cette fois sur un jeune homme qui avait fait une overdose avec le dernier cocktail d'opiacés. La famille était dévastée, semblait-il. Sandra aurait aimé que ce nouveau mélange de fentanyl fût disponible il y a des années. Il aurait été plus facile et plus rapide de se débarrasser de Ramona Ward.

« Quelqu'un était au courant ? »

« Je pense que même Sonia n'était pas au courant. »

« Je dis bon débarras à cette garce. »

Les lèvres de Sandra eurent un mouvement convulsif. Ce dernier commentaire devait provenir de la condamnée à perpétuité, Vanessa quelque chose. Une âme sœur, en ce qui concernait les crimes. Vanessa avait été condamnée pour avoir poignardé et découpé son proxénète et la jeune idiote qu'il était en train de sauter. Tout cela parce que l'homme l'avait truandée sur la meth promise.

Les hommes. Ils connaissent que dalle en priorités.

« Ah, allons, Vanessa. »

Sandra abaissa le coin du journal juste assez pour voir le profil de Vanessa.

« Ne me sors pas du « Oh, Vanessa. » Sonia... était... une... garce. Je me fous de qui m'entend. » Vanessa leva le visage et hurla. « Vous m'entendez ? Sonia était une garce. » Vanessa regarda le groupe rassemblé autour d'elle. « Une garce et une moucharde. À combien d'entre nous elle a causé des ennuis ? »

Sandra se remit à consulter la rubrique nécrologique. Sonia-la-fayote était le nom dont l'avaient baptisée toutes les détenues de la salle. C'était plus une vermine, pensa Sandra, toujours à fourrer son nez dans ce qui ne la regardait pas, regardant par-dessus les épaules, échangeant des informations avec les gardiens contre des avantages.

Quelqu'un du groupe murmura : « Vous pensez que quelqu'un a fini par se venger ? »

Sandra sourit. La semaine dernière Sonia avait trouvé Sandra utilisant le temps de quelqu'un d'autre sur l'ordinateur. Elle avait signalé cette transgression à ce professeur au cœur sensible de Vassar qui pensait que, en consacrant son temps à donner des cours d'informatique en prison, elle contribuerait à maintenir le taux de récidive au minimum. Les gens comme ce professeur croyaient que ces histoires à faire pleurer du style Oprah convainquaient qu'une bonne majorité des femmes dans cette prison avaient été entubées par l'abandon, la maltraitance, la répression ou l'oppression de la société.

Quelle conne ignorante.

Mais ce signalement avait privé Sandra de l'ordinateur, dont elle avait désespérément besoin pour suivre de près sa jumelle. Ou pour suivre de près sa dernière combine. Ou pour continuer la campagne qu'elle avait entreprise pour détruire la belle vie de sa jumelle. Et personne n'interviendrait dans les plans de Sandra. Elle avait montré des remords et du repentir auprès des autorités adéquates, avait accepté son châtiment, et s'était occupée de Sonia de la manière dont elle s'était occupée toute sa vie de toutes les Sonia.

Bon débarras.

CHAPITRE SIX

LA DEVANTURE de *La fille ultra choyée* était discrète pour ce coin de la ville. Nick supposait que la propriétaire recherchait la distinction, avec de simples vitrines encadrant l'entrée, chacune avec un treillis de bois irrégulier. Au-dessus de la porte, le nom du salon était écrit en une calligraphie élégante. Rien d'autre n'obstruait la vue d'une potentielle cliente regardant à l'intérieur, où elle verrait les mêmes lignes pures se poursuivre dans le magasin jusqu'au mur du fond.

Sacco frappa à la porte verrouillée, tandis que Nick tenait son insigne près de la vitre pour faciliter son identification.

Une femme à la fin de la vingtaine ou au début de la trentaine se leva de derrière le comptoir de la réception et s'approcha. Mince, vêtue d'un pantalon noir et d'un chemisier blanc, les cheveux coupés à la lutin dont la couleur était assortie au magenta, au bleu et aux stries noires de ses ongles.

« Entrez, s'il vous plaît. M-Li vous attend. » De ses ongles de vampire psychédélique, elle désigna l'arrière de la boutique.

« Puis-je vous offrir quelque chose ? De l'eau de coco ? Notre mélange spécial de rose et de grenade ? »

« Non, merci, mademoiselle... ? » demanda Nick.

« Oh. Désolée. Galina. Galina Breshnevskaya. »

Nick et Sacco sortirent leurs calepins et lui demandèrent l'orthographe.

« Nous sommes toutes choquées, vraiment choquées par cela, » dit Galina en les conduisant vers l'arrière-boutique. L'endroit était bourdonnant d'activité, tous ceux qui y travaillaient balayant, nettoyant et organisant leurs espaces de travail pour le lendemain matin. Le parfum des huiles essentielles imprégnait la zone, marque de fabrique de toute entreprise New Age. Nick ne croyait pas à cette dernière mode qui vantait les mérites de l'aromathérapie, qui prétendait toujours revigorer, relaxer et même détoxifier le corps. Malgré cela, il appréciait plutôt de pénétrer dans ces zones parfumées. Pour lui, cela sentait bon, tout simplement.

En tout cas, cela battait haut la main les odeurs du poste de police et de la morgue.

« Isabel était si gentille, et drôle. » Galina interrompit ses pensées, contournant un poste de manucure. « Nous ne comprenons pas du tout pourquoi elle aurait fait cela. »

« Etiez-vous proches ? » demanda Sacco.

« Nous n'étions pas les meilleures amies. Pas comme avec M-Li. » Galina s'arrêta et joua avec le clip en diamant en forme de croissant de lune qui bordait son oreille droite du haut jusqu'au lobe. « Je lui faisais occasionnellement les ongles, quand M-Li n'était pas disponible. Mais nous la connaissions toutes. Et elle était en train de remettre de l'ordre dans sa vie. Elle était vraiment impatiente. » Le regard de Galina se déplaça vers la vitrine.

Nick vit sa tentative pour contenir son émotion, sa réticence à montrer comme la nouvelle l'avait affectée. Elle ne parvenait pas à endiguer la raucité dans sa voix.

« Je ne comprends pas du tout les gens, » murmura-t-elle en regardant d'abord Nick, puis Sacco. « Comment peut-on se faire cela à soi-même ? »

Nick n'avait pas la réponse. Il ne pensait pas que quiconque eût la réponse à cette question, encore moins à la possibilité qu'Isabel Creasy ait pu connaître une fin violente par la main d'autrui.

« À quelle fréquence venait-elle ? » demanda Nick.

« Voyons, elle n'en manquait jamais une sur ce point. Elle était ici à la seconde tous les vendredis à dix-huit heures. Elle disait que le chouchoutage préservait sa santé mentale. » Elle eut un hoquet en prenant conscience de ses paroles. « Oh. »

Galina désigna du doigt la meilleure amie d'Isabel Creasy près de l'arrière de la boutique et les laissa se débrouiller. Elle reniflait bruyamment avant d'être de retour à son poste.

Nick et Sacco poursuivirent dans la direction qui leur avait été indiquée.

Séparée par des rideaux blancs qui semblaient à Nick être en soie, la zone pédicure ressemblait davantage à un luxueux spa de jour qu'à une onglerie. Les chaises étaient richement capitonnées, conçues pour envelopper et recevoir un corps dans un cocon de douceur. Chaque poste était séparé par un écran d'intimité en papier blanc à treillis, accroissant l'impression d'isolement pour les clients comme s'ils étaient les seules personnes au monde, soignés par un pédicure expert dans l'art de sublimer et de relaxer les clients dans chacun de leurs souhaits.

Les pensées de Nick se tournèrent vers Laura. Ce bichonnage lui plairait. Et elle aurait bien besoin d'un peu de détente dans sa vie en ce moment.

« Une fois de plus, dois-je vraiment confisquer votre téléphone portable comme si vous aviez dix ans ? » La voix de M-Li, au timbre doux malgré une tonalité de réprimande, portait jusqu'à l'endroit où ils se tenaient.

Nick regarda Sacco. Son partenaire haussa un sourcil, son regard reflétant ce que Nick avait à l'esprit. Ils assistaient à un petit remontage de bretelles par la patronne.

La meilleure amie de Creasy était vraiment de petite taille, aux alentours d'un mètre cinquante-sept ou d'un mètre soixante, tandis qu'elle se tenait face au torse de son employée. Une longue tresse épaisse presque noir bleuté était drapée sur son épaule et lui tombait presque à la taille. Les deux femmes portaient le même ensemble pantalon noir chemisier blanc que Nick avait vu sur Galina et tous les membres du personnel qu'ils avaient croisés. Cela devait être une sorte d'uniforme standard.

« Mais... » commença l'employée.

M-Li l'interrompit. « Quelles sont mes trois règles ? »

Comme la femme ne répondait pas tout de suite, M-Li Watson répéta la question, en ajoutant cette fois de l'emphase à ses paroles, et attendit.

« Chouchouter le client, » dit l'employée. « Faire disparaître la réalité. Offrir les meilleurs services. »

« Pendant cette heure, le client est votre univers. Vous ne regardez *pas* vos messages. Vous ne répondez *pas* à votre téléphone. Vous n'êtes là *que* pour ce client. »

« Mais... »

« Il n'y a pas de mais. Galina tient la réception précisément pour cette raison. S'il y a une urgence, elle sait quoi faire. C'est la deuxième plainte que je reçois, de pas moins de deux clients différents. Si vous devez parler à votre être cher, ou à votre mère, ou à quiconque vous a notifiée sur Facebook ou bippée sur Instagram, vous prenez une pause *avant* d'accueillir ce client, ou *après* avoir terminé. Ce portable doit être en mode silencieux *en permanence*. Ceci est votre dernier avertissement. »

« Oui, mademoiselle Watson, » admit la femme, bien qu'à contrecœur.

Nick se racla la gorge. M-Li les examina brièvement, les salua d'un signe de tête, et reporta son attention vers l'autre femme. « Allez désinfecter ces cuvettes pour les pieds et préparez-les pour demain. Puis faites l'inventaire des vernis à ongles, des exfoliants et des masques. Dites-moi ce qui doit être remplacé. »

Sermonnée, la femme s'excusa et vaqua à ses tâches.

« Inspecteurs ? »

Comme ils acquiesçaient, M-Li prit une pochette à espèces en vinyle et désigna un rideau à l'arrière. « Cela vous ennuie si nous parlons dans mon bureau ? »

« Conduisez-nous, s'il vous plaît, » dit Nick.

M-Li leur fit monter un escalier de métal ridiculement étroit qui partait du niveau de la rue, en face des toilettes. À l'étage, l'espace était un entrepôt ouvert, aussi long et large que l'étage inférieur. Les murs étaient revêtus de briques jusqu'à l'extrémité, où des panneaux de verre du sol au plafond offraient la vue sur l'avenue et sur les immeubles en face et en dessous. À leur droite, l'espace était rempli de boîtes d'inventaire séparées par des tables en bois, de matériel de rechange, et d'écrans d'intimité supplémentaires. Des feuilles de papier blanc de la taille d'une lettre avec des indications manuscrites sur le contenu de l'inventaire pendaient du plafond carrelé pour identifier les lots. Sur la gauche, il dépassèrent un espace aménagé en salon de repos, avec des canapés, des sièges inclinables, un petit téléviseur, une table multifonctions, et un comptoir de cuisine avec une machine à espresso, un micro-ondes, un petit réfrigérateur et un évier. Près de la fenêtre, ils s'approchèrent d'un bureau en bois en forme de L avec pour pieds des équerres d'aluminium. Un écran d'ordinateur et d'autres fournitures personnelles et professionnelles pour faire de cet espace celui de M-Li, encombraient le dessus. Devant le bureau étaient posés deux sièges, et à leur gauche quatre armoires de dossiers étaient adossées au mur. Pour compléter la touche personnelle, une estampe de soie chinoise et des photos de famille ornaient le mur derrière le bureau.

« Navrée de ce que vous avez entendu, » dit M-Li en s'asseyant à son bureau, posant la sacoche de vinyle devant elle. Elle désigna les deux sièges, qu'ils prirent. « Les employés fiables sont difficiles à trouver, j'ai le regret de le dire. »

« Nous comprenons, » dit Nick, pensant à Laura et à la façon dont ce sujet revenait à chaque fois qu'elle parlait de ses propres employés.

Le regard de M-Li glissa vers une photo encadrée près de son clavier. Elle la prit, les yeux larmoyants. « Cela... fait mal. C'est totalement irréel. » Elle les regarda, les joues parcourues de larmes. Elle les essuya avec ses phalanges. « Je m'attends à ce qu'elle arrive à tout instant, se vantant du massage exceptionnel qu'elle a reçu, ou de ce qu'elle a acheté pour son nouveau logement... »

Nick avança la main et M-Li lâcha la photo. Elle avait été prise à Central Park, à la Terrasse et à la Fontaine Bethesda à l'extrémité du Mall. Les deux femmes étaient plus jeunes, d'humeur folâtre, semblait-il, faisant des grimaces à l'appareil photo, les doigts écartés près de leurs yeux en un V de la victoire, très proches de l'habitude qu'ont les adolescentes japonaises quand elles prennent des photos.

« Mon mari a pris cette photo avant notre fête de fiançailles. »

« Il y a combien de temps ? » demanda Nick.

« Il y a six ans. Nous nous sommes mariés cinq mois plus tard. »

Elle accepta la photo que Nick lui rendait. « Isabel n'a pas encore fait la connaissance de cet abruti. »

« Vous voulez dire Monsieur Creasy ? » demanda Sacco.

« Le roi des connards. Elle pensait avoir trouvé son GA... »

« GA ? » interrompit Nick.

« Ouais, son grand amour. Je lui ai dit que ce n'était pas un homme pour elle, mais Isabel était tellement amoureuse. Tellement certaine qu'elle réussirait. »

« Que pouvez-vous nous dire sur son mari ? »

« Un idiot, c'est ce qui me vient à l'esprit. Un salopard égocentrique serait plus exact. Il a des délires de grandeur. »

« Tels que ? » demanda Nick.

« Il pense qu'il va être le prochain Zuckerberg ou ce genre de conneries. Il passe pratiquement tout son temps à essayer de dépasser les ventes de Mary Kay elle-même dans son boulot de merde. Le reste du temps, il vit au-dessus de ses moyens, il veut frimer auprès de tous ceux qui pourraient un tant soit peu le mettre en relation avec les bonnes personnes. Quand ils vivaient dans la brownstone, il recevait constamment, en invitant ceux dont il estimait qu'ils pourraient faire avancer sa carrière. Et quand il n'organisait pas des soirées extravagantes, il invitait les gens dans des restaurants à la mode. » M-Li secoua la tête, le regard triste. « Pauvre Isabel. Elle s'est crevée à travailler pour ce salaud. »

« Comment ça ? » demanda Nick. Cette vision de la situation conjugale était en opposition complète avec la vision des choses de l'ex-mari. Il nota mentalement que M-Li Watson n'avait pas mentionné l'ex-mari par son nom, pas même une fois.

« Isabel est ... merde... était toujours en train de faire des heures supplémentaires pour boucler les fins de mois. Ils ne passaient guère de temps ensemble. Pas de vie privée conjugale, à moins que vous ne considériez qu'un coup occasionnel de trente secondes alimente une relation maritale. »

Sacco s'éclaircit la gorge. Nick perçut le petit tressaillement des lèvres de Sacco dans sa vision périphérique.

« Et ses amis ? »

M-Li secoua la tête. « Davantage des connaissances que des amis. Ça a toujours été comme ça, même quand nous étions colocataires à l'époque. Je suis… j'étais sa seule amie. Elle était un brin timide, surtout avec les inconnus. Et ce salopard l'entourait toujours d'inconnus. Ça a commencé à avoir des effets pernicieux, surtout après avoir perdu quatre ans avec cet obsédé du contrôle. Son estime personnelle s'est mise à se dégrader, elle était indécise, se posant toujours des questions sur elle-même, pensant qu'elle n'était pas à la hauteur, qu'elle n'était pas assez jolie. »

« Cela n'aurait-il pas pu l'amener au suicide, d'après vous ? » demanda Sacco.

Le visage de M-Li changea radicalement.

« *Ja-mais*. C'est ce que ce salopard vous a dit ? »

« En fait, il a été choqué par la nouvelle, » répondit Nick. « Il a dit qu'elle avait peur de la mort. Est-ce exact ? »

« Elle a failli se noyer dans un lac quand elle était enfant. Elle était terrorisée par la mort. »

Et encore plus par la mort par asphyxie qu'elle avait connue. Non, la pendaison n'était pas la méthode de suicide qu'elle aurait choisie. Cela sentait de plus en plus l'homicide.

Merde.

« Mademoiselle Breshnevskaya a dit qu'elle remettait de l'ordre dans sa vie ? »

M-Li hocha la tête avec une force qui agita sa tresse de haut en bas.

« Nous étions son groupe de soutien, presque ses sessions de thérapie hebdomadaires. Comme ses massages hebdomadaires chez Deep Tissue et Hot Stones. Elle disait toujours que nous étions tous ses dé-stresseurs. Que nous entretenions son moral et sa santé mentale, surtout après la séparation et le divorce. »

Elle vit leurs expressions et laissa échapper : « D'accord, elle était un peu solitaire et déprimée au début, mais elle s'est reprise. Elle a trouvé un logement vraiment joli et abordable dans le Queens le mois dernier, plutôt à une longue trotte de son travail, mais pour quel New Yorkais ne l'est-ce pas ? »

« Vous avez dit qu'elle avait des difficultés à boucler les fins de mois. Avait-elle un deuxième emploi ? »

« Non. Mais elle travaillait sur une ligne privée de produits pour mon entreprise. Vous savez, des vernis, des exfoliants, des crèmes. Nous étions en permanence ses cobayes. Saviez-vous qu'elle avait un diplôme de chimie ? »

Nick secoua la tête.

« Son objectif était d'avoir sa propre ligne de produits de beauté, pour qu'elle puisse vendre sur QVC et chez d'autres revendeurs en ligne. C'était son travail de rêve. Elle m'a dit qu'elle avait d'autres idées pour l'industrie du massage. Un truc secret dont elle ne voulait pas discuter, du moins pas encore. »

« Par l'intermédiaire de son travail ? » demanda Nick.

« Oh non, pas du tout. Ils auraient pu réclamer des droits de propriété sur son travail, même si elle s'était assurée qu'il n'y avait pas dans le contrat qu'elle avait signé de clauses spécifiques à l'exclusivité des idées pendant qu'elle était à leur service. »

« Quand projetait-elle d'emménager dans son nouveau logement ? » demanda Sacco.

« Cette semaine. Elle avait presque fini de déménager les petits objets de la brownstone. Le bail se terminait. J'allais l'aider à vider son ancien logement ce week-end pendant que les déménageurs emmèneraient les meubles les plus lourds. »

Reniflant encore, M-Li ouvrit le tiroir du haut et sortit une clé. « Ceci ouvre son appartement. Nous avons fait un échange pour les cas d'urgence. » Elle griffonna l'adresse dans le Queens. « Les clés de mon domicile sont accrochées à un porte-clés près de la porte d'entrée. Puis-je les récupérer ? » Elle s'étrangla. Ses yeux s'embuèrent et elle cligna des yeux plusieurs fois, essayant de ne pas pleurer.

« Il n'y aura aucun problème, » dit Nick.

« Elle avait toute la vie devant elle. » C'était dit doucement, mais avec un gémissement sous-jacent.

« Des petits amis, des amants, ou un nouvel amour ? » demanda Nick.

La question la désarçonna. Elle devint pensive, fouillant dans des souvenirs, des commentaires.

« C'est drôle. Elle était un peu méfiante sur ce sujet ces derniers temps, mais quand je lui posais la question elle rougissait, souriait à la façon de *j'ai un sacré secret*, et changeait de sujet. Puis, il y a environ deux semaines, elle a complètement cessé de parler de rencards. Elle semblait bouleversée. » Elle fit une pause. « Non. Pas bouleversée. Plutôt déçue et un peu dégoûtée. »

Nick prit note. Peut-être les photos de son cloud pourraient leur donner un résumé des endroits où elle s'était rendue avec ces mystérieux rencards, surtout celui envers lequel elle avait réagi de manière aussi négative.

« Avait-elle des habitudes étranges ? Des vices ? »

« Pas vraiment. À défaut d'autre chose, Isabel était prévisible. Le vendredi était son jour de congé. Elle allait à onze heures précises à son massage des tissus profonds avec ÉriK, c'est ÉriK avec un K majuscule à la fin, » dit M-Li, les regardant noter l'information. « Ensuite, elle passait deux heures dans un laboratoire, un laboratoire spécialisé dans la location d'espaces pour les inventeurs et les bénéficiaires de bourses. Elle faisait un peu de shopping, et était ponctuellement installée à son poste de pédicure à dix-huit heures. Tous les autres jours, elle travaillait de neuf heures à vingt heures la semaine, et moins le week-end. Avez-vous le numéro de téléphone de son travail ? »

« Oui, merci. Avait-elle de la famille ici ? »

« Oh, mon Dieu. Ses parents. » Et, ayant dit cela, elle se mit à pleurer pour de bon.

Nick se leva et attrapa une serviette en papier près de la machine à café. Il la tendit à M-Li, s'assit, et attendit que son chagrin s'apaise.

Au bout d'un moment, les émotions de M-Li s'apaisèrent.

« Elle est du Montana, » dit-elle. « Je vais devoir appeler... »

« Pourquoi ne nous laissez-vous pas gérer ça ? » dit Nick avec compassion. « Avez-vous leur numéro ? Cela faciliterait les choses. »

Pendant que M-Li cherchait dans ses contacts téléphoniques, Nick demanda : « Êtes-vous de New York ? »

« Ma famille est de Californie. Isabel et moi avions toutes les deux le mal du pays en essayant de réussir dans la Grosse Pomme. » Elle regarda la photographie de son amie sur le bureau. « J'ai réussi. Elle était sur le point de réussir. Peut-être est-ce pour cela que ça collait si bien entre nous. »

Elle tourna vers eux son téléphone pour qu'ils puissent voir les noms et les numéros des parents d'Isabel Creasy. Nick nota les informations, puis se leva. Sacco fit de même.

« Il nous faudra la liste de vos employées, celles qui étaient en contact avec Madame Creasy. »

« Laissez-moi vous imprimer cela. » Elle démarra son ordinateur, chercha rapidement le dossier approprié, et imprima en deux minutes un tableau Excel avec les adresses et les numéros de téléphone des employées. Elle prit un surligneur dans le pot à crayons et y surligna deux noms.

« Galina et Leticia étaient celles qui avaient le plus de contacts avec elle. Toutes les autres participaient quand nous ne pouvions pas. »

« Qui est cette Leticia Millian ? »

« C'est notre experte en épilation à la cire. Elle faisait la lèvre supérieure et le maillot pour Isabel. Elle n'est pas là aujourd'hui. »

Nick prit le papier, le plia et le plaça dans son calepin.

« Merci, Madame Watson, » dit Nick en lui serrant la main. Il sortit une carte et la lui tendit. « Nous vous contacterons si nous avons d'autres questions. Appelez-moi s'il vous plaît si vous pensez à quoi que ce soit d'autre. »

« Vous allez probablement penser que je radote, mais, Détective Larson, je connais Isabel. C'est absolument impossible qu'elle se soit fait ça elle-même. Jamais elle n'aurait pu. »

« Nous ne faisons que démarrer notre enquête, » dit Nick aussi doucement qu'il le put. Il ne pouvait rien révéler d'autre. « Nous vous tiendrons au courant de nos découvertes. »

« Puis-je la voir ? »

L'image du corps d'Isabel Creasy pendant l'autopsie lui vint à l'esprit. Ce n'était pas une image avec laquelle il aimerait que M-Li vive.

« Pourquoi n'aidez-vous pas d'abord la famille à organiser les arrangements funéraires ? » dit-il, espérant qu'elle comprendrait son message tacite. « Et puis vous la verrez là-bas. Vous lui direz au revoir là-bas. Je vous informerai quand le bureau du médecin légiste laissera sortir le corps. Il nous faudra alors un nom de funérarium. »

Nick fit demi-tour et se dirigea vers l'arrière de la boutique, Sacco sur ses talons.

Tandis qu'ils descendaient l'escalier, l'écho des pleurs de M-Li les suivit jusqu'au rez-de-chaussée.

CHAPITRE SEPT

NICK SE GLISSA dans la nuit derrière son partenaire. Ils avaient garé la voiture à deux blocs du salon. La ville, qui vibrait habituellement de ses couleurs et de ses bruits nocturnes, semblait plus éteinte à cause de l'heure et du froid. Quiconque doué de bon sens était déjà à la maison ou dans la chaleur de restaurants, ou finissait ses courses à toute allure. Le peu de piétons alentour se calfeutraient dans leurs vestes avec l'unique pensée de rejoindre la chaleur de leurs appartements aussi vite que possible.

« Une tout autre version du mariage, n'est-ce pas ? » dit Nick à Sacco. « Tu as remarqué qu'elle n'a pas mentionné une seule fois son nom à lui ? »

Il s'arrêtèrent au coin de la Cinquante-neuvième et attendirent que le feu change.

« Nous allons devoir patauger à travers une tonne de merde avant de parvenir à la vérité sur ce qui se passait vraiment dans cette relation, » dit Sacco.

« Peut-être que le massothérapeute, cet EriK avec un K majuscule, nous donnera quelque chose. » Nick secoua la tête. « Merde. D'où les gens sortent-ils ces noms ridicules ? »

Sacco sourit. « Nous, mon ami, nous ne sommes pas à la mode, d'après ma nièce. Nous ne sommes pas des enfoirés crédibles. »

« Ta nièce, » dit Nick en regardant Sacco, « devient aussi grossière que toi. »

« C'est le droit de chaque New Yorkais. »

« Rebecca doit drôlement s'énerver. »

Le sourire de Sacco s'élargit. « Ma sœur ne ressemble pas aux autres membres de la famille, c'est triste à dire. »

Nick regarda son partenaire. « Elle veut améliorer la lignée ? »

Sacco rit. « Je crains que ce soit une bataille perdue. »

Ils traversèrent la rue. Nick se concentra pour contourner les voitures coincées au milieu de l'intersection tout en évitant les piétons qui se pressaient comme des débris flottant dans un caniveau. Il frappa sur le capot d'un chauffeur de taxi qui, dans un excès d'enthousiasme, avait tenté de le repousser avec son pare-chocs, et joua des coudes jusqu'au trottoir.

Sacco le rattrapa. Il montèrent dans la voiture quelques minutes plus tard.

« On rentre chez nous, ou on va au poste ? »

Nick débattit la question. Ils avaient dépassé la limite de leur service depuis des heures. Il fallait qu'ils ajoutent tous ces renseignements à leurs notes sur l'affaire. Il fallait qu'ils dorment. Il fallait qu'ils programment d'autres auditions, qu'ils examinent les photos, qu'ils vérifient auprès des Technologies de l'information s'ils avaient tout récupéré dans l'ordinateur de la victime. Il fallait qu'ils vérifient si Ramos avait récupéré des indices ou si elle avait découvert quelque chose qu'ils auraient laissé passer. Mais en même temps que le sommeil s'ouvraient de nouvelles perspectives, de nouveaux angles dont ils pourraient discuter pour résoudre cette affaire. Et si d'autres conneries ne leur tombaient pas dessus, ils tablaient sur la même journée de merde demain.

« On rentre chez nous, » dit Nick. « Nous ne sommes pas d'astreinte ce soir. » *Comme si cela avait compté durant les dernières semaines.* « Si le Service de Répartition a besoin de nous, ils nous appelleront. »

Sacco se dirigea vers l'ouest sur la Cinquante-septième et tourna à gauche sur la Neuvième.

« J'ai vu Laura traverser la rue quand je me suis arrêté devant chez toi plus tôt. Il y a quelque chose que je devrais savoir ? » demanda Sacco tandis qu'ils attendaient que les feux changent. Il se tourna vers Nick et fit une mimique à la Groucho Marx avec ses sourcils. « Quelque chose de croustillant, enfin ? »

Sacco attendit.

Nick ne répondit pas.

« Rien ? » dit Sacco, un encouragement plein d'espoir dans la voix.

Nick demeura silencieux, regardant devant lui pendant que la circulation les frôlait alentour, les clignotements incessants des voitures et des autobus qui freinaient çà et là, telles des lumières rouges de Noël sur fond d'asphalte.

« Le timing est complètement merdique dans mon monde, » finit par dire Nick.

« D'ac...cord ? »

« Laura a décidé de vendre. »

Sacco attendit la chute. Nick savait que son partenaire attendait d'entendre du nouveau. La vente de l'affaire de Laura avait été un sujet fréquent de discussion et de débat depuis que Sandra Ward s'était mise, de manière très créative, à programmer la destruction de l'entreprise de Laura. Mais Laura changeait toujours d'avis.

« Elle cherche des possibilités d'affaires à l'extérieur de la région des trois Etats. »

« Aïe. » Sacco lui lança un coup d'œil rapide en contournant un autobus urbain qui arrivait. « Bien que ce ne soit pas une surprise complète, en sachant qui la traque depuis un an. Mais j'imaginais qu'elle déménagerait vers la banlieue, pas hors de l'État. Ça a sûrement dû te dégoûter d'entendre ça. »

« Tu crois ? »

« Ne t'inquiète pas, mon pote. » Les paroles de Sacco contenaient une pointe de joie. « Laura change toujours d'avis. »

« Pas cette fois. La goutte qui a fait déborder le vase est tombée aujourd'hui, » dit Nick. « Mademoiselle Ward a pu mettre ses pattes sur un gogo utile et a rempli de critiques négatives la section commentaires Yelp sur l'entreprise de Laura. Des critiques affreuses. » Il répéta à son partenaire certains des échantillons les plus juteux.

« Putain. Son administrateur de site n'avait pas maîtrisé cette merde ? »

« Maîtriser la toile, c'est comme essayer de maîtriser des bactéries, » dit Nick. « Tu leur brûles les fesses d'un côté dans une boîte de Pétri, mais ils te piègent de l'autre côté. » Nick prit une profonde inspiration et se frotta le visage. Même les pores de sa peau étaient fatigués. Il lui fallait au moins quatre heures de sommeil ininterrompu. Il espérait avoir de la chance ce soir.

« Les mensonges sont en train de détruire des années d'excellent travail, et Laura pense à son associée, à l'avenir d'Erin. »

Sacco siffla.

Nick hocha la tête, aperçut sur sa gauche l'enseigne du bar à tapas Los Madriles. Son domicile était au coin de la rue, et il serrerait bientôt son oreiller.

« Laura est allée cet après-midi chez son avocat pour tout finaliser et lui montrer ce que Sandra avait fait. »

« Je suis impatient d'entendre les commentaires choisis de Stef Masiani sur ces nouvelles conneries. »

Nick pensa au procureur dans l'affaire Sandra Ward. L'humeur de Masiani quand elle serait au courant de ce dernier incident et de la manière dont Sandra Ward avait une fois de plus battu le système ne pourrait pas se résumer à « mécontente ». Connaissant Masiani, elle ajouterait une intention malveillante, et d'autres formules lapidaires, à la kyrielle d'accusations contre Sandra Ward, dans l'espoir que cela réduise à néant le plaidoyer de démence et la maintienne bouclée pour de bon à Bedford Hills.

Nick n'était pas si sûr qu'elle réussisse.

« L'euphémisme de l'année, et encore de la paperasse à ajouter aux dossiers. »

« Comme si nous n'avions pas suffisamment de merdes à gérer. »

Sacco tourna dans la rue de Nick et freina devant son immeuble, laissant le moteur tourner en attendant que son partenaire sorte. Mais Nick ne bougeait pas. Il fixait l'enseigne au néon *Voyante* qui agrémentait la fenêtre du rez-de-chaussée de son immeuble. Une main chamarrée faisait clignoter son néon rose rougeâtre criard au centre. Lorena Garcia, sa voisine haute en couleur, qui pensait qu'elle serait bientôt le nouveau

Walter Mercado ou le *Médium de Long Island*, éteindrait l'horrible néon à vingt-deux heures pile. George Lenning, le voisin à l'agaçant terrier, un roquet, se gelait les fesses en fumant sur le perron. Cinq mois plus tôt, Nick avait dû mettre fin à un important concours de cris entre George et sa dernière chérie. Cela se serait terminé par un pugilat si Nick n'avait pas menacé de les arrêter sur-le-champ. Mais ce qui avait failli les envoyer au poste était le motif pour lequel ils avaient commencé à s'en prendre l'un à l'autre. La petite dame ne voulait pas que son chien soit indirectement exposé à la fumée de George. Attention, pas ses poumons à elle, mais ceux du maudit chien. Il aurait fallu les verbaliser pour stupidité pure et simple.

« Laura m'a fait sa déclaration, » laissa échapper Nick. Quelques secondes plus tard, sur un ton plus incrédule : « Bon sang, mais cette femme sait embrasser. »

« Ben merde. Il était temps, » dit Sacco. « Elle est plus couillue que toi, mec. Toujours émoustillé ? »

« Nom de Dieu, Vic. »

« Allons. C'est évident, non ? » Sacco mit la voiture en mode stationnement et se tourna face à son partenaire. « Elle cherche une issue à son départ. »

Nick acquiesça, pensant aux paroles de Laura. À la clé qu'elle avait partagée. Maintenant, c'était à lui de jouer. Elle voulait entendre ses paroles. Il avait envie de les prononcer.

« Donc, tu lui as dit que toi aussi tu es fou d'elle, c'est ça ? »

Nick demeura silencieux. Il avait été trop con de ne pas les avoir prononcées.

« Tu ne l'as pas fait ? » C'était une déclaration fâchée. « Merde, Nick. Toutes les femmes ne sont pas comme Angela. »

« Fiche-moi la paix, Vic. » Nick comprenait mieux que quiconque qu'il avait évité les femmes et leurs motivations. Il les avait peintes avec les mêmes coups de pinceaux que son ex-femme lui avait donnés comme modèle il y avait des années. Mais il avait cassé ce moule avec Laura. Mais bon Dieu, Laura avait choisi un moment de merde pour le lui dire, quand il était à moitié sorti pour auditionner des gens pour l'affaire Creasy. À un autre moment ? Il l'aurait probablement traînée au lit et lui aurait fait l'amour jusqu'à ce qu'ils soient endoloris.

Merde. Il leur fallait du temps pour régler les choses. Et les circonstances ne leur en accordaient pas.

« Qu'est-ce que c'est que cette indécision de mauviette, tout d'un coup ? Je ne croyais jamais que ce jour arriverait. Putain, parle-lui. Vous êtes tous les deux adultes, aguerris par les emmerdements et les tragédies. Réglez ça. »

« Regardez qui est-ce qui parle. La personne qui tourne autour du pot mais ne s'engage jamais. »

Sacco fut vexé. « Tish et moi jouons un jeu. Elle le sait. Je le sais. Ce sera explosif quand nous nous lancerons. Mais nous le ferons. Toi, par contre, tu laisses le passé bousiller ton avenir. »

Avant que Sacco pût continuer, Nick sortit, s'arc-bouta pour combattre le froid, et claqua la portière. Il fit un doigt d'honneur à son partenaire, monta les marches d'entrée de l'immeuble de quatre étages qu'il appelait son chez lui, et ignora le « Bonjour » tremblotant de son voisin.

Deux minutes plus tard, contenant les pensées de Laura par la routine, Nick changea son costume et sa cravate pour un pantalon et une veste de survêtement assortis, puis attrapa la bière ouverte dans le réfrigérateur, prit une longue gorgée et s'écroula sur le canapé. Il posa ses notes près de la bouteille de bière maintenant humide et tourna une nouvelle page du bloc-notes qu'il gardait toujours sur la table de salon.

Il griffonna ses impressions sur la dernière audition. Comme une version sténo d'écriture libre, Nick nota des mots, des connexions, des interprétations sur la victime et sur l'affaire. Au centre de la page, un énorme cercle enfermait le nom de la victime. Sur la gauche, il avait joint des traits de connexion et des figures oblongues plus petites. L'une contenait le nom de M-Li. Les autres formes elliptiques resteraient des pièces vides du puzzle jusqu'à ce qu'il puisse les remplir avec des noms et ses impressions après les auditions. De l'autre côté du nom d'Isabel Creasy, il avait fait la même chose, cette fois avec le nom du mari de la victime inscrit dedans. Il se pencha en arrière et étudia les gribouillis, les traits et les bulles qui ressemblaient à un insecte difforme créé par une Mère Nature psychotique. En dépit de cette distorsion, la page était semblable à sa revisitation de la scène de crime de manière à ce qu'elle puisse lui parler. Lorsqu'il eut fini sa bière, il s'était vidé le cerveau.

Il passa d'abord en revue les descriptions d'Isabel Creasy :

Intelligente. Timide. Chimiste. Déprimée (docteur ? groupe de soutien ?) ? ? Sympathique, Mais pas beaucoup d'amis.

Vérifier les dates des selfies. Quelque chose qui ne colle pas. J'ai vu là de la demande, comme l'a affirmé le mari. Temporaire, due au divorce ? Protégée par ses amis.

Responsable au travail ? ? Des liaisons ? A énervé quelqu'un ? Quelqu'un l'a énervée ? — Voir les commentaires de M-Li pendant l'audition. Nouvel appartement—faut que je mette le DIM là-dessus. Effrayée par la mort. (Suicide—improbable avec la méthode utilisée. Tuée—assurément— mon instinct, celui de Totes, et de tous les autres). Pourquoi mettre en scène un suicide ? Pourquoi le message ? Projet top secret. Des secrets ? ? ? ?

La liste de son ex-mari était un peu laconique :

Égocentrique. Insensible. Est passé à autre chose. Nouveau logement : menace potentielle ? Connard. Frimeur. Merde... Oui, Connard. Bourreau de travail. Veut s'élever dans l'échelle sociale. Opportuniste. Ne croit pas que sa femme s'est suicidée. Là-dessus, nous sommes d'accord.

Celle de M-Li était simple :

Véritable amie. La connaît depuis des années. Protectrice. N'aime pas beaucoup le mari. A évité de le mentionner comme un être humain ou par son nom. A comblé les lacunes sur la victimologie (voir notes sur l'affaire). Attendre que le choc soit passé avant de la ré-auditionner.

Nick bâilla. Son corps et son cerveau réclamaient maintenant le sommeil. Il attrapa son portable et composa le numéro de Ramos, qui répondit avec son habituel « Quoi de neuf ? » direct.

« J'ai la clé du nouvel appartement de la victime de pendaison. Quand pouvez-vous y envoyer votre équipe ? »

« Donnez-moi une seconde. » Nick entendit des bruissements de papier. « Carpenter est disponible demain matin. Je passerai prendre la clé demain en allant au bureau. Où est l'appartement ? »

Nick lui donna l'information et raccrocha. Prenant des notes encore plus rapidement, il créa une liste de noms au bas de la page. Une fois de plus, se référant à ses notes, il composa le numéro du supérieur d'Isabel Creasy, du massothérapeute et du directeur du laboratoire. Il leur laissa un message à tous pour qu'ils le rappellent tôt demain matin pour fixer des auditions, et donna le numéro du poste de police.

Il se leva, s'étira. Il attrapa la bouteille de bière vide, la rinça à l'évier de la cuisine, et la fit tomber dans la petite poubelle à recyclage qu'il gardait en-dessous. Il traîna les pieds jusqu'à son lit, se laissa glisser dessus face cachée, et s'endormit immédiatement.

Pas même les hurlements incessants des camions de pompiers répondant à des appels ne parvinrent à s'insinuer et à perturber son sommeil sans rêves.

CHAPITRE HUIT

LE LENDEMAIN matin à six heures, Nick était assis à son bureau après avoir mangé un bagel rassis avec du fromage à tartiner pour le petit déjeuner. Il était en train d'entrer ses notes et ses impressions d'hier soir dans le fichier informatique sur l'affaire quand Ramos entra d'un pas vif.

« Tu as cette clé pour moi ? »

Nick montra le bureau où il l'avait déposée à côté de la page arrachée sur laquelle il avait griffonné hier soir.

Elle ramassa la clé et la lança en l'air en lisant à l'envers les notes de Nick. Ramos pouffa de rire en lisant les impressions que Nick avait écrites sur les témoins et les protagonistes.

« Connard ? »

« Ne me pose pas de questions, » dit Nick en lui rendant son sourire.

Ramos examina rapidement le visage de Nick. « Tu as l'air reposé, pour changer. »

« J'ai dormi comme une souche pour la première fois depuis une ou deux semaines. »

« Pas d'appel du Service de Répartition ? »

« Aucun, » répondit-il, sans ajouter que son sommeil n'avait pas été interrompu par des cauchemars, ni par des rêves remplis de récriminations ou de regrets. « Un petit moment miraculeux : Sutton et Beckman ont connu une accalmie du crime hier soir. »

« Et tu en sais quelque chose. » Ramos vérifia le verso de sa page de gribouillis. « Mais le froid a probablement maintenu les dingues dans leurs terriers, blottis contre leur rembourrage en papier et leurs planches en carton dans les lignes de métro IND et IRT. »

« Hé, je ne me plains pas. Mais ce soir, ce sera une autre histoire. Le redoux va faire sortir les habituels prédateurs, revendeurs de drogue, cambrioleurs, drogués et plus généralement les idiots qui rôdent dans nos rues, » ajouta Nick. Ce matin, le météorologue du coin avait annoncé un pic à quinze degrés en fin d'après-midi.

Ramos tapota une section avec des commentaires sur Isabel Creasy. « Elle était chimiste ? »

« C'est ce que M-Li a dit. J'attends le retour de la directrice du laboratoire. On verra ce qu'elle peut nous dire sur les crèmes et autres produits de beauté que Madame Creasy créait. »

« J'ai entendu dire que ça commence à guérir de la grippe par chez nous, » dit Ramos. « Oh, et Horowitz a dit que le bureau des décès du Post a appelé. C'est ta sténo habituelle là-dessus ? »

« Ouais. De toute façon, je n'ai rien d'autre à ajouter pour l'instant. »

Ramos hocha la tête, un peu pensive. « Il faut qu'on revienne vite à la normale. Ces journées sans Carpenter et les autres ont été chiantes. »

« À ce propos, » dit Nick. « Rappelle à Carpenter de me donner une copie de son croquis de l'appartement et de son contenu dès qu'il reviendra. Il me faudra un visuel de l'endroit. »

« Tu ne seras pas là ? » Sa remarque exprimait la surprise.

« J'ai un rendez-vous avec Kilcrease à neuf heures. Je n'ai pas pu y échapper. »

« Ah, » dit-elle. « Sacco te représentera ? »

« Ne te réjouis pas autant. »

« Bah. Une occasion perdue. Je suis coincée au labo aujourd'hui. » Elle désigna la feuille. « Et tu m'as donné matière à réflexion. Fais-moi savoir ce que la directrice du laboratoire vous aura dit. »

« Tu veux nous suivre ? » Ce ne serait pas une mauvaise idée que Ramos les accompagne pour l'audition. Elle comprenait le jargon et pourrait enrichir ses impressions, en retenant ce qu'il lui fallait à des fins d'analyse.

« J'ai toujours dit que tu étais un animal perspicace, » répondit-elle, l'air satisfait, en tapant sur le bureau. « Plus tard. »

Durant l'heure suivante, Nick compléta les données dans son dossier sur l'affaire. Le bureau bruissait constamment, rappelant le bruit de l'activité d'une ruche. Les choses se mettaient à revenir à la normale.

Il fit une copie du message de suicide et de son diagramme difforme, puis les mit à part pour le débriefing plus tard. La directrice du laboratoire, ainsi que le patron de la victime de chez Saks, avaient fixé des rendez-vous pour plus tard dans l'après-midi. Tish Ramos avait fait de la place dans son emploi du temps pour aller avec eux à l'audition de la directrice du labo. Le EriK avec un K majuscule était par contre introuvable pour l'instant. Nick avait déjà laissé deux messages sur son téléphone, et un à son lieu de travail. Peut-être qu'une visite surprise au spa s'imposait. Peut-être serait-il plus efficace de le traîner par les fesses jusqu'au poste de police.

Il vérifia sa montre et vit qu'il était temps de sortir pour son rendez-vous. Il attrapa son calepin, son insigne, son arme et son manteau, ainsi qu'une petite enveloppe de papier kraft bourrée de photocopies de l'affaire de l'embrouchage à la fourchette d'hier.

« Ceci, » dit Nick, déposant l'enveloppe à côté de la boîte à courrier débordante sur le bureau d'Horowitz, « est pour le détective Barrios du trente-deuxième. Il viendra le chercher dans la journée. »

« Ils se saisissent de l'affaire ? » demanda Horowitz.

Nick acquiesça. « Leur commandant nous devait un service. »

« Dieu sait que nous avons besoin de cette aide. »

Nick lança un regard circulaire, et vit des bureaux occupés par des officiers et des enquêteurs pour la première fois depuis des semaines. « Les choses vont mieux ? »

« Un nouveau cas aujourd'hui. Trois sont de retour, et ils ont l'air en meilleure santé qu'il y a une semaine. »

« Le vert du vomi ne s'harmonise absolument pas avec le marron miteux des murs ici. »

Cela fit bien rigoler Horowitz. « Le cigare du commandant a l'air moins dépenaillé, également. »

« Ramos vous a donné un retour sur la demande du bureau des décès ? »

« Elle a donné les renseignements par écrit à la fonctionnaire responsable de l'information. Elle le diffusera auprès de tous les médias, tels quels pour l'instant. Ils n'ont pas besoin de savoir que la mort de Madame Creasy n'avait pas l'air normale. »

« Qui est au bureau des décès en ce moment ? »

« Anton Cardoso, mais je ne l'ai pas vu depuis une semaine. Il campe probablement sur la Cinquième. Le nouveau Président est une affaire plus intéressante »

« Éloignez les curieux de mon bureau, juste au cas où. Faites passer le message. »

« Je vais le faire, Lieutenant. Vous partez voir Kilcrease ? »

Nick acquiesça, drapé dans sa mauvaise humeur. Il n'y avait décidément aucun moyen de garder un putain de secret dans ce bureau.

Lorsque Nick arriva à l'immeuble du bureau du psychiatre, à trois avenues du poste de police, le froid persistant avait fouetté son visage et ses oreilles en une brûlure douloureuse. Il se dégela au fil de son trajet dans l'ascenseur et il se sentit moins en hypothermie en pénétrant dans la salle d'accueil du médecin. Avant qu'il pût frapper à la petite vitre en verre dépoli qui séparait la salle d'attente du bureau, une des secrétaires l'ouvrit.

« Bonjour, Inspecteur. Le docteur vient d'arriver. Il sera avec vous dans une seconde. »

Nick salua de la tête, enleva son manteau et s'assit. Il espérait ne pas devoir attendre longtemps.

Quelques minutes plus tard, il fut introduit dans le cabinet plutôt chaleureux du médecin, dont un côté était garni de deux causeuses disposées en équerre. En face des canapés, un grand bureau d'acajou était recouvert d'un amoncellement de papiers, de manuels et de dossiers de patients disposés en désordre. Derrière le coin du bureau, le mur était couvert d'étagères, de livres, de diplômes encadrés et de photographies de paysages sereins de contrées exotiques. Le docteur les avait prises lui-même au cours de ses nombreuses vacances dans des îles dont Nick n'avait jamais soupçonné l'existence. Le docteur les appelait ses centres de sérénité.

Nick ne doutait pas qu'il en eût besoin. Le médecin gérait son lot de cinglés dans ce cabinet, et avait besoin, comme parfois un petit enfant, de se recentrer sur autre chose que cette quantité de stimuli pénibles engendrés par les déséquilibrés, les dépressifs, les désespérés, les coléreux et les psychotiques.

« Bonjour, Lieutenant. »

Nick se tourna vers la voix de l'homme qui détenait le pouvoir de le renvoyer aux homicides à plein temps.

Pour un nom si grand, Maximilian Kilcrease, docteur en médecine, était de petite taille, sa tête arrivant environ à l'épaule de Nick. Il se mouvait à l'allure d'une étoile de mer et avait les yeux fous d'un paresseux. Les gens étaient souvent abusés par sa chevelure gris argenté clairsemée et sa voix douce, et le prenaient pour une personne facile. Le Docteur Kilcrease était pourtant tout sauf cela. Son attitude dissimulait à ses nouveaux patients la finesse de son examen et son esprit acéré derrière ses grands yeux humides encadrés par des lunettes démodées à monture de plastique. Sa douce voix de baryton avait des intonations d'acier qui, quand c'était nécessaire, ne laissaient place à aucune discussion. Ou fréquemment, sa tonalité de basse berçait, calmait et hypnotisait.

« Un peu frisquet aujourd'hui, » dit Kilcrease en désignant l'un des sièges. Nick saisit le message et s'installa sur le siège dur. Les coussins étaient trompeurs. Encore un stratagème du bon docteur : Maintenir le patient mal à l'aise, attentif et en éveil.

« Assez pour geler les fesses de Satan, » approuva Nick.

Le docteur sourit, sortit son éternel mouchoir de la poche de sa chemise, et se tamponna les yeux. Il s'assit lentement, croisa les jambes, posa sur ses genoux le calepin qu'il avait à toutes les séances, fit cliqueter deux fois son stylo, et fixa sur Nick le laser de son regard.

« J'ai entendu parler du suicide. Pourquoi ne m'en parlez-vous pas ? »

Le visage de Nick eut une expression cynique. Il était sûr que le bon docteur connaissait déjà tous les détails de la pendaison, fournis par son

Commandant. Ce qui intéressait réellement Kilcrease était la manière dont Nick y réagissait.

« Je n'ai pas vomi. »

Kilcrease baissa le visage et regarde Nick par-dessus ses montures de lunettes.

« J'en ai eu envie, mais vous savez comme mon estomac se révulse devant les cadavres. »

Kilcrease l'observait toujours.

Nick renonça au simulacre. Il devait enquêter sur la scène de crime secondaire, et avait toutes les auditions qu'il avait programmées pour l'après-midi.

Il fallait que le docteur Kilcrease lui donne enfin le feu vert.

« Pendant une minute là-bas, j'ai cru que c'était le visage d'Angela au lieu de celui de la victime. »

« C'est compréhensible. » Le docteur leva la tête et releva ses lunettes sur son nez. « Qu'est-ce qui est remonté exactement à la vue de cette femme pendue ? »

« Juste le souvenir d'Angela. Ses dernières insultes, ses dernières exigences. » Le regard de Nick se déconcentra, s'abîmant dans le souvenir. « Ma colère contre elle. Le regret. Le sentiment d'échec. Ça n'a pas duré longtemps. Je me souciais davantage de ne pas vomir sur la scène de crime. »

« Ramos aussi, j'ai appris. »

Nick pensa que le bon docteur était vraiment très bien informé.

« Vos réactions à ces souvenirs m'intéressent davantage. »

« C'était plus comme un écho, cette fois, » dit Nick. « C'est surprenant quand cela vous atteint si clairement ; et stupéfiant que cela ne vous affecte pas, sauf comme un souvenir un peu douloureux. Cela remue le doute de soi pendant un moment. Cela vous fait brièvement vous sentir comme une merde. » Nick considéra le docteur d'un regard assuré. « Et puis ça s'est dissipé. La victime est passée avant tout le reste. Il fallait résoudre l'affaire. »

Kilcrease observa Nick pendant un long moment, son visage, son attitude, à écouter les murmures des non-dits. Il hocha la tête à des commentaires intérieurs, écrivit quelque chose sur le bloc-notes. Son

regard retourna au visage de Nick et il demanda négligemment :
« Comment va Laura ? »

« Qu'est-ce que Laura a à voir avec le fait que vous me déchargiez pour que je reprenne pleinement mes fonctions ? » demanda Nick, changeant d'attitude.

« Rien, en fait. Je me livre seulement à de la curiosité personnelle. » Kilcrease fit cliqueter deux fois son stylo et le mit dans sa poche de devant.

Nick regarda fixement. Le bon docteur ne se livrait jamais à de la curiosité personnelle, à moins qu'il n'y ait un paquet d'interrogations professionnelles derrière ces questions. Mais que diable. Peut-être serait-il bon de faire le tour de la question.

« Elle quitte la région. »

« Manhattan ? »

Nick secoua la tête. « L'État. D'autres complications hier ont confirmé ce que je savais déjà... »

« Amoureuse ? »

« Ouais, » dit Nick, encore émerveillé par le sentiment, et le baiser toujours sur son front. « Elle a fait une allusion à la possibilité qu'elle reste si c'est réciproque. »

« Et vous ? Vous lui avez dit ? »

« Non. » Sa voix se durcit. « Ce n'était pas le moment. Elle a sorti cette énormité un moment avant que je doive faire des auditions pour cette nouvelle affaire. »

« Y aura-t-il un moment ? » demanda Kilcrease. « Ou allez-vous la laisser partir ? »

Le visage de Nick refléta sa lutte.

« Vous a-t-elle dit où elle cherche des opportunités commerciales ? »

« Non, et je ne le lui ai pas demandé. Je n'ai pas le droit de l'empêcher de partir si elle peut se créer une nouvelle vie ailleurs, à l'abri de... »

« Sa sœur psychotique, » interrompit Kilcrease, le regard dénué d'humour.

Son changement d'expression ne déstabilisa pas Nick. Kilcrease avait eu affaire à Sandra Ward quand il avait géré son profil psychologique pour le bureau du Procureur de district.

«Une femme très malade. Néanmoins... »

« Allons, Kilcrease, » dit Nick. « Vous savez pertinemment que je communique bien avec les flics, mais pas avec les autres. Laura n'a pas eu affaire à la réalité d'une existence de flic, sauf brièvement quand elle en a fait les frais. Pour vous dire la vérité, je suis stupéfait qu'elle reste toujours auprès de moi après ce qui s'est passé il y a un an. En revanche, s'engager et vivre avec un flic... enfin, disons que mes silences avec Angela au fil des jours, tandis que j'essayais de ne pas me décharger sur elle de ma contrariété en dépit de sa dépendance et de ses invectives constantes, ont bousillé mon mariage. »

« Cloisonner est difficile pour tout le monde, » dit Kilcrease, compatissant. « Il est difficile de ne pas altérer le bien autour de vous avec la laideur que vous voyez tous les jours. C'est la pire chose que vous avez à gérer, les gars. »

Nick acquiesça. Kilcrease ne comprenait que trop bien. Il en gérait les conséquences chez les flics qui ne s'en sortaient pas dans leur quotidien.

« Angela s'en indignait constamment, » dit Nick.

« Angela avait ses propres problèmes, uniques et distincts des vôtres. »

« Ouais, enfin, je ne sais pas si Laura pourra s'accommoder de mes merdes, ajoutées aux siennes. Il se pourrait qu'elle n'en ait même pas envie. Je ne l'en blâmerais pas. »

« Laura, d'après ce que vous me dites, est différente. Plus forte. »

« Peu importe. Ce qui compte, au final, ce sont les regrets. Je ne veux pas qu'elle en ait par ma faute, ni qu'elle me regrette. »

Kilcrease mit un moment à essuyer ses yeux larmoyants avec le mouchoir. « Satanées allergies, » se plaignit-il en remettant ses lunettes sur son nez. « L'éventualité de regrets dans un avenir lointain ne devrait pas vous empêcher d'envisager ce qui semble être une bonne association. Ou y a-t-il autre chose ? »

Nick fit une pause. « Je ne suis pas certain d'être capable de protéger Laura, » finit-il par dire.

Les hommes se regardèrent.

« Alors ça, c'est agréablement sincère, » dit Kilcrease. « Mais aidez-moi là-dessus une seconde. La protéger… comment ? » Il examina Nick un long moment en silence. « De vous ? »

Le visage de Nick se durcit. Kilcrease voulait parler d'un autre aspect de certains flics. Un aspect plus laid.

« Jamais. Et vous le savez. »

« Alors de quoi ? Vous pensez toujours que Laura changera au moment où vous vous ouvrirez à elle ? » demanda Kilcrease. « Qu'elle se transformera en une nouvelle Angela ? »

« Ça s'est déjà produit, » dit Nick, une touche d'amertume dans la voix, pensant à la transformation d'Angela après qu'ils se furent dit oui. « Mais non, pas Laura. »

« Et… »

« Et quoi ? Envoyer chier mon instinct et attraper le bonheur par les couilles malgré tous les emmerdements ? Désolé, Docteur. Impossible. »

« Donc par principe vous ne voulez pas vous investir dans cette relation. »

« Dieu. Vous n'avez aucune idée à quel point j'en ai envie. J'en ai besoin. Mais la semaine prochaine, » et Nick se pencha en avant pour appuyer ses dires, « il y a de fortes chances pour que sa cinglée de sœur soit transférée dans un établissement psychiatrique présentant une sécurité réduite, à moins que nous n'ayons un juge dur à cuire qui n'infirmera pas sa condamnation en appel. Mais si cela se produit, comment puis-je protéger Laura d'une femme qui lui ressemble, respire, marche, s'habille comme elle et l'imite à la perfection ? D'une femme qui peut duper un autre avocat, manipuler un autre juge des peines, ou arnaquer encore un professionnel de santé pour qu'il l'aide à plaider sa cause ? Comment puis-je protéger Laura de cela si je lui dis que je suis raide amoureux d'elle et si je la fais rester ? »

« Enfin, Inspecteur, vous ne pouvez pas protéger tout le monde de la vie. Vous le savez mieux que personne. Alors soyez sincère. Qu'est-ce qui vous empêche vraiment de vous engager ? Vous en avez terminé avec Angela. Vous en avez terminé depuis des années. Ce qui vous a bousillé, c'était son suicide. Ça vous a complètement traumatisé. Mais votre problème a été davantage relié au regret qu'à la perte. Et, » Kilcrease leva la main pour empêcher Nick de l'interrompre. « Je pense que vous avez réussi à surmonter ça. En fait, je vais vous délivrer du purgatoire cet après-midi. Néanmoins, pour vous parler en ami, il faut que vous vous mettiez à émerger des limbes dans lesquels vous êtes coincé depuis votre divorce. Il faut que vous viviez, Lieutenant, en dépit des craintes. »

« Désolé, Docteur. Je suppose que je ne suis pas en phase avec ce scénario, » dit Nick, baissant la voix. « Parce que tout ce que je sais, à l'heure actuelle, c'est que si elle est mon prochain appel au 911, je ne pense pas être capable d'y survivre. »

Kilcrease, pour une fois, ne fit aucun commentaire.

CHAPITRE NEUF

APRÈS AVOIR QUITTÉ le cabinet de Kilcrease, Nick était dans une humeur bizarre, malgré la bonne nouvelle qu'il avait reçue du docteur. Maudit psy. Il entrait dans sa peau à chaque fois qu'il parlait. Et délibérément, pour pénétrer jusqu'au tréfonds du psychisme d'un flic, ou une connerie de ce genre. Mais Kilcrease était excellent. C'est probablement pour cela que le bon docteur gagnait le plus d'argent. Quand même, cela lui avait fait du bien de parler de ce qui le préoccupait. De s'engager auprès d'une autre femme.

En sortant de l'immeuble, Nick se recroquevilla dans son manteau comme une tortue se cachant d'une attaque. Il fut bientôt de retour au poste, et dans une atmosphère plus chaude. À l'intérieur, Nick démarra son ordinateur et enleva son manteau, pensant que le docteur avait raison : il devait surmonter son passé, au lieu de se complaire dans ce monde bancal et à moitié fou fait d'indécision et de silences. Il fallait que sa colère contre Angie cesse de donner le ton à sa vie amoureuse... point. Il ne pourrait permettre que son ex gâche un avenir viable et positif avec une autre femme. Sa culpabilité de n'avoir pas pu sauver Angie était stérile. Angie avait pris ses décisions. C'est elle qui avait créé son propre monstre, qui avait fini par la dévorer. Et il avait appris une chose de ses années en tant que détective : certaines personnes ne pouvaient pas être sauvées, malgré tous les efforts. Angela, pour le malheur de Nick, en avait fait partie.

« Faut que je me botte les fesses pour avancer, » marmonna-t-il.

Nick savait que Laura et lui pourraient partager une relation très gratifiante. Et il le voulait sérieusement. Laura comprenait un peu les démons de Nick, ayant elle-même eu un ex dérangé, sans parler de sa sœur malade mentale. Mais au final, Nick avait besoin de Laura, de sa profondeur émotionnelle, de sa maturité, de sa gentillesse, et de son courage. Il se moqua, le bas de son corps réagissant à la pensée de Laura et lui rappelant que tous ces gadgets et ces trucs sur les PC du millénaire étaient des conneries.

Sois réaliste, Larson, mon garçon. Tu t'excites avec Laura, tu as envie de la voir nue, au lit, trempant les draps de sueur jusqu'à épuisement.

Il était grand temps de mettre fin à ces conneries d'adolescent, et à la peur. Dès que Laura reviendrait, il poserait tout sur la table et laisserait les choses évoluer d'elles-mêmes.

Il appelait Sacco, lui demanda s'il avait besoin d'aide à l'appartement de la victime. Son partenaire lui conseilla de ne pas bouger, la scène étant plus que correctement couverte, et de l'attendre au bureau au plus tôt.

Nick tendit la main vers le clavier et passa les deux heures suivantes à se mettre à jour dans la paperasserie, programmant des auditions, et complétant les notes sur les affaires que Sacco et lui avaient en cours.

Il était aussi dépité qu'un poisson dans un bocal.

« Tu as cet air je-ne-peux-pas-croire-à-ces-conneries, » dit Sacco en guise de salutation et en posant devant Nick des croquis dessinés à la main.

« Des gens, » dit Nick en désignant la paperasserie. « Juste des gens, ce qu'ils font, ce qu'ils disent. La violence. La méchanceté. Le manque d'humanité et les heures interminables que nous passons sur ces conneries. En tout cas, quelque chose de notable à l'appartement ? »

« Nan. » Sacco tira la chaise proche de la bibliothèque et la traîna près de Nick. « Elle n'avait pas encore emménagé. »

Les limbes des indices. Une vie pratiquement effacée d'un logement, et rien d'imprimé dans l'autre.

« C'est tout ce qu'il nous faut pour résoudre cette affaire. »

« L'appartement est également minuscule, comparé à la brownstone, » poursuivit Sacco. « Soit elle a considérablement réduit ses possessions, soit elle n'a jamais possédé grand-chose. » Il remua sur sa chaise. « Bien que, je dois l'admettre, l'endroit dégage une meilleure impression : c'est plus douillet, plus agréable, malgré le fouillis de cartons non ouverts, de meubles en désordre, et de protections encore sur les sièges. Carpenter a trouvé des échantillons de la ligne de produits que la victime créait dans la salle de séjour, ainsi que d'autres utilisés dans la salle de bain. »

« Elle testait probablement les produits. »

« Ramos devrait pouvoir dire si ces trucs contenaient quelque chose de louche quand elle les aura analysés. »

Nick étudia le croquis. La porte du nouvel appartement de la victime ouvrait sur un petit vestibule qui donnait sur une salle de séjour ouverte, séparée par un mur de l'espace repas et de la cuisine. D'après le croquis, la victime semblait avoir installé une petite table au bord de la salle de séjour, en face de fenêtres.

« Que nous dit ce foutu gribouillis ? »

Sacco regarda ce que désignait Nick.

« Son bureau provisoire. C'est là qu'elle a installé son ordinateur et son répertoire. Les techniciens ramènent le tout. Carpenter a pris l'ordinateur et un petit carnet avec des identifiants et des mots de passe pour les Technologies de l'information. Ils examineront cela quand ils pourront. Ils sont pas mal surchargés, comme nous. »

Nick acquiesça et parcourut mentalement l'appartement par le biais du croquis. De la cuisine, un petit couloir menait à la chambre et à la salle de bain. Tous les petits rectangles étaient des cartons et des meubles, témoins du fatras étalé en désordre un peu partout. C'était un sombre testament pour une femme qui, d'après son amie, avait voulu changer de vie et avait échoué à cause de l'acte meurtrier d'une tierce personne.

« Tu as vérifié ça ? » Nick désigna les petits rectangles.

« Un peu de tout. » Sacco sortit ses notes. « Des bijoux, soigneusement étiquetés. Des diplômes, des photos de sa remise de diplôme, des cahiers, de la lingerie emballée, des chaussures, des sacs, et un classeur avec des articles sur la constitution en société... une SARL. »

« Donc, elle pensait sérieusement à ouvrir sa propre affaire. Des photos personnelles ? »

« Deux ou trois, » dit Sacco. « Mais elle semble suivre la génération actuelle, avec la plupart des photos dans le téléphone ou dans l'ordinateur. »

Nick regarda le croquis de la salle de bain et vit une astérisque près d'une armoire de toilette. « Qu'est-ce que c'est ? »

Sacco se mit à rire. « Faudra que tu demandes à Carpenter. »

« Qui doit me demander quoi ? » Le jeune technicien tendit à Nick un paquet. « Désolé. Les copies des photos sont grenues, mais je savais que vous vouliez voir quelque chose de plus reconnaissable que mes croquis de la scène. Je ferai tirer les photos numériques plus tard dans la semaine. »

Nick feuilleta les photos jusqu'à ce qu'il tombe sur celles de la salle de bain et de son contenu. L'endroit avait été complètement décoré avec un motif de plage. Des serviettes, un rideau de douche, et des accessoires de bain étaient tous ornés d'étoiles de mer et de coquillages. Même l'unique gravure qui ornait le mur représentait un poisson-perroquet.

« La palette de couleurs là-dedans était pastel. Des bleus tropicaux typiques, des roses, et des blancs, » glissa Carpenter, comme les photos étaient des copies en noir et blanc.

« Tu penses que le climat glacial dehors a influencé son choix de thème et de couleurs ? » demanda Nick, amusé. Bien que les prévisions météorologiques aient annoncé aujourd'hui le dégel pour de bon, le froid à l'extérieur enserrait obstinément les gens dans ses griffes et ses crocs, refusant de s'en aller. Ç'avait été une saleté d'hiver.

« Ça ne m'étonnerait pas, » dit Carpenter. « J'ai des visions de plages chaudes à chaque fois que le froid me gifle. »

Nick regarda les autres photos de la salle de bain. Organisé et soigné, chaque tiroir était dédié à un usage spécifique : produits d'hygiène féminine, en bas à droite. Produits de base de bain, en bas à gauche. Produits de beauté, deuxième tiroir à droite. Produits dentaires, en haut à droite. Produits de nettoyage, sous le lavabo.

Nick regarda la dernière photo. C'était un gros plan du contenu d'un des tiroirs. Un excellent gros plan sur du gel lubrifiant K–Y, des préservatifs (de tous parfums et de toutes textures, semblait-il,) et plusieurs vibromasseurs de toutes formes et de toutes tailles.

« C'est ce à quoi je pense? » Nick montra ce qui ressemblait à un string avec un bloc piles au dos.

Sacco rit.

« Sous-vêtements vibrant sur la corde de do. » Carpenter regarda les deux hommes très sérieusement. « Plaisir mains libres garanti n'importe où, ou vous êtes remboursé. »

« C'est malsain, le nombre de cochonneries qu'on trouve sur les scènes de crime, PC, » dit Nick, reprenant le surnom de Totes pour Carpenter. « Il faut vraiment que tu sortes plus souvent. »

« Ma petite amie préfère que je ne sorte pas, » dit Carpenter avec un sourire.

Sacco explosa de rire.

« Sors, Carpenter, » dit Nick, secouant la tête. « Assure-toi que les indices parviennent à Ramos aujourd'hui. »

« Elle va être tellement ravie, » dit Sacco, son sourire s'élargissant tandis que Carpenter quittait le bureau.

« Tu te berces d'illusions ? » demanda Nick.

« Hé, » Sacco frappa l'épaule de Nick. « Ça ne fait jamais de mal d'espérer. »

Nick regarda la dernière photo et secoua la tête. « Ce genre de technologie va bientôt nous rendre sacrément obsolètes, » dit-il.

« Nan. Seulement pour celles qui sont désespérément seules. »

Nick regarda son partenaire. Curieux qu'il choisisse le facteur de la solitude.

« Allons, tirons-nous d'ici, » dit Nick.

« Quel est le programme ? » demanda Sacco en suivant Nick vers les ascenseurs.

« D'abord son supérieur hiérarchique. Ramos va nous retrouver plus tard au laboratoire de recherches. Elle prendra au passage le mandat. Et en dernier, ce sera la rencontre avec l'invisible EriK avec un putain de K majuscule. »

Le rire de Sacco les accompagna jusque dans la voiture. Là, Nick orienta le souffle de chaleur vers ses mains et son visage et se dirigea vers leur prochain rendez-vous.

« Comment s'est passée la séance avec Kilcrease ? »

« Toujours les mêmes conneries, » dit Nick, qui en resta là, manœuvrant au milieu de la circulation. « Mais je vais recevoir un bulletin de notes signé cet après-midi. »

« Il était temps, » dit Sacco.

Après s'être garés près de Madison, Nick et Sacco esquivèrent des camionnettes de livraison, des taxis, des voitures, des livreurs à bicyclette, et les piétons aigris qui couraient partout pour prendre un déjeuner rapide. Tout le monde jouait des coudes agressivement en dépassant des clients et des hordes de touristes qui bloquaient les trottoirs, s'émerveillant devant des sites, posant pour des selfies, des photos de groupe, ou des vues panoramiques des sites du coin. Parfois, Nick enviait la vision tape-à-l'œil qu'ils avaient de New York. Pour lui, par contre, New York n'était pas que de glamour et beauté. La réalité avait pour habitude d'être brutale.

Au moment où ils atteignirent la Cinquième et la Cinquantième, les New-Yorkais étaient sortis en masse. Le soleil avait fini par venir à bout du froid. Et après le temps glacial d'il y a deux jours les plus de un degré ressemblaient à une sacrée vague de chaleur.

À l'intérieur de la boutique chic, ils suivirent les directions que leur avait données la supérieure d'Isabelle Creasy. Au sous-sol, la femme attendait déjà près de l'entrée d'un établissement de spa. Nick observa la femme qui faisait les cent pas avec une impatience typiquement new yorkaise tandis qu'ils approchaient. Ses vêtements clamaient à l'évidence qu'ils étaient des ensembles de créateurs. Ainsi que les chaussures et le maquillage qu'elle portait. Elle était mince comme une liane et était parée avec la perfection d'un mannequin, ses cheveux noirs coiffés à la mode française, quelques mèches détachées stratégiquement pour donner à son visage une allure plus décontractée. Elle portait une jupe et un ensemble chemisier noirs, qui accentuaient sa silhouette en une minceur presque émaciée. La seule touche de couleur provenait de son rouge à lèvres rouge et des boucles d'oreilles et du bracelet assorti qu'elle portait. Pour compléter l'ensemble, une écharpe rouge ceignait artistiquement son cou et son épaule.

« Cette femme a besoin de quelques bons steaks, » remarqua Sacco entre ses dents.

Nick était d'accord, mais ne dit rien. Il comprenait la diététique, mais là, c'était la porter à des sommets. Personnellement, il préférait une femme un peu plus en chair et avec des courbes. Une femme comme Laura.

« C'est une vraie tragédie, » dit la femme, se présentant comme Alina Doering. Elle montra un groupe d'ascenseurs et se dirigea dans cette direction. Appuyant sur la flèche UP plus de fois que nécessaire, elle se tourna vers les hommes.

« Isabel était l'un de nos meilleurs atouts. Elle est en haut du classement depuis dix mois consécutifs, et elle allait battre le record après les vacances. »

« En haut du classement ? » demanda Nick, pendant que les portes de l'ascenseur se fermaient. Alina Doering tapa successivement sur le bouton du dixième étage et sur celui de la fermeture des portes dans un staccato impatient, même après que l'ascenseur se fut ébranlé vers le haut.

« Ce qui compte dans notre boutique, c'est la diversité et l'autonomisation, » dit Mademoiselle Doering, tournant à gauche vers son bureau après être sortie de l'ascenseur. « Les employés qui atteignent le haut du classement pour leurs performances auprès des clients sont affichés là chaque mois. Parfois des noms montent ou descendent depuis leur position, mais Isabel a été constante cette année. »

Elle conduisit les hommes dans un petit bureau sans fenêtres. Nick trouvait qu'il ressemblait à un placard réaménagé. Elle s'assit face aux hommes.

« Mourir aussi soudainement, » dit Doering, le regard soucieux et sérieux. « C'est incroyable. Si jeune. C'était une crise cardiaque ? »

Nick n'allait pas entrer dans les détails. « Vous avez mentionné que Madame Creasy était un atout. Pouvez-vous développer ? »

« Elle a fait plus de cinq mille dollars sur les commissions de vente pour l'entreprise en décembre, » dit Doering. « Son propre record pour ce mois était sur le point de dépasser cela. »

« Une employée motivée, » commenta Nick.

« Vous n'en avez pas idée. Après la séparation... vous êtes au courant du divorce, n'est-ce pas ? »

Nick acquiesça.

« C'est comme si un flash avait explosé comme un éclair en elle. Oh, ne vous méprenez pas. Elle était ponctuelle, courtoise, et le travail l'enthousiasmait. Elle adorait présenter nos cosmétiques de haut de gamme, donner aux clients ses suggestions expertes sur chacun d'eux. Elle répondait aux exigences des clients et aux besoins dermatologiques. Isabel était excellente, mais surtout parce que ses ventes étaient en corrélation avec le total des heures supplémentaires qu'elle effectuait. »

« Donc, qu'est-ce qui a changé ? » demanda Sacco.

« Son divorce. Après le départ de son mari, elle est devenue une autre personne, plus détendue, plus concentrée. Elle est devenue une tête d'affiche pour ce que notre entreprise attend d'un vendeur. Isabel impliquait les gens de manière non conflictuelle, ce qui, en conséquence, faisait monter les ventes. Les clientes se sont mises à la demander spécifiquement. Elle s'en réjouissait. Elle a commencé à se créer une liste de clientes impressionnante, » dit Doering.

Nick et Sacco se regardèrent.

« Quelqu'un d'ici a-t-il objecté à son ascension dans les bonnes grâces de l'entreprise ? » demanda Nick.

Doering regarda fixement, d'abord Nick, puis Sacco. « Vous voulez dire, quelqu'un d'ici aurait-il pu lui vouloir du mal ? »

« La compétitivité est un moteur puissant pour amener les gens à faire des choses folles, » répondit Nick. « Sans parler des conflits de personnalité. »

« Nous encourageons la compétitivité, mais nous nous enorgueillissons de la diversité parmi nos employés, et nous exigeons qu'ils se respectent tous. Les conflits sont considérés comme des comportements inexcusables, et notre entreprise les désapprouve fermement. Il y a de la place pour que tout le monde brille dans notre structure. »

« Donc, » dit Sacco, « les ressources humaines n'ont reçu aucune plainte, ni de Madame Creasy ni contre elle ? »

D'après le ton de Sacco, Nick savait que son partenaire ne croyait pas à l'absence du facteur jalousie.

« Aucune qui ait été portée à mon attention. »

Nick prit quelques notes rapides. « J'ai vu que vous offrez aux clients une expérience de spa. Madame Creasy utilisait-elle parfois cette structure ? »

« Ce n'est pas faute d'avoir essayé, » dit Doering, son visage montrant le premier signe de désapprobation.

« Votre entreprise demande-t-elle à ses employés de recourir aux commerçants qu'elle sponsorise ? » demanda Sacco.

« Non, mais nous sommes une entreprise qui fonctionne sur l'exemple. Nous encourageons nos employés à acheter nos collections exclusives de vêtements, avec une réduction bien sûr, et à les porter, ainsi que nos parfums et nos cosmétiques, incluant tous les autres services que nous offrons. De cette façon, notre publicité est sincère. Les clients voient la qualité de nos produits, en entendent parler, et donc les achètent. »

« Et pourquoi Madame Creasy refusait-elle ? » demanda Nick.

« Isabel est très fidèle à son amie M-Li. Je n'ai pas pu la faire changer d'avis quand elle a eu un emploi rémunéré chez nous. »

« Et les services de spa, » poursuivit Nick. « Les a-t-elle déjà utilisés ? »

« Occasionnellement... pour autant que je sache. Elle avait recours à quelqu'un d'autre en ville. Elle les a recommandés de temps à autre, mais je n'étais pas intéressée. »

« Madame Creasy a-t-elle déjà parlé de travailler à sa propre ligne de produits de beauté ? »

Un penny tombé à un kilomètre aurait été entendu dans le silence qui suivit.

« Non. » Laconique. C'était comme si la femme avait avalé du vinaigre. « Non, nous n'étions pas au courant. »

« Y a-t-il moyen que nous puissions voir son casier ou son espace de travail ? Et parler avec ses collègues ? »

« Certainement. » Doering se leva. « Suivez-moi. »

Pendant l'heure qui suivit, Nick et Sacco posèrent des questions, reçurent des impressions, mais personne n'eut quoi que ce soit de négatif à dire sur Isabel. La victime semblait avoir été appréciée. Personne ne la connaissait bien, en dehors de la visibilité quotidienne du travail. D'après tout ce qu'ils avaient entendu, Isabel principalement allait au travail, jacassait des civilités, ne s'ouvrait que peu à quiconque, et ne répondait pas en se liant d'amitié avec des collègues, sauf au niveau le plus rudimentaire. Frustré, Nick mit fin aux auditions. Il n'y avait rien de plus à ajouter à leur profil de victimologie, et pas davantage de clarté quant aux motifs possibles pour avoir expédié la victime. Du moins, pas à cet endroit.

« Si cette Doering nous avait servi un autre nous royal, j'aurais vomi, » dit Sacco dès qu'ils atteignirent la rue.

« La dichotomie de l'époque : ceux qui adoptent aveuglément la politique de l'entreprise quand ils sont au travail, mais qui fulminent probablement contre les injustices des géants des entreprises capitalistes auprès de leurs amis. »

« Tout en s'offrant des commissions. Je suis sûr que sa consternation devant la mort de la victime correspond à la perte de revenus futurs pour l'entreprise. »

« Eh bien, un bénéfice net de cinq mille dans les ventes de produits de beauté n'est pas à mépriser. Je suis sûr que Madame Creasy a marqué des points avec ça dans son service. »

De retour dans la voiture, Nick se dirigea vers l'Hudson, naviguant à travers le chaos de la circulation sur la Cinquante-troisième rue.

« Qu'est-ce qui ne colle pas dans cette image ? » demanda Nick, sachant que son partenaire était sur la même longueur d'onde. « Soit Isabel Creasy était l'incarnation de mère Teresa... »

« Soit quelqu'un ment effrontément, » finit Sacco. « Mais je n'ai pas eu cette impression. »

« Comment une personne peut-elle être au travail tous les jours sans lâcher un commentaire sur sa colère contre son mari, ou sans pester sur sa situation, ou sans partager ses joies et ses goûts ? Pas d'opinions, pas d'échanges personnels. Elle se contentait... d'exister. » Il jura entre ses dents. « Merde. Comment une personne peut-elle être aussi... aussi... beige ? »

Le bouchon sur la Cinquante-troisième se dissipa un peu tandis qu'il s'approchait de la Onzième avenue. Il tourna à gauche et se dirigea vers la zone de Hudson Yards, près de Chelsea, où se situait le laboratoire.

« Ça me semble plutôt être de l'invisibilité, » dit Sacco.

Nick réfléchit là-dessus. « Pas invisible. Insignifiante. Pas le moindre impact sur la vie ni sur les autres, sauf d'une façon très molle. »

« Sauf pour son amie et pour son ex. Ceux-là avaient des

connexions émotionnelles très fortes avec la victime, même si elles étaient à l'opposé. »

« Je pense que la connexion émotionnelle est une réaction violente entre deux êtres. Mais ces deux-là n'avaient aucun motif pour se débarrasser d'Isabel Creasy. Le mari a fait son petit bonhomme de chemin et s'est trouvé une nouvelle petite amie et une nouvelle vie. M-Li Watson a son entreprise et son mari. Cela ne nous mène nulle part. »

L'affluence dans le Tunnel Lincoln les coinça de nouveau. Lorsque Nick vit la sortie sur la Vingt-troisième, il fulminait.

« Tu te souviens de la photo qu'Isabel Creasy a prise d'elle-même dans sa salle de bain ? Celle que nous avons regardée brièvement hier ? » Nick se rendit compte à présent que le fond de la photo était le même que celui des photos de Carpenter dans la salle de bain de la victime.

Sacco acquiesça, en scrutant la rue à la recherche de l'adresse du laboratoire.

« As-tu eu l'impression qu'elle cherchait désespérément à se faire remarquer ? » demanda Nick.

Sacco s'arrêta de scruter la rue pour fixer Nick. « Qu'est-ce que tu veux dire ? »

« Mon instinct... »

Sacco grogna. « Putain, pas ton instinct, encore une fois. »

« Je ne sais pas, Vic. Qui diable se prend en photo devant le miroir, prenant une pose qu'elle considère sexy et qui a davantage l'air pathétique, comme un appel à l'aide, que séducteur ? Quand je l'ai regardée, je n'ai pas pu m'empêcher d'être désolé pour elle, devant ses petits efforts pitoyables pour montrer qu'elle est désirable, excitante, importante. Ce que j'en ai retiré, c'est une tentative désespérée pour qu'un homme la remarque. La photo a été prise pour provoquer une réaction. Je me demande chez qui elle voulait provoquer une réaction ? » Nick fit une pause. « Et qui a réagi ? »

« Voilà Ramos, » dit Sacco. Ramos et deux techniciens discutaient et piétinaient devant l'entrée anonyme d'un vieil immeuble de béton au milieu de la rue. Nick se gara en double file et sortit de la voiture.

« Tu penses que c'est ce qui a pu l'amener à se faire tuer ? » demanda Sacco au moment même où Ramos approchait.

« Bon Dieu, je ne sais pas. J'ai vu les dates sur les photos. Elles ont été prises après son divorce. C'était peut-être l'expression de sa dépression. Elle s'apitoyait un peu sur elle-même. »

« Des visages sérieux signifient des conversations sérieuses, » dit Ramos.

Sacco désigna Nick. « Il pense que nous risquons d'avoir ici plus tôt que tard une affaire en impasse. C'est son instinct. »

« Ooh, » ronronna presque Ramos. « Je veux la primeur là-dessus, Larson. »

« Plus tard. Sortons du froid. »

L'entrée du laboratoire n'avait pas de réception ni d'ascenseurs, juste un escalier en face de la porte. Nick présuma qu'autrefois, le propriétaire avait divisé l'espace ouvert de l'usine vide, pour le convertir en ces entrées étroites et claustrophobiques pour optimiser la rentabilité locative. Les murs étaient peints dans un gris vieux et lugubre et avaient des marques de frottement et des taches près des plinthes en plastique.

« Eh bien, c'est joyeux, » dit Ramos.

« Et ça sent le rance, » commenta Nick.

« Comme ils gèrent différents produits chimiques là-haut, c'est ce que vous sentez, » dit Ramos en montant l'escalier.

L'entrée du labo était au quatrième étage, où le propriétaire avait été plus généreux avec l'espace. C'était encore un endroit exigu, mais plus vaste que l'entrée, avec les portes des pièces intérieures se faisant face sur des murs opposés. En l'absence de fenêtres, les occupants avaient tenté d'égayer les choses en peignant chaque mur dans une teinte différente d'ocre. Un malheureux ficus, devenu chauve par manque de soleil ou d'eau, se dressait dans un coin, pendant que des plantes plus petites étaient dispersées alentour. De grandes gravures de musée encadrées étaient accrochées stratégiquement pour attirer le regard sur davantage de couleur. Un bureau en bois, environné de classeurs, occupait le milieu de l'espace. Deux sièges faisaient face au bureau plutôt encombré.

Quand ils entrèrent, Nick sentit l'espace se rétrécir. Il n'était pas claustrophobe, mais il avait envie de se sauver pour respirer de l'air frais. Il ne comprenait jamais comment des gens pouvaient travailler à longueur de journée dans des quartiers aussi confinés.

Il s'approcha de la femme assise au bureau et se présenta ainsi que les autres officiers. D'après l'étiquette gravée sur le bureau, c'était la directrice du bureau, une certaine Rachel Brennan.

« J'ai été vraiment bouleversée quand vous m'avez appelée, Inspecteur. Isabel était une femme tellement gentille. Travailleuse. Professionnelle. C'est tellement dommage. »

Nick et Sacco échangèrent des regards. Sacco leva les sourcils.

« La connaissiez-vous bien ? » demanda Nick.

« Pas vraiment. Je suis à mon bureau la plupart du temps. Le laboratoire est plutôt animé ces derniers temps avec des inventeurs et des boursiers qui vont et viennent, travaillant sur leur projet. Je dois jongler avec un nombre incroyable de rendez-vous, de protocoles, sans compter les appels téléphoniques, et toutes les autres tâches administratives ici, donc cela limite mes échanges avec nos clients. Mais Isabel me saluait toujours avec le sourire. »

« Venait-elle souvent ici ? »

« Tous les vendredis, ponctuellement, » dit Mademoiselle Brennan. « Elle ne manquait jamais l'horaire prévu. Elle était toujours là cinq minutes plus tôt et repartait à l'heure. »

« Y avait-il des conflits avec les autres inventeurs ou boursiers dont vous auriez eu connaissance ? » demanda Sacco.

« Pas vraiment. Miss Leitelt, la directrice du laboratoire, en saura probablement plus que moi. Elle vous attend. » La femme avança vers la droite, frappa à une porte de communication, entendit l'ordre d'entrer, ouvrit la porte, et les introduisit. « L'Inspecteur Larson souhaite vous voir, Bonita. »

Nick vit que cette pièce était pratiquement la jumelle de la précédente, sauf qu'elle était peinte dans des teintes contrastées de vert tendre. Elle ne contenait par contre pas de plantes. À la place, chaque coin de la pièce contenait des lampadaires. Des plaques et des diplômes recouvraient un mur, et des étagères ouvertes en garnissaient un autre.

« Inspecteurs. »

Bonita Leitelt était à tout le moins une surprise. Presque aussi grande que Nick, avec une peau d'ébène brillante et des yeux verts bridés dans les coins, ses traits exotiques auraient dû être affichés dans des magazines glamour plutôt que croupir dans une pièce sombre, son corps sculptural couvert d'une blouse blanche par-dessus ses vêtements normaux.

Nick fit un signe de tête à Ramos, qui s'avança avec le mandat. Bonita Leitelt prit le papier.

« Ceci sort tellement de ma zone de confort, » dit-elle en faisant passer le mandat d'une main à l'autre.

Nick supposa que la directrice du laboratoire n'avait jamais eu affaire à des mandats qui autorisaient la perquisition et la saisie de biens. Ces procédés énervaient toujours les gens normaux.

« Le mandat autorise la possession des notes de Madame Creasy, des disques de son ordinateur, et de tout prototype sur lequel elle travaillait, » dit Nick. « Nous essaierons de ne déranger aucun de vos clients pendant l'opération. »

« C'est tellement dommage, surtout qu'Isabel était presque sur une découverte capitale. » Elle secoua la tête. « Nous coopérerons avec vous autant que nous le pourrons, mais je dois vous avertir de déranger le moins possible. Ceux qui travaillent en ce moment n'ont pas besoin de perturbations d'aucune sorte. Les diversions vont ficher en l'air les résultats. Heureusement, peu de nos clients sont ici aujourd'hui, » dit Leitelt.

« Sur quoi Madame Creasy travaillait-elle ? » demanda Nick, curieux.

Elle leur fit signe de la suivre. Elle traversa l'espace de direction et ouvrit la porte qui faisait directement face à son bureau. La zone était cinq fois plus grande que celle qu'ils avaient quittée. Des tables de laboratoire, garnies de toutes sortes d'équipements, étaient disposées en six longues colonnes, remplissant toute la largeur de l'espace. Au-dessus, des lampes fluorescentes embrasaient l'endroit d'un faux ensoleillement. Conformément à ses dires, seules trois personnes étaient dans la salle, travaillant sur des équipements différents et, sembla-t-il à Nick, très complexes et coûteux.

« Elle essayait de stimuler certains fibroblastes, les cellules spécialisées dans la biosynthèse de la matrice riche en hyaluronane dans les tissus denses du visage. » Devant le regard vide de Nick, elle sourit et poursuivit. « En tout cas elle voulait tester la qualité d'absorption de certaines substances thérapeutiques par le derme, et quelles substances et quels pourcentages étaient les meilleurs. »

« Pour la cicatrisation des blessures et la régénération ? » demanda Ramos, plus enthousiaste que d'habitude.

« Oui, c'était son objectif, ainsi que d'élargir son champ d'utilisation. »

« Qu'est-ce qu'elle utilisait pour la méthode d'absorption ? »

« C'était un domaine exclusif, et nous ne sommes pas dans le secret, » dit Leitelt. « Mais je suppose qu'elle utilisait du diméthyl sulfoxide. L'acide tranexamique pourrait être une autre possibilité. Peut-être du Laurocapram ? Je ne sais pas vraiment, et elle n'a pas non plus fourni d'informations. Les inventeurs évitent de parler de leurs recherches. Ses notes devraient contenir cela, ainsi que le sommaire de sa demande de bourse. Voilà ! »

Il s'arrêtèrent à l'arrière du laboratoire, où des armoires verticales recouvraient l'espace d'un mur à l'autre. Leitelt fit glisser un passe-partout d'un porte-clés extensible à sa taille et ouvrit l'armoire. Elle désigna un classeur épais et des produits scellés dans des sacs plastique derrière ce dernier.

« Tout est là, soigneusement répertorié. »

Ramos adressa un signe de tête à son équipe et ils se mirent à extraire des indices.

« Quelles sont les possibilités de vol de matériel par d'autres inventeurs ici ? » demanda Nick.

« Aucune, » répondit Leitelt. « Il y a des protocoles. J'identifie tout le monde, ou Rachel le fait si je ne suis pas disponible. » Elle montra un classeur au-dessus des armoires de classement. « Ils peuvent accéder à leurs ressources seulement après qu'ils se sont identifiés et que je déverrouille l'armoire. Vous voyez ces sonnettes en-dessous de chaque espace de travail ? Quand ils en ont terminé pour la journée, ils nous sonnent, Rachel ou moi, et nous recommençons tout le processus, mais à l'envers. »

« Y a-t-il d'autres clés pour accéder aux matériels et aux notes ? » demanda Sacco.

« Aucune. Il n'y a que nous deux. »

« Et l'accès aux résultats d'expériences là-dessus ? » Nick désigna tout l'équipement.

« Même protocole. Une fois que le client a imprimé un exemplaire de ses résultats, et que nous avons vérifié l'imprimé, que ce soit sur la spectrométrie de masse, la réaction en chaîne de polymérase ou autres, nous effaçons ces données pour l'utilisateur suivant. De cette façon, il n'y a aucun moyen que quiconque puisse voir les résultats des autres, ou les dupliquer, ou bousiller ses propres résultats. »

Nick prit des notes et, sans lever les yeux, demanda. « Avez-vous déjà été tentée ? »

« Ne m'insultez pas, Inspecteur, » dit-elle, plutôt amusée par la question. « Je possède trois brevets, et deux autres sont en attente. Par ailleurs, je suis assermentée pour ce poste. Si je fais quelque chose d'aussi stupide, qui pensez-vous sera soupçonné en premier ? »

« Je dois vous poser la question, » dit Nick , sans excuses dans son intonation. « Des altercations avec d'autres inventeurs ou boursiers dont vous ayez connaissance ? »

« Non. Nous gérons ici un laboratoire, pas un réseau social. À part les aménités habituelles comme « comment allez-vous ? » et « bonne journée, » nous ne socialisons pas. Isabel était sérieuse dans son travail. Très concentrée. Elle ne voulait perdre ni son temps ni son argent en bavardages. Elle arrivait et repartait dans le temps qui lui était alloué, et c'était tout, je le crains. »

« Nous en avons terminé ici, » dit Ramos à Nick tout en tendant à Leitelt une copie de la liste des indices avec les items saisis. Sur un signe de la main « je vous rejoins plus tard », elle se dirigea vers la sortie avec ses techniciens une fois que la directrice du laboratoire eut signé.

Nick savait qu'ils s'étaient encore jetés ici dans une impasse.

« Si vous parvenez à vous souvenir d'autre chose, » dit-il en lui tendant sa carte. « Tenez-nous au courant s'il vous plaît. Peut-être d'autres clients pourront aider à fournir d'autres informations. »

Leitelt retourna la carte plusieurs fois. « J'en doute, mais je demanderai autour de moi. Comme je l'ai dit plus tôt, Inspecteur, nos clients sont extrêmement concentrés sur leur propre travail ici, pas sur celui d'autrui. Mais j'appellerai si je trouve d'autres informations. »

Nick la remercia et suivit Ramos, sortant dans l'après-midi un tant soit peu plus chaude.

À la manière dont les choses évoluaient, pensa Nick, écœuré, l'affaire pourrait bien se terminer en glace plutôt qu'en cold case.

CHAPITRE DIX

DÈS QUE Nick et Sacco pénétrèrent dans le spa Deep Tissue et Hot Stones, le vacarme de New York s'arrêta brutalement. Les doubles vitrages étouffaient et isolaient le boucan de la vie animée à l'extérieur et le remplaçaient par de doux sons New Age et des bruits harmonieux de chutes d'eau à l'intérieur. Des senteurs imprégnaient également l'air, rappelant beaucoup le salon de M-Li Watson, destinées à relaxer les clients avant qu'on s'occupe d'eux, supposa Nick.

Eh bien, cela n'avait pas bien fonctionné.

La réception était un peu exiguë, montrant un bureau de formica à deux niveaux en forme de J, avec du matériel publicitaire éparpillé dessus à l'usage des clients. Le logo et le nom de l'entreprise se trouvaient en caractères gras sur le mur derrière deux réceptionnistes souriantes. À droite du bureau, une plaque gravée indiquait l'accès limité au bureau du directeur. À droite, des sièges confortables étaient disposés autour de tables basses et d'autres rayonnages exposaient la ligne de produits du spa avec une chute d'eau murale bouillonnant à proximité. À côté de la porte qui portait la mention « Entrée du spa », un petit plateau accueillait deux hauts flacons remplis de liquides de différentes couleurs placés à côté d'une fontaine d'eau fraîche. Des petits gobelets, disposés en demi-cercle, étaient posés à l'envers à destination de la clientèle. Nick vit des clients, qui attendaient pour leur rendez-vous, profiter déjà de ces rafraîchissements exotiques qui se vantaient de nettoyer le corps et l'esprit. D'autres se détendaient en lisant les derniers potins des magazines de culture pop ou en ignorant tout et tout le monde, sauf leurs smartphones.

L'espace était totalement à l'opposé du laboratoire confiné qu'ils venaient de quitter.

« Puis-je vous aider ? »

Nick se tourna vers la réceptionniste, dont le sourire semblait figé sur son visage. Il montra son insigne et fit un signe de tête à Sacco, qui avait également sorti le sien.

« Inspecteur Larson et l'Inspecteur Sacco. Nous souhaitons voir EriK Wexler, » dit Nick.

Cela ne réglait pas vraiment la question avec la femme, ni avec l'autre réceptionniste ou les clients qui patientaient. Nick sentit l'atmosphère changer, l'attention se concentrant sur eux et sur ce qui allait être dit.

La femme contourna son bureau à une vitesse impressionnante. Elle tenta avec son corps d'empêcher les clients de voir leur échange à venir— du moins, autant que sa taille le lui permettait. Nick ne mentionna pas qu'il était plus grand de trente centimètres et beaucoup plus large. Les clients ne rateraient rien.

« Avez-vous un rendez-vous ? » Sa voix était étouffée, et contenait un soupçon de nervosité. Était-ce dû à son attitude envers les flics en général, ou à la direction qui n'appréciait pas les visites surprises ?

« Est-il disponible ? » demanda Nick, sans baisser la voix et sans se soucier de la sensibilité des clients.

« EriK, » mettant l'accent indûment sur le K, « est en ce moment avec une cliente. Puis-je vous fixer une heure plus opportune plus tard ? »

« Nous allons attendre, » dit Nick, élevant encore le niveau d'anxiété de la femme. Sans un mot, elle se tourna vers l'autre réceptionniste et lui lança un regard exprimant c'est–une–urgence. En un instant, l'autre femme décrocha le téléphone, composa un numéro, et en quelques mots étouffés avertit de leur présence celui que Nick supposa être le directeur.

Langage codé, la situation d'urgence relayée en moins de vingt secondes.

Impressionnant.

La porte du bureau du directeur s'ouvrit, et un homme entre la quarantaine et la cinquantaine s'approcha. Barbu, le tour de taille un peu enveloppé, les cheveux teints d'un noir trop foncé pour être naturel, il se substitua exactement à la réceptionniste, désignant son bureau comme s'il voulait les faire rentrer dans son enclos.

Nick sourit mais ne bougea pas. Sacco non plus.

« Puis-je vous assister, inspecteurs ? » demanda l'homme.

Nick répéta sa demande.

Le directeur les jaugea, tout-à-fait comme ils évalueraient un suspect potentiel. « Quel est l'emploi du temps d'EriK ? » demanda-t-il à l'une des réceptionnistes.

Après quelques clics, Nick et tous les autres surent qu'EriK travaillait avec sa dernière cliente. Le directeur donna des instructions pour qu'il passe par le bureau avant de partir.

« S'il vous plaît, » dit le directeur en montrant de nouveau son bureau. C'était davantage une supplique qu'une demande. Nick et Sacco acceptèrent. Nul besoin de gâcher la journée de cet homme en jouant aux flics new yorkais abusifs et obstinés.

« Pouvons-nous vous offrir des rafraîchissements, Inspecteurs ? »

Nick refusa. Pas Sacco. « Je vais prendre de l'eau aromatisée que vous offrez. N'importe laquelle. »

Nick secoua la tête.

« Quoi ? » Sacco haussa les épaules. « Je suis déshydraté. »

Le directeur revint quelques secondes plus tard. « Notre eau aromatisée à la noix de coco est très rafraîchissante et est bonne pour les reins. »

Sacco avala la boisson en deux secondes.

Autant cracher sur un incendie pour l'éteindre, pensa Nick, sachant que Sacco réclamerait bientôt encore de l'eau pour étancher sa soif. Il raffolait de ce genre de boisson.

« Je suis désolé, Inspecteurs. » Le directeur se pencha vers eux avant même de prendre son propre siège. « Ceci est une entreprise de haut de gamme, axée sur les services. Si vous aviez appelé auparavant, nous aurions pu vous satisfaire sans déranger nos clients. »

« Et comme nous avons laissé plusieurs messages auxquels aucun n'a obtenu de réponse, nous avons pensé qu'un contact plus personnel était de mise, » répondit Nick. « Nous poursuivons une enquête... »

Mais l'homme l'interrompit.

« Votre appel a probablement été transféré à notre siège social. Ils gèrent toutes les réclamations. Mais d'abord, une doléance formelle et écrite doit être soumise. Les avocats... »

Nick et Sacco échangèrent des regards.

Alors ça, c'est intéressant. Nick nota qu'ils devraient étudier l'historique de l'entreprise.

« Voulez-vous nous dire, » dit Sacco, « que les clients ne peuvent pas se plaindre en personne ? »

« Ou qu'ils ne peuvent pas faire entendre et résoudre leurs griefs à l'endroit où vous leur avez fourni des services ? » ajouta Nick.

La nervosité de l'homme fut évidente dans sa tentative ratée de rire.

« Non, non. Notre service clientèle est l'un des meilleurs pour les spas à l'échelle du pays, et nos critiques le reflètent. Mais il y a toujours un client qui foire son rendez-vous, est facturé, et il faut lui rappeler nos politiques de rendez-vous. D'autres disent qu'ils n'ont pas obtenu leur temps complet, ce qui doit être vérifié avec le système d'enregistrement. Quelques-uns se plaignent de ce que le produit utilisé a aggravé leurs problèmes dermatologiques, malgré nos questionnaires minutieux quant aux allergies dans les formulaires qu'ils remplissent avant qu'aucun service ne leur soit fourni. Des clauses de non-responsabilité sont également signées. Le siège social examine tout. Certaines réclamations sont réelles, d'autres visent principalement à prendre l'entreprise pour une vache à lait. »

« Ce sont les seuls motifs de réclamation ? » demanda Nick, fixant son regard sur le directeur.

Clairement, l'homme était mal à l'aise dans cette discussion. « L'industrie est sous... surveillance depuis que ce mouvement #MeToo a explosé il y a des mois.»

Sacco l'interrompit. « Il n'y a pas une action en justice en cours quelque part dans le sud ? Une franchise de spa a été poursuivie pour des allégations d'attouchements inappropriés sur une cliente par l'un de ses employés ? »

Le directeur acquiesça. « Si. Mais ici, dans notre spa, nous avons été très vigilants sur la question. Quand même, nous avons dû faire recycler nos employés, fixer de nouveaux paramètres et protocoles. Les coûts supplémentaires et les pressions sur nos massothérapeutes et nos esthéticiennes sont maintenant intenses. Comment peuvent-ils donner le meilleur d'eux-mêmes au travail quand la différence entre un excellent service et une accusation d'acte répréhensible est aussi mince qu'une lame de rasoir ? Je vous le dis, ce n'est pas en Europe que cela se produit. »

« Des plaintes ont-elles été déposées contre EriK Wexler ? » demanda Nick.

« Aucune. » Le directeur était catégorique.

Eh ben, merde. De nouveau, l'employé formidable et parfait du mois. Il était temps d'effectuer une vérification complète des antécédents de tout l'entourage d'Isabel Creasy, y compris de la victime elle-même.

« En fait, » Nick fit une pause en surprenant le directeur en train d'essayer de lire ses notes à l'envers. Il déplaça son calepin. « Nous voulons poser à Monsieur Wexler quelques questions sur l'une de vos clientes, une certaine Madame Isabel Creasy. Elle venait ici tous les vendredis. »

« Madame Creasy est l'une de nos plus fidèles clientes. Ne me dites pas qu'elle a déposé une plainte ? » L'homme semblait déçu, comme si quelqu'un qu'il aimait bien venait de le faire tomber de son piédestal.

« En fait, elle est morte. »

Dans le silence stupéfait qui suivit, la porte de derrière du bureau du directeur s'ouvrit à la volée et un jeune homme de pas plus de trente ans fit irruption, brandissant en l'air une note.

Nick regarda fixement. En tant qu'officier de police, et plus tard inspecteur criminel, il avait été confronté à toutes sortes de personnages new yorkais, mais avec celui-ci Nick eut l'impression d'entrer dans une émission absurde de télé réalité. L'homme mesurait un mètre soixante-quinze, un mètre soixante-dix-huit, environ, il était mince, avait un long cou et des traits neutres. Il portait l'uniforme du spa : un pantalon de survêtement noir ample et un T-shirt avec le logo de l'entreprise près de l'épaule gauche. Le T-shirt ajusté soulignait dessous une musculature profilée, qui rappelait la carrure d'un nageur ou d'un aficionado des arts martiaux qui se serait entraîné à la traction de poids. Mais ce qui valait le coût du voyage était ses lobes d'oreilles et ses cheveux. Les premiers avaient des trous béants, suffisamment distendus pour y faire passer le cigare du commandant de Nick, et étaient renforcés par des œillets décoratifs. Ses cheveux ? Eh bien, ses cheveux étaient quelque chose que Nick ne parvenait pas vraiment à comprendre. C'était presque comme si EriK avait essayé de façonner sur le sommet de sa tête un chignon masculin qui malheureusement s'était transformé à la place en un pompon crépu, frisotté, violet foncé, vert et rose. Il sut, par le gloussement étouffé de Sacco, que son partenaire essayait de ne pas réagir.

« Quoi encore, Cy ? » L'irritation élevait le timbre de sa voix à un niveau de raucité anormal. C'était presque comme si ses cordes vocales avaient été endommagées. « J'ai un rendez-vous à Brooklyn dans une heure, et je dois prendre la D avant l'heure de pointe. Sinon, je suis foutu. »

« EriK. Voici... » commença le directeur, mais il fut interrompu.

« C'est encore au sujet de cette cliente, Noemi ? Elle ne pourra jamais tirer le meilleur bénéfice du massage en profondeur, à moins qu'elle perde du poids. »

« EriK... »

« En l'état, je dois pénétrer trois couches graisseuses avant de pouvoir atteindre son muscle avec certitude. Si je fais ce que je dois faire, son corps sera couvert d'hématomes et nous ferions face à un procès. Il faut que nous cessions d'être politiques. »

« EriK, » insista le directeur, plus fort.

« C'est ça, ou vous l'affectez à quelqu'un qui n'en a rien à foutre. Je suis parti. » Et là-dessus, EriK Wexler fit demi-tour.

Nick se leva. « Monsieur Wexler, » dit-il de sa plus belle voix de flic.

L'intonation de Nick interrompit sa sortie.

« Je suis l'Inspecteur Larson, et voici l'Inspecteur Sacco. NYPD. Nous devons vous poser quelques questions sur votre cliente, Isabel Creasy. »

« Qu'est-ce qu'elle a ? » Son intonation était dédaigneuse.

« Elle est... » commença le directeur, mais il ne put poursuivre. Il s'éclaircit la gorge.

« Morte, » répondit Nick.

La réaction qui suivit surprit tout le monde.

« Vous êtes tous une bande de connards. C'est ce que vous consi-dérez comme une vengeance pour la semaine dernière ? Eh bien, votre sens de l'humour pue. » Son regard alla de Nick à Sacco. « Qui vous a lancés là-dessus ? Cy ici présent ? Amanda ? »

« Dernières nouvelles, » dit Nick, regardant avec mépris le jeune homme. Sacco et lui montrèrent leurs insignes. « Nous ne sommes pas le premier avril. Nous avons trouvé Madame Creasy morte dans sa brownstone hier matin. Apparemment un suicide. »

« Quoi ? »

« Vous avez bien entendu, » dit Sacco.

« Mais c'est impossible, » balbutia EriK, se rendant compte que ce n'était pas une mauvaise blague. « Elle était ici vendredi dernier. Elle était heureuse. »

« Monsieur Wexler, asseyez-vous s'il vous plaît. » Nick fit un geste vers le siège qu'il venait de libérer. « Nous devons vous poser des questions. »

L'homme était maintenant visiblement secoué et transpirait en prenant le siège, les yeux ronds de stupéfaction. Son regard alla de Nick à Sacco tandis qu'il tripotait du doigt le lobe de son oreille droite, au point que Nick pensa qu'il allait tellement le distendre que l'œillet ne pourrait plus servir.

« Comment allait Madame Creasy la dernière fois que vous l'avez vue ? Était-elle nerveuse, contrariée ? » demanda Nick.

« Elle allait très bien, » affirma Wexler. « Elle est entrée à l'heure habituelle. » Il vérifia auprès de son directeur, qui acquiesça de la tête. « Isabel se plaignait de ce que son cou et ses épaules étaient plus tendus que d'habitude. Elle a demandé que je porte une attention particulière à ces zones pendant la séance, comme elle avait fait des heures supplémen-taires assise au labo. »

« S'était-elle plainte d'autre chose ? »

« Non. Isabel était la cliente silencieuse. Elle ne parlait pas du tout pendant ses séances. »

« Contrairement à d'autres, qui vous racontent leur vie en quinze minutes, » ajouta le directeur.

Wexler sourit. « Isabel s'est excusée la première fois que je l'ai vue, me disant de ne pas le prendre pour une insulte personnelle si elle ne bavardait pas. Elle voulait jouir pleinement de l'expérience de relaxation, se concentrant sur la musique apaisante, et du dénouement de ses muscles tendus. Je m'en fichais, d'une manière ou d'une autre. »

« Donc, vous ne savez rien du tout sur elle ? » demanda Sacco.

« Je ne dirais pas cela, » dit Wexler. « Elle vient ici depuis presque deux ans. Et nous nous sommes mis à discuter avant et après la séance. » Il regarda son directeur. « Pas suffisamment pour empiéter sur son temps de spa. »

« Nos clients reçoivent un massage ou un soin du visage de cinquante minutes, » expliqua le directeur. « Cela donne à nos esthéticiennes et à nos massothérapeutes dix minutes pour escorter le client à son entrée et à sa sortie et préparer la pièce pour la personne suivante. »

« A-t-elle semblé déprimée pendant sa dernière séance ? » demanda Nick.

« Vous vous foutez de moi ? » Wexler s'avança sur son siège, comme pour souligner ses prochaines paroles. « Elle déménageait dans un nouveau logement dans le Queens, et ça l'emballait vraiment. »

« Inspecteurs, » intervint le directeur de l'agence. « En dépit du fait que Madame Creasy était une personne très secrète, n'importe qui pouvait voir qu'elle n'était pas heureuse quand elle a commencé à venir ici. Mais ces derniers temps, tout le monde ici a vu un changement. Elle devenait plus ouverte, et elle souriait tout le temps. »

« Ouais, » dit Wexler. « Elle avait fini par se débarrasser de son enfoiré de mari. »

Eh bien, pensa Nick, tout le monde sauf le mari était d'accord sur sa personnalité.

« Vous vous souvenez du jour où son divorce a été prononcé, Cy ? » dit Wexler. « Elle a craqué juste après la séance et ne pouvait pas s'arrêter de pleurer. »

« Ça nous a salement choqués. Je lui ai laissé mon bureau jusqu'à ce qu'elle retrouve son calme. » Le directeur eut un sourire teinté de tristesse.

« Elle était extrêmement gênée. Elle n'arrêtait pas de répéter qu'elle ne savait pas pourquoi elle pleurait, parce qu'elle était si heureuse. »

« Un changement la dernière fois que vous l'avez vue ? »

Il y eut un léger coup sur la porte et l'une des réceptionnistes apparut, s'excusa pour l'interruption, mais expliqua qu'elle avait vraiment besoin de l'aide du directeur.

Le directeur s'excusa et sortit.

Wexler jaillit de son siège en quelques secondes, saisit la poignée et appuya son dos contre la porte pour empêcher toute intrusion.

« Cy me scalperait s'il était au courant, » chuchota Wexler. « Mais je voyais Isabel en dehors du travail. »

L'attention de Nick et Sacco s'aiguisa.

« À titre personnel ? Pour le travail ? » demanda Nick.

« Les deux ? » intervint Sacco.

« Isabel travaillait sur une ligne de cosmétiques et de crèmes. »

« Nous savons, » dit Nick, qui attendit.

Wexler ne dit rien pendant une minute, écoutant. Satisfait de savoir qu'il ne serait pas encore interrompu, il poursuivit.

« Il ne faut pas que Cy soit au courant de ceci, sinon le spa pourrait en revendiquer la propriété exclusive. »

Ou tu serais viré illico.

« J'ai travaillé de mon côté avec Isabel, et M-Li aussi. Vous connaissez M-Li, hein ? »

« Oui. »

« Eh bien, depuis maintenant quatre mois, j'aide Isabel à créer une approche holistique pour une crème de massage, quelque chose que je pourrais utiliser avec mes clients personnels. Certaines huiles florales et épicées ont différents effets thérapeutiques sur la peau et, si elles sont absorbées, peuvent aussi être bénéfiques pour le corps. Isabel avait trouvé une formule. Elle m'a donné le prototype l'avant-dernière semaine. Je l'utilise depuis environ une semaine sur moi-même et sur elle. Cela fonctionne au-delà de nos espérances. »

Ils testaient sur eux-mêmes. Cela aurait-il pu provoquer quelque dérèglement qui aurait pu amener la victime au suicide ? Pouvaient-ils se tromper ?

« N'avez-vous pas besoin de l'agrément de la FDA avant d'utiliser ce produit sur quiconque ? » demanda Sacco.

« Pas quand tous les ingrédients sont naturels. C'était ça la clé. Et Isabel détestait tout type d'expérimentation animale. »

Il fallait que Nick vérifie cela auprès de Ramos.

« Et vendredi. Quelque chose n'allait pas ? »

Wexler ouvrit la bouche mais la referma immédiatement. « Maintenant que vous en parlez, » dit-il après quelques secondes de réflexion, « elle semblait un peu contrariée. Cela se voyait dans ses yeux. Son corps était plus tendu que d'habitude et ses muscles faciaux étaient rigides. Je l'ai questionnée là-dessus, mais elle a juste secoué la tête. Elle a dit qu'elle allait gérer ça. »

Le regard de Wexler alla de Nick à Sacco. « Peut-être que son mari lui faisait encore des emmerdes. »

« Pourquoi l'aurait-il fait ? » demanda Nick, intéressé.

Wexler ricana. « Vous vous moquez de moi ? Cet abruti n'en a qu'après l'argent, l'argent, et encore l'argent. Avant le divorce, comme elle n'avait pas beaucoup d'argent à elle, elle était pratiquement invisible pour cette merde. S'il avait découvert ce sur quoi elle travaillait depuis que le divorce avait été prononcé (et qui, à propos, avec un marketing réussi, pourrait potentiellement rapporter des millions, de façon exponentielle...), son ex se serait peut-être mis à tourner de nouveau autour d'elle pour obtenir une part du gâteau. »

« Nous vérifierons cela, » dit Nick.

La montre de Wexler émit une sonnerie. Il jura. « Je suis désolé, mais j'ai une cliente qui m'attend. »

« Nous savons. À Brooklyn. » Nick sortit une carte et la lui tendit. « Si vous pensez à autre chose, à quoi que ce soit de bizarre, une conversation, n'importe quoi, même si vous pensez que c'est insignifiant, appelez-nous. »

Wexler prit la carte d'un air absent, le téléphone déjà en main, le pouce cherchant le numéro de sa cliente.

Nick et Sacco abandonnèrent Wexler à ses excuses et sortirent du spa.

« Eh bien, on n'a rien sorti de tout ceci, » dit Sacco, enclenchant sa ceinture de sécurité.

Nick, frustré, dirigea la voiture vers le poste de police et fit rugir le moteur en quittant sa place de stationnement, manquant de peu le pare-chocs d'un taxi.

CHAPITRE ONZE

MERCREDI, 8 JANVIER

MICAELA LATIMER, assise, regardait sa page de réseau social, des larmes roulant sur ses joues.

Elle était en état de choc. Le collègue qui avait promis de ne pas poster la vidéo de la fête de Noël au bureau l'avait fait quand même.

Elle était devenue virale, à son insu, depuis plusieurs heures.

À travers ses larmes, Micaela déroula le fil, scrutant les commentaires sur sa dernière débâcle. Certaines personnes avaient réagi par *N'y prête pas attention*, ou par *Celui qui a posté ça est un sacré imbécile*. D'autres avaient été solidaires de son comportement alcoolisé, postant *Je t'aime bien quand même*, *Ça va passer*, ou *Supprime ça et enlève cet abrutie de tes amis*. D'autres avaient envoyé des émoticônes solidaires ou des GIF *Je te soutiens*. Mais la grande majorité avait liké la vidéo, se moquant de son attirance manifeste et évidente pour l'une de ses collègues. Elle n'avait jamais rien dit de ses sentiments, mais avec quelques verres et trop peu de nourriture pour en neutraliser les effets, ses inhibitions avaient disparu et elle avait caracolé autour de cette femme, se mouvant en un twerk ouvertement sexuel tandis qu'elle incitait sa collègue à se joindre à la danse impudique.

Le dégoût affiché sur le visage de la femme avait été agrandi plusieurs fois par le zoom de la caméra qui l'avait capturé. C'était humiliant de voir ce dégoût, d'autant plus que tout le monde s'était attroupé, poussant Micaela et l'encourageant à faire des choses encore plus scandaleuses. Mais le pire était les rires. Comment les gens pouvaient-ils être aussi insensibles ? Aussi horribles ? Pourquoi ceux qui se disaient ses amis au travail ne l'ont-ils pas ARRÊTÉE ?

Elle parcourut le déluge de nouveaux commentaires qui apparaissaient, avec de plus en plus de gens qui les visionnaient et les partageaient sur leurs pages. Les conséquences se révélaient dévastatrices. Les gens commençaient à la bannir de leurs amis par vagues, laissant derrière eux des commentaires insultants.

Elle cliqua désespérément et changea de fenêtre pour signaler cela aux administrateurs de la page de son réseau social. Elle bloqua aussi le connard qui avait posté. Et tandis qu'elle suivait les horribles notifications qui lui parvenaient, une petite voix lui rappela que c'était peut-être le karma des réseaux sociaux. Combien de fois avait-elle contribué à se moquer et à laisser de méchants commentaires sur d'autres vidéos, sans ressentir une ombre de culpabilité ?

Il y en avait trop pour compter.

Mais n'était-ce pas là la tentation ? Aucune conséquence. Aucun blâme. Des échanges impersonnels. L'anonymat d'Ethernet.

Plus maintenant. Dire que les pointes dirigées contre elle étaient effroyables et blessantes était un euphémisme. Sa vie était en miettes.

La souffrance lui déchirait les entrailles.

Le désespoir l'envahit quand elle se rendit compte que ce post lui coûterait probablement son emploi.

Elle n'en pouvait plus.

Ses doigts volèrent sur les touches de son téléphone. Il n'y avait qu'une personne qui comprendrait son désespoir, qui lui témoignait depuis des mois de l'empathie pour ses incertitudes et ses luttes. Quelqu'un qui voulait résoudre les choses pour elle et avec elle.

Aujourd'hui 12:15 A.M.
Salut.
Tu es là ?

Bonjour !!

?

Pourquoi tu ne me réponds pas ?

....
Salut.

Je pensais que tu m'avais bannie de tes amis.

Pourquoi ?

Une vidéo de la fête de Noël au travail a été postée,
avec moi complètement bourrée.
C'est insupportable.

Ça craint.

Je me sens tellement meurtrie. Et toi ??
Allô ?

Je ne veux pas me décharger sur toi.
J'ai eu une très mauvaise journée.

On s'est déjà déchargé sur moi aujourd'hui.
La vidéo tourne depuis des HEURES !!!
Ma famille va faire une crise.

Tu ne m'as jamais dit que tu as une famille...
....
....
....
....
Ici ?

Non. À Omaha. Oh mon Dieu !

Qu'est-ce que je peux leur dire ?
Ils ont déjà tellement honte de moi.

Personne ne devrait avoir honte de toi !!!!

Mais la vidéo est horrible !&!*
Et je n'ai pas pu y accéder à temps pour la supprimer.
Et la personne qui l'a postée ne la retire pas !!!!

C'est dégueulasse. Signale-la.

JE L'AI FAIT !
Les admins ne l'ont pas encore bloquée.
Je suis MALHEUREUSE !

Moi aussi.

Les doigts de Micaela firent une pause. Elle ne voyait pas à travers ses larmes. D'autres commentaires affreux continuaient d'apparaître dans ses notifications : les tags, les commentaires et les partages continuaient de se multiplier. Puis le pire se produisit. La notification d'un e-mail de ses parents apparut sur l'écran.

Oh mon Dieu.
Mes parents m'ont envoyé un message.
Qu'est-ce que je vais leur dire ?

La vérité ?

Ils ont déjà suffisamment honte de moi.

Ma mère a refusé de me voir aujourd'hui.
Elle a dit à l'infirmière que je n'étais pas son fils.
Que la seule personne qu'elle a aimée, sa fille, était morte.

Oh mon Dieu ! Comme c'est cruel !

</3

Elle me l'a dit en face avant que l'infirmière me prenne à part.
Elle s'est excusée pour elle.
Elle m'a dit que ses douleurs s'aggravaient.
Qu'il y aurait demain un changement de médicaments.
Et moi ? Et mes sentiments ?
Comment peut-elle me détester autant ?
Je sais que je n'étais pas son préféré, mais...
....

....

....
Sincèrement, je réfléchis de plus en plus à notre discussion sur ce
que nous allions faire ensemble. Je n'en peux plus.
Lançons-nous.

Pourquoi pas ?
Ma vie est minable
et je n'aurai peut-être plus de travail demain.
L'entreprise pour laquelle je travaille est très conservatrice.
D'autres employés ont été renvoyés pour ce type de comportement.
Je n'arrive pas à croire que cette personne ait voulu ME faire ÇA.
Il avait dit qu'il ne le posterait jamais.

Je te l'ai déjà dit, ne fais jamais confiance aux connards.
En un mot, tout le monde mant. Ce sont tous des manteurs.

Les commentaires méchants continuaient d'affluer.

Son ordinateur émit un bruit notifiant un e-mail. C'était son employeur.

Micaela prit une décision, se sécha les yeux, et envoya son adresse par message.

Viens.

CHAPITRE DOUZE

TARD DANS LA soirée, Nick ferma la porte d'entrée intérieure de son immeuble et se dirigea vers les boîtes aux lettres au fond du couloir. Son corps tremblait sous le froid qui assaillait la ville une fois de plus. Pour couronner le tout, il y avait en prime ce soir des rafales dignes de l'Antarctique. Nick pouvait habituellement y faire face, mais aujourd'hui son épuisement rendait cela difficile à supporter. Ç'avait été une de ces journées où les emmerdements se suivaient et où rien ne pouvait se faire, sauf les faire courir comme des poulets sans tête—même si le poste de police tournait maintenant à une allure de croisière et que presque tout le monde avait repris son poste.

Mais New York était New York. Rien ne l'empêchait de pulser et de vibrer, pour le meilleur et pour le pire.

Même pas une seconde après qu'ils entrèrent dans leur bureau, Nick et Sacco avaient été assignés à un cambriolage raté dans une boutique chic sur la Trente-troisième et la Troisième. Le malfaiteurs, un adolescent en quête d'argent rapide et d'une fuite encore plus rapide, avait fait nettoyer son réveil par les deux femmes dans le magasin. Aussitôt que le punk avait pointé son couteau dans leur direction, les deux femmes avaient battu le gamin comme plâtre, se servant chacune d'un bras du mannequin qu'elles étaient en train d'habiller.

Après avoir vérifié avec les urgentistes que le voleur ne souffrait que de coupures et de contusions mineures, d'une éventuelle commotion provenant de sa chute au sol et d'un heurt de la tête pendant qu'il tentait d'échapper aux femmes, et d'une fracture évidente du poignet, Nick avait visionné la vidéo de sécurité pendant que Sacco parlait aux victimes. Lorsqu'il rejoignit son partenaire, Sacco avait calmé les dames, qui avaient beaucoup redouté d'être traînées en prison pour agression. Nick leur avait assuré qu'elles ne seraient pas accusées, que la vidéo avait corroboré leurs allégations de légitime défense, et il les avait averties de ne plus risquer leur vie à l'avenir. Mieux vaut perdre de l'argent que la vie.

Ce que Nick omit de leur dire fut que le punk, lors de son prochain cambriolage, apporterait une arme à feu au lieu d'un couteau, et qu'il tirerait d'abord et volerait après.

Ils n'étaient pas parvenus à un bloc de distance quand ils reçurent leur appel suivant : un accident impliquant un enfant, brûlé par un liquide bouillant. En arrivant à l'hôpital pour enfants Morgan Stanley, ils apprirent que l'enfant était dans un état critique, que la mère était hystérique, et Nick espéra que le gosse survivrait. Mais ç'avait été une heure affreuse, surtout quand l'interrogatoire au sujet d'une éventuelle maltraitance commença. Le père, presque aussi hystérique que la mère quand il était arrivé à l'hôpital, avait dû être maîtrisé par l'officier accompagnant et par des aides-soignants avant qu'il ne commettre quelque chose de stupide, comme frapper Nick ou Sacco, aveuglé par le désespoir. Mais les questions requéraient malheureusement des réponses, et il était parti avec un goût amer dans la bouche.

Maintenant qu'il était enfin chez lui, tout ce qu'il voulait était entrer dans son appartement chaud, prendre une douche, et se détendre un peu. Il fouilla dans son courrier et jeta le courrier indésirable dans la poubelle de recyclage près des boîtes aux lettres. Mais il avait à peine atteint le seuil de sa porte quand Lorena Garcia, sa voisine d'en face haute en couleur, fit son entrée. Elle avait dû écouter, car elle ouvrit la porte au moment où il mettait la clé dans la serrure. Et comme d'habitude, quelle entrée ! Tout-à-fait à la manière folle d'une actrice du cinéma muet de *Sunset Boulevard,* son caftan aux couleurs psychédéliques grand ouvert, ses boucles d'oreilles et ses bracelets cliquetant comme des décorations de Noël. Elle tint la porte ouverte en scrutant l'entrée de l'immeuble et Nick.

« Vous donnez dans le rétro aujourd'hui ? » demanda Nick, un sourire gagnant sur son visage partiellement gelé. La bouffée d'air chaud quand il ouvrit la porte de son appartement le dégela un peu plus.

« Vous aimez, *muñeco* ? » Lorena fit une rapide pirouette, les bras ballants. « eBay. » Elle observa le perron de l'immeuble, vit qu'il n'y avait personne, et arrêta son numéro.

« Ça vous va vraiment bien, » dit Nick.

Elle haussa les épaules. « Vous savez comment c'est. Faut que je sois à la hauteur. »

« Ruben, je présume ? » Le vieil homme était l'un de ses dix clients les plus fidèles. Nick avait fait sa connaissance un moment auparavant. Le gentleman venait consulter Lorena une fois par mois très régulièrement. Il se vantait de ne pas pouvoir vivre sans les conseils de l'horoscope, même s'il avait réussi à vivre sans les recommandations de Lorena pendant les dernières soixante-douze années. Ce que Nick soupçonnait vraiment était que les visites de Ruben avaient plus à voir avec un entichement et de la compagnie qu'avec des conseils.

Lorena rit. « Dans le mille. De plus, c'est un bélier, *muñeco*. Je dois réfréner sa nature impulsive. » Lorena nettoya les coins de ses lèvres avec le pouce et l'index. Elle pencha la tête, observant Nick. « On dirait que le compacteur de déchets vous est passé dessus aujourd'hui. »

« Longue journée, » dit Nick, sachant que ce serait une soirée encore plus longue. Il avait transféré une sacrée quantité de travail sur son compte système du service pour le parcourir, le compléter, et le corriger.

La sonnette retentit dans l'appartement de Lorena. Elle vit son client regarder à travers la partie de verre non dépoli à l'entrée de l'immeuble, et elle agita la main en direction du vieux monsieur qui avait l'air plus ratatiné que d'habitude. C'est ce que le froid vous fait, pensa Nick.

« Vous feriez bien de le faire entrer, » dit Nick. « Il semble presque sur le point de se transformer en statue de glace. »

« Soyez un amour et tenez-moi la porte ouverte, » dit Lorena en se précipitant pour faire entrer Ruben. Nick tint la porte pendant que

Lorena s'affairait autour de Ruben, qui, à cause du froid, put à peine murmurer ses salutations.

« Allez-y, trésor, et réchauffez-vous, » dit-elle en le conduisant dans son appartement.

Nick se retourna pour entrer dans le sien quand Lorena le retint.

« Écoutez, » dit-elle, le visage sérieux. « Savez-vous où est Laura aujourd'hui ? Je suis allée à son appartement, mais elle n'a pas répondu. »

Zut. Les plantes de Laura. Il était censé les avoir arrosées hier soir. Maintenant, il allait devoir encore braver cette saleté de froid. Mais il avait promis.

« Elle est en voyage. Pourquoi ? »

Lorena baissa la voix, l'expression sérieuse. « Si vous lui parlez, dites-lui que j'ai travaillé aujourd'hui sur son horoscope. Ça me turlupine depuis des jours. »

« Allons, Lorena. Vraiment ? »

« Bon, *muñeco*, ne le prenez pas de haut avec votre scepticisme habituel. Elle va bientôt recevoir des nouvelles indésirables par une lettre, ou autre chose. Les cartes disent qu'il faut qu'elle soit extrêmement vigilante pendant un moment. »

Nick regarda fixement.

Lorena lui tapota la joue comme le ferait une grand-mère, bien qu'elle eût neuf ans de moins que lui. « Tout n'est pas un spectacle, » dit-il pour que lui seul l'entende. « De plus, » dit-elle depuis le seuil de sa porte. « Il faut protéger votre bel intérêt de Scorpion pour l'amour. Je n'ai jamais vu un pourcentage de compatibilité aussi élevé entre deux personnes. »

Elle lui fit un clin d'œil et ferma la porte.

Eh ben, putain.

LAURA travaillait sur le gâteau à quatre niveaux depuis près de deux heures. En fait, il fallait un jour et demi pour que la ganache se solidifie et s'imbibe de rhum avant qu'elle doive procéder au glaçage du gâteau. Elle savait que cette présentation allait conclure les tractations qui avaient débuté des mois après qu'elle avait vu l'annonce pour un pâtissier créatif et un associé tacite pour une nouvelle entreprise commerciale à Suwanee, Georgie. Laura ne comprenait pas pourquoi l'idée de prendre un nouveau départ par ici l'avait saisie, et pendant qu'elle actionnait le plateau tournant pour vérifier les imperfections ou les trous sur le glaçage, elle fit une pause pour essuyer la sueur qui perlait sur son front.

Qui diable trompait-elle ? Après la première salve de commentaires négatifs sur les sites de critiques et sur sa page Internet, l'idée avait germé, la taquinant et la tentant comme de l'eau fraîche à un naufragé. Quand elle se rendit compte qu'elle devrait peut-être vendre sa part de l'entreprise à Erin pour la sauver des griffes destructrices de sa sœur, son cerveau produisit une profusion de possibilités, d'idées naissantes, comme s'il était sous stéroïdes. Cette même après-midi, elle avait acheté en argent liquide un téléphone portable et avait mis en place des négociations. Seul le désastre de Sandra Ward lui avait fait repenser beaucoup de choses, y compris ceci, son plan B. Elle savait que si sa jumelle parvenait à ses fins et était transférée dans un hôpital psychiatrique, Sandra trouverait un moyen de s'évader. Et alors, où serait Laura ?

Après avoir fait le pas de contacter son éventuel nouvel associé, ses idées bourgeonnèrent, se transformant en véritables TOC après qu'elle eut feuilleté un magazine de voyages chez le dentiste. L'article montrait des photos de la Toscane et de cette magnifique ferme aux environs de Montecatini, où la table des repas était décorée de feuillages et de fleurs de la région. Elle se souvenait clairement qu'il y avait une sorte de tarte à côté des décorations, où certaines des dernières tombaient délicatement sur la pâtisserie. Cette image avait déclenché une nouvelle vague créative de décorations, de saveurs de gâteaux, de recettes de génoises, et d'autres glaçages. Elle voulait de la nouveauté, du punch, quelque chose qui bouleverse le palais, en utilisant des fleurs, des épices, des fruits, et même des légumes confits en décoration.

Le résultat visuel final avait été un assortiment féerique de couleurs et de textures.

Le goût ? Un orgasme de plaisir, aurait dit Erin.

Attendons que je revienne en ville. Je vais présenter à Nick un assortiment différent de plaisirs.

Elle soupira.

Non.

Non.

Et NON.

Pas question de penser à Nick en ce moment. Si elle le faisait, elle ne conclurait peut-être pas cet accord. En l'état actuel des choses, elle avait failli céder à la tentation d'abandonner ses plans le soir du baiser. Mais le désastre des commentaires sur Yelp lui rappelait de maintenir le cap. Même si Nick et elle se mettaient en couple, il fallait qu'elle travaille. Elle avait besoin de ce plan B, même si elle restait à New York. L'avis préféré de sa mère était que les aléas de la vie vous bouffaient toujours les fesses. Il était donc vital de se préparer. Laura prenait cela à cœur. Si tout se passait bien, elle deviendrait associée tacite dans cette nouvelle entreprise, sous sa nouvelle identité, L. Hoffster.

Laura essuya du doigt le glaçage avant de poser le récipient maintenant vide et la spatule dans l'évier. Elle se lécha le doigt et savoura. Bon sang, mais elle s'était surpassée, cette fois.

« Un véritable orgasme de plaisir, Erin, mon amie, » dit-elle à voix haute, ne s'adressant à personne en particulier. La pièce était vide. « Créé par la nouvelle L. Hoffster, complètement idiote. »

Laura alla chercher la plaque avec ses créations au chocolat et s'apprêta à les décorer. Franchement. Parmi tous les noms qu'elle aurait pu trouver, elle n'avait pensé qu'à son nom de jeune fille. Pas très original. Plutôt faiblard, si quelqu'un lui posait la question. Mais cela avait été son seul recours. Elle avait toujours son ancienne identité, et si jamais il fallait qu'elle disparaisse, légalement, eh bien c'était sa seule option. Pendant combien de temps resterait-elle incognito ? Dieu seul le savait. De nos jours, l'interconnectivité rendait pratiquement impossible toute disparition sans laisser de traces. Une miette menait facilement à une autre, éclairant le chemin de vos allées et venues tout comme les chars outranciers de Mardi Gras éclairaient tout Bourbon Street pour les fêtards. Cela lui avait pris un temps fou et une quantité d'efforts pour planifier et réfléchir en sortant du cadre pour ne pas laisser un sentier de miettes flagrant que Sandra aurait suivi. Laura allait jusqu'à payer ce partenariat avec un chèque certifié d'un compte qu'elle possédait avant son mariage désastreux. Cela lui garantissait plutôt qu'on ne pourrait pas la suivre à la trace depuis New York par le biais de sa paperasserie. Pas de trace électronique non plus, puisqu'elle n'ouvrirait pas ici de nouveau compte à son nom. Elle utiliserait la nouvelle entreprise.

Pas de trace téléphonique non plus, puisque son téléphone était jetable et se rechargeait avec un mandat postal.

Laura soupira. Tous ces noeuds gordiens uniquement pour détourner Sandra de sa piste. Elle espérait que sa sœur n'éclaircirait pas tout cela, même dans un million d'années.

Peut-être que même Nick ne pourrait pas non plus.

« Mince. Non, pas encore. »

D'accord. Sois réaliste, maintenant.

Nick pourrait, pensa-t-elle. Son flair et son instinct de limier le mèneraient à elle. Mais il serait quand même furieux, pour ne pas dire profondément déçu qu'elle ne se soit pas confiée à lui. Mais quel choix avait-elle après l'incident dans son appartement le soir où elle avait préparé son voyage ? Quelqu'un, pour le compte de sa *chère sœur*, avait glissé sous sa porte une note manuscrite, malgré l'ordonnance de restriction et le fait que sa dernière adresse était secrète. Si sa sœur pouvait la trouver dans une ville qui comptait maintenant combien de millions de personnes... eh bien, c'était effrayant. Et quelque part, au fond d'elle, Laura savait que sa sœur parviendrait à ses fins : trop de juges compatissants siégeaient à la Cour d'Appel de New York. L'avocat de Sandra semblait en avoir trouvé un, et il se pourrait que ce juge statue en faveur de sa sœur. Si cela se produisait, Laura devrait peut-être disparaître là où même Nick ne la trouverait pas.

Elle nettoya les résidus sur la plaque à gâteaux, s'assurant que la présentation était parfaite. Jusqu'à présent, son nouveau partenaire potentiel avait été impressionné par ses idées, par ses connaissances. Après cette présentation visuelle et gustative, il n'y aurait aucun doute sur son intégration. Laura savait que ce nouveau projet serait rentable, dès que l'entreprise prendrait son essor. Cela signifierait aussi son indépendance financière.

Dès qu'elle rentrerait en ville, elle aviserait son avocat et le Procureur de District, qui étaient déjà suffisamment contrariés par cette saga sans fin, pour qu'ils s'attaquent à ce nouveau confetti au milieu de la tonne d'ordures qui figurait déjà dans le dossier de sa sœur. Avec un peu de chance, le Procureur pourrait utiliser la lettre comme une arme pour garder Sandra sous les verrous.

Laura regarda l'horloge. Il fallait qu'elle en finisse tout de suite avec cette décoration, pour que demain elle soit libre de mettre en œuvre son plan d'urgence C, qui avait pris forme au moment où elle avait décidé de tenter sa chance avec Nick. En plus, il serait la seule personne à être dans le secret.

Laura frémit. Elle espérait que ses rêvasseries sur lui atténueraient la souffrance. En attendant...

On verra ce qui se passera quand je rentrerai.

En ôtant le papier sulfurisé des larmes en chocolat à la framboise qu'elle avait faites hier, Laura fit alterner du chocolat et des fleurs de souffle de bébé confites en un motif de cascade. Elle n'allait pas s'inquiéter du plan C en ce moment. Après tout, comme l'avait dit Margaret Mitchell dans *Autant en emporte le vent*, demain il ferait jour.

NICK avait mis la dernière orchidée sous le robinet dans l'évier. Il n'avait jamais compris pourquoi les gens avaient des plantes, encore moins aussi délicates, mais Laura adorait ses orchidées. Il espérait seulement qu'il n'était pas en train de les noyer dans toute cette eau froide, les pauvres.

Il se tourna vers le congélateur et saisit plusieurs cubes de glace. Laura avait expliqué que la chaleur dans l'appartement asséchait les racines trop rapidement et que la glace fondrait lentement, leur gardant l'humidité.

Il répartit le reste de la glace sur les plantes qu'il avait arrosées et chercha la clé de Laura là où il l'avait posée sur le comptoir de la cuisine. Il s'arrêta et regarda. Une feuille de papier à moitié ouverte y avait été abandonnée. Et parce que sa voisine avait mentionné une lettre, et que Laura l'avait opportunément laissée pour qu'il la remarque, sa curiosité l'emporta. Il essuya ses mains mouillées sur son pantalon de survêtement et l'ouvrit. Le mot *sœur* lui sauta aux yeux.

L'estomac de Nick se retourna.

Putain, c'était pas possible.

Il fourra la clé de Laura dans la poche de son pantalon et lut.

Salut, sœur chérie,

Et alors, tu te croyais enfin débarrassée de moi.

Tss. Tss.

Mais c'est bon. Je pourrai bientôt obtenir l'aide dont j'ai toujours eu besoin. Il me faudra tout l'appui que je pourrai obtenir et je sais que tu vas m'aider. Après tout, nous sommes une famille, non ? Je vais bientôt recouvrer ma santé et mon intégrité. Je vais pouvoir mener une vie normale... comme la tienne. Peut-être même que je vais me mettre à la pâtisserie à l'hôpital psychiatrique, et qu'à la fin je pourrai t'aider dans ton entreprise ?

Ce ne serait pas magnifique ?

Reste en contact. Je sais que moi, je vais le faire.

Oh, et dis bonjour à ce détective de rêve qui est à tes côtés. Dommage pour toi si tu ne sautes pas bientôt dans son pantalon. Moi, ça ne me viendrait pas à l'esprit de ne pas le faire.

Avec tout mon amour de sœur,

Sandra

P.S. Désolée pour la livraison personnelle. J'étais pressée.

La garce, comme Elton John l'avait dit avec concision, était de retour, et dans une forme exceptionnelle. La salope.

CHAPITRE TREIZE

« TU SAIS, tu es d'une humeur de chien depuis deux jours. »

Nick vit quelque chose de carré glisser à travers la table de conférence. Il regarda le petit objet enveloppé de papier doré. « Qu'est-ce que c'est que ça, bon Dieu ? »

Sacco sourit et se leva de sa chaise. Il avait vu Ramos qui allait au débriefing et ouvrit la porte. « Du chocolat noir. Ça va t'adoucir. »

Nick renvoya violemment le chocolat à son partenaire, qui l'attrapa comme un joueur de la ligue majeure. « T'es un connard, Nick. »

Sacco déballa le chocolat et le fourra dans sa bouche. « Pas plus que toi, mon pote. »

« Fous-moi la paix. »

« Tu as les gonades en vrac et tu ne peux rien y faire jusqu'à ce qu'elle revienne. »

Sacco avait raison. Il ne pouvait rien faire jusqu'au retour de Laura. Mais Nick était furieux. Et inquiet. Il ne pouvait pas joindre Laura. Il essayait depuis deux jours. Il avait même fait tracer son portable par Carpenter, mais le signal avait borné à New York, dans son appartement. Il y était allé ce soir-là, pour trouver le fichu truc sur sa table de chevet. Pourquoi l'avait-elle laissé là ? Où diable était-elle ? Et allait-elle bien ?

Ramos entra par la porte ouverte. Elle regarda chacun des deux hommes, et souleva un sourcil. « On se crêpe le chignon à cette heure, mesdames ? »

« Va te faire foutre, Ramos, » dit Nick aussi méchamment qu'il se sentait.

« Quelle humeur. » Elle leva la main pour arrêter la prochaine explosion de Nick. « Avant que tu m'arraches les fesses... »

« De toutes petites fesses, » plaisanta Sacco.

« Les rapports préliminaires du labo sur votre suicide sont tombés. » Elle laissa tomber sur la table à la fois son classeur sur les affaires et un sac à indices contenant une espèce de moisissure couleur lavande. Elle ouvrit le classeur. « Le contenu de l'estomac montre qu'elle a mangé une salade César, du vin rouge, des fraises et du chocolat, pas nécessairement dans cet ordre. »

« Elle a fêté sa liberté, c'est certain, » dit Sacco.

« Le taux d'alcool dans son sang était un peu élevé... »

« À combien ? » demanda Nick.

« Assez pour être étourdie. Environ deux ou trois verres. »

« Merde. Elle s'est offerte en sacrifice ? » demanda Nick. « Je n'ai jamais vu un tel degré de passivité chez quelqu'un qui va être exécuté. »

Il savait que son visage reflétait la contrariété et l'incrédulité.

« D'après Totes, » poursuivit Ramos, « le larynx était écrasé à quarante pour cent, l'os hyoïde à peine fracturé, et les lésions épidermiques alentour étaient minimes. »

« Ce qui signifie ? »

« Ce qui signifie, » intervint Millsap depuis la porte, « qu'elle s'est asphyxiée lentement et n'a même pas tressailli sous la gêne. » Il alla vers une chaise libre et fit tomber son classeur sur la table. Il semblait ne pas s'être couché depuis soixante-douze heures.

Ramos opina de la tête. Elle ouvrit son dossier à une autre page.

« Le doughnut de glace que nous avons trouvé sur le sol était de l'eau ordinaire, fortement chlorée, de type Direction des Eaux de New York, avec des traces de fluor, additionnée des fluides corporels expulsés par la victime au moment de la mort. Cela provenait de ça. » Elle désigna le sachet à indices sur la table. « J'ai trouvé ça dans le freezer de Creasy. »

« Qu'est-ce que c'est que ça, putain ? » demanda Sacco.

« Un moule à savon ovale ordinaire en silicone. Quand je l'ai mis en sachet, cinq sur les six compartiments du moule étaient à demi remplis. La comparaison des diatomées entre ce que j'ai récupéré par terre et la glace à l'intérieur de cet objet n'est pas encore parvenue. »

« Des empreintes ? » demanda Nick.

« Je vais saupoudrer, mais ne retenez pas votre souffle, » dit Ramos. Nick et Sacco grognèrent d'irritation.

« Oh, ça progresse, les garçons. Il y avait de menues particules de roche gelées à l'intérieur de la glace. D'où elles venaient, ça me dépasse, mais nous sommes encore en train de vérifier. Ça élimine l'emploi du moule pour fabriquer la glace. »

« Et la chaise ? » demanda Nick.

« Nada. En chêne classique, avec des roulettes en Téflon d'une épaisseur de 0,2 millimètre. Les pieds étaient un peu foireux. »

« Qu'est-ce que vous voulez dire, un peu foireux ? » demanda Sacco.

« Bancales. Un pied était plus court que les autres. »

« Celui avec le collier en doughnut glacé, vous voulez dire ? » demanda Nick.

Ramos acquiesça. « Toutes les surfaces de la chaise étaient propres comme un sou neuf. »

« Propres, comment ça ? » demanda Nick.

« Elles ont été essuyées. »

« Merde. Là, c'est la fin, » se plaignit Sacco.

« Désolée. Je ne peux pas inventer de données qui n'existent pas. Et de votre côté ? »

« Que dalle, » dit Nick. « Des drogues ? »

« J'attends Totes là-dessus. » Ramos fit un signe de tête en direction de Millsap.

« Combien de temps ça va prendre, Doc ? » demanda Nick.

« Trop longtemps, » dit le Commandant Kravitz du seuil de la porte.

Nick pensa que les choses semblaient s'éclaircir pour le Seizième puisque le commandant n'avait pas de cigare. Cela signifiait que le niveau de stress avoisinait de nouveau la normale.

« Cette grippe a décimé tous les services, » approuva Millsap. « Nous allons plus lentement que le LIE à l'heure de pointe. Règle d'or ? Ajouter trois semaines de plus à l'accumulation habituelle. »

« Comment ça peut piétiner comme ça ? » demanda Sacco sans s'adresser à quelqu'un en particulier.

« Je ne sais pas, » dit Nick. « Quelque chose nous échappe. Je le sens. »

« Ho ho, » plaisanta Ramos, l'œil pétillant. « L'instinct de Nick est de retour. Je suis impatiente d'entendre ça. »

« Eh bien, » dit Millsap. « Il n'est pas le seul. Cette affaire me turlupine vraiment. En dépit du fait que le suicide des femmes par pendaison progresse dans notre belle ville depuis 2000, quelque chose a dû la rendre impuissante au point de n'avoir aucune réaction pendant la strangulation. Mais rien n'est sorti sous le microscope dans les tissus musculaires ni dans les échantillons prélevés dans les organes. » Millsap ouvrit son classeur et vérifia ses notes. « Les rapports préliminaires du labo ont fait état d'un retour normal, ce qui m'a laissé totalement insatisfait. Donc je l'ai ressortie, j'ai effectué de nouveaux prélèvements, j'ai pris des cheveux et encore du corps vitré, et j'ai renvoyé le tout en toxicologie, y compris encore du tissu d'organes. Je leur ai dit d'exécuter une étude élargie de drogues sur le tout cette fois. Et je dis bien élargie. »

« J'ai commencé à vérifier les antécédents de toutes les personnes impliquées, » dit Nick, contrarié. « Cette image trop lisse me hérisse. Personne ne peut être aussi neutre ni aussi bon. »

« Et vous avez effectué un recoupement du modus operandi ? » demanda Kravitz.

« Dès que je rentrerai du tribunal, je commencerai une recherche rapide dans les arrondissements. Quelque chose va peut-être apparaître. »

« Donc, nous n'avons rien du côté de l'enquête, et Millsap ne statuera pas entre homicide ou suicide tant qu'il n'aura pas davantage d'informations. Nous sommes là dans une impasse ? » demanda Kravitz.

Tout le monde acquiesça.

« D'accord. Décision exécutive. Instinct ou pas, pour l'instant nous allons mettre cette affaire en veilleuse. Quand quelque chose de concret reviendra du labo, nous reviendrons dessus. C'est bon pour tout le monde ? »

Nick approuva, ainsi que les autres.

Mais quand même.

« Comment ça se passe avec le vol dans la boutique ? » demanda Kravitz.

« Cet imbécile voulait porter plainte, » répondit Nick. « Mais son défenseur public a signalé que son agression avait été filmée par la caméra de surveillance. Elles vont probablement plaider. »

« Bien. »

Une plaidoirie signifiait moins de paperasse et moins de temps passé pour tous ceux qui étaient concernés.

« Et la victime ébouillantée ? »

« J'ai appelé l'hôpital ce matin, » dit Sacco. « L'enfant est toujours dans un état critique. »

« Aucun indice de mauvais traitements, ni avant ni actuels, » ajouta Nick, anticipant la question suivante de Kravitz.

« Vous avez vérifié ? »

Nick acquiesça. « Cela ressemble à un malheureux accident. »

Kravitz soupira. « Et au tribunal ? »

« Nous sommes censés y aller aujourd'hui, » dit Ramos.

« C'est certain ? »

« Certain, » dit Nick. « J'ai passé ce matin un appel à Aaniyah Foster pour avoir confirmation. Elle a dit, et je la cite « Si cet emmerdeur ne chamboule pas la session du matin comme il l'a fait hier avec son cinéma de merde, je vais conclure ça aujourd'hui, » fin de citation. Donc, ouais, elle va s'assurer que nous témoignions aujourd'hui. »

Kravitz tourna son attention vers Millsap. « Qu'en est-il du noyé ? »

Millsap soupira. « Trop décomposé et trop de morsures de bestioles. J'ai pu vérifier que la vertèbre était fracturée entre la C3 et la C4. »

« Il a sauté ? » demanda Nick. Un ferry avait fait remonter le corps en surface en le heurtant entre le pont de Brooklyn et le Quai 36 quelques jours auparavant.

« Aucun moyen de le savoir. J'ai transféré le corps à l'anthropologie médico-légale. » Millsap referma son classeur avec un claquement. « Si c'est tout, les gars, j'ai quatre patients qui m'attendent. »

« Et je dois expédier une tonne de travail sur la fusillade du bar dans la Première avant d'arriver au tribunal, » ajouta Ramos.

Tout le monde prit cela comme un signal de dispersion.

Nick attrapa un soda en retournant dans son bureau et consulta sa montre. S'il se dépêchait, il pourrait rechercher des similitudes avec son enquête Creasy sur le système du Centre de Criminalité en Temps Réel et retourner aux nouvelles affaires qu'on leur avait confiées ce matin.

Il ouvrit le moteur de recherche sur son ordinateur, ajouta tous les mots-clés auxquels il put penser, incluant une recherche dans tous les arrondissements, et se mit en chasse. Que la technologie effectue le travail fastidieux, pour changer.

Il allait composer le numéro de Carpenter pour avoir des nouvelles des Technologies de l'Information sur l'affaire Creasy quand Horowitz s'arrêta à son bureau.

« Qu'est-ce qu'il y a, Sergent ? »

« Il y a ici une madame Millian qui veut vous voir. Elle n'a pas de rendez-vous, mais elle a dit qu'elle est ici pour l'enquête sur Isabel Creasy. »

Nick regarda l'écran de l'ordinateur et vit qu'il lui restait du temps avant d'aller au tribunal.

« Faites-la entrer, Stan, et dites à Sacco qu'elle est ici. Il est dans la salle de pause. »

Peu après qu'Horowitz parte pour aller chercher la femme, Sacco arriva, grignotant sa PowerBar préférée.

« Tu penses qu'on va avoir du nouveau ? » demanda-t-il.

« On va voir. Mais je ne parierais pas là-dessus, » dit Nick.

Pendant que Sacco froissait le papier d'aluminium vide, Horowitz introduisit une femme dans la trentaine, petite et trapue, avec des cheveux et des yeux noir corbeau. Elle serrait à deux mains un sac de la dimension d'un dossier, le pressant contre son ventre, un manteau plié de couleur camel couvrant son épaule gauche. Elle portait l'uniforme du salon de M-Li, le pantalon noir et le chemisier blanc, l'ensemble semblant presque amidonné à cause de la raideur de sa posture. Le langage corporel de la femme criait sa réticence à être là.

« Merci d'être venue, Madame Millian. » Nick s'avança à sa rencontre, la main tendue, la voix douce et modulée pour l'aider à réduire sa nervosité. Il désigna d'un geste la chaise proche de son bureau, que Sacco avait tirée pour qu'elle y accède aisément.

Une poigne solide lui serra la main avant que Millian s'installe au bord de la chaise.

« C'est tellement affreux, » murmura-t-elle sur un ton qui contenait des traces de l'horreur qu'elle avait probablement ressentie en entendant la nouvelle. « Nous sommes encore sous le choc, et M-Li est inconsolable. »

Nick acquiesça. Il ne s'était pas passé une journée sans que M-Li appelle pour s'enquérir de la sortie du corps de son amie. Et en recevant la même réponse tous les jours, M-Li s'effondrait après la dénégation de Nick, inconsolable de ne pas pouvoir encore organiser les funérailles de son amie.

Nick et Sacco s'assirent.

« Que pouvez-vous nous dire sur Madame Creasy ? » demanda Nick.

Leticia Millian avala sa salive. « C'était une femme tellement gentille. Silencieuse. Elle ne ratait jamais un rendez-vous. »

Nick échangea avec Sacco un rapide regard entendu.

« Que faites-vous exactement au salon ? » demanda son partenaire.

« Je suis une spécialiste de l'épilation. J'utilise des méthodes différentes pour m'assurer que les poils superflus soient enlevés. »

« Vous voyiez Madame Creasy toutes les semaines ? » demanda Sacco.

Elle secoua la tête. « Non. En utilisant le sucre, les résultats sont plus durables. »

« Du sucre ? » demanda Nick.

« Une pâte à épiler à base de sucre. C'est moins inconfortable que la cire et plus doux pour la peau. »

« À quelle fréquence Madame Creasy recourait-elle à vos services ? » demanda Nick.

« Elle avait des poils très fins, donc la plupart du temps elle venait toutes les deux semaines, sauf s'il y avait une occasion spéciale. »

« Telle que ? »

« Un dîner important avec les associés de son ex-mari. » Elle réfléchit un moment. « Des vacances sporadiques. Elle est venue une fois pour un dîner d'anniversaire. » Les lèvres de la femme se pincèrent. « À mes yeux, ça a été du gaspillage. Ils se sont séparés une semaine plus tard. »

« Ces rendez-vous étaient-ils indépendants de sa routine habituelle du vendredi ? » demanda Nick.

Leticia Millian secoua la tête. « Elle prolongeait son temps de spa ces jours-là. Elle me voyait habituellement plus tôt, ou après son soin des ongles. »

« Quand l'avez-vous vue pour la dernière fois ? » demanda Sacco.

« Elle est venue ce vendredi, avant... » Elle avala sa salive, les yeux pleins de larmes. « Enfin, vous savez. »

Nick attendit en silence pour lui permettre de réfréner ses émotions.

« Ce jour-là, » poursuivit Leticia Millian, « il ne lui fallait que la lèvre supérieure. »

« Quelque chose n'allait pas chez elle ? » demanda Nick. « Vous a-t-elle semblé déprimée ou anxieuse ? »

« Voilà ce qui est tellement étrange, » dit-elle sur un ton un peu incrédule. « D'habitude, Isabel ne disait pas grand-chose. Elle était ma cliente silencieuse, à la différence d'autres clientes qui n'arrivent pas à se taire. Mais je voyais à ses yeux si elle était triste ou déprimée. Isabel était très heureuse depuis le divorce. »

« Mais ? » demanda Nick. Il sentait qu'il tenait quelque chose.

« Elle était en colère. » Son intonation soulignait sa surprise persistante. « Quand je suis entrée dans la pièce pour contrôler la température du mélange de sucre, elle enfonçait violemment son téléphone dans son sac. »

Nick regarda Sacco. Peut-être, peut-être que ce pourrait être leur chance.

« Pourquoi était-elle aussi bouleversée ? Vous l'a-t-elle dit ? » demanda Sacco.

« Non. Mais sincèrement, ça m'a sciée parce que je ne l'avais jamais vue comme cela. Je lui ai demandé si tout allait bien, mais elle a haussé les épaules. J'ai dû faire une plaisanterie sur la manière dont elle gardait les lèvres pincées, vous savez, comme quand on suce quelque chose d'acide. Je lui ai dit qu'elle allait ruiner mon soin expert si elle continuait à faire ça. Elle a ri un peu et s'est détendue. Mais on voyait que ce qu'elle avait vu ou entendu sur ce téléphone l'avait contrariée. » Elle secoua la tête. « Mais le plus étrange était ses marmonnements. »

« Ses marmonnements ? » demanda Nick.

« Elle répétait en boucle quelque chose sur « pas avec mes affaires, oh non. » Elle n'a pas dit grand-chose d'autre quand j'ai commencé le soin de sa lèvre. À la fin de son rendez-vous manucure/pédicure, elle semblait détendue, programmant la fin de son déménagement avec M-Li. »

Son regard alla de Nick à Sacco. « Ça vous aide un peu ? »

« À ce stade, tout peut nous aider, » dit Nick.

Un air entraînant emplit le silence. Le visage rougissant, Leticia Millian ouvrit son sac et en extirpa son portable. Un rapide regard et un glissement plus rapide coupèrent la sonnerie. « Je suis vraiment désolée, » dit-elle en se levant. « Il faut que je parte. Mon poste commence bientôt. »

Nick et Sacco se levèrent aussi.

« Nous vous sommes reconnaissants d'être venue, Madame Millian, » dit Nick. « Si vous vous souvenez d'autre chose, appelez-nous. » Nick lui tendit sa carte et l'accompagna au poste d'Horowitz près de l'ascenseur. Mais avant que le sergent pût l'y accompagner, elle se tourna vers Nick.

« De toutes les personnes que nous voyons au salon, Isabel aurait été la dernière dont je penserais qu'elle se suiciderait. » La douleur et la curiosité se mêlaient dans son regard. « Les gens en colère se suicident-ils, Inspecteur ? »

On posait à Nick beaucoup de variantes de cette question depuis des années, et il n'avait pas de réponse claire.

« Je ne peux franchement pas répondre à cette question, Madame Millian. Personne ne connaît vraiment l'état d'esprit d'une personne quelques secondes avant qu'elle décide de se supprimer. »

Nick regarda Horowitz l'accompagner dans l'ascenseur. Toutefois, dès que les portes se refermèrent, il attrapa le téléphone sur le bureau du sergent et composa le numéro du poste de Carpenter.

« S'il te plaît, dis-moi que tu as quelque chose sur l'ordinateur et le téléphone de Creasy. »

« Nous n'avons pas encore pu accéder aux renseignements sur son ordinateur ni sur le Cloud, » l'accueillit la voix joyeuse de Carpenter. « Le commandant a basculé la priorité sur la fusillade du bar hier. Je suis submergé par les publications. »

« Carpenter, il me faut ses relevés téléphoniques et son historique de navigation, fissa. Je viens de finir une conversation avec un témoin, et elle a dit que Creasy était furieuse vendredi après avoir reçu un texto ou un appel. »

« Vraiment ? »

« Allons, Carpenter. Fais-moi un miracle. Ça pourrait être la chance que nous recherchons. »

« Tu me paies les heures supplémentaires ? »

« Dans tes rêves, jeune prodige, dans tes rêves. Mais trouve-moi quelque chose. Vite. Considère cela comme un avertissement. »

« Peux-tu au moins limiter les paramètres de ma recherche ? Quelque chose sur quoi je devrais me concentrer ? »

Nick repensa à la conversation. « Tout ce qui est relié à son travail : sabotage de produits, mésusage, putain, même vol de produits. Recherche une rupture de norme. »

« Je ne peux pas promettre de m'y mettre aujourd'hui, mais je vais en caser un peu demain ou après-demain. »

Nick le remercia et se dirigea vers Sacco.

« Tu penses que quelqu'un a bidouillé sa ligne de produits ? » demanda Sacco.

Nick sourit. Son partenaire le connaissait tellement bien.

« C'est plutôt logique, quand on y pense. Quelle était la seule constante dans sa vie, presque comme une vraie passion ? »

« Son travail, » dit Sacco sans hésitation.

« La question est qu'est-ce qui s'est passé pour que ça la contrarie au point qu'elle ait une saute d'humeur. »

« Carpenter a eu quelque chose ? »

« Le commandant a modifié ses priorités, mais il a dit qu'il s'y mettrait demain ou après-demain. Merde. »

Merde était le mot. Ils n'avaient rien. Il espérait désespérément que Carpenter trouverait quelque chose.

En attendant, ils devaient se rendre au tribunal pour une affaire.

CHAPITRE QUATORZE

NICK ET SACCO ramenèrent leurs fesses au poste de police un peu après dix-huit heures cet après-midi. Fidèle à sa parole, Aaniyah Foster avait pris leur déposition dès la fin de la pause du déjeuner et, au moment où Tish Ramos avait fini de présenter ses preuves, l'avocat du pervers avait sollicité un entretien privé pour reconsidérer une négociation de plaidoyer en vue d'une inculpation amoindrie. Mais d'après l'expression sur le visage de Foster, Nick sut qu'elle tenait l'accusé par les couilles et ne renoncerait pas à ce qu'elle voulait : la condamnation maximale.

Nick jeta son manteau sur une chaise, plaça dessus sa veste de costume pliée, et démarra son ordinateur. Il gémit en voyant le nombre d'affaires qui surgissaient pour sa recherche à l'échelle des arrondissements.

« Sacco, » hurla Nick.

Deux secondes plus tard, Sacco se matérialisa.

« Tu ne vas pas croire le nombre d'affaires que le Centre Criminel en Temps Réel me crache. Nom de Dieu, ça va nous prendre plus longtemps qu'un voyage vers Mars. »

« Tu te fous de ma gueule, » dit Sacco après avoir marqué un temps d'arrêt devant les résultats. « Cinquante-trois suicides par pendaison cette année ? »

« Ce n'est que Manhattan, mon poteau. Il n'a pas encore répertorié le Bronx, le Queens, ni Brooklyn. »

« Putain. »

Nick prit un stylo et du papier et nota dix numéros d'affaires. Puis il nota les dix numéros suivants sur une autre feuille.

« Voilà. » Il tendit à Sacco la seconde série de numéros.

« Commençons par ceux-ci. Si nous ne trouvons rien là-dedans, nous passerons à la série suivante. »

Sacco partit et Nick ouvrit une nouvelle fenêtre, importa le premier numéro d'affaire, et se mit à lire.

À mesure que le temps passait et que Nick se plongeait dans d'autres affaires similaires au mode de décès de Creasy, des détails de la mort de désespérés qui avaient pensé que leur vie ne valait plus d'être vécue obstruaient son cerveau. Les deux premières étaient des suicides provoqués par l'abus de drogue. La troisième était une Asiatique qu'on avait fait entrer illégalement dans le pays et qui avait été forcée à se prostituer pour un gang asiatique à Chinatown. Elle avait pris la ceinture du pantalon de son dernier client et l'avait serrée autour de son cou et d'une poignée de porte, en adressant au monde un adieu désespéré. Le dossier d'une des trois affaires contenait une lettre de suicide, qui ne ressemblait en rien à celle trouvée dans la brownstone des Creasy. Les autres n'avaient rien laissé d'autre que leur corps sans vie se balançant à un noeud coulant réalisé à la hâte. Le dossier qu'il consultait à l'instant exposait la mort de deux fugitifs qui avaient pensé être la version du XXIe siècle de Roméo et Juliette. La vie dans la rue était probablement devenue trop affreuse à supporter, alors ils avaient sauté d'une poutre, la main dans la main, dans un entrepôt abandonné qui servait de repaire de drogués en bordure de l'avenue Franklin Delano Roosevelt.

Nick appuya les paumes sur ses yeux. Sacrément déprimant, pensa-t-il. Qu'est-ce qui affaiblissait, voire anéantissait, l'instinct viscéral de vivre chez ces gens, bon sang ? En tant qu'enquêteur sur les homicides du NYPD, il en avait vu d'autres dans la même situation, avec des passés plus horribles, qui avaient survécu et s'étaient épanouis. Et pourtant, les suicides prenaient le pas.

Il ouvrit le cinquième dossier. Après avoir parcouru le rapport d'incident, il porta son attention sur celui du légiste.

Aucune réaction apparente à la suffocation.

Ah, c'était intéressant. Il continua de lire.

Pas de preuve de lutte ni de signes de strangulation par des tiers. Le schéma du cou suggère un traumatisme antérieur, mais peu concluant. Pas de fibres trouvées sur les tissus nécrosés. Pas de drogues dans l'organisme.

Alors pourquoi cela avait-il été qualifié en suicide ? Il encercla en rouge le numéro de l'affaire qu'il avait noté sur son bloc-notes et chercha une lettre de suicide dans la liste des indices. Il aurait besoin d'activer la mémoire de Totes là-dessus.

« Bonjour. »

C'était doux. Reconnaissable.

Laura.

Nick regarda derrière lui et la vit à quelques mètres. Le soulagement et la colère le frappèrent de plein fouet. Il ferma les yeux et compta jusqu'à cinq. Il avait envie de se lâcher et de lui hurler dessus. De l'attraper par les épaules et de hurler à qui voulait l'entendre à propos du satané plan A auquel elle pensait quand elle avait disparu pendant quatre putain de jours.

« Nick ? »

Il entendit l'irrésolution dans sa voix. Il ouvrit les yeux, et cette fois prit le temps de l'examiner. La colère et la contrariété spontanées qui avaient surgi en entendant sa voix s'atténuèrent. Elle avait la même allure que lui après une semaine intense d'enquêtes : épuisée, vannée, essayant de tenir bon.

« Salut. De retour. »

Il se leva et s'arrêta à quelques centimètres d'elle.

« Je suis vraiment, vraiment furieux contre toi, » dit-il. La colère et la contrariété couvaient sous sa plus belle voix de flic. « Pourquoi diable es-tu restée au secret ? » Il rejeta les cheveux de Laura en arrière sur son oreille. « Et qu'est-ce que c'est que cette nouvelle coiffure ? »

Il la sentit frissonner légèrement.

« C'est une longue histoire, » répondit-elle. « Je te dois cela. Peux-tu prendre un peu de temps pour qu'on dîne en vitesse ? »

Il l'observa. « Est-ce que ça a à voir avec la lettre que tu as reçue de ta chère sœur ? »

Nick vit un autre frémissement, tandis que les lèvres de Laura se retroussaient d'aversion. Par contre, son regard exprimait l'instabilité de celle qui essaie d'écarter la peur, la lassitude et la contrariété. La lassitude l'emporta.

« Tu l'as vue, c'est ça ? » Ses doigts répétèrent les gestes avec lesquels il avait coiffé ses cheveux plus tôt, comme on le fait quand on n'est pas encore habitué à une nouvelle coiffure.

« Tu veux vraiment que je te réponde ? »

Elle secoua la tête. « C'est un de ces moments manifestement étonnants avec toi, Inspecteur. »

« Hé, hé. » La voix de Sacco leur parvint quelques secondes avant son apparition. « Le retour de la fille prodigue. »

Sacco se pencha et lui fit un rapide bisou sur la joue. Il marqua un temps d'arrêt en se relevant.

« Oh. Qu'est-ce que c'est que ce nouveau look ? »

« De la stratégie, » dit Laura.

Nick vit le regard entendu de Sacco. « En parlant de famille, » Sacco se tourna vers Nick, « je vais chez Rebecca pour dîner. »

« Des spaghetti et des boulettes de viande ? »

Sacco se lécha les lèvres. « Tu le sais bien. »

Nick sourit. La sœur de Sacco faisait une fois par mois de la sauce marinara à partir de rien. Les boulettes de viande étaient également faites maison et marinaient lentement dans la sauce pendant des heures. Ajoutez-y des pâtes fraîches et du pain dégoulinant de beurre aillé, et vous aviez comme repas un véritable délice gastronomique.

« Tu as été un peu chanceux avec les dossiers ? » demanda-t-il.

« Complètement déprimant, » dit Sacco en enfilant son manteau. « Et non, rien. Pas encore. J'en ai fini six. Je continuerai les autres demain. »

Il sortit sur un salut final.

Nick regarda sa montre. À peine vingt heures.

« Sauf si la Répartition appelle, j'en ai également fini ici pour ce soir. Pourquoi ne pas prendre un repas chinois à emporter chez Yao's Garden et aller chez toi ? Nous pourrons parler là-bas. »

Laura acquiesça.

Il ferma son ordinateur, attrapa son bloc-notes, sa veste de costume et son manteau, et fit sortir Laura de son bureau.

Nick avait le restaurant en numérotation abrégée, comme c'était sa cuisine préférée les fois où il travaillait tard, pour des repas à des heures indues lors de séances de brainstorming avec Sacco et Ramos, ou les fois où il ne voulait pas cuisiner. Après un rapide appel pour effectuer leur commande, Nick traversa la ville en voiture sans guère être retardé par la circulation. Le trajet fut silencieux, presque comme s'ils étaient parvenus au consensus de ne rien débattre pour l'instant.

Ou peut-être était-ce un report tacite pour leur permettre de réfléchir au moyen d'affronter le gorille de deux cents kilos dans la voiture.

C'était plutôt un éléphant de huit tonnes.

Nick écrasa le frein tandis qu'un chauffeur de taxi faisait une embardée devant lui pour tourner à toute allure dans la Trente-troisième. Quelques minutes plus tard, il déposa Laura chez Yao, lui donnant deux billets de vingt pour payer le repas. Il se mit en quête d'une place de parking à proximité. À cette heure de la soirée, cela ne poserait pas de problème de trouver une place proche de l'appartement de l'autre côté de la zone de stationnement de rue alterné. Il s'inséra dans une place à un demi bloc de leurs appartements, sécurisa la voiture, et remonta le bloc à mi-chemin en courant jusque chez Yao.

Laura l'attendait près de la porte, la nourriture préparée au creux de son bras.

Après un rapide salut au propriétaire du restaurant et à sa femme, Nick prit le sac et fit sortir Laura. La marche pour rentrer à l'appartement de Laura fut brève et rapide.

À la différence de son immeuble, qui était plus petit et où le voisinage était excessivement amical, ou carrément curieux, l'immeuble de Laura était plus grand et d'une dynamique tout autre. Là, tout le monde restait sur son quant-à-soi. Les gens connaissaient à peine leur voisin ou voisine, à part un signe de tête occasionnel en les croisant. En se dirigeant vers l'appartement de Laura, la seule chose que Nick entendit fut des conversations étouffées ou des bruits d'émissions télévisées qui filtraient à travers les portes closes. Une forte odeur de chou cuit concurrençait l'odeur rance du vide-ordures près de l'ascenseur. Il fronça le nez.

En dehors de cela, l'écho de leurs pas était la seule chose qui retentissait dans l'étroit couloir.

« Ne fais pas attention au désordre, s'il te plaît, » dit Laura en ouvrant la porte.

Nick opina de la tête, doutant que l'appartement ne fût aussi propre qu'il l'avait laissé deux jours auparavant. Ce qu'il remarqua fut qu'elle avait laissé sa valise non ouverte près du canapé de la salle de séjour, à quelques mètres de l'entrée de sa chambre. Son sac de voyage en tissu était sur la table basse. Cela voulait dire qu'en rentrant de son voyage elle s'était contentée de poser ses bagages avant de se rendre au poste de police.

Nick se hâta vers la table ronde et y déposa la nourriture.

« Qu'est-ce que tu... »

Nick ne la laissa pas finir. Il l'attrapa et l'attira vers lui, l'enlaçant étroitement. Il ignora son cri de surprise et la raideur de son corps au début, une raideur qui s'estompa, à mesure qu'il la tenait. Mais après une ou deux minutes, il captura ses lèvres et s'abandonna au baiser, assouvissant la soif qu'il avait d'elle. Inlassablement, il déplaçait et mouvait sa bouche sur la sienne en une exploration décadente. Les bras de Laura encerclèrent sa taille, le serrant contre son corps pendant que sa bouche prenait et donnait tout autant, dans un même enthousiasme.

Ils prirent le temps de respirer après ce qui leur sembla être une éternité.

Ils se regardèrent.

Sourirent.

«Alors... nous sommes ensemble maintenant ? » demanda Laura.

« Oh, tais-toi. »

Nick baissa de nouveau la tête et se plongea dans la merveille qu'était cette femme. Dieu, plus il en prenait, plus il en voulait. Il la fit reculer vers le confort d'un lit à quelques mètres de là. Il était terriblement excité, et ses baisers se faisaient plus offensifs. Des petites vagues de la colère et de la frustration qu'il avait ressenties ces derniers jours refirent surface. Il se fit plus offensif, plus impatient. Il la souleva. Laura gémit. Nick ne savait pas vraiment si c'était de passion ou de malaise.

Ce moment de déjà vu le heurta plus sûrement qu'une douche froide. Mais qu'est-ce qu'il faisait ? Ce n'était pas la façon dont il voulait faire l'amour à Laura pour la première fois. Cela lui évoquait trop une Angie 2.0, après qu'elle l'avait fait chier royalement. Le sexe suivait immanquablement, mais du sexe qui était trop pressant, trop rude, trop proche d'un boum boum merci madame qui n'était pas même satisfaisant. Enfin, si, physiquement, pendant dix secondes intenses. Émotionnellement ? Cela ne s'en rapprochait même pas. Laura méritait mieux, d'autant plus que Nick connaissait l'histoire derrière son ex-mari assassiné. Laura n'avait pas demandé une injonction restrictive contre lui pour le plaisir. Ce salopard avait été violent.

Nick appuya son front contre le sien et prit une profonde inspiration.

Il compta jusqu'à dix.

Puis compta jusqu'à vingt.

Ce n'était pas le bon moment. Leur première fois ne devait pas rappeler à Laura que Nick pouvait être le même genre d'enfoiré que son ex-mari avait été. Il voulait prendre le temps de boire et de dîner avec elle, de la séduire, et de les amener tous les deux à un degré d'incandescence, de besoin, qui leur prendrait toute la nuit à éteindre.

Aucune habitude passée, aucun vice passé ne devaient gâcher l'événement.

Un nouveau départ.

Et à vrai dire, il était fatigué, Laura semblait épuisée, et il mourait de faim.

« Laisse-moi mettre une chose au point, maintenant, avant que nous mangions. » Nick s'éclaircit la gorge. « Ne me refais plus jamais ça. »

Laura s'appuya contre lui pendant une seconde.

« Le baiser, ou la disparition ? »

« Quoi ? Tu fais ta maligne, comme Sacco ? »

« On dirait qu'il déteint sur toi, » dit-elle.

Il prit ses joues entre ses mains, lui relevant le visage.

« Ça ne change rien. Je suis toujours furieux contre toi. Tu n'imagines même pas le contrôle... Je veux vraiment te faire rentrer du bon sens dans le crâne, maintenant. » *Ou me soulager avec toi de mes frustrations par du sexe.*

Elle changea d'expression. « Je suis désolée, Nick. Vraiment. »

« Je suis flic, Laura. Ne l'oublie pas. Pour parler strictement en tant que flic, ce que tu as fait était stupide et dangereux, surtout avec tes problèmes avec ta sœur. »

« Je le sais, mais... »

« Tu aurais dû m'appeler, » l'interrompit Nick. « Tu aurais dû me dire que tu avais reçu cette lettre. » Il ferma les yeux et la lâcha. « Bon sang. Tu as une idée de ce que j'ai traversé quand j'ai découvert la lettre de ta sœur ? De mon inquiétude comme je ne pouvais pas te joindre ? Imagine ma stupeur quand Carpenter m'a dit que ton téléphone sonnait localement, dans ton appartement. »

« Carpenter a fait ça ? » Son étonnement était visible.

« Oui, à titre de faveur. Je craignais que la crapule qui a livré le message de ta psychotique de sœur t'ait tendu un piège le jour où tu es partie. »

« Oh. »

Il la saisit par les épaules.

« Il y a quelques jours, j'ai dit à Kilcrease que l'une des raisons pour lesquelles j'hésitais à m'engager était que je ne voulais pas que tu sois mon prochain appel du 911. Quand je n'ai pas réussi à te joindre... »

Nick regarda la compréhension, l'horreur et la souffrance agrandir à l'instant les yeux de Laura.

« Oh, Nick. » Des larmes jaillirent. Nick les essuya du pouce.

« Ne me refais pas ça, d'accord ? Surtout maintenant que nous sommes dans le même bain. »

Laura pouffa de rire.

« Et si nous mangions ? Tu es sur le point de tomber. Et il faut que tu me dises ce qui se passe avant que tu t'effondres. »

Il alla à la table et se mit à sortir les récipients du sac. Laura apporta des ustensiles, des bols et des assiettes en papier. Ils se servirent et réchauffèrent le tout dans le micro-ondes.

« Pourquoi es-tu partie sans téléphone ? » demanda Nick, attaquant la soupe pimentée et aigre qu'il avait commandée.

« Je ne suis pas partie sans téléphone. »

Nick la fixa. « Mais enfin. Tu as un portable prépayé. »

Laura acquiesça. « Et je ne veux pas que ce numéro apparaisse dans les contacts d'aucun interlocuteur. »

« Même pas dans les miens, » répondit Nick, finissant sa soupe tiède et avançant la main vers les côtelettes. « Avais-tu l'intention de me le dire ? »

« Oui, dès que je serais rentrée. Je n'ai pas tenu compte de la méchante lettre surprise de Sandra. » Elle écarta la soupe à demi consommée et prit une bouchée de riz frit. « Mais cela a conforté mes plans. J'ai pris la bonne décision dans mes préparatifs. »

Nick posa lentement l'os à présent dépouillé et observa le visage de Laura en se léchant les doigts.

« Tu projettes de disparaître, » dit-il, et ce n'était pas une question mais une affirmation.

« Je dois reconnaître que tu es rapide, Inspecteur. C'est ça le plan, mais en dernier recours. »

« C'est pour ça aussi, le relooking. »

Elle acquiesça.

« Je dois te reconnaître ça, » dit-il en prenant une solide bouchée de riz frit. « Peu importe ce que c'est. » Il désigna les cheveux de Laura avec sa fourchette vide. « Ça te va bien. »

« Ça s'appelle un carré graphique avec des reflets. »

L'expression de Nick fut éloquente.

« D'accord, d'accord. Les hommes n'y connaissent rien. Moi non plus. Je le sais seulement parce que l'esthéticienne n'arrêtait pas de dire comme c'était beau, surtout après que j'ai fait le traitement à la kératine et les reflets. Je voulais seulement ne pas ressembler à Sandra. Il se peut même que j'investisse dans des perruques, juste pour l'éloigner de mon style. »

Nick pensa que la dernière idée pourrait être meilleure plutôt que de devoir refaire cette comédie à chaque fois que Sandra découvrirait que Laura avait modifié son apparence et pourrait donc l'imiter. Cette femme était cinglée.

« Qu'est-ce que tu as fait d'autre ? »

Laura lui parla de son nouveau partenariat commercial, comment elle avait projeté que son identité demeure anonyme, autant que la technologie actuelle le permettait, et elle lui raconta son succès. Elle lui parla de sa nouvelle ligne de produits, et comment cela avait conclu l'affaire.

« Le juriste a entamé les formalités pour vendre à Erin ma part de l'entreprise. Une fois que ce sera terminé, je ne projette pas d'ouvrir une autre pâtisserie à New York. J'aurai l'air de vivre de la vente. Mais en marge de cela, je travaillerai en coulisse de chez moi à ma nouvelle entreprise en créant de nouveaux arômes pour des pâtes et des glaçages. En expérimentant de nouvelles formes et de nouveaux concepts de gâteaux. Je serai libérée de la partie de gestion quotidienne de l'entreprise dans la nouvelle pâtisserie, et je n'aurai à faire le voyage là-bas que de temps en temps pour former les employés aux nouvelles méthodes. À moins que je ne doive disparaître. »

« Ça n'augure rien de bon pour un avenir ensemble, » dit Nick.

« C'est seulement un plan d'urgence. »

Nick saisit une autre côtelette et mordit solidement dedans. Cette sœur était devenue le fléau de leur existence.

« Mais ce n'est pas mon atout maître. »

À présent, il était curieux.

Laura s'essuya les doigts très soigneusement et souleva ses cheveux derrière ses oreilles. Elle tourna la tête à droite, puis à gauche.

« Ce sont des tatouages derrière tes oreilles ? » La voix de Nick était totalement incrédule.

« Ça te plaît ? »

« Sexy. Mais je suis sûr que tu ne t'es pas fait encrer pour obtenir de moi une augmentation. »

Laura sourit au double sens.

« Tu sais, » dit Nick. « Dès le moment où elle découvrira ce que tu as fait, Sandra se le fera à elle-même. »

« Elle peut copier le motif autant qu'elle veut, si un jour elle le découvre, mais elle ne pourra pas le reproduire parfaitement. Elle ne saura absolument pas la signification du motif de l'aile, non plus. Et *ça*, c'est la clef. »

Cela l'intrigua encore plus. Il s'essuya les mains, prit sa chaise et la planta à côté d'elle pour voir le motif de près.

C'était un petit papillon magnifiquement dessiné dans des bleus, des noirs et des rouges iridescents. D'un motif délicat, l'insecte avait été dessiné de profil avec une antenne, la tête, le thorax, et une aile visible. Il tourna la tête de Laura pour voir l'autre côté. C'était le même tatouage, mais exécuté comme une image miroir de l'autre. Si l'on pouvait aplatir la tête et le cou de Laura, l'image d'un papillon entier apparaîtrait.

« Ça a fait très mal ? » demanda-t-il en touchant sa peau, où le traumatisme était toujours visible. Il embrassa l'endroit.

« Ouais, » dit-elle, frémissant à son contact.

Le ton de sa voix lui indiqua toutefois qu'elle ne voulait pas du tout discuter de l'opération.

« D'accord, c'est un joli motif, mais facile à reproduire. Tu as dit qu'il y a un message, mais je ne vois rien nulle part. »

« Oh, il est là. Regarde de plus près. »

Il examina encore le tatouage, recherchant dans la coloration, dans les formes, et pour finir suivant le dessin en noir de l'aile.

« Désolé, je ne vois rien. »

Laura soupira, comme si elle était heureuse qu'il n'ait rien vu. Elle se tourna de côté sur la chaise.

« Si tu regardes de plus près, il y a deux lettres au bas de l'aile, là, sur ma droite. » Elle les désigna du doigt pour qu'il puisse se concentrer sur le bon endroit.

« Qu'est-ce que je dois chercher ? »

« Un I et un D. Ils sont visibles si on lit de droite à gauche. Les motifs tracés en noir sur les ailes se divisent à partir des lettres. »

Maintenant qu'elle avait désigné l'endroit, Nick voyait effectivement les lettres dans un script élégant. Elles étaient très adroitement camouflées dans l'image.

Elle se retourna de l'autre côté. « Maintenant regarde par ici. Le D et le I sont visibles de gauche à droite. »

Il chercha, et trouva ce qu'elle avait décrit.

Elle se tourna face à lui.

« ID... DI, » dit-elle, scandant les lettres en tapotant du doigt. Elle était ravie de son ingéniosité, dont elle seule était au courant.

Malheureusement, le message que cachaient les lettres, quel qu'il fût, lui passait au-dessus de la tête. Il était complètement perdu.

« Désolé, mon cœur, je suis complètement dans le noir, là. »

« Personne ne sait ce que signifient les lettres, sauf moi. Personne d'autre ne le saura jamais, à part toi. » Elle accentua de nouveau les initiales avec ses index.

« ID... DI, » répéta-t-elle, s'approchant tout près de son oreille, et elle lui chuchota la signification.

Dire que Nick fut stupéfait serait l'euphémisme de l'année.

« Et ça, » dit Laura, la voix débordant de satisfaction, « c'est mon atout maître. »

CHAPITRE QUINZE

MARDI, 14 JANVIER

IL Y AVAIT EU beaucoup d'agitation au poste de police durant les trois derniers jours, au grand dam de Nick. Manhattan, en garce qu'elle était, régurgitait sans cesse de nouvelles affaires, par pure obstination. Heureusement, les semaines infernales de la grippe étaient passées, et le poste bourdonnait à son rythme habituel. Malheureusement, cela signifiait que Nick et tous les autres dans le service avaient du travail par-dessus la tête, grâce à la ville qui ne dort jamais.

Cela signifiait aussi l'absence de Laura.

Il devenait grincheux.

Par chance, Laura avait été occupée avec Les Gâteaux Riches, la vente de sa part d'entreprise à son associée, et son tout dernier projet. Presque chaque jour, ils gardaient le contact par téléphone. Hier, ils s'étaient fait des projets pour ce soir. Et ma foi, il en avait, des projets.

« Eh bien, tes pas manquent d'entrain, » commenta Ramos quand il pénétra dans son laboratoire. « Malgré nos récents horaires de carnaval. »

« Nous ne sommes pas d'astreinte ce soir, » répondit Nick.

« Tête-à-tête amoureux avec Laura ? »

« Ferme-la. » Nick s'assit, mais son sourire satisfait ne quitta pas son visage. Il croisa les doigts mentalement. Avec un peu de chance, cela promettait d'être une sacrée soirée, qui exclurait toute erreur.

« Il était temps que tu t'engages, » dit-elle. Son sourire lui plissa les yeux. « Mais voilà les paris du bureau que nous avions programmés. »

« Tu aurais perdu ta culotte contre Sacco. »

Ramos s'esclaffa. « Les renseignements internes sont une saloperie. »

Nick attendit qu'elle ait répertorié les indices sur lesquels elle travaillait, et il lui tendit une copie de la déclaration d'incident qui l'intéressait.

« À tout hasard, te souviens-tu de cette affaire ? Le Centre Criminel en Temps Réel l'a crachée il y a quatre jours. Je sais que cela remonte à cinq mois, mais peux-tu m'en dire quelque chose ? »

Ramos prit le papier et y survola les informations.

« Ah, l'affaire Victor Hugo. »

Nick la regarda fixement. « Victor Hugo ? »

« Calme-toi, mon cœur qui bat. Toi ? Tu aurais raté un détail ? » Ramos donna une pichenette au papier qu'elle tenait dans sa main. Elle montra le nom dans le coin en haut à droite du dossier.

Nick regarda. C'était là, ça crevait les yeux, c'était écrit clairement. Il ne s'était pas soucié de cette information, dans son désir d'aller droit au fond de l'affaire. Le système sortait trop d'affaires similaires pour qu'il puisse suivre les noms. Seulement si c'était nécessaire.

« Tu te fous de ma gueule. »

« Parole de scout. Nous avons aussi pensé que c'était un faux nom. Il s'est avéré que ce ne l'était pas. Il est né et a été déclaré sous ce nom. Nous l'avons trouvé sur une chaise en face de son ordinateur, la tête enveloppée dans un sac poubelle. Très soigneusement scellé avec du ruban adhésif, j'ajouterais. Les empreintes sur le ruban correspondaient à celles de la victime. Il y avait une sorte de lettre de suicide. »

« Mais qu'est-ce que c'est qu'une sorte de lettre de suicide ? » demanda Nick.

« Ça apparaissait sans cesse sur l'écran de son ordinateur. Hé, Carpenter... »

Carpenter, qui venait d'arriver avec un classeur qui semblait plus lourd que lui, s'arrêta en pleine foulée.

« Qu'est-ce que j'ai fait ? »

Ramos rit. « Rien du tout. Tu te souviens de cette affaire Victor Hugo ? »

« Le gars aux adieux ? »

« Oui, celui-là. Nick veut en savoir plus. »

Carpenter déposa son fardeau sur la table. « Cet homme devait être bipolaire, ou un truc de ce genre. Il avait écrit, « adieu » et « maître » partout sur ses réseaux sociaux et sur des petits post-it collés partout dans l'appartement. Dans un salon de discussion, il disait que son maître lui avait dit de dire adieu. Complètement frappé. »

« Ouais. » Ramos regarda Nick. « D'après Totes, le gars s'est supprimé. Affaire classée. Pourquoi tu demandes ? »

« Quelque chose que Millsap a écrit a retenu mon attention. Et m'a rappelé l'affaire Creasy. »

« Une poussée d'instinct ? » demanda sérieusement Ramos.

Nick fit la grimace. Depuis l'affaire Sandra Ward, son intuition sur les enquêtes avait pris des proportions légendaires. Tout le monde au poste parlait maintenant de son instinct avec admiration et respect. Si seulement cela pouvait durer.

« Je ne le saurai qu'après en avoir parlé avec Totes. »

« Eh bien, mets-toi dans la file d'attente, » dit Ramos. Elle lui rendit le rapport et montra ce qu'elle était en train de faire. « Je travaille sur l'un des cinq homicides dans l'arrondissement hier soir. Totes et son personnel seront jusqu'aux yeux dans les cadavres pendant un ou deux jours. »

Génial, pensa Nick. Encore un retard. Mais hors de question d'aller dans le bureau de Millsap avec autant de fluides de cadavres alentour.

« Peux-tu me dire tes souvenirs de cette scène ? » Nick agita la feuille dans sa main. « J'ai lu une partie du compte-rendu du médecin légiste. C'est écrit qu'il n'y avait pas de drogues, et pas de réaction à la suffocation. Un motif étrange autour du cou, en dessous du ruban adhésif, que Totes n'a pas pu vraiment identifier. J'ai vu aussi des photos de la scène de crime. Pour un homme qui s'est emballé la tête plus étroitement que de la nourriture sous vide, il n'y a eu aucune dernière tentative de s'arracher cette ventouse du visage. »

Ramos se livra à une sérieuse réflexion avant de lui répondre.

« Je ne sais pas pour celui-ci, Nick. » Elle désigna le rapport. « Il avait mariné un bon moment quand nous l'avons trouvé. »

Le visage de Carpenter témoigna de son dégoût. Il était aussi devenu d'une sombre pâleur. « Dieu, Ramos. Ne me le rappelle pas. »

« Combien de temps ? »

« Assurément plus de quarante-huit heures. » Elle désigna de la tête le papier qu'il avait à la main. « Vérifie l'estimation de Totes. Un collègue avait appelé la police au sujet de l'homme en ne le voyant pas arriver au travail après un long week-end. Il nous a dit que son collègue avait eu un comportement plus étrange que d'habitude, et il craignait qu'il ait fait une bêtise. Ce Hugo aurait pu avaler plusieurs pilules du bonheur pour se calmer avant de se mettre ce plastique sur la tête et ensuite métaboliser la substance avant que nous arrivions près de lui. »

Nick acquiesça. C'était parfois le seul moyen pour un désespéré d'avoir le cran d'en finir, surtout dans les cas d'auto-suffocation.

« Mais Totes pourrait t'en dire plus, » dit Ramos.

« Merci. Je vais l'appeler. »

Nick retourna dans le bureau, très mécontent. Il resta à contempler la rotation et la liste des affaires en ingurgitant de la caféine et du sucre sous forme de soda. L'affaire Creasy avait été reléguée en cinquième position à côté de son nom et de celui de Sacco. Il prit l'effaceur à sec et effaça du tableau l'enfant ébouillanté. Sacco et lui avaient bouclé l'affaire deux jours auparavant, la boîte de preuves avait été scellée et transférée aux archives du service. Nick effaça aussi celui qui avait sauté. Le commandant avait imploré les bons citoyens de la zone des trois Etats d'apporter toute information sur ce monsieur X. Quand le portrait-robot de la victime (fourni par l'équipe de l'anthropologie médico-légale) était sorti sur les chaînes des médias, une petite amie complètement bouleversée s'était présentée pour identifier la victime comme un certain Noonan Hadi de Brooklyn. Il s'avéra que son expulsion imminente par le Bureau de l'Immigration pour avoir dépassé de plus de sept ans son visa avait été le déclencheur de son anxiété. Dommage que cet homme ait accompli dans la mort ce qu'il n'avait pu faire de son vivant : la résidence légale permanente sur le sol américain.

C'étaient ces mesures extrêmes que les gens prenaient pour résoudre leurs problèmes que Nick ne trouvait jamais logiques.

Des bruits de pas familiers interrompirent ses pensées. Seule une personne pouvait marteler le sol avec un tel entrain, dans des talons qui auraient mieux convenu à une pole dancer qu'à un procureur. Il regarda vers l'entrée et soupira. Aaniyah Foster s'approchait à grands pas, à son allure habituelle de New Yorkaise. Nick se demandait toujours s'il existait une forme de métaphore intentionnelle dans le choix de ses chaussures. Pour Nick, chaque pas prévenait que la femme qui les portait réduirait en bouillie n'importe qui au tribunal.

« Ah, merde, » fut tout ce que Nick dit après avoir détaillé son visage.

« Et nous sommes seulement mardi, » dit Foster. « Je suis contente de vous avoir trouvé. »

« S'il vous plaît, dites-moi que ce sont de bonnes nouvelles. »

« Cela dépend du sujet. Bonnes, si on considère que le juge Taylor a donné le maximum à l'escroc. L'homme a fait tout un spectacle après que la condamnation a été prononcée aujourd'hui. Cette crapule a fini par comprendre que ses jolies petites fesses vierges allaient faire la tournée à Rikers ce soir. » Son sourire orthodontique s'élargit. « Le karma est dur sans anesthésie, mon chéri. »

« Foster, vous êtes franchement horrible. »

Elle haussa les épaules. « Pas aussi horrible que cette psychotique de sœur que Jonas va affronter demain en appel. Vous avez une minute ? »

Nick fit un geste en direction de la salle de conférence. Une fois à l'intérieur, ils s'assirent, Aaniyah Foster exhala un soupir de soulagement.

« Laura vous a contactée ? »

Elle acquiesça. « La semaine dernière. Vendredi. Elle a déposé au bureau le tout dernier chapitre de cet interminable mélodrame. »

« Comment diable cette garce fait-elle ? » Les mains de Nick harponnèrent ses cheveux de frustration tandis qu'il s'adossait dans son siège. « À chaque fois que nous assommons Sandra en pensant qu'elle est enfin sous contrôle et définitivement sous les verrous, elle surgit ailleurs, comme une foutue taupe de jeu d'arcade. »

« C'est pourquoi je suis passée ici. » Ses yeux couleur chocolat au lait n'exprimaient aucun humour tandis qu'elle se pencha en avant.

« Nick, Jonas et moi avons parlé. Il ne va pas faire état de cette lettre dans sa plaidoirie orale demain à la seconde audience. J'approuve. »

Le regard et la mâchoire de Nick se durcirent. Avant qu'il parle, elle leva la main dans un geste d'apaisement.

« Écoutez-moi jusqu'au bout, s'il vous plaît. »

« Aaniyah, elle sait où habite Laura. »

« Je sais. » Pendant un moment, son visage refléta sa lassitude de gérer cette saga sans fin. « Mais on ne fouette pas un cheval mort, et vous le savez. C'est un appel, après tout. Le juge n'autorisera rien, à part la prise en compte des poursuites précédentes. »

Le visage de Nick fut éloquent.

« D'accord, d'accord, » concéda-t-il. « L'ordonnance de protection de Laura expire dans quatre ans. La seule chose que je puisse faire est d'émettre une ordonnance de violation judiciaire et de déposer une plainte pour outrage à la Cour. Cela ne nous mène nulle part. Sandra ne comparaît pas pour une libération conditionnelle. Enfin, si c'était le cas, cela scellerait son maintien en prison. Je préférerais garder ceci comme un atout à utiliser plus tard, surtout si elle obtient une décision favorable en appel. La lettre est manuscrite, non datée, et criblée d'empreintes de Sandra. »

Nick se leva, sa chaise heurtant le mur. Des mots en f..., de plus en plus sonores, retentirent dans la pièce tandis qu'il évacuait sa contrariété en faisant les cent pas.

« Ce n'est pas tout, » dit-elle entre les jurons de Nick, la voix pleine d'empathie.

Nick s'arrêta, le regard fixe, jura une dernière fois, et s'assit.

« J'ai eu aussi une longue conversation avec Kilcrease aujourd'hui. »

« Allez-y, bousillez encore plus ma journée. »

Le rire de Foster le prit au dépourvu. « Il m'a dit de vous dire qu'il est grand temps. Laura et vous ? Enfin ? »

« Foutaises. » Nick fut irrité par le pétillement dans son regard. « Pas moyen de garder quelque chose de confidentiel dans ce poste. »

Elle agita le doigt devant lui. « Êtes-vous sérieux ? Nous sommes pires que Twitter quant aux commérages personnels. »

Exact, pensa Nick. Entre nous. Avec les étrangers, les flics étaient muets comme des tombes de pharaons.

« Effacez ce sourire méprisant de vos lèvres sexy, » dit-elle en souriant. « Atterrissez. »

« Ouais. J'ai un rendez-vous en tête-à-tête avec elle ce soir. »

« Tant mieux pour vous. Et pour elle. Dieu sait que vous avez tous les deux besoin d'une pause. »

« Merci, » dit Nick sincèrement. « Qu'est-ce que Kilcrease a dit ? » *Mieux valait recevoir directement la mauvaise nouvelle.*

« Il a conclu que c'était de la manipulation flagrante de la part de Sandra. Le bon docteur pense qu'elle a écrit la lettre pour nous faire réagir à chaud. En fait, il jure que Sandra compte là-dessus. Moi aussi. Si vous relisez attentivement la lettre, vous verrez. Cette femme a une intelligence effrayante. »

Nick se pencha en arrière, digérant cette dernière information.

« Je reviens tout de suite, » dit-il en quittant la salle de conférence. Il attrapa le dossier qui n'était jamais loin de son bureau, repartit, et relut la lettre de Sandra sur le dessus de la pile. Ce faisant, il essaya de maîtriser sa réaction instinctive en la trouvant chez Laura et devant le cynisme qu'évoquaient les mots écrits. Elle contenait une menace sous-entendue, mais il savait qui avait écrit cette chose. Mais à la relire une fois de plus, s'il était juge ou avocat de la défense de Sandra, il se féliciterait de ce genre de lettre. Elle envoyait un message de regret, un besoin d'absolution, du remords, et même un léger espoir de rédemption. Superficiel, mais c'était là.

« Quelle garce. »

Foster acquiesça. « C'étaient les mots exacts de Kilcrease. Il est impressionné et furieux. Mais il est également content. Cela leur a ouvert la voie, à lui et à un autre psychiatre, pour qu'ils puissent l'interroger. Le plaidoyer de culpabilité de la dernière fois a exclu une évaluation pour tout le monde. Nous aurons le temps de repenser notre stratégie et d'obtenir davantage de munitions si le service de psychiatrie ne veut pas la garder enfermée. »

« Bon Dieu, Aaniyah. » Le murmure atterré de Nick flotta dans l'air pendant un moment. Ses pensées retournèrent à Laura, et à la manière dont elle avait concocté son plan insensé. Il *était* génial, par contre. Jamais il n'aurait pu trouver *cette* solution.

« Écoutez, nous allons franchir cette rivière si nous le pouvons. En attendant, je garde cette lettre comme munition potentielle pour plus tard, » interrompit la voix d'Aaniyah. « Kilcrease espère que, aussi disciplinée soit-elle en ce qui concerne sa carte de sortie libre de prison, elle finisse par perdre son sang-froid et commettre quelque chose qui la ramènera en prison. »

« À quelle heure l'affaire sera-t-elle jugée ? »

« Le bordereau la prévoit à dix heures, » dit-elle, se penchant en avant et observant son visage. « Vous ne pensez pas sérieusement à vous trimbaler à Albany demain ? »

« Nan. Pourquoi donnerais-je à Sandra le plaisir de me voir là-bas ? Il ne lui faut pas beaucoup pour gonfler son sens grandiose de l'ego. De plus, j'ai des projets pour ce soir. »

Foster rit. « J'en suis sûre. »

Elle frappa sur la table, prit son sac et son attaché-case sur le sol, et se leva. Pour la première fois, Nick remarqua qu'elle n'avait même pas enlevé son manteau.

« Je suis partie. Je dois retrouver mon équipe pour un verre chez Rudy. »

« Vous fêtez un succès ? »

Foster sourit.

« Profitez bien, » dit-il. « Un de moins qui sort de notre système de portes tournantes, ça se fête toujours. »

« À mon avis, je préférerais gagner la prime de combat. »

Nick acquiesça. « C'est ce que nous devrions tous faire. Nos clowns de maire, gouverneur, et nos imbéciles de législateurs nous bloquent à la moindre occasion. Et ça empire. Je suis impatient de voir cette pauvre conne de maire dégager. »

Foster fit la grimace. « Hourra pour la limitation des mandats. En tout cas, cette fille ne donne pas davantage de son temps personnel au système. Sortons vite d'ici pour profiter de notre soirée. »

« VIENS, » encouragea Arjen. « Faisons-le. »

Le silence à l'autre bout de la ligne illustra le doute de son ami. Russ n'avait pas été trop convaincu par la dernière combine de son ami.

Quand il était au pied du mur, son ami se dérobait. C'était une vraie lavette. Un canard boiteux.

« Je ne sais pas, » dit Russ, d'une voix anxieuse, même au téléphone. « Snopes a démystifié cette histoire. Ce n'est pas réel. Ma mère en a entendu parler et ne croirait pas une seule minute à notre disparition. Elle m'arracherait les fesses dès notre retour. »

« Ouais, je sais que c'était un jeu à la con. Mais putain de génial. Et nous pouvons le transformer en réalité. Nous pouvons initier une nouvelle tendance, ça peut même devenir viral. »

« Je ne sais pas. »

« Tu es plus que mauvais, » dit Arjen, rongé par la frustration. « T'es un tocard. »

« Non. » Sa réponse était indignée.

« Tocard, tocard, » chantonna Arjen, sachant que ce mot irritait toujours son ami.

« Va te faire foutre, » cria Russ dans le téléphone. « J'ai un entraînement de foot dans trente minutes. Ta combine et toi vous êtes drôlement dézingués. De plus, pour disparaître pendant quarante-huit heures, il faut bien le planifier à l'avance. T'as rien dans le crâne, et t'as pas de plan. »

Et sur cette réplique, Russ raccrocha.

Arjen jeta son téléphone sur le lit. C'était difficile à admettre, mais Russ avait raison. Il n'avait pas de plan. Mais depuis qu'il avait lu l'article d'un magazine du Royaume-Uni sur ce défi Facebook de quarante-huit heures, son imagination l'avait entraîné à faire des heures supplémentaires. Il fallait qu'il quitte la maison. Il y étouffait, surtout depuis que son casse-couilles de beau-père avait découvert sa came et la lui avait jetée à la figure hier soir.

Arjen prit son oreiller et le frappa à un rythme féroce et saccadé, rêvant que ce fût le visage de son beau-père.

Lourdé. Ridicule. Et pourquoi ? Pour un peu d'herbe ? Sérieusement ? Son beau-père ferait bien d'ouvrir ses yeux de gros lard et de regarder dans Long Island. L'héroïne régnait toujours, Calvin Klein gagnait en popularité, et les approvisionnements en métamphétamine en cristaux ou en comprimés sur ordonnance médicale abondaient partout. Il vous suffisait de suivre votre odorat jusqu'aux membres du gang MS–13 du gentil voisinage à l'école, ou le gamin de la classe moyenne qui avait fait une razzia dans l'armoire à pharmacie de ses parents. Arjen savait que n'importe qui pouvait acheter n'importe quoi dans la variante Comté de Suffolk de Walgreens sur roues.

Il était aussi absolument furieux. Quelqu'un l'avait balancé, et il parierait que c'était le ringard d'à côté. Il était en train de répandre du sel dans l'allée et sur le trottoir, comme un bon fils à maman, quand Arjen était passé près de lui, fumant le joint qu'il avait obtenu. Le lendemain, sa mère et le connard avaient perquisitionné sa chambre.

Un jour, il se vengerait.

Mais il revint à ses emmerdements actuels. Pour qui ce trou-du-cul se prenait-il, à essayer d'exercer une autorité parentale ? Simplement parce qu'il baisait la mère d'Arjen, cela ne signifiait pas qu'il était une figure paternelle. D'ailleurs, si seulement son beau-père savait qu'il n'avait pas l'exclusivité sur le vagin de sa mère, il changerait de discours. D'accord, sa mère gardait soigneusement secrètes ses activités extraconjugales. Elle avait toujours veillé à ne pas gâcher sa vie confortable et son statut au sein de la communauté.

Il descendit l'escalier et ouvrit le réfrigérateur, sortit une bière et avala plusieurs gorgées. Une autre règle dont ses unités parentales ignoraient qu'il l'enfreignait constamment.

De toute façon, peu importait qu'ils le découvrent. Sa mère lui trouvait souvent des excuses. Elle balayait cela comme une innocente rébellion d'adolescent à chaque fois qu'il se faisait prendre.

Sa montre Apple bourdonna pendant qu'il prenait une autre gorgée. Il rinça la bouteille et la jeta dans la poubelle de recyclage sous l'évier. Il ouvrit le texto de sa mère et lut le bref message.

Serai en retard. Circulation bloquée sur Sunrise. Accident ?
Il vient aujourd'hui vers 15h. Fais-le entrer, offre-lui un soda.
Lui ai envoyé texto sur mon retard, sais pas s'il a vu message.
Tu pourras aller voir ton ami Russ après mon retour. De retour
avant beau-père vers 20h. Mets la mijoteuse à chauffer.
Ne crée plus de problèmes.
Bisous

Arjen effaça le message et vérifia le calendrier sur sa montre. Eh oui. Le 14. Avec une régularité d'horloge. Une fois par mois ce gars se pointait chez eux pour la séance de relaxation de sa mère. Un ricanement lui échappa. Il adorait les euphémismes de sa mère. Comme si c'était du yoga ou une connerie de ce genre. Mais il était au courant. C'était plutôt une thérapie de libération sexuelle, peu importe le nom. Il les avait surpris le jour où il avait séché l'école quelques mois plus tôt. Ce n'est pas qu'ils l'aient remarqué. Ils étaient trop occupés pour se rendre compte qu'il était rentré. Et ce qu'il avait entendu ne ressemblait pas aux sons étouffés que sa mère et son beau-père faisaient la nuit, en le pensant endormi. Les gémissements, les soupirs, les cris que ce gars arrachait à sa mère relevaient de l'effet surround d'IMAX. Après cette révélation, il lui arrivait de manquer l'école le 14 pour voir s'ils remettaient ça et si effectivement ils faisaient crac crac comme des singes. Plus drôle encore... sa mère ne savait pas que pendant leur dernière séance il était au sous-sol à se masturber en écoutant leur thérapie de tripotage.

Il fit une razzia dans le cellier et retourna en courant dans sa chambre avec un sachet de pop-corn. Attrapant une poignée à grignoter, il ramassa son téléphone et s'écroula sur le lit. Tout en mâchant, il fit glisser son pouce à travers les pages de ses réseaux sociaux, passant de page en page, de commentaire en commentaire, de réponse en réponse. Ces dernières allaient des plus sympathiques, *OMG, ton beau-père craint*, aux plus désagréables, *Marre de tes jérémiades, espèce de salopard élevé dans la ouate.*

Il posta des émoticônes de colère et d'étrons à ceux qui n'étaient pas d'accord avec lui, puis se mit à les supprimer de sa liste d'amis.

Pourquoi tout le monde ne compatissait-il pas à sa détresse ? Il en était réduit à aller à pied parce que son beau-père prenait sa voiture pour aller travailler, et cela continuerait jusqu'à ce que la punition soit levée. D'habitude, sa mère conduisait son beau-père au chemin de fer de Long Island. Mais à cause de la déconfiture avec la marijuana, il n'était plus motorisé. Il n'avait même pas l'option d'Uber : il n'avait pas de liquide sur lui, après l'achat de ses dernières provisions, et il ne pouvait rien se permettre. Les unités parentales l'avaient réduit à dépendre de ses amis, ce qui était humiliant au possible.

Arjen se mit à faire les cent pas et ouvrit son application préférée de défoulement, SuckOpedia, où tout le monde pouvait poster ce qu'il voulait sur sa vie de merde.

Ses pouces volèrent sur le clavier digital.

En mode balistique ! Suis en cage. Faut que je SORTE d'ICI. Que quelqu'un me tire une balle, s'il vous plaît.

Il fit les cent pas encore et encore, son agitation croissant à mesure que le temps passait. Il fallait qu'il sorte de là. Ses pensées revinrent à sa conversation avec Russ, au plan qu'il voulait mettre en œuvre.

Il jura ; il fallait qu'il trouve quelqu'un qui accepterait de le cacher pendant quarante-huit heures et qui ne le dénoncerait pas. Un endroit où il serait en sécurité pendant ce laps de temps, et d'où il pourrait suivre les commentaires et les tweets.

Mais s'il postait ce qu'il souhaitait, quelqu'un jacasserait sur ses plans. C'était sûr. Et il pouvait s'attendre à ce que Russ implose et crache le morceau à sa mère dominatrice.

On sonna à la porte, interrompant son monologue intérieur.

Le sale type était arrivé.

Le sale type.

Les yeux d'Arjen s'élargirent devant la trouvaille qu'il venait de faire. Et si ? Sa mère voulait qu'il sorte de la maison aujourd'hui jusqu'à la fin de sa séance avec son sale type. Mais, et s'il s'échappait, et revenait en catimini, comme il l'avait déjà fait, pour prendre une photo ou une vidéo de l'activité qui se déroulait ? Il était sûr qu'ils ne le remarqueraient pas. Et même s'ils le remarquaient, Arjen s'en fichait. Il pourrait utiliser les preuves pour mettre son plan à exécution. Et quand il aurait obtenu ce qu'il voulait, il détruirait tout.

Le timbre mélodieux de la sonnette résonna de nouveau dans toute la maison.

Arjen sourit.

Cela pourrait fonctionner. Cela pourrait fonctionner parfaitement.

Il cacha le téléphone dans sa poche arrière et, tout en sifflant « Flex » de Element One, descendit l'escalier pour répondre à la porte.

CHAPITRE SEIZE

MERCREDI, 15 JANVIER

NICK FUT réveillé en sursaut par son téléphone portable.

Désorienté pendant un instant, il étendit la main pour attraper l'objet éternellement fâcheux, et se heurta à un corps tiède.

Sa confusion se dissipa.

Laura.

Il chercha à tâtons son téléphone, et le trouva. Avant de répondre à l'appel, il embrassa la nuque de Laura, tentant d'y exprimer le plaisir et l'amour profonds avec lesquels elle avait comblé sa vie ce soir.

« Larson. »

« Désolé, Nick. » La voix lasse de Sacco se fit entendre. « Ils nous ont donné une affaire. »

Nick se frotta le visage, dans l'espoir que cela dissiperait sa somnolence.

« Où ? »

Laura se mit à remuer. Nick lui mordilla l'épaule et s'assit.

« Dans la Cinquante-troisième et la Première. Ramos a averti que tu ferais bien de te préparer. »

Oh merde. Cela signifiait que la scène de crime puait la mort.

« Elle est déjà là ? »

« Elle est en route. Mais le premier intervenant sur la scène lui a touché un mot de la situation. » Sacco fit une pause. « Je proposerais bien de venir te chercher, mais ton matériel de protection est dans ta voiture. »

Laura alluma la lampe de chevet.

« Exact. » Nick plissa les yeux pour regarder le téléphone. Putain, quatre heures quinze du matin. Comment se faisait-il que quand ils récoltaient un homicide c'était la plupart du temps en pleine nuit ? « Il faut que j'aille chez moi pour me préparer. »

Un rire emplit ses tympans. « Dis bonjour à Laura de ma part. »

« Va te faire foutre. »

« Si tu veux. » Et sans attendre la réplique de Nick, Sacco raccrocha.

« C'était Sacco ? » La voix endormie derrière lui précéda l'étreinte des bras autour de sa taille.

« Ouais. » Il tourna la tête pour la regarder pendant qu'elle s'agenouillait derrière lui. « Une nouvelle affaire. Bienvenue dans mon univers. »

Elle se pencha légèrement en avant dans un mouvement timide et joua avec ses lèvres en un long baiser très doux. « Va attraper les méchants. Mais sois prudent. »

Il se tourna légèrement, lui maintint la tête avec la main, et le baiser suivant fut plus intense.

« Ce soir ? »

« Ce soir. » Elle sourit.

Ils sortirent du lit chacun de leur côté, Nick pour trouver ses vêtements et les enfiler, et Laura pour envelopper sa nudité d'un peignoir.

« Du café ? » demanda-t-elle.

« Ne t'embête pas avec ça. » Nick se chaussa. « Je prendrai quelque chose après avoir quitté la scène. » *Si j'arrive à garder quoi que ce soit après cette scène de crime.*

Elle l'aida à enfiler son manteau et glissa ses bras autour de sa taille.

Il l'étreignit, baissant son visage au creux de l'épaule de Laura. Ils restèrent ainsi quelques minutes, chacun s'imprégnant de l'essence de l'autre. Jouissant de la perception de l'autre.

Il la serra en guise d'au revoir et quitta l'appartement.

Dehors, la gifle du froid finit de réveiller Nick. Il traversa la rue à présent silencieuse et déserte dans ce demi-sommeil caractéristique de la ville à cette heure. Il monta vivement les marches, se glissa par la porte d'entrée, déverrouilla le hall d'entrée et allait entrer chez lui quand il entendit la porte de l'immeuble s'ouvrir. Il aperçut sa voisine, Lorena, son manteau rose vif ressemblant à son enseigne au néon qui donnait sur la rue.

« *Muñeco,* » chuchota-t-elle, faisant suivre cette salutation d'un sifflement. « Un rendez-vous tardif ? »

« Une soirée agréable ? » répliqua-t-il.

Elle sourit et fit un pas de salsa jusqu'à sa porte en fredonnant un air entraînant. « Quelle soirée. El Timbal n'a jamais été aussi rempli de danseurs. Et je dis bien de danseurs. Les cavaliers ne manquaient pas. Malheureusement, ils nous ont mis dehors. »

« Le soleil est presque levé. »

Il attendit qu'elle ouvre sa porte. D'habitude, s'il la croisait à cette heure tardive, il s'assurait qu'elle fût en sécurité chez elle avant de partir.

Elle se tourna et le scruta un moment.

« Vous avez l'air... de vous être bien dépensé. »

Et sur ce commentaire, elle referma sa porte, les paroles de « Macho Man » s'effaçant derrière son rire.

Il referma la porte de son appartement et se précipita dans la salle de bain, un sourire sur le visage.

Quand Nick se gara en double file derrière l'une des deux voitures de service dans la rue, la ville s'éveillait petit à petit. Des camions de livraison bloquaient les voies, des portes d'acier de sous-sols s'ouvraient, telles des gueules de monstres, au niveau des trottoirs, et des citoyens insensibles à tout, y compris aux amas de détritus qui leur barraient la route, traversaient la rue ou rejoignaient leur destination à bicyclette à des vitesses différentes. D'autres se hâtaient vers les stations de métro en sirotant leur Frappuccino sophistiqué, le pouce sur leur téléphone pour dérouler les messages. D'autres, le regard fixe et vitreux bloqué en posi-tion de conduite, ignoraient carrément l'humanité qui les entourait, en particulier les sans-abri qui émaillaient le paysage.

Nick prit un masque dans le coffre de sa voiture, l'aspergea de son désodorisant à la lavande, et glissa dans la poche de sa veste son flacon de voyage de menthol.

La scène de crime se trouvait dans un vieil immeuble de trois étages à façade de brique, qui se dressait sur le coin, ses fenêtres donnant sur la Première avenue. Caractéristique de ce type de locaux, l'entrée vers les appartements était coincée entre des commerces, cette fois un centre de photocopies et une pizzeria. Les échelles de secours zigzaguaient à travers le mur sur le côté rue de l'immeuble.

Nick passa sous les rubans de balisage et fit un signe de tête à l'agent chargé du périmètre.

« Vers où ? »

« Au troisième étage, monsieur. » L'homme désigna un autre agent, près de l'ascenseur.

Il atteignit le troisième étage et écouta la conversation étouffée sur sa gauche. Quand il vit Sacco et Horowitz debout près de la porte close, portant déjà leurs masques, Nick sut que cela allait être mauvais.

« D'accord, » fut le salut de Nick. L'air à proximité de l'appartement de la victime était devenu malsain. Il appliqua un peu de baume sous son nez avant de mettre son masque.

« Faites-moi un résumé. Je verrai par moi-même dans une minute. »

Horowitz parla en premier. « Un meurtre ou un suicide possible. Les victimes sont Jessica Waitre, une femme caucasienne âgée de vingt-cinq ans, et un certain Desha Adnet, un homme du Moyen-Orient ou indien, âgé de vingt-sept ans. »

« Es-tu déjà entré ? » demanda Nick à son équipier.

Sacco secoua la tête. « Je t'attendais. »

Premières impressions. Nick tendit aux hommes le flacon de baume. Sacco le prit, s'en frotta, et le tendit à Horowitz. Après s'être appliqué un peu de menthol sur la lèvre supérieure, Horowitz le lui rendit.

« Ramos est à l'intérieur ? »

« Elle est arrivée il y a une demi-heure. Elle attend encore Totes et son équipe, » dit Sacco.

« J'ai entendu à la radio qu'il y a un important carambolage au Tunnel Lincoln, » dit Horowitz. « Un mort, plusieurs blessés. Les services de désincarcération sont à l'œuvre. L'assistant du médecin légiste vient ici à sa place. »

« Qui a fait l'appel pour ici ? » demanda Nick.

« Monsieur et Madame Kyriakou. Respectivement Piros et Ione.

L'appel au 911 a eu lieu à deux heures dix ce matin. Nous avons été dépêchés et nous sommes arrivés à deux heures vingt-et-une. Nous avons rencontré les témoins, qui ont affirmé que les voisins ont commencé à remarquer une odeur terrible dans le couloir il y a environ un jour, » déclara Horowitz. « Il n'y ont pas beaucoup réfléchi parce que le gérant de l'immeuble est en congé et que les ordures s'accumulent au sous-sol et autour des vide-ordures depuis qu'il est parti. »

« Ça ne nous dit pas grand-chose sur le remplaçant envoyé par la direction, » dit Sacco.

« Pourquoi ont-ils appelé ? » demanda Nick.

« D'après le mari, leur chien s'est excité tôt ce matin devant la porte des victimes. Comme les occupants n'ont pas répondu au coup qu'ils ont frappé à la porte, ils ont pensé que quelque chose clochait, surtout après qu'ils ont senti la puanteur qui filtrait sous la porte. Nous avons vérifié qu'une odeur provenait vraiment de l'appartement, nous avons frappé, mais nous n'avons pas non plus reçu de réponse. La Répartition nous a envoyé un agent pour que nous ayons le gérant remplaçant, un dénommé Geraldo Fontinela, qui habite à l'autre bout de la ville, selon les renseignements fournis par la direction. Il est arrivé aux alentours de trois heures quarante-sept. Dès qu'il a ouvert la porte, nous avons su que nous avions une scène de crime. J'ai demandé à Davis de sécuriser le périmètre, j'ai pénétré dans l'entrée et j'ai distingué la situation dans la salle de séjour. J'ai fait marche arrière et j'ai donné l'alerte. Personne n'est entré ou sorti jusqu'à l'arrivée du Département des Investigations Médico-légales. »

« Obtenez-moi deux autres agents et envoyez-les en quête de déclarations liminaires. Où sont les témoins ? »

« Dans l'appartement au bout du couloir, » dit Horowitz en le montrant. « 4D. »

« Et le gérant ? »

« En bas, dans le bureau au sous-sol. »

« Je leur parlerai plus tard. » Nick regarda Sacco pendant qu'ils enfilaient des surchaussures. « Prêt ? »

« J'espère que tu l'es. »

Nick enfila ses gants et ouvrit la porte.

Dire que l'air vicié le frappa comme une force vivante était un euphémisme. L'estomac de Nick se souleva. Sacco referma la porte derrière lui. La respiration devint une entreprise minimaliste.

Nick s'arrêta un moment pour scruter la scène de crime pendant qu'il se tenait avec Sacco dans une entrée rectangulaire pas plus grande qu'une table de salon. L'intérieur de l'appartement était caractéristique des immeubles dans cette zone : petite surface, mais gros loyer. L'équipe scientifique, qui circulait comme des fourmis en quête de nourriture, avait allumé toutes les lumières possibles dans l'appartement et avait ouvert les fenêtres à croisillons qui donnaient sur la Première Avenue. La lumière matinale naissante à l'extérieur ne parvenait pas à dissiper la grisaille à l'intérieur. Les meubles, les tentures, les bricoles qui ornaient l'endroit semblaient être d'occasion ou louées. À la gauche de Nick, la minuscule cuisine-cabine, séparée par un mur du reste de l'espace ouvert, dissociait la salle à manger et le salon. Le mobilier y était adapté à chaque zone. Près du mur de la cuisine, une table ronde et des chaises plus appropriées à une maison de poupée qu'à un appartement. L'arrière de la causeuse à proximité marquait la limite avec le salon, avec le canapé qui formait un angle à quatre-vingt-dix degrés avec sa voisine, l'arrière et le côté touchant les murs. Il y avait un téléviseur, un écran plat d'au moins soixante-dix pouces, estima Nick, accroché au mur juste en face du canapé, à quelques mètres. Ils n'avaient pas lésiné sur la technologie, pensa-t-il. Une station de divertissement qui semblait professionnelle complétait le téléviseur et contenait un magnétoscope numérique, un lecteur Blu-ray, et tous les systèmes de câbles et de jeux que ces gens utilisaient. À droite, le petit couloir menait aux chambres et à la salle de bain. Pourtant, un petit cyclone semblait avoir tourbillonné dans l'espace du salon. Ce n'était pas du tout ordonné. Pas plus que le corps dans son dernier sommeil.

Carpenter, qui prenait des photos de tous les angles possibles devant le corps, contourna la causeuse pour venir dans leur direction. L'air vicié était remué. Nick ouvrit la bouche et prit de courtes inspirations.

« Hé. » Carpenter gratifia Nick et Sacco de ce salut. « Ça vous ennuie de bouger ? Je dois prendre des photos depuis cet angle. »

« Où est Ramos ? »

Carpenter indiqua de la tête l'ouverture sur le couloir. « Dans la chambre, avec l'autre corps. »

Nick et Sacco suivirent le contournement indiqué en toute sécurité de l'autre côté de la causeuse et se concentrèrent sur la victime.

Le corps gisait légèrement orienté vers la droite, à moitié sur et à moitié en dehors de la causeuse, la corde autour du cou empêchant le derrière de la victime de toucher le tapis, à quelques centimètres près. La même corde avait été enroulée deux fois autour de son cou et était ensuite reliée au milieu d'une autre corde, dont les extrémités étaient solidement fixées aux pieds de la causeuse. C'est ce qui avait créé la configuration en V renversé que Nick avait vue de la porte, configuration qui s'était formée au moment où l'homme avait décidé de mettre fin à ses jours.

Le corps surgissait dans sa splendeur boursouflée.

« Eh ben mec, » fut tout ce que Sacco dit.

Nick observa le visage, la peau du cou repliée par-dessus la corde, la cachant presque. La langue noir bleuâtre de la victime saillait légèrement de la bouche ouverte, comme si elle essayait de prendre une inspiration. Il y avait des traces de sang dans le nez et l'oreille, qui rejoignaient le filet de salive séchée qui s'était répandue.

« Il n'a pas du tout eu une mort facile, » dit Nick.

Nick étudia quelques instants le corps de la victime, suivant la position des jambes sur la moquette. Elles étaient allongées en ligne droite. Le regard de Nick se porta sur la table de salon, renversée à quelques centimètres des pieds de l'homme ; ce qu'elle avait accueilli (des magazines, une fausse plante, des bouteilles de bière ouvertes, des chips tortillas et un récipient de salsa) jonchait la moquette sans aucun schéma particulier.

« Les derniers soubresauts ? » avança Sacco pour Nick, désignant le désordre autour de la table de salon renversée.

« C'est une possibilité. »

Nick observa ensuite les mains de l'homme, qui, après la rigidité cadavérique, étaient tombées à moitié de la causeuse, les paumes levées comme dans une supplique. Il enfonça son masque plus profondément sur son nez et se pencha en avant. Il avala sa salive. C'était toujours une mauvaise idée de s'approcher autant du corps, mais il fallait le faire. La lividité s'était installée, et le sang avait afflué au bout des doigts, donc l'homme n'avait pas été déplacé. Totes établirait plus tard s'il y avait eu des blessures causées par les efforts de la victime pour échapper à l'asphyxie. Pour les mêmes raisons évidentes, Nick n'allait pas se donner la peine d'examiner le cou.

Il se redressa rapidement.

« Allons voir l'autre victime. »

Traversant de nouveau la zone délimitée, Nick tourna vers la chambre du fond. En chemin, son cerveau enregistra une petite pièce rectangulaire à sa gauche. Un bureau, un fauteuil inclinable, une bibliothèque et un ordinateur indiquaient l'usage de la pièce. Carpenter et deux autres techniciens s'occupaient maintenant de tout le contenu de la pièce.

La chambre principale semblait plus grande qu'elle ne l'était à cause de la lumière qui y pénétrait et du mobilier rare et de petites dimensions. La puanteur avait été heureusement largement atténuée par le fait que Ramos avait ouvert les fenêtres plus largement que celles de la salle de séjour. L'air hivernal circulait d'une zone à l'autre, emmenant l'odeur dans son sillage.

« Marchez avec précaution, messieurs, » dit Ramos depuis sa position agenouillée sur le sol près de la victime. « Je n'ai pas encore tout répertorié. » Elle leur montra du doigt le chemin. « Passez par ici. »

Nick et Sacco s'exécutèrent, se tenant à trente centimètres de la morte.

La victime était pendue à une robuste barre de traction multifonctions pour embrasure de porte fixée en hauteur à l'encadrement de la porte de la salle de bain. Elle faisait son jeune âge, elle mesurait environ un mètre soixante, elle était assez costaud, et ses cheveux qui descendaient à sa taille, agités par la brise qui entrait, flottaient près de son corps comme des algues dans la marée. Elle était nue, à part un string, et avait l'air paisible, presque comme si elle s'était endormie dans le nœud coulant. Ses extrémités montraient un afflux de sang, elle était donc morte sur place, ses orteils pointés vers une serviette colorée froissée à quelques centimètres.

« Qu'est-ce qu'il y a sous la serviette ? » demanda Nick, montrant le sol.

« Un transfert, » répondit Ramos. Elle découpa deux morceaux de ruban adhésif avec ses ciseaux et les colla sur son gant pour faciliter la récupération.

« Rien du tout ? » demanda Sacco.

Nick scruta les environs immédiats, mais ne vit nulle part d'escabeau près des pieds de la femme, ni à proximité du lit, ni dans la salle de bain de la taille d'un dé à coudre. Le lit lui-même, et la table de chevet proche, étaient trop loin pour qu'elle ait pu sauter de là à la position où elle se trouvait en ce moment. Cela éliminait la théorie du suicide. Il aurait fallu que la corde soit beaucoup plus longue, et la victime se serait retrouvée dans une position complètement différente si elle s'était lancée de cette distance. Et cette astuce n'aurait peut-être pas fonctionné de là où elle s'était pendue. C'était une question de physique. La force et la masse auraient arraché l'encadrement de la porte là où la barre d'entraînement était positionnée. Elle se serait retrouvée par terre avec le cou endolori et le derrière encore plus.

« Donc, nous travaillons sur deux hypothèses : soit elle a involontairement participé à sa pendaison... » commença Nick.

« Ce qui ferait qu'elle aurait été tuée par son petit ami, » ajouta Sacco, en tournant la tête vers la salle de séjour.

« Ce que, à propos, cette scène de crime ne corrobore pas, » répondit Ramos.

« Soit quelqu'un l'a placée là comme un jambon à sécher, avec son entière coopération, » termina Nick.

« Un pacte de suicide ? » suggéra Sacco.

« Pour elle, suicide par procuration, au moins, » répondit Nick. « Une lettre ? »

« Non, » dit Ramos. « Mais ça ne veut rien dire. Ils auraient pu laisser quelque chose dans l'ordinateur. D'ailleurs, je n'ai pas terminé. » Elle prit un sachet à indices en papier, l'ouvrit, et recouvrit précautionneusement la main gauche de la victime. Elle le maintint en place, arracha un des bouts de ruban adhésif de son gant et scella hermétiquement le sachet contre le poignet, sans que le ruban touche la peau.

« Je ne vois aucune marque sur ses doigts, » dit Ramos. « Aucune blessure défensive n'est visible, si cela penchait vers un meurtre. Pour l'instant, les indices ne montrent pas de lutte, du moins pas d'après mon examen sommaire. Pas d'hématomes visibles, surtout les hématomes antemortem qui sont toujours apparents. Totes devra rechercher des hématomes sous-cutanés, si elle a été maintenue en place pendant un bref moment avant sa mort. »

« On aurait pu la faire tomber avant que des hématomes se forment, » suggéra Nick.

« Totes vérifiera de toute façon. » Ramos prit son appareil photo et prit plusieurs clichés de la main droite de la victime, et l'enveloppa aussi minutieusement qu'elle l'avait fait pour sa main gauche.

Nick observa de nouveau la morte. Là encore, la scène était trop statique. Le petit ami avait-il maintenu son corps juste assez bas pour qu'elle perde conscience, avant de la lâcher ? L'avait-il étouffée avant, et une fois que la femme a été inconsciente ou meure, l'avait-il pendue là ? Était-ce un pacte de suicide, comme Sacco l'avait suggéré ? Pourquoi un tel contraste entre les scènes de décès des deux victimes ? L'homme n'avait pas eu une mort facile. Se pourrait-il qu'il ait eu des remords quant au suicide, se débattant quand il s'est rendu compte de ce qui se passait ? Pourtant, d'après la position du corps, la victime disposait de suffisamment d'espace et de temps pour revenir sur sa décision, si cela avait été le cas. Ou s'était-il drogué au point que ses réactions ne lui aient pas permis de s'en tirer ?

« Qu'est-ce qui ne colle pas dans ce tableau ? » dit Nick, ne s'adressant à personne en particulier.

Ramos leva les yeux et eut un regard entendu.

« Ça te rappelle quelque chose, hein ? »

« Ouais, » dit Nick. Ses entrailles s'agitaient, et cela ne provenait pas de l'odeur du cadavre.

« Merde, » dit Sacco en frottant de sa paume ses cheveux blonds crépus.

Cette éventualité était hallucinante. Nick savait que cela pourrait tourner au cauchemar si leur supposition était avérée.

Ramos tendit un sac plastique. « Il t'en faut un ? Tu es devenu un peu vert, là. »

Nick montra le flacon de menthol. « Non. C'est bon pour moi. »

« Je suis ravie que tu maîtrises ton estomac et ton cerveau, » dit Ramos, saisissant un sac à indices plus grand. Elle attrapa la serviette. « Bon retour parmi nous. »

« Grâce à une nuit complète de Lauracilline, » dit Sacco. « Traitement garanti contre toutes les moisissures Angie précédentes. »

Ramos rit. Nick leur fit un doigt d'honneur et alla dans la salle de séjour.

Le corps était toujours à sa place, et aucun assistant légiste n'était encore en vue. Bien. Nick attrapa Carpenter qui filait par-là.

« As-tu déjà mesuré les distances ? » demanda-t-il en montrant les jambes de la victime, la table renversée, et les objets disséminés.

Carpenter secoua la tête. « J'ai pris les photos à l'échelle du Bureau Américain d'Odontologie Médico-légale, mais il faut d'abord que je finisse de répertorier le contenu au bureau. Je commencerai le croquis et les mesures avant que l'assistant légiste se pointe. »

« Permets-moi d'emprunter un moment ton mètre pliant. »

« Tu veux un croquis de la scène entière ? »

« Non. Je ne veux que les mesures entre la table renversée, les objets sur la moquette, et la victime. »

Carpenter se dirigea vers sa trousse près de la porte et en sortit un mètre pliant jaune. « Laisse-moi faire. »

Nick appliqua encore un peu de menthol sous son nez, et s'accroupit près des pieds de la victime, son calepin ouvert, dessinant déjà ce qu'il avait devant lui. Sacco faisait de même.

« Que veux-tu que je mesure ? » demanda Carpenter.

Nick tapota les zones dans son carnet.

Ouvrant le mètre, Carpenter eut tôt fait d'exécuter ce que Nick voulait. En moins de cinq minutes, Nick eut les mesures entre les pieds de la victime et la table renversée, depuis le bord de la dite table à chacun des objets éparpillés sur la moquette, la distance entre chacun d'entre eux, et l'épaisseur, la largeur et la hauteur de la table renversée.

Sacco griffonna aussi tout ce que Carpenter énuméra.

« Je suppose que nous ferons une maquette plus tard ? » demanda Sacco.

Nick acquiesça. « Allons parler aux témoins. »

Ils jetèrent leurs chaussons et leurs gants dans un sac près de la porte. Nick fit un signe de tête à Horowitz et se dirigea vers l'extrémité du couloir, enlevant son masque et le fourrant dans la poche de sa veste. À l'approche de la porte, des aboiements aigus incessants les accueillirent.

« Les deux témoins sont à l'intérieur ? » demanda Nick, la voix au diapason avec les aboiements.

« Oui, monsieur. »

Nick atteignait la porte quand l'agent l'avertit. « Faites attention, Lieutenant. Le cabot aime bien pincer les chevilles quand il est lâché. »

Génial.

Nick frappa à la porte. Les aboiements s'élevèrent en un crescendo hystérique. Il entrebâilla la porte et essaya d'appeler à un niveau de décibels concurrençant celui, toujours croissant, du chien.

« Monsieur et Madame Kyriakou ? »

Un croisé shi-tsu gris et blanc, avec un nez de carlin, des yeux noirs calculateurs, et des dents menaçantes, essaya d'ouvrir plus grand la porte. Nick ne relâcha pas sa poigne sur la porte.

« Pip, » dit une voix de femme sur un ton de réprimande. « Sois gentil. »

« Pip, » dit une voix d'homme plus forte.

Le chien n'y prêta pas attention, ses aboiements et ses grognements s'intensifiant, ses efforts pour ouvrir plus largement la porte se faisant désespérés.

Nick regarda Sacco, dont l'expression reflétait son *Tu y crois, à ces conneries ?*

« Monsieur... Madame, » dit Nick, les avertissant cette fois. « Je suis l'Inspecteur Larson. Il faut que je vous parle au sujet de ce qui s'est passé dans l'appartement 4G. Maîtrisez votre chien, s'il vous plaît, sinon je serai contraint d'appeler la brigade animalière. »

Une main masculine saisit le collier du chien et tira en arrière la masse furieuse qui se tortillait. Nick compta jusqu'à cinq et ouvrit plus grand la porte.

Le mari et la femme se tenaient côte à côte dans l'entrée. L'homme semblait avoir dormi tout habillé et avoir été tiré du lit deux secondes après s'être endormi. Sa femme avait revêtu un négligé de type caftan d'un ton de terre qui détonait avec les chaussures de sport bleu électrique qu'elle portait. Le chien était maîtrisé et restait maintenant silencieusement dans ses bras, les fixant avec méfiance.

« Il est tellement bouleversé, » dit la femme, caressant le chien de la tête à la croupe. L'animal se mit à fermer les yeux d'extase. S'il avait été un chat, il aurait ronronné comme le moteur d'une voiture de sport coûteuse. « Entrez, s'il vous plaît. »

Elle fit signe aux hommes de la suivre dans la salle de séjour, son mari sur ses talons.

Cet appartement était bien plus spacieux que celui où ils avaient été, remarqua Nick, avec sur leur gauche un espace distinct pour une salle à manger officielle et une cuisine. Le mobilier était de haut de gamme, le coin salon était recouvert de vinyl pour le protéger du chien, présuma Nick. Les murs étaient constellés de souvenirs et de photos de famille, de paysages grecs, et de lithographies. Des cabinets de curiosités étaient également remplis d'un bric-à-brac de figurines, de statuettes et d'urnes. Cela ressemblait à un chez-soi, complètement habité. La cuisine était plus grande que dans l'appartement des victimes, et moderne. Un couloir à droite offrait l'accès aux chambres et aux salles de bain, devina-t-il.

« Ça a été vraiment traumatisant, » dit la femme. Elle frémit perceptiblement. « Penser... »

Son mari lui caressa le dos de la même manière qu'elle caressait le chien.

« Madame. Monsieur. Pourquoi ne pas vous asseoir ? » demanda Nick, attendant qu'ils le fassent. Le mari leur fit signe de prendre les sièges en face du canapé.

Nick et Sacco les remercièrent.

« Je suis désolé de ce que vous avez vécu ce matin, » dit Nick. « Et merci de votre coopération. »

« Nous pouvons gérer le crime et l'itinérance, » dit le mari, extrayant la lassitude de ses yeux. « Diable, nous gérons cela tous les jours. »

« Cette ville est un dépotoir, et ça empire de minute en minute. Un désastre complet, » se plaignit l'épouse.

« Mais vous êtes préparé au crime, vous savez. Là, dehors, » et l'homme montra une direction à proximité de la fenêtre de sa salle de séjour. « Vous ne vous attendez jamais à de la violence ici, à l'intérieur. Pas ici... » Il regarda Nick. « C'était un meurtre ? »

« Nous ne savons pas, » dit Nick. Il n'allait pas leur dire, de toute façon. « C'est trop tôt dans l'enquête. Vous vivez dans le secteur depuis longtemps ? »

« Depuis que nous avons ouvert le restaurant il y a dix ans, » dit le mari. « Nous possédons la Taverne Delphi à quelques blocs d'ici. » Il regarda sa femme. « Nous devrions peut-être fermer aujourd'hui. »

Cette fois-ci, ce fut l'épouse qui réconforta le mari en lui caressant le bras.

« Piros reste jusqu'à la fermeture et il rentre après minuit, » dit-elle, rejoignant la conversation. « J'aide à l'accueil et à l'installation des clients, et je garde l'œil sur les serveurs et le caissier, ou je prends les commandes si besoin. Enfin, sauf le dimanche. C'est mon jour de congé. Nous sommes rentrés aujourd'hui vers deux heures. »

« Étiez-vous tous les deux liés avec les victimes ? »

« Ione plus que moi, » déclara le mari, qui adressa ensuite un signe de tête à sa femme.

« Plus qu'avec quiconque dans l'immeuble, en tout cas, » dit-elle. « Généralement, avec les autres, nous n'échangeons qu'un signe de tête, ou un bonjour quand nous nous croisons. Mais d'habitude, chacun va de son côté. »

« Il y a eu un renouvellement important des locataires dans l'immeuble ces dernières années, » dit le mari. « Ça ne laisse pas beaucoup de temps pour nouer des connaissances dans le flux incessant de nouveaux visages. »

« Mais Jessie était plus sympathique que la plupart, » dit l'épouse. « Elle adorait Pip. Elle lui achetait des friandises, elle m'accompagnait parfois dans nos promenades, elle a même fait du dog-sitting quand j'ai eu mes problèmes de genou. Je n'arrive pas à digérer... » À son frémissement, le chien ouvrit les yeux et gémit. « Chut, tout va bien, bébé. Tout va bien. »

De nouvelles caresses.

« Vous avez donné l'alerte aux alentours de deux heures ce matin, c'est bien cela ? » demanda Nick.

Leurs têtes bougèrent de haut en bas. « L'un des serveurs était souffrant hier, et bien sûr, il y a eu plus de monde que d'habitude au restaurant. C'est comme la malédiction de la pleine lune, vous savez ? Où tous les dingues deviennent encore plus dingues ? Eh bien, les clients savent aussi quand un restaurant manque de personnel. Ça ne rate jamais.

Donc nous avons eu un double service. Nous sommes rentrés à peu près à cette heure. »

« D'habitude, Pip ne se donne pas la peine de se lever de son lit quand nous rentrons aussi tard, » ajouta la femme. « Mais il a été un peu agité ces deux derniers jours. »

Des souvenirs changèrent son expression. Elle ferma les yeux, eut un léger frisson, et se blottit contre le chien.

Nick et Sacco attendirent que le souvenir qui lui était revenu s'estompe.

« Vous avez dit que votre chien a été agité. De quelle façon ? » l'encouragea Nick.

« Il tirait davantage sur sa laisse, il voulait s'attarder à la porte de Jessie. Il reniflait dans ce coin comme s'il voulait faire ses besoins juste devant. Hier après-midi, il s'est fait traîner, j'ai presque dû me battre avec lui quand nous sommes passés devant leur appartement. Il s'est même mis à gratter et à aboyer à la porte. Mais je devais retourner en vitesse au restaurant, donc au retour je l'ai porté à la maison depuis l'ascenseur. »

« Que s'est-il passé quand vous êtes arrivés ce matin ? » demanda Sacco.

« Dès que j'ai ouvert la porte, » dit le mari, « le foutu chien a filé juste devant nous. Il s'est précipité vers la porte de Jessie, s'est assis en face, et a hurlé comme si on lui arrachait le cœur. »

La femme frémit.

« C'est le truc le plus sinistre que j'aie entendu, » poursuivit le mari. « Franchement, je serai content de ne plus jamais l'entendre. » Il se frotta les bras comme pour arrêter la chair de poule. « Je l'entends encore. »

« Qu'est-ce qui vous a poussés à donner l'alerte ? » demanda Sacco.

« Ça, et l'odeur, » dit le mari. « Quand j'ai pris le chien pour le faire taire, j'ai senti l'odeur. J'ai posé la question à Ione, et elle l'a reconnue aussi. La viande pourrie a une odeur particulière. C'est alors que nous avons frappé, et frappé, mais en ne recevant pas de réponse nous avons pensé que quelque chose n'allait pas. »

« Pourquoi cette supposition ? Ils auraient pu décider à l'improviste de faire un petit voyage, » dit Nick.

« Non. Jessie nous l'aurait dit. Elle s'inquiète toujours que quelqu'un les cambriole, ça la tracasse que la fenêtre de sa chambre soit en face de l'issue de secours. Quand nous quittons le secteur, nous nous le disons. Nous surveillons ce qui se passe. »

« Et elle n'avait rien dit ? »

La femme secoua la tête. « C'est pour cela que nous sommes rentrés chez nous et avons composé le 911. »

« Quand avez-vous vu les deux victimes pour la dernière fois ? » demanda Nick.

« Voyons... Quel jour sommes-nous ? » demanda la femme, le regard navré. Nick vit qu'elle était toujours ébranlée. Quand Sacco fournit la réponse, la femme poursuivit.

« C'est juste. Je les ai vus lundi... aux alentours de dix-huit heures. »

« Eux ? »

« Oui. Jessie et Desh sont rentrés ensemble, ce qui est bizarre parce que leurs horaires de travail ne coïncident pas vraiment. »

« Pouvez-vous nous donner un aperçu de ce que vous avez vu ? » demanda Nick.

« Je suis rentrée comme d'habitude. Le pauvre Pip ne tenait plus. Hein, mon petit chou ? » Elle câlina le chien, qui lui lécha le nez et la bouche avec un ravissement raffiné.

Nick attendit un moment avant de demander : « Où étaient les victimes ? »

« Ils montaient dans l'ascenseur. Je l'attendais, et j'ai entendu la dispute. Enfin, Desh avait l'air plus contrarié et parlait plus fort. Je les ai surpris quand l'ascenseur s'est ouvert et qu'ils m'ont vue. Desh était gêné, et Jessie semblait avoir pleuré. »

« Ils se disputaient souvent ? » demanda Sacco.

« Pas vraiment. Pas au début. Mais récemment... »

« À propos de quoi se disputaient-ils ? » demanda Nick.

« Sincèrement ? À propos de bêtises, » dit le mari. « Ils se chamaillaient sur les gaz à effet de serre. »

« Les pailles en plastique, » ajouta l'épouse.

« Pro-choix. »

« L'excès de sucre. »

« L'environnement. »

« Comment nous serons tous morts dans dix ans si nous ne changeons pas, » finit le mari. « Génération ridicule du millénaire. Ils ont du temps à perdre. »

« Qui était pour quoi ? » demanda Nick.

« Jessie était bien plus branchée sur cette histoire d'apocalypse globale, » dit l'épouse.

« Elle était plutôt de plus en plus écervelée, » répliqua le mari.

« Enfin, Piro... »

« C'est vrai, Io. Souviens-toi quand elle a essayé de nous faire changer les choses au restaurant ? » dit le mari, secouant la tête. Il regarda Nick en face. « Elle était là, une femme de vingt ans et quelque, avec pratiquement aucune expérience de la vie et aucune connaissance dans la gestion d'une entreprise, même pas capable de s'essuyer les fesses correctement, à me dire de remplacer les serviettes en papier par du coton réutilisable, et de virer nos récipients à emporter en polystyrène. Que je devrais investir dans des ventilateurs. Élever la température de mon climatiseur. Vous savez à quelle température la cuisine monte ? En deux secondes, je n'aurais plus de chefs ni d'assistants. » Il secoua la tête. « Réduire son empreinte carbone, mon cul. Les coûts de fonctionne-ment seraient si élevés que nous fermerions boutique en un mois. Nos marges bénéficiaires sont déjà minimales, parfois une question de centimes, avec toutes les contraintes, les réglementations et les taxes supplémentaires que la Ville nous impose pour le privilège de tenir un restaurant en ville. » Il secoua de nouveau la tête. « Génération ridicule du millénaire. »

« À propos de quoi se disputaient-ils quand vous les avez vus, Madame Kiryakou ? »

« En fait, non. Ces derniers temps, Desh était contrarié que Jessie passe trop de temps sur les réseaux sociaux. »

« Je pense qu'il était jaloux, » dit son mari. « Il s'est arrêté près du restaurant la semaine dernière avant que nous ouvrions le soir, et il a demandé si on avait vu quelqu'un tourner autour de Jessie. »

« Je n'étais pas au courant, » dit sa femme, surprise.

« Je n'aurais pas pu lui répondre, de toute façon. Je suis rarement à la maison et je n'ai pas le temps de faire du baby-sitting pour sa copine, ses amis ou ses déplacements. Et tu ne la vois que de temps en temps. »

« Pour revenir à lundi, » interrompit Nick. « À propos de quoi se disputaient-ils ? »

« Je n'ai jamais vu Desh autant en colère. Il criait presque. »

« À propos de ? » demanda Nick.

« Un téléchargement de Thor. Jessie l'avait fait sans son consentement et il était furieux qu'elle ait mis en péril leurs identités. »

Un téléchargement de quoi ? Nick regarda Sacco, qui haussa les épaules.

« Desh a dit qu'elle avait été invitée des mois auparavant dans un salon de discussion par un sous-groupe de read it, » ajouta l'épouse. « Sincèrement, Inspecteur, je soutiens d'habitude Jessie, mais cette fois, j'ai été d'accord avec Desh. Elle a changé. Elle avait peur de tout. Elle ne se focalisait que sur l'impact négatif que les humains ont sur la Terre. Que trop peu de gens étaient « à la hauteur » avec le monde. »

Oh, mince. Reddit. Il comprenait maintenant la précédente référence à Thor. *Les conneries du dark web. Ça n'avait rien de bon.*

« Quelle que soit la signification d'« être à la hauteur » », railla le mari. « Je lui ai rappelé que si New York allait vraiment finir sous les eaux dans dix ans comme elle le croyait, alors pourquoi ces sales riches millionnaires et milliardaires achetaient-ils toujours des propriétés en bord de mer dans les Hamptons et à Martha's Vineyard ? »

« A-t-elle dit quelque chose d'autre ? »

« Oh, oui, » dit Madame Kiryakou. « Elle se plaignait que son univers était plein d'incertitudes, et à quoi bon vivre si tout était empoisonné. Elle ne voyait pas d'avenir. Nos promenades avec Pip ont plus ressemblé à des séances de thérapie pendant les dernières semaines. Sa peur et son angoisse échappaient à tout contrôle. C'était presque de l'hystérie. Je lui ai dit qu'elle devait se faire aider. Ce n'est pas une façon de vivre. Elle aurait pu faire quelque chose de malsain si elle continuait. »

« Les avez-vous vus lundi après votre promenade ? » demanda Nick.

« Seulement Desh. Il est sorti en trombe de l'appartement quand je suis rentré avec Pip, et il n'a rien dit. Il est juste entré dans l'ascenseur et est parti. »

« Savez-vous s'ils avaient des ennemis ? Des gens qui ne les appréciaient pas ici dans l'immeuble, ou au travail ? »

« Pas à notre connaissance, » répondit l'épouse. « Nous sommes tellement occupés avec le restaurant, et pendant mon jour de congé je cours partout pour faire des courses. Nos petits-enfants me rendent aussi visite ce jour-là, et nous traînons en ville, comme ils disent. »

Nick sortit une carte de la poche de son manteau. « Si vous pensez à quoi que ce soit d'autre, si vous vous souvenez de quelqu'un de suspect dans le voisinage, appelez-moi. »

Il tendit la carte à l'homme et se leva. Sacco fit de même.

Dès qu'ils furent sortis dans le couloir, Nick se tourna vers Sacco. « Tu as saisi la référence ? »

« Ouais. » L'intonation de Sacco dénotait son mécontentement.

« Allons voir le gérant. »

« Il n'aura pas grand-chose à dire si c'est un remplaçant, » dit Sacco.

Une flèche indiquant la droite quand ils sortirent de l'ascenseur les dirigea vers le bureau du gérant.

Le sous-sol de l'immeuble ressemblait à celui de chez Nick et à des milliers d'autres sous-sols d'immeubles avec les sols en ciment, les murs en ciment peints dans un gris ardoise ordinaire afin que les éraflures, la saleté ou les éclaboussures se remarquent moins.

« Ah, le parfum du sous-sol, » dit Sacco.

« En manque sérieux de désodorisant, » dit Nick pendant qu'ils zigzaguaient sur toute la longueur de l'immeuble. Bien qu'ayant été récemment remplacés par des compacteurs de déchets, les incinérateurs d'ordures, après de trop longues années, avaient participé à l'omniprésence des particules dans l'air. C'était vraiment comme si vous restiez coincé dans la circulation après qu'un camion à ordures y soit passé bruyamment.

Nick frappa à la porte du gérant et entra. Le bureau était un placard reconverti, avec un mur tapissé de classeurs et un bureau contre le mur opposé. Un espace d'environ soixante centimètres séparait les meubles, juste suffisant pour permettre à une personne de s'asseoir, espace dans lequel ils trouvèrent Fontineli, penché en arrière, les yeux fermés, les mains entourant une tasse de café fumant. L'homme semblait avoir avalé quelque chose d'acide qui ne convenait pas vraiment à son organisme.

Nick et Sacco s'identifièrent et montrèrent leurs insignes.

« Je ne sais pas comment je peux vous aider, Inspecteurs, » dit

Fontineli, sa pomme d'Adam plus saillante à mesure qu'il déglutissait exagérément. Il poussa de côté le café intact. « Je fais l'intérim jusqu'à ce que Braxas rentre de vacances. »

« Donc vous travaillez avec le bureau de direction ? » demanda Nick.

L'homme secoua la tête. « Non. Ces sales rats ne veulent pas investir dans un remplacement temporaire. J'occupe en fait une double fonction. Mon véritable emploi est la gestion de leur immeuble sur la Neuvième. C'est là que vous êtes venus me chercher ce matin, les gars. »

« Y a-t-il des caméras de surveillance dans l'immeuble ? »

Fontineli secoua la tête et désigna une zone derrière et au-dessus de la tête de Nick. « Je ne vous ai pas dit que c'étaient des rats ? La seule caméra de sécurité est dans le bureau, et c'est pour s'assurer que nous ne volons rien. »

« Vous avez un emploi du temps ? » demanda Nick.

L'homme étendit la main et prit un papier dans l'imprimante à l'autre bout du bureau.

« J'ai pensé que vous souhaiteriez avoir ceci, » dit-il en leur tendant le papier.

Nick le remercia, et l'étudia pendant une ou deux minutes. La présence de l'homme dans l'immeuble changeait tous les jours, sans schéma défini. À côté de ses jours de présence, des notes indiquaient les tâches qu'il avait accomplies dans l'immeuble. Nick vérifia ses localisations lundi, quand les victimes avaient été vues en vie pour la dernière fois, mais il était venu est reparti tôt le matin, les heures de six heures trente à dix heures quarante-cinq étant enregistrées dans le système. Une note indiquait qu'il avait dû écourter sa visite pour réparer un tuyau cassé dans l'immeuble de logements qu'il gérait. Il serait facile de vérifier son alibi.

Nick tendit l'emploi du temps à Sacco pour qu'il puisse le lire.

« Quand vous êtes revenu mardi, avez-vous remarqué quelque chose d'étrange, des dépôts d'ordures inhabituels, ou avez-vous reçu des plaintes des occupants ? »

« Vous plaisantez, là. Cet endroit est le mur des lamentations. Je ne sais pas comment fait Braxas. Si ce n'est pas quelqu'un qui se plaint qu'on a laissé une boîte à pizza par terre dans le vide-ordures au lieu de la jeter dedans, c'est un autre qui a laissé une traînée de jus d'ordures tout au long du couloir et y a souillé la moquette. Et puis il y a les plaintes pour les cafards et les rongeurs du premier et du deuxième étages. Des meubles cassés et des trucs abandonnés laissés tout le temps près de l'ascenseur, ici au sous-sol. La pizzeria qui s'est plainte de ce que la fuite dans leur plafond provenait de l'appartement immédiatement au-dessus, alors qu'il s'est avéré que c'était une tache ancienne provenant de la climatisation. Hier, une connasse dans le 2G a bouché les toilettes à force d'y jeter des serviettes en papier et des tampons, ce qui a fait refouler les évacuations de tout le monde. Une mauvaise odeur et des chiens qui aboient à toute heure au troisième étage... » Il s'arrêta, se rendant compte de ce qu'il venait de dire, et grimaça. « Nom de Dieu. »

« Vous n'avez remarqué personne d'étranger à l'immeuble, ni quelque chose d'inhabituel ? »

« Désolé, Inspecteur. Je gère ici depuis moins d'une semaine. C'est aussi un vieil immeuble. Il n'y a pas de concierge ni de réception pour prendre les colis pour les occupants. Il y a aussi beaucoup de livraisons ici, surtout pour les commerces du rez-de-chaussée. »

Trop de visages et de silhouettes qui entraient et sortaient, et qui passeraient inaperçus dans un endroit comme celui-ci. Il aurait fallu que le coupable se détache du lot pour que quelqu'un se souvienne de lui.

« Merci de nous avoir accordé votre temps, » dit Nick en lui tendant la main. Fontineli la lui serra. « Si vous pensez à quoi que ce soit, faites-le nous savoir. »

Après avoir tendu la carte au gérant, ils partirent.

« Allons contrôler ces commerces. Nous aurons peut-être de la chance avec les caméras de surveillance. »

CHAPITRE DIX-SEPT

APRÈS S'ÊTRE ARRÊTÉ chez lui pour prendre une douche rapide, Nick arriva au poste un peu après onze heures. Leurs dernières auditions, les gérants des commerces qui encadraient l'entrée de l'immeuble où se trouvait l'appartement des victimes, avaient confirmé que des caméras de surveillance étaient en place ; malheureusement, aucune n'était installée vers l'extérieur. Il n'avait pas fallu longtemps à Nick pour se rendre compte qu'il serait vain d'y passer plus de temps. La plupart des images capturées se situaient dans des zones clés *à l'intérieur* de chacun des commerces. Ils avaient terminé les auditions plus tôt qu'ils ne l'avaient pensé, Nick tendant des cartes autour de lui et demandant aux gérants des copies de leurs vidéos. Carpenter irait les prendre plus tard avant de quitter la scène de crime.

Ce n'est pas qu'ils trouveraient quelque chose d'utile de toute façon, pensa Nick, totalement frustré. À moins que la preuve du contraire leur tombe du ciel, l'hypothèse de départ demeurait vraie : que le petit ami (fiancé... mari ?) avait d'abord tué la femme et s'était ensuite pendu. En apparence, l'affaire ressemblait à un pacte de suicide ou à un meurtre/suicide. Pourtant, son instinct sentait que l'histoire n'était pas aussi simple.

Nick détestait avoir autant de peut-être en guise de possibilités.

Il jeta son manteau sur la chaise en face de son bureau et alluma l'ordinateur, prit un classeur à trois anneaux vide sur son étagère, le posa sur son bureau, et ouvrit le moteur de recherche du CCTR. Il roula des yeux quand l'ordinateur afficha soixante-cinq cas de suicide par pendaison réunis pour seulement Manhattan. En ce moment, il cherchait les mêmes paramètres pour le Bronx.

Mince.

En chemin pour le bureau du Commandant, il attrapa un soda au distributeur. Il frappa à la porte ouverte et entra.

« Un petit résumé, s'il vous plaît, » dit Kravitz. « La réunion au tribunal. »

Nick regarda le cendrier. Le cigare n'était pas trop mâchouillé.

« Les incidents de l'arrosage ? »

Kravitz acquiesça. « Réunion stratégique bouclée hier. Tout le monde s'inquiète d'une possible escalade quand le temps sera plus doux. Il faut exécuter les plans avec les avocats des syndicats et les membres, au cas où. »

Nick était d'accord. L'été dernier, ils en avaient vu de toutes les couleurs, avec les agents de police qui avaient été arrosés d'eau et de lait. Le prochain liquide qu'on leur jetterait ne serait peut-être pas aussi inoffensif. Nick savait que le « au cas où » du commandant ne relevait pas tant de la manière dont il fallait gérer à l'avenir les délinquants, que de la façon de gérer les avertissements et les demandes de suspension qui s'abattraient sur les agents s'ils prenaient des mesures. Les voyous des rues avaient maintenant plus de privilèges que les agents de police, et pour éviter à l'avenir que ces hommes et femmes en bleu soient gravement blessés, il fallait mettre en place un plan d'action. Tout le monde dans le service était écœuré et à bout de patience avec l'occupant actuel de Gracie Mansion.

« Juste un tuyau sur un éventuel problème avec la nouvelle affaire, » dit Nick.

Kravitz s'arrêta de fourrer des papiers dans son attaché-case.

« Expliquez. »

« À première vue, ça ressemble à une possibilité de meurtre-suicide, ou même à un pacte de suicide potentiel, avec l'homme qui pend d'abord la femme et se suicide ensuite. »

« Mais ? » Kravitz prit le cigare et se mit à mâcher le bout pour de bon.

« Un truc que les voisins ont mentionné. L'une des victimes, la femme, était peut-être dans des merdes du dark web. Il faudra peut-être que nous fassions intervenir la Cyber Brigade pour découvrir des choses, si nous n'y arrivons pas. »

« Ramos et Carpenter sont au courant ? »

« Non. Pas encore, » dit Nick. « Nous allons nous retrouver pour un déjeuner rapide avant de nous attaquer à l'affaire. »

Kravitz ferma énergiquement son attaché-case et mit son manteau.

« Mettez-les au courant, et nous ferons un pow-wow vers seize heures. »

Nick acquiesça.

Ils sortirent ensemble du bureau, le commandant tournant à droite vers les ascenseurs et Nick vers la salle de conférence.

Une fois à l'intérieur, Nick prit une gorgée de soda et regarda le tableau. Il écrivit les points importants de l'affaire Creasy. Il recula, et évalua. Il y avait là vraiment les grandes lignes. Nick se demanda si ce serait pour lui *l'affaire*, l'affaire non résolue qui le hanterait pendant toute sa carrière.

Il compacta la canette de soda vide et la jeta dans la poubelle avec plus de force que nécessaire. Franchement. Il ne savait pas pourquoi diable l'affaire Creasy avait eu un tel impact sur lui, ni pourquoi la vue de cette dernière victime lui avait rappelé Isabel Creasy.

Nick attrapa le marqueur effaçable le plus proche, et recopia dans un espace plus petit au centre toutes les informations qu'il avait écrites sur le tableau. Quand il eut terminé, il effaça ses notes de départ, traça deux lignes de séparation de chaque côté des informations du dossier Creasy, et écrivit le nom de Victor Hugo sur la gauche. Puis il écrivit sur la droite le nom des victimes de l'affaire de la Première Avenue.

« Victor Hugo ? » La voix de Sacco se fit entendre depuis l'entrée. « Tu te fiches de moi. »

L'odeur de nourriture activa les fluides stomacaux de Nick. Il se tourna pour voir son équipier déposer sur la table une grosse boîte de leur restaurant mexicain préféré, ainsi que des sodas et des boissons énergisantes. Sacco s'était fraîchement changé. Il était aussi rentré se doucher chez lui.

« C'est son vrai nom, » dit Nick en ouvrant la boîte de nourriture, et inspira. C'était paradisiaque. Rien de tel que l'odeur d'oignons frits et de viande pour apaiser un cœur affamé. La pièce allait puer pendant des heures, mais il s'en fichait.

Sacco montra. «Deux quesadillas de steak et un taco pour toi. Un chimichanga et un burrito pour moi. Ramos et Carpenter pourront se battre pour le reste. À propos, ils arrivent. » Sacco fit un geste du menton en direction du tableau. « Qu'est-ce que c'est que cette affaire ? Je ne la reconnais pas. »

« Nous n'avons pas travaillé dessus. » Nick aplatit l'emballage de la quesadilla contre la table, saisit la portion la plus grosse, et l'engloutit. Il reprit le marqueur et nota ce qu'il connaissait de l'affaire. « Celle-ci vient de la liste du CCTR que nous avons regardée. J'en ai parlé hier à Ramos. Quelque chose ne colle pas. »

Il but, écrivit et mâcha pendant que Sacco faisait de même, lisant en silence les informations qui s'étoffaient sur le tableau.

« Qui est l'ange ? »

Nick se retourna et vit Ramos se diriger droit sur la nourriture. Elle semblait s'être récemment lavée et frottée. Et elle sentait la lavande. Il désigna Sacco et reprit de la nourriture.

Ramos fourragea dans la boîte, prit deux tacos et deux burritos, et laissa le reste pour Carpenter, qui entra en reniflant et en faisant claquer ses lèvres dans l'anticipation de se sustenter. Lui aussi semblait s'être fraîchement lavé.

Nick ouvrit une canette de soda pendant que Ramos prenait une bouchée en fermant les yeux. « Dieu, je mourais de faim. » Elle regarda Sacco. « Je te suis redevable. »

Sacco eut un sourire narquois. « N'imagine pas que je ne vais pas le réclamer. »

« Connard, » dit-elle en souriant.

« Je te taquine, » répondit Sacco.

« Temps mort, » dit Carpenter après avoir avalé un bon morceau de ce qui ressemblait à une quesadilla. « Il y a des oreilles d'enfant dans la salle. »

« Ce qu'il leur faut, c'est qu'ils se trouvent une chambre, » dit Nick en mordant dans un taco.

« Comme toi ? » dit Sacco avec un clin d'œil.

« Au moins, je suis un homme d'action et pas de paroles, » lui dit Nick.

«Oh ! » dit Carpenter. « Première nouvelle. Des détails, s'il te plaît. »

« Parfois, Carpenter, j'oublie ton côté pervers, » dit Nick. Il ignora le chuchotement de Sacco « Je te rencarderai quand j'aurai les détails, gamin, » et les gloussements dans la pièce. Il remplit d'autres renseignements sur leur meurtre/suicide récent, suicide/suicide, ou ce que cette affaire s'avérerait être.

Ramos fut à côté de Nick une seconde plus tard, ouvrit une bouteille de boisson énergisante, et passa en revue le tableau. « Je vois que tu as ajouté l'affaire Hugo. » Elle avala une solide gorgée et referma la bouteille. « Je pense que là, tu t'égares, mais... »

Nick s'approcha et apposa une série de points d'interrogation après le nom.

« C'est mieux, » dit Ramos, qui alla s'asseoir.

Ensuite, Nick écrivit les points importants de leur scène du matin avec la victime masculine dans le salon.

« Quand tu le pourras, vois si tu peux mettre en place une reconstitution de ceci, Ramos. J'ai les mesures sur les débris périphériques. »

« Puis-je proposer Sacco pour la victime ? » demanda Ramos. « Il a à peu près la même taille. »

« On joue à des jeux dangereux, Tish ? » demanda Sacco. Nick se retourna à temps pour voir les sourcils de Sacco monter et descendre comme une marionnette de Jeff Dunham.

Ramos envoya un baiser en direction de Sacco, suivi d'un clin d'œil.

« Ce qui me déroute, c'est la manière dont Adnet est mort, » dit Nick. « C'est bien trop complexe, presque mis en scène. » Il regarda Ramos. « As-tu déjà vu quelque chose d'aussi élaboré ? »

« Non. Et il y en a une sacrée quantité. Mais il y a toujours une première fois. Tu le sais. »

« Quelqu'un a-t-il eu des nouvelles du bureau du médecin légiste en chef sur l'heure de l'autopsie ? » demanda Nick, qui se retourna pour noter les informations qu'il connaissait sur la seconde victime dans la chambre.

« Rien pour l'instant, » dit Sacco.

« Je ne sais pas, les gars. » Nick tapa sur le tableau avec une phalange près des points importants des circonstances de la mort de la femme. « Quelque chose ne va pas, surtout si on juxtapose les modes de décès des deux victimes. Ça a l'air simple à première vue... »

« Rien n'est jamais simple avec toi, » dit Ramos, un soupçon d'humour frustré dans la voix.

« Il est clair que la femme ne semble pas avoir opposé de résistance à la pendaison. La conclusion évidente est qu'elle a participé volontairement, ou qu'elle a été neutralisée, ou même tuée avant d'être placée là. » Nick regarda Ramos. « Il n'y avait absolument pas de lettre de suicide, nulle part dans l'appartement ? »

« Pas après notre vérification sommaire, non. Pas même dans les carnets que Carpenter a pris dans leur espace bureau. » Elle se tourna vers Carpenter pour obtenir sa confirmation, ce qu'il fit d'un bref signe de tête. « Cela ne veut pas dire que nous n'en trouverons pas une quand nous nous plongerons vraiment dans les indices. »

« Peut-être que des parents, des amis et des collègues ont plus de renseignements, » ajouta Sacco. « Des textos ? Des publications sur les réseaux sociaux ? Nous devons encore vérifier tout ça, et il y a aussi des auditions en attente. »

« Mais si des messages avaient été envoyés à la famille ou aux amis, quelqu'un serait allé à l'appartement pour vérifier, ou aurait signalé une disparition. » Nick se tourna vers Sacco. « Peux-tu demander à Horowitz de vérifier ça ? » demanda-t-il.

Sacco sortit son portable et se mit à envoyer un texto.

« Les victimes ont peut-être laissé un message de suicide sur leur ordinateur, » dit Carpenter, qui suggérait l'évidence.

« Nous travaillons toujours sur le postulat du suicide, qui repose sur ce que nous avons d'abord vu, » dit Nick. « Il faut que les autres options restent ouvertes. »

« Madame Kyriakou a bien dit que Jessica Waitre était déprimée, » intervint Sacco. « Et il pourrait y avoir un autre scénario. Nous n'avons pas envisagé que la femme se soit pendue, que le petit ami l'ait trouvée et, incapable de faire face à sa mort, se soit tué. »

« Je partage à regret l'avis de Nick là-dessus, mais votre « il pourrait y avoir » est un scénario improbable, » dit Ramos. « Ses pieds étaient à vingt-huit centimètres du sol. Et à moins qu'elle n'ait été une adepte de cette barre d'exercice, il aurait fallu qu'elle installe la corde de manière à ce qu'elle doive se soulever à un mètre du sol, placer sa tête dans le nœud coulant sans l'en déloger, faire passer ses cheveux au-dessus de la corde, puis se laisser tomber. »

Exactement comme l'affaire Creasy, pensa Nick. Le seul bémol était qu'il y avait deux personnes dans l'appartement, dont l'une aurait pu avoir aidé à la mise à mort de la femme.

Ramos secoua la tête. « Nan. Il y a des façons de faire plus faciles et plus rapides que ce que nous avons trouvé. »

« Ou une corde plus longue, » dit Sacco.

« Ce que les indices matériels ne corroborent pas, » ajouta Ramos.

Nick écrivit ensuite les mentions de Tor et Reddit. L'inspiration que prit Ramos s'entendit à travers la pièce.

« Certainement pas, » dit-elle. « Il doit y avoir une erreur, là. Le Onion Router ? »

Nick se retourna. « D'après l'un des témoins, Madame Kyriakou, les victimes se disputaient à ce sujet le dernier jour où ils ont été vus en vie, » leur dit Nick. « Elle les a entendus se prendre le bec dans l'ascenseur. L'homme était vraiment furieux que la femme ait téléchargé le navigateur Tor sans son accord.

« Elle a appelé ça un téléchargement de Thor, » dit Sacco avec un sourire en coin.

« Comme le dieu scandinave ? » demanda Carpenter, incrédule.

« Au moins, elle s'est souvenue du truc, » dit Nick. « Nous devons vérifier si c'est vrai, ainsi que l'information sur Reddit. L'affaire pourrait prendre une tournure différente. »

« Oh, merde, » dit Carpenter. « Même moi, je ne navigue pas sur le Deep Web, à moins que ce ne soit en connexion avec mon travail. Et je m'assure de passer par le centre de cryptage, ici au travail. Il y a de drôles de saloperies là-dedans. »

« Eh bien, notre témoin a entendu un monsieur Adnet très

contrarié fustiger sa petite amie pour avoir mis en péril leurs identifiants en ligne. »

« C'est le dernier de leurs problèmes s'ils naviguent sur le Dark Web, » dit Ramos.

« Ce n'est pas faux, » dit Nick. « Monsieur Kyriakou pensait que Monsieur Adnet était plus jaloux qu'inquiet. Mais Madame Kyriakou a bien fait remarquer que Mademoiselle Waitre avait été invitée à un salon de discussion il y a quelques mois. »

« A-t-elle dit à quelle date ? » demanda Carpenter. « Ça rétrécira ma fenêtre de travail. »

« Non, elle a seulement parlé de l'invitation. Encore une fois, cela peut ou pas changer notre approche de l'affaire. Quelle priorité peux-tu accorder à cela, Carpenter ? »

Carpenter secoua la tête en finissant de manger. « Je travaille toujours sur les trois affaires ouvertes, plus votre affaire Creasy, et après cette jolie complication que tu viens de me coller, il faut que je fasse très attention. Vous aurez de la chance si je peux extraire le disque dur et le copier pour demain. L'analyse quant à ses protections par mot de passe va aussi prendre un sacré bout de temps. »

« Espérons que les victimes sont d'ordinaires ignorants en technologie, qui inscrivent leur mot de passe quelque part ou qui ne s'en préoccupent pas, » dit Sacco.

« Ça fait beaucoup de peut-être, » dit Ramos.

« Tu crois ? » dit Nick.

Carpenter montra le tableau avec sa canette de soda. « Vous savez à quelle profondeur cette merde de Dark Web est encryptée ? »

« Jusqu'aux yeux ? » plaisanta Sacco.

« Et si on faisait venir quelqu'un de la Cyber Brigade ? » suggéra Ramos.

De nouveau, Carpenter secoua la tête. « Ils ont une quantité de cas en attente avec leurs propres merdes, » dit Carpenter. « Et il faudrait qu'on leur donne la cause probable d'un cyber crime pour les faire intervenir. Donc, devinez qui doit faire le sale boulot ? Et Reddit est un cauchemar. Il y a des sous-Reddits des sous-sous Reddits des sous-sous-sous Reddits. Et ça ne prend même pas en compte si les victimes utilisaient une connexion VPN en plus de Tor. Merde. »

« D'accord, d'accord, » dit Nick. « Donc tu as du pain sur la planche. Quoi de neuf pour nous ? Sachez juste que l'activité en ligne des victimes affectera, ou pas, notre approche de l'affaire. Ça, et ce que Totes trouvera à l'autopsie. »

Ramos froissa les emballages de nourriture vides et les jeta dans la boîte maintenant vide. « Eh bien, on ferait bien de se bouger les fesses et de passer au crible les indices. » Elle se tourna vers Sacco. « Merci pour le déjeuner. »

« Le commandant veut que nous nous retrouvions ici pour un briefing vers seize heures, » dit Nick. « Effectuez les opérations préliminaires et ramenez tout ce que vous avez. Nous partons informer les parents de la victime masculine. »

« Espérons qu'ils puissent nous donner des informations valables, » dit Sacco.

Mais il y avait un fossé entre souhaiter et obtenir, pensa Nick en effaçant tout sur le tableau. Et parfois, ils n'avaient pas cette chance.

CHAPITRE DIX-HUIT

LES CHANCES DE trouver un endroit pour se garer dans ce secteur de
Jackson Heights, connu comme Little India, étaient proches de zéro,
surtout à cette heure. La circulation des piétons et des véhicules se livrait
à une concurrence pour l'espace et le droit de passage à toute heure du
jour dans cette partie de Roosevelt Avenue, avec les piliers d'acier
surélevés et les quais en ciment de la Flushing Line qui balafraient le ciel
et donnaient aux environs une impression de confinement. Au niveau
de la rue, les trottoirs et les devantures des commerces s'enchaînaient
dans une pénombre perpétuelle, les freins d'acier du métro grinçant
dans une monotone répétition, la chair humaine vibrante et les struc-
tures de ciment agissant comme un bourdonnement constant. Les
rames du métro déversaient leur cargaison humaine toutes les quelques
minutes, ajoutant à la cacophonie des diverses langues, des grondements
et des cris qui rivalisaient avec les klaxons incessants et les échos de la
circulation.

Nick remercia le dieu des flics que le commerce du papa et de la
maman, que les parents de la victime masculine possédaient, fût à l'arrière de Roosevelt et à cinq blocs de distance du croisement très passant
avec Broadway. Nick fit une boucle par la Soixante-quatorzième Rue,
tourna dans la Trente-septième Avenue, puis descendit la Soixante-quin-

zième Rue afin d'accéder aux magasins dans la Trente-septième Rue. Mais après avoir tourné trois fois sans succès pour trouver une place de parking, Nick vit sa patience se dissiper. Il s'arrêta au coin de l'intersection, ignora le panneau Stationnement Interdit, plaça sur le tableau de bord son affiche « Policier en service », et ils sortirent de la voiture.

« Seigneur, » dit Sacco, cherchant aux alentours l'adresse du commerce. « Je ne suis pas venu ici depuis un moment. C'est un mélange culturel. »

Ils n'avaient pas fait deux mètres, qu'ils avaient essuyé un bombardement visuel avec une profusion de panneaux publicitaires : des grands, des petits, des ronds, des rectangulaires, des triangulaires, en hindi, en espagnol, en sanskrit, en coréen, des bilingues, dans des bleus et dans des jaunes criards, tous étalés sur tous les coins imaginables de murs, de fenêtres et de portes. Certains dépassaient les bornes du criard ; d'autres étaient si discrets qu'ils se perdaient dans cette surcharge sensorielle.

« Ça s'apparente à trier un amas de débris flottants publicitaires, » dit Nick.

« Tu imagines ce coin en été ? »

« Tu veux dire à peine la place de se déplacer sur le trottoir, avec les camelots de rue qui vous vendent ouvertement leurs marchandises, ou les food trucks qui diffusent leurs arômes dans tous les coins ? »

Sacco rit. « Ah, New York. Il faut l'aimer. »

« Ou le détester. » Nick sourit. « Ouvre l'œil pour l'enseigne du Punjab Emporium, hein. »

Sacco montra quelque chose plus loin dans la rue.

« Je vois quelque chose avec un « P » là-bas. »

Le « là-bas » qu'il avait montré était une devanture à côté d'une agence de voyage qui se situait légèrement au-dessus d'une bijouterie par le biais d'un petit escalier, et avec une épicerie indienne de l'autre côté, des corbeilles de produits adossées dehors contre les vitrines pour profiter de la réfrigération naturelle de l'hiver. Mais la personne qui surveillait les denrées avait l'air très malheureuse, traînant les pieds de gauche à droite pour se réchauffer dans l'air froid.

Effectivement, le commerce apparut, sa vitrine remplie de ce qui y était vendu : des souvenirs indiens, des saris, des étoffes colorées, de l'encens, des bijoux, des statuettes, des instruments de musique, et même des DVD de Bollywood. Nick ouvrit la porte, appréciant la chaleur et l'odeur d'encens qui les accueillirent. Se déplacer à travers les présentoirs fut une tout autre affaire. Les marchandises étaient entassées partout, laissant à peine l'espace pour se glisser entre elles. Tenter de les contourner, en essayant de ne rien heurter ou de ne rien faire tomber par terre, relevait de l'exploit. Nick avait l'impression de se retrouver sur une affaire sur laquelle il avait travaillé des années auparavant, avec un pauvre type qui entassait compulsivement. Il était mort dans son appartement et un des gars de Totes avait été blessé. Plusieurs colonnes de journaux, certaines atteignant deux mètres de hauteur, étaient tombées sur le technicien, l'étouffant presque sous le poids. Son sauvetage et l'extraction du cadavre avaient été un exercice requérant une prudence extrême.

Une petite femme âgée surgit de nulle part, vêtue d'un kurti coloré à motifs bleu et or avec une écharpe dupatta autour des épaules. Elle s'adressa à eux en ce que Nick présuma être du hindi, et il secoua la tête pour s'excuser, comme à l'évidence il ne comprenait pas.

« Parlez-vous anglais ? » demanda Nick.

La femme se tourna et s'adressa bruyamment vers l'arrière de la pièce.

Une version plus grande et plus jeune de la femme, vêtue de la même manière, se fraya un chemin jusqu'à eux.

« Puis-je vous aider ? »

Nick et Sacco montrèrent simultanément leurs insignes et s'identifièrent.

« Nous devons parler à Monsieur et Madame Adnet, » dit Nick. « Sont-ils ici ? »

« Je suis leur fille. Puis-je vous aider ? »

« Je suis désolé, mais nous devons leur parler en privé, » dit Nick.

La femme les fixa pendant un instant. « Ma mère n'est pas ici. Elle est en Inde, pour aider une de mes belles-sœurs avec son nouveau-né. Mon père devrait être à l'épicerie à côté. » Elle héla la femme, qui se tenait à présent derrière une petite table supportant une caisse enregistreuse, et lui parla rapidement. Ensuite, elle prit son manteau, le drapa sur ses épaules, et fit signe aux détectives de sortir du magasin.

Nick et Sacco la suivirent dans l'épicerie, où ses visites semblaient fréquentes. Tous les employés et des clients lui dirent bonjour au passage. Elle s'arrêta un moment pour parler avec une jeune femme derrière une table chargée de corbeilles remplies d'épices de toutes les couleurs, de toutes textures et de toutes les odeurs. Sur le sol, devant la table, des sacs en jute étaient ouverts, à hauteur de genou, remplis de différentes variétés de riz et de graines. Quand elle eut obtenu la réponse qu'elle cherchait, elle les mena vers l'arrière-boutique où, franchissant la barrière pivotante qui séparait l'espace de vente de l'entrepôt, elle frappa à une petite porte. Une voix lui ordonna d'entrer.

Le bureau étroit était tapissé de toutes sortes d'affiches publicitaires, et des échantillons de denrées occupaient toutes les surfaces planes, y compris les deux armoires à dossiers de la taille d'un bureau contre le mur. Cela donnait une impression claustrophobique à la petite pièce, qui était en plus rapetissée par un énorme bureau. La surface de ce dernier était pleine de factures, de reçus, plus une calculatrice et un ordinateur. Un homme barbu était assis derrière, les cheveux plus blancs que poivre et sel, et portait quelque chose qui sembla à Nick être une tunique longue de style Nehru. Quand l'homme leva les yeux vers lui, Nick vit que ce ne pouvait être que le père du mort. Il y avait une similitude de traits frappante entre cet homme et leur victime, sauf les cheveux gris et la barbe. Ça n'allait pas être agréable d'annoncer cette mort.

La jeune femme se lança dans une tirade incompréhensible avec le vieux monsieur. Quand elle eut terminé, ils regardèrent tous les deux avec la même expression.

Nick et Sacco montrèrent leurs insignes et s'identifièrent de nouveau.

« Monsieur Adnet ? » demanda Nick à titre de vérification.

« Comment puis-je vous aider ? » L'homme parlait de façon accentuée, avec de surprenantes intonations d'anglais royal. « Est-ce à propos du vol dans la boutique la semaine dernière ? »

« Non, Monsieur. Il ne s'agit pas d'un vol. Il s'agit de votre fils, Desh. »

Nick sortit une copie du permis de conduire de la victime qu'il avait imprimée avant de quitter le poste de police, l'ouvrit et la tendit au père. « Est-ce votre fils, monsieur ? »

La femme, qui regardait leurs visages avec attention, se saisit de la chaise la plus proche et s'assit, presque comme si elle s'attendait à entendre de mauvaises nouvelles. Ce serait le cas, malheureusement.

« Oui, c'est lui. » Il rendit le papier à Nick. « Y a-t-il un problème à son travail ? »

Par où commencer, pensa Nick, qui détestait jusqu'à la moelle cette partie de son travail. Il fixa la photo du permis de ce jeune homme qui, bien que souriant à peine sur l'affreux cliché pris par la DMV, avait au moins un avenir devant lui il y a deux jours.

« Desha va bien ? » L'homme se leva.

Il en est bien loin.

« Monsieur Adnet, votre fils et son amie ont été impliqués dans un incident récemment, et nous sommes au regret de vous informer de la mort de votre fils. »

Le gémissement émis par la jeune femme hérissa les cheveux sur la nuque de Nick. Il lui rappela ce que les Kyriakou avaient dit à propos de leur chien, qui avait hurlé plus tôt ce matin. La douleur et la perte étaient les mêmes pour l'animal et pour l'être humain.

Il ne fallut pas longtemps avant que l'enfer se déchaîne autour d'eux. La sœur se précipita vers son père et s'effondra dans ses bras en pleurant. Le père cria après eux dans sa langue maternelle. Des employés du magasin ouvrirent la porte du bureau, leurs expressions choquées après avoir assisté à tout ce qui se passait à l'intérieur. Nick et Sacco se tenaient au milieu de la mêlée, submergés par les émotions.

Nick attendit, regardant Sacco, qui avait le visage grave, pendant que le chaos les environnait. Annoncer des morts était toujours un coup de dés, et on ne savait jamais comment la famille de la victime réagirait. Nick avait été témoin de colères, de rires, de silences, et d'évanouisse-ments. Merde, il s'était un jour fait frapper au visage quand le cousin d'une victime avait décidé que la nouvelle que lui apportait Nick n'était pas à son goût. L'homme avait pris l'annonce de la mort pour une plai-santerie de très mauvais goût. Nick n'avait pas porté plainte, mais sa mâchoire avait été endolorie pendant une semaine.

« Monsieur, » interrompit Nick, qui devait reprendre le contrôle de la situation. « Nous devons vous poser des questions sur ce qui est arrivé à votre fils. Je sais que c'est très difficile, mais nous devons le faire. En privé. » Il se tourna vers Sacco.

À ce signal, Sacco escorta les employés à l'extérieur et ferma la porte. Les pleurs de la sœur de la victime résonnèrent bruyamment dans l'espace désormais silencieux.

« S'il vous plaît, » demanda Nick. « Pourquoi ne pas vous asseoir ? »

Le père ignora cette suggestion.

« Que s'est-il passé ? A-t-il été agressé ? » Il se pencha en arrière pour regarder le visage de sa fille. « Je n'avais pas dit que s'installer à Manhattan causerait sa perte ? » Il s'éclaircit la gorge comme pour se débarrasser de la colère et de la douleur qu'il ressentait. « Était-ce un accident ? »

« Monsieur, s'il vous plaît. » Nick désigna la chaise derrière le bureau.

Monsieur Adnet murmura doucement quelque chose à sa fille. Elle acquiesça d'un signe de tête et s'assit sur la chaise que son père avait libérée quelques minutes plus tôt.

« Nous sommes vraiment désolés de votre perte, Monsieur Adnet, Madame, » dit Nick. « C'est toujours un moment difficile et douloureux pour la famille, et nous vous savons gré de votre coopération. »

« Quand puis-je voir mon fils ? »

« Le bureau du médecin légiste vous contactera à ce sujet, » dit Nick. « Nous devons vous poser des questions sur votre fils. Nous allons essayer de ne pas être trop intrusifs dans votre chagrin. »

Adnet se contenta de regarder fixement, comme si quelqu'un lui avait jeté sans prévenir un seau d'eau glacée.

« Votre fils vivait avec une jeune femme nommée Jessica Waitre, est-ce exact ? »

« Oui. »

D'après la réponse laconique, Nick soupçonna que cette cohabitation n'était pas bienvenue.

« Votre fils a-t-il mentionné à un moment qu'il avait des difficultés dans leur relation ? »

Les réponses simultanées, oui et non, surprirent Nick. Et avant qu'il pût poursuivre ses questions, une petite altercation éclata entre le père et la fille. Les paroles échangées étaient véhémentes, et étonnamment, dans des chuchotements exaspérés

« Monsieur Adnet. Madame, » interrompit Nick aussi fort qu'il le pouvait sans ramener les curieux. Il était sûr que leurs employés attendaient près de la porte et écoutaient tout. « Que voulez-vous dire par oui, mademoiselle Adnet ? Votre frère vous a-t-il expliqué ? ».

« C'est une affaire de famille, » répondit le père.

« Monsieur, » dit Nick avec toute la patience qu'il put rassembler. « Malheureusement, dans les cas de mort imprévue, la vie privée n'est plus en vigueur. » Il se tourna vers la sœur. « Avait-il des problèmes ? »

La femme regarda son père, puis Nick. « Jessie changeait, elle devenait de plus en plus lunatique. Mais quand il a découvert ce qu'elle avait fait, il a été tellement contrarié. Il l'a menacée de déménager si elle ne se faisait pas aider par un professionnel. »

« Qu'avait-elle fait qui l'a contrarié ? » demanda Nick, se doutant déjà de la réponse.

« Mon frère est dans le domaine des Technologies de l'Information. Parfois il travaille chez lui, et son ordinateur est connecté à son travail. L'entreprise est connue pour effectuer des contrôles aléatoires sur l'équipement de leurs employés à la maison. S'ils découvraient qu'il avait téléchargé quelque chose d'illégal ou fait quelque chose qu'il ne devrait pas, il serait viré sur-le-champ. »

« Il était très soucieux de sa réputation au travail, » dit le père.

« Desh n'est pas entré dans beaucoup de détails, » poursuivit-elle. « Seulement qu'elle avait navigué en ligne sur des sites où, si son travail effectuait un contrôle surprise, son emploi serait en péril. »

« Où travaillait-il ? » demanda Sacco.

« Chez TeC4M International, » dit le père.

La main de Nick s'immobilisa. *C'était pas possible. La victime avait travaillé là où le mari d'Isabel Creasy travaillait ?* Il sentit que Sacco dressait l'oreille, lui aussi.

« Une entreprise dans Wall Street ? Qui pratique le télémarketing à grande échelle ? » demanda Nick, en insistant sur l'adresse.

« Vous connaissez cette entreprise ? » demanda Monsieur Adnet.

Le cerveau de Nick fonctionnait à toute allure.

« Quand avez-vous parlé à votre fils pour la dernière fois ? Quand l'avez-vous vu ? »

« Il s'est arrêté à la boutique lundi aux alentours de l'heure de la fermeture, » dit la femme. « Puis il est venu voir *baapu* ici. »

« Vers quelle heure était-ce ? »

Elle regarda son père. « Vers dix-huit heures, dix-huit heures trente ? »

Le père acquiesça.

« Était-il en colère ou déprimé quand vous l'avez vu ? »

« Déprimé ? Pourquoi Desh serait-il déprimé ? Ça a toujours été un garçon heureux, rempli d'optimisme. Constamment tourné vers l'avenir, faisant des projets. »

« Il avait pourtant l'air un peu contrarié lundi, » dit la fille.

« Vous a-t-il donné une raison à cela ? »

« Aucune ? » dit-elle, la question s'adressant plus à son père qu'elle n'était une affirmation à leur intention.

Le père s'assit et se couvrit les yeux de ses mains tremblantes. « Il a demandé s'il pouvait séjourner chez moi ce week-end. Il a dit qu'il avait une ou deux choses à résoudre et qu'il avait besoin de temps pour y réfléchir sans être dérangé. »

« S'est-il étendu sur pourquoi il avait besoin de temps ? »

« Non. Desha est comme ça. Il ne veut pas qu'on l'aide et il règle discrètement ses problèmes. Mais quand il a pris une décision, personne ne peut l'arrêter. Mais un père sait quand son fils est contrarié. J'en ai soupçonné la cause, et je me suis mêlé de son histoire avec mes griefs habituels : que Jessie n'était pas assez bien pour lui. Qu'il devrait se chercher une bonne fille indienne pour l'épouser. Qu'il gâchait son talent dans ce travail. Qu'il devrait travailler ici. Et perpétuer l'entreprise familiale. » Il émit un soupir tremblotant, lourd de souffrance. « Nous nous sommes disputés. »

« Mais vous ne vous êtes pas disputés toute la soirée, *baapu*, » dit la fille. Elle étreignit son père. « Nous avons parlé du nouveau-né, de faire bientôt un voyage en Inde, et des plans pour développer l'épicerie. Nous avons partagé un bon dîner au Kashmir. »

« À quelle heure est-il parti ? »

« Vers vingt-et-une heures. Il a pris le numéro sept pour rentrer. Il a dit qu'il nous verrait ce week-end. »

« Savez-vous s'il avait des problèmes avec quelqu'un au travail ? Avec des amis ? Des problèmes financiers ? »

Nick n'obtint pas de réponse. Il observa le visage du père et vit que son regard revêtait l'expression vitreuse de l'introspection, de la fuite dans les souvenirs, et du chagrin. L'attention de la fille était aussi dirigée sur le chagrin de son père et sur le sien. Ils étaient en train d'imploser. Nick décida de les laisser tranquilles pour le moment. Sacco et lui pourraient travailler avec ce qu'ils avaient. Si ce que le père avait dit était vrai, la victime n'avait pas d'idées suicidaires en rentrant chez lui. Qu'avait-il trouvé là-bas ? S'étaient-ils encore disputés ? Avait-il fait une bêtise, et, pris de remords, s'était-il donné la mort ? Nick devait maintenant comprendre quand et pourquoi la dynamique avait changé dans cet appartement. Son instinct se rebellait contre l'évidence : que Desha Adnet s'était lui-même donné la mort.

Nick déposa son bristol sur le bureau, devant le père.

« Si vous vous souvenez de quoi que ce soit qui puisse apporter un éclairage sur cette affaire, appelez-nous, s'il vous plaît. Le bureau du médecin légiste vous contactera bientôt. »

Le père regarda fixement Nick. Le chagrin dans ses yeux l'accabla.

« Vous ne nous avez pas dit ce qui s'est passé. Comment Desha est mort. »

Nick savait que l'homme serait dévasté par la réponse, comme c'était toujours le cas pour la famille. Mais il pensa au Bureau du médecin légiste, à l'état du corps, et à la manière clinique dont ils géraient parfois les annonces de décès, et pensa qu'il vaudrait peut-être mieux que cela vienne de lui.

« Parfois, ce que font nos êtres proches pour échapper à leurs problèmes nous semble incompréhensible. Malheureusement, votre fils et son amie ont été découverts ce matin, victimes de ces actions. » Nick fit une pause, puis continua doucement. « Nous poursuivons l'enquête, mais il semble qu'ils se sont donné la mort. »

Nick fit un signe de tête à Sacco, et ils sortirent du bureau. De nombreux employés, toujours rassemblés autour de la porte, s'écartèrent pour les laisser sortir. Nick eut l'impression d'être Moïse séparant les eaux.

Dehors, le froid les frappa. Pour une fois, Nick fut heureux de son effet vivifiant.

« Quelles sont les chances ? » dit Sacco, marchant vers la voiture à un rythme rapide.

« Infinitésimales, » dit-il, se sentant revigoré. « Mais c'est une miette, et je ne laisserai personne la manger. »

Nick ouvrit la portière, mais s'arrêta en entendant une voix de femme les héler. La sœur de la victime se précipita dans leur direction.

« Inspecteurs, » dit-elle, un peu essoufflée, les ravages des larmes et du chagrin toujours apparents sur son visage. « Il y a quelque chose qu'il faut que vous sachiez. »

Nick ouvrit la portière du passager arrière et lança les clés de la voiture à Sacco. « Pourquoi ne pas entrer ? Ce sera plus confortable dans la voiture. »

Sacco démarra la voiture et le chauffage pendant que Nick se glissait à l'intérieur à côté de la femme.

Il attendit.

« *Baapu* n'est pas au courant. Desha m'a demandé conseil le jour où il est venu ici, vous savez, pour avoir le point de vue d'une femme. »

Nick hocha la tête.

« Il m'a dit que Jessie était très déprimée depuis un moment. Plus submergée de travail que d'habitude, aussi, et il ne savait pas comment gérer cela. »

« Où travaillait-elle ? » demanda Sacco.

« À Charity for All, une entreprise qui aide ceux qu'ils appellent les défavorisés. Elle était l'AA du gestionnaire de la structure. » Devant leurs regards intrigués, elle précisa. « Assistante Administrative. »

Nick nota l'information sur son bloc-notes. Il ferait une rapide vérification des antécédents de cette Charity for All quand ils seraient de retour au poste de police. « Votre frère pensait-il que sa dépression provenait de son travail là-bas ? »

« En quelque sorte. Elle n'intervenait pas directement dans les programmes de traitement, mais j'ai dit à Desh que cela importait peu. Jessie était quand même exposée à la partie communication, et cette entreprise gérait des cas plutôt tristes. »

Elle regarda Sacco et Nick. « Mais mon frère pensait essentiellement qu'elle était déprimée parce qu'elle était seule. Quand ils ont emménagé ensemble, il travaillait dans une autre entreprise et il avait des horaires normaux. Mais quand il a démarré dans cette entreprise, ses horaires de travail se sont allongés. Il l'adorait parce que son salaire avait pratiquement doublé, mais Jessie se plaignait sans cesse qu'il n'était pas là pour elle. Qu'il leur restait peu de temps à eux. »

« Elle pensait qu'il la négligeait ? »

Elle acquiesça. « Et puis, il y a quelques mois, elle a semblé se reprendre. Desh a été soulagé, même s'il sentait que ça n'allait toujours pas parfaitement. Mais il était tellement occupé. L'entreprise pour laquelle il travaillait se développait. Il travaillait habituellement entre douze et quinze heures par jour, et parfois en dehors de ses heures de service. Quand des problèmes surgissaient au travail, il devait les résoudre immédiatement, même si c'était aux aurores. Très stressant. »

« Il travaillait de chez lui à ces moments-là ? » demanda Nick.

« Quelquefois. Mais récemment, parce qu'elle semblait aller bien quand il rentrait, il n'y avait pas prêté trop d'attention jusqu'à la semaine dernière, où l'entreprise l'a appelé à deux heures du matin pour réparer quelque chose dans le système informatique. »

« C'est là qu'il a découvert pour le salon de discussion et le téléchargement ? » demanda Nick.

Elle acquiesça. « Jessie avait laissé une fenêtre ouverte sans s'en rendre compte. Desha a découvert qu'elle était impliquée dans ce salon de discussion, un truc vraiment noir, depuis des semaines. Un endroit vraiment déprimant, a-t-il dit, rempli de détresse et de désespoir. »

Elle ferma les yeux. La brutalité du souvenir affleurait. Il n'aurait pas aimé être à sa place en ce moment, pensa Nick.

« Mais ? » la pressa Nick.

« Desha a découvert qu'elle utilisait un navigateur dont Desh savait que cela provoquerait son licenciement. Quand il a cherché à en savoir plus, il a dit que ce site était un cheval de Troie qui supprimait les sites précédents et en ouvrait de nouveaux pour éviter d'être détecté. »

« Votre frère vous a-t-il donné des détails ? »

« Non. Il n'a pas pu entrer dans le nouveau site sans le mot de passe de Jessie. C'est une chose sur laquelle ils se disputaient. »

« Quelle était l'autre ? »

« Il pensait qu'elle avait une aventure avec l'un des membres du groupe. »

CHAPITRE DIX-NEUF

NICK SE TENAIT À la tête de la table de conférence. Tous les yeux étaient sur lui, les expressions reflétant différents degré d'assimilation des faits qu'il exposait. Il savait que s'il avait proposé cela ailleurs, on se moquerait de lui jusqu'à ce qu'il quitte la pièce ou on le regarderait comme s'il avait grandi de deux têtes. Mais cette équipe avait vu de drôles de trucs depuis leurs années d'enquêtes partagées, ils avaient agi sur des intuitions marginales, ils n'avaient pas complètement rejeté des changements soudains dans l'orientation des enquêtes. Parfois la miette la plus insignifiante, une idée farfelue, avait éclairé complètement une enquête.

« C'est un sacré grand écart, là, » dit Kravitz à Nick. « Sans parler de la raison pour laquelle cette affaire classée a été ajoutée sur le tableau. »

D'accord, la connexion entre l'affaire Creasy et celle de ce matin pouvait être taxée de grand écart, pensa Nick, mais c'était ce que Sacco, Ramos et lui avaient soupçonné ce matin en enquêtant sur la scène de crime. Quant à l'autre affaire, eh bien, il devait attendre l'avis de Totes avant d'entreprendre quoi que ce soit.

Cependant, la question la plus urgente à présent était que, si ce que Nick avait suggéré quelques minutes plus tôt était avéré, la pression venant du chef, du maire, du gouverneur, de la presse et des bons citoyens de New York les submergerait, ainsi que le service, comme un tsunami.

Et puis il y avait la réelle possibilité de retombées nucléaires si sa théorie était un fiasco. Que Dieu leur vienne en aide si cela se produisait. L'excoriation publique serait brutale, leurs os seraient mis à nu et il ne leur resterait, à lui et aux autres, aucun endroit pour s'épanouir au sein du NYPD.

« Il y a un dénominateur commun qui relie l'affaire Creasy et celle de ce matin, » insista Nick, sans ajouter que son instinct lui envoyait des signaux d'alerte depuis qu'ils avaient appris que Desha Adnet travaillait chez TeC4M.

« L'employeur, » lança Sacco dans la pièce.

« Cela signifie que nous pourrons choisir parmi un ensemble de connaissances communes. Des témoins et des suspects qui collent dans les deux affaires. »

« Et la sœur a confirmé la possibilité d'une aventure ? » demanda Carpenter.

« Du moins que son frère le soupçonnait. Monsieur Kyriakou a dit que c'est ce qu'il soupçonnait aussi. »

« Je vais commencer à chercher là-dessus dès que je serai sorti d'ici, » dit Carpenter, bien que le ton qu'il employait ne fût pas optimiste. « Je ne peux pas promettre des résultats rapides. »

« Nous pataugeons pour l'instant en terrain marécageux, » dit Kravitz. « Les méchants du coin se tiennent en embuscade si le service commet la moindre erreur ou le moindre faux pas. »

Nick savait qui étaient les méchants et il partageait l'avis de son chef.

« Un minuscule pet de travers, et nos carrières finiront dans un terrier de lapin, » finit Kravitz.

Nick comprenait. Cela signifiait la rétrogradation, avec leurs dossiers entachés, ou on les recyclerait dans des patrouilles ou des emplois de gratte-papier.

« Il faut que vous me donniez davantage que votre instinct et vos théories. » Kravitz leva la main, empêchant Ramos de parler. « Juste parce que l'une des victimes était mariée à un homme qui travaille dans la même entreprise où travaillait l'autre victime, c'est de la merde sur un plateau. C'est New York. Deux cafards découverts dans le même territoire partagé par des millions, c'est une banalité dans cette ville. »

« Je sais cela, Monsieur, » dit Nick. « Et je veux seulement que cette possibilité sorte. Mais sincèrement, je ne fonde pas mes soupçons là-dessus, mais sur la méthode de strangulation des femmes. Elles étaient trop similaires. »

« Et la victime masculine ? » demanda Kravitz.

« Ça ne s'en approche même pas, » dit Ramos. « Mais ça a été une sacrée élaboration. Trop, en fait. » Elle sortit son bloc d'esquisses, l'ouvrit, et le plaça à un endroit où tout le monde autour de la table pouvait voir nettement ce qu'elle avait dessiné. Elle décrivit en détail la scène de crime de la salle de séjour pour le commandant.

« Ça a l'air alambiqué pour un suicide, » reconnut Kravitz.

« Et pourquoi procéder précisément de cette façon ? » intervint Sacco.

« Et pourquoi le faire ? » dit Nick en secouant la tête. « D'après le père, la victime masculine était un homme optimiste, qui avait un bel avenir devant lui. Il était content de son travail et de son salaire. Il allait passer le week-end avec sa famille pour trouver un moyen de gérer la dépression et l'infidélité potentielle de sa partenaire. Qu'est-ce qui a changé ? Qu'a-t-il trouvé dans cet appartement qui a mis fin à sa vie ? »

« Meurtre après un meurtre ? » demanda Ramos.

« C'est possible. Et si Desha Adnet s'était trompé au sujet d'un amant ? Peut-être que Jessica Waitre était assez déprimée pour se suicider, mais qu'elle ne pouvait pas le faire elle-même. Et si elle avait trouvé un intermédiaire dans ce salon de discussion du Dark Web pour l'aider ? Et si Adnet était entré au moment exact où elle se faisait aider ? »

« Il aurait essayé de l'empêcher, » ajouta Sacco. « C'est ce que j'aurais fait. »

« Il n'y a pas eu de lutte dans la chambre, » coupa Ramos.

« Pas à notre connaissance pour l'instant, » dit Nick.

« Eh bien, si c'est le cas, » répondit Ramos, « nous devrions trouver un transfert sur les indices. »

« Suis-je le seul à penser qu'il y a eu lutte dans la salle de séjour ? » commenta Carpenter.

« Non, » dit Nick. « Mais d'après les indices, le chaos se limite à une zone minuscule. »

« D'accord, attendez une minute. » Ramos montra le croquis qu'elle avait dessiné sur la scène de crime et tapota la zone vers la tête de la victime. « Si nous partons sur la théorie du double homicide, la seule manière dont les indices pourraient la corroborer est si Adnet avait été pris par surprise en s'asseyant sur le canapé. »

« Vous pensez à un guet-apens ? » demanda Kravitz.

Nick regarda le croquis.

« Cela n'aurait du sens que si Jessica Waitre avait invité cette personne avant que son concubin ne rentre, » dit Carpenter.

« Merde, » dit Ramos. « Où diable se serait-elle cachée sans qu'Adnet se rende compte qu'il y avait un inconnu dans l'appartement ? Je veux dire que même un mouton de poussière ne pourrait pas passer inaperçu dans ce logement grand comme un dé à coudre. »

Nick leva les yeux. « Et si ce nouveau suspect était à la fois un amant et un facilitateur ? Et s'ils étaient en train de prendre une douche quand Adnet s'est pointé ? »

Tout le monde regarda Nick.

« Tu te moques de moi, » dit Ramos. « Se laver avant d'aller se pendre ? »

« C'est le syndrome des sous-vêtements propres, » dit Nick. « Souvenez-vous de cette affaire il y a deux ans, où la victime avait nettoyé la salle de bain à la perfection après s'être douchée ? Il s'était ensuite vêtu de ses plus beaux habits, était monté dans la douche, avait fixé le rideau de douche au mur avec du ruban de masquage, et avait transformé sa tête en un Picasso avec une arme à feu. »

« Ouais, mais cet homme était atteint de troubles obsessionnels compulsifs, d'après sa mère, » dit Sacco.

« La vanité. C'est la même mentalité, » dit Nick. « Nous le savons tous. C'est la psychologie de nombreux suicides. »

« Ils veulent paraître à leur avantage au pire moment de leur vie, » dit Carpenter.

Ramos secouait la tête. « Je ne sais pas, Nick. Nous n'avons trouvé que cette seule serviette usagée au-dessous d'elle. Les autres étaient soigneusement pliées et intactes sur l'étagère au-dessus de la cuvette des toilettes. »

« Elles auraient pu être lavées, » suggéra Sacco.

Ramos secoua la tête. « Il n'y a pas de lave-linge ni de sèche-linge dans l'appartement. Et trop risqué d'aller laver les affaires dans la buanderie du sous-sol. Quelqu'un de l'immeuble aurait pu y être. »

« Ou la personne pourrait les avoir emportées, » dit Carpenter.

« C'est une autre possibilité, » dit Nick. « Mais tenons-nous à ce que nous avons vu et aux indices que nous connaissons. Quid de ce scénario possible ? Adnet arrive, ne sait pas que quelqu'un d'autre est dans l'appartement. » Il se tourna vers Carpenter. « Où ont été trouvés son portefeuille, son téléphone et ses clés ? »

« Le portefeuille et les clés étaient dans une coupe sur le comptoir de la cuisine près de la porte, » répondit Carpenter. « Nous avons trouvé son téléphone coincé entre le dossier et un coussin de la causeuse. »

« Donc il n'est pas allé dans la chambre, du moins pas pour y déposer des objets personnels. Mais il aurait indiscutablement entendu la douche couler quand il est entré. »

« L'assistant se cache dans la salle de bain pendant que Jessica Waitre se douche ? » demanda Sacco. « Ça pourrait marcher aussi. Il ne fait aucun bruit jusqu'à ce que le petit ami sorte de la chambre. »

« Et comme la plupart des hommes, la victime ne veut pas d'affrontement ce soir-là, » poursuivit Nick. « Il s'est adouci après sa visite à sa famille et ne souhaite que la paix, du moins jusqu'à ce que sa chère et tendre sorte de la douche. »

« Alors que fait-il entre-temps ? » demanda Carpenter.

« Il peut aller travailler dans son bureau. »

Carpenter secoua la tête. « L'ordinateur était éteint, pas en veille. Mais là encore, quelqu'un aurait aussi pu l'éteindre. »

« Je vais vérifier les empreintes digitales, » dit Ramos, se notant rapidement un rappel.

« Restons-en à la possibilité qu'il ne veuille pas travailler. Il est tard. Il est fatigué. Il se comporte donc comme tout le monde en entrant dans un appartement silencieux. »

« Il allume la télévision, » dit Sacco.

« Ou il se met à vérifier son téléphone, » ajouta Carpenter.

« Ou les deux. Maintenant, la personne qui se cache a un grave dilemme, » dit Nick. « Il s'apprête à commettre un acte criminel en aidant à un suicide, et il ne peut pas faire savoir à Adnet qu'il est là. Il y a aussi une autre possibilité : si Jessica découvre que son petit ami est arrivé, il se peut qu'elle change d'avis, et c'en est fini de l'assistance. »

« Mais il est quand même compromis, » dit Ramos.

« Ou dans une position très délicate, » ajouta Sacco.

Nick acquiesça. « Dans tous les cas, si cette personne est découverte, elle est fichue. Elle ne peut pas se permettre d'être identifiée. Elle a déjà une arme à sa disposition, donc elle pénètre dans la salle de séjour, se glisse derrière Desha Adnet, et l'étrangle. »

Kravitz tapota le croquis toujours devant eux. « Depuis cette position, la victime aurait vu venir le coupable, même s'il regardait la télévision. »

« Il aurait pu paresser un peu, » dit Ramos. « Et s'il était comme tout le monde, il aurait pu regarder ses messages sur son téléphone, ou regarder des vidéos, ou même naviguer sur internet pendant que la télévision était allumée. »

« Et souvenez-vous, Commandant, le coupable aurait bénéficié de l'élément de surprise. La première réaction d'Adnet aurait été de s'attendre à voir s'approcher Jessica. Le temps de réponse en découvrant un inconnu à proximité aurait vraiment retardé ses réactions. Cela aurait effectivement donné à quelqu'un le temps de tuer. »

« Et après avoir réglé la menace principale, le tueur attend que Jessica Waitre sorte de la salle de bain pour en finir avec elle ? » demanda Kravitz.

« C'est ce que je suppose, » dit Nick.

« C'est glaçant, mec, » dit Carpenter.

« Le problème est comment allons-nous prouver tout cela, » dit Sacco.

« Il faut que nous trouvions ce qui relie ces affaires. » Ramos frappa sur la table, saisit son bloc-notes et y écrivit quelques notes.

« Quelqu'un a-t-il eu des nouvelles de Totes sur ces autopsies ? » demanda Nick.

Personne ne répondit. Cela voulait dire qu'il devrait rendre visite à Totes chez lui. Ce n'était pas une pensée agréable.

« Espérons qu'il trouvera rapidement quelque chose. »

« Merci pour le vote de confiance, là, GQ, » dit Ramos en se désignant ainsi que Carpenter.

« Parle pour toi, » dit Carpenter d'une voix un peu geignarde. « Ce type était dans les Technologies de l'Information. Il devait avoir un gestionnaire de mots de passe et des encodages à profusion. »

« Vous voulez que je parle au service cyber, jeune homme ? » demanda Kravitz.

« Laissez-moi d'abord essayer d'y répondre, » dit Carpenter.

« Voici de quoi te remonter le moral, Carpenter, » dit Nick. « Il se peut que Jessica Waitre ait laissé une longue piste d'indices sur son ordinateur au travail. »

Carpenter dressa l'oreille, et se déballonna immédiatement. « La longue piste serait son téléphone, et nous ne l'avons pas encore trouvé. »

« Comment cela, vous ne l'avez pas trouvé ? » L'intonation de Nick était incrédule.

« Son téléphone et son sac n'étaient nulle part dans l'appartement. Nous n'avons que celui d'Adnet, » dit Ramos.

« Nulle part ? »

« Que dalle. Et nous avons été minutieux. J'espère qu'il y aura quelque chose demain sur son lieu de travail, mais je ne suis pas optimiste, » dit Ramos. « Personne ne va nulle part sans son portable, son portefeuille ou sa carte d'identité. »

« Certainement pas sans un téléphone, » ajouta Sacco.

Ils savaient tous ce que cela pouvait signifier.

Kravitz se leva de sa chaise. « D'accord, tout le monde... Dispersion. Tenez-moi au courant. Et pas question de mentionner un serial quelque chose. Lorsque nous aurons des preuves concrètes, alors nous lâcherons. » Il montra le tableau. « Et effacez tout. Vous savez comme tout le monde est indiscret ici. »

CHAPITRE VINGT

PÉNÉTRER DANS LE BUREAU de Millsap était toujours une aventure, même s'il était au deuxième étage au-dessus de la morgue. Nick serra comme un talisman le flacon de menthol dans la poche de son costume. C'était toujours judicieux de l'avoir à proximité en cas de visite. En fonction de la charge de la journée du médecin-légiste, l'odeur qui collait à Totes pouvait être tantôt supportable, tantôt envahissante.

L'endroit sentait quand même toujours une odeur de vomi qui planait comme un nuage, selon Nick.

« Arrêtez de traîner sur le seuil, » dit Totes. « Ce n'est pas si terrible. »

Malgré ces paroles rassurantes, Nick renifla l'air avec circonspection avant de poser le pied à l'intérieur.

Sacco lui donna un coup sur l'épaule.

« Allons, » dit-il. « Sois courageux. Sois un homme. »

« Pas s'il doit vomir partout dans mon bureau immaculé, » dit Millsap.

Et immaculé était le mot, bien que Nick pensât que stérile convenait mieux. L'acier inoxydable le disputait au stratifié dans les étagères, les bibliothèques, les classeurs et les comptoirs. Des manuels de référence médicaux, des dossiers, des classeurs, dont seul Totes comprenait l'agencement aléatoire, étaient posés sur toutes les surfaces. Des bureaux ouverts accolés offraient suffisamment de surface pour recevoir un ordinateur, son écran, plusieurs photocopieuses, et d'autres matériels de laboratoire.

Il n'y avait pas un grain de poussière en vue pour chatouiller les allergies.

« Merci de nous recevoir à si court préavis, » dit Nick.

Millsap ôta ses lunettes de lecture et sourit. « C'est le privilège d'être le patron. Je délègue en cas d'évidence, ou d'absence de défi. »

Nick attrapa la chaise la plus proche, la fit rouler près de Millsap, et s'assit. Sacco l'y accompagna.

« Allez-vous pratiquer les autopsies sur Desha Adnet et Jessica Waitre ? »

« Vos victimes de ce matin ? »

Nick acquiesça.

Totes observa un instant le visage de Nick, posa ses lunettes repliées sur le bureau, et se cala le dos en arrière.

« Je n'en avais pas l'intention. Vous soupçonnez que ce soit plus qu'un suicide ? »

« Peut-être, ou peut-être pas. Le mode opératoire pour la femme était incroyablement similaire à l'affaire Creasy. Mais pour l'homme ? C'est une autre histoire. Ça sent le coup tordu, même si ça pourrait être un suicide. »

« Mais vous ne le pensez pas. »

Nick secoua la tête. « Il y avait des signes évidents d'une lutte possible. Mais que cela ait été mis en scène ou qu'il s'agisse des derniers soubresauts est encore sujet à débat. »

« Mis en scène ? Comment cela ? »

Cela ressemblait bien à Millsap de saisir l'élément important dans l'explication.

« Alambiqué, c'est plutôt cela, » proposa Sacco. « Si j'avais voulu me suicider, j'aurais choisi quelque chose de simple. Les suicidés font d'habitude ce qui est rapide et efficace. »

« Ça a été une sacrée élaboration, » acquiesça Nick. « Sincèrement, je me sentirais beaucoup mieux si vous pratiquiez les autopsies. Avec vous aux commandes, tout sera couvert. »

« Accouchez. »

Pendant les minutes qui suivirent, Nick expliqua tout de l'affaire, y compris leurs théories et leurs soupçons sur un lien possible entre les affaires. Quand il eut fini, Millsap n'était plus du tout détendu.

« Si votre instinct ne se trompe pas, nous sommes dans la merde. »

« Et ce n'est pas le mieux, » ajouta Sacco.

Nick déplia la copie du dossier qu'il avait montrée hier à Ramos.

« Vous souvenez-vous de ce scellé ? »

« Le gars aux adieux, le roi du post-it, » souligna Sacco.

« Ah oui. L'affaire Victor Hugo. » Son amusement fut manifeste. « Ce n'était pas un homme de lettres. »

Que Dieu lui vienne en aide, ainsi qu'à tous les médecins-légistes qui se prenaient pour des comédiens.

« Pourquoi posez-vous la question ? »

« Cela m'intéresse de savoir si ces marques sur le cou, celles que vous n'avez pas vraiment pu identifier, étaient des marques de ligature. »

Millsap regarda fixement. Sans se lever, il fit soudain rouler sa chaise en arrière et pivota sur la gauche vers un groupe de classeurs. Il en choisit un et retourna à son bureau de la même manière. Il ouvrit le volumineux classeur à anneaux à l'affaire qu'il voulait, et se mit à lire ses notes.

« Il était bien juteux quand nous l'avons réceptionné, » dit Millsap. « La plupart des indices sur le derme étaient perdus. Un motif visible sur l'épiderme montrait un tatouage à motif de chaîne autour du cou. Un motif d'impression de la chaîne en or qu'il portait était évident sur le derme, mais aléatoire. »

« Comment ? »

« Des parties de la chaîne avaient été prises dans le ruban adhésif quand l'homme c'est scellé lui-même. Le motif était flagrant là où l'adhésif maintenait le tout en place. »

« Cela provenait indubitablement de cette chaîne ? »

« Oui. Il devrait y avoir des photos dans le dossier. Le sac plastique qui entourait sa tête était aussi incroyablement serré. Il a également laissé des motifs d'impression. Ainsi que le ruban adhésif. J'ai trouvé des indices de réaction allergique là où l'adhésif est entré en contact avec la peau. Les motifs que je n'ai pas pu distinguer se trouvaient à l'arrière du cou et étaient vraiment estompés. Je n'ai pas pu établir de correspondance avec la chaîne ni avec quoi que ce soit autour de lui. » Il regarda Nick. « D'après les indices, rien n'a indiqué un coup tordu, et à l'autopsie non plus. Affaire réglée de suicide. C'est ce qu'a pensé l'équipe qui a travaillé dessus. Rien pour étayer le contraire. » il referma le classeur avec un claquement, mécontent de ce potentiel nouveau développement.

« Pourra-t-il être exhumé plus tard le cas échéant ? » demanda Nick.

« Il a été incinéré et envoyé à la famille, » dit Millsap, secouant la tête. « Il s'est dit qu'ils allaient le disperser aux quatre vents quelque part au Colorado, a-t-on dit. »

Génial.

« Du nouveau sur l'affaire Creasy ? »

« J'attends les cheveux et l'humeur vitrée. Le labo a promis des résultats cette semaine. Vous allez assister à la cérémonie en l'honneur de Creasy ? »

Nick acquiesça. L'ami d'Isabel Creasy, M-Li, organisait une cérémonie lundi pour son amie. Dans les cas litigieux, il aimait toujours observer les personnes endeuillées. Cela ouvrait fréquemment le réservoir de suspects.

« Quand les autopsies d'Adnet et de Waitre sont-elles programmées ? »

« Ce vendredi. »

Nick était mécontent de devoir attendre quelque chose, n'importe quoi, pendant deux jours de plus.

« Nous y serons. » Il avait presque atteint la porte quand Millsap appela.

« J'espère, dans notre intérêt à tous, que votre instinct se trompe cette fois. »

Moi aussi.

C'est à la fin de leur service qu'ils retournèrent au bureau. Au retour, Nick avait profité d'un embouteillage pour fixer un rendez-vous le lendemain avec l'employeur de Waitre. Malheureusement, le directeur n'était disponible qu'aux aurores, donc personne ne fut ravi quand Sacco diffusa cette information à l'équipe.

Horowitz accueillit Nick par « Hé, Lieutenant. » Carpenter et lui discutaillaient près de l'ascenseur. « Vous m'avez épargné le déplacement. Comme vous l'avez soupçonné, » dit-il en leur tendant à Sacco et à lui des reçus de messages téléphoniques. « Charity for All a bien émis un signalement de personne disparue pour la Waitre. » Il fit un signe de tête en direction du bureau de Nick. « J'ai posé une copie du signalement sur votre bureau il y a environ une heure. »

« Merci, Stan. Quand a-t-il été émis ? » demanda Nick.

« Il a été importé aujourd'hui dans le système. » Horowitz désigna la pile de messages que Nick tenait dans les mains. « Le bureau des décès demande également des détails sur les suicides de ce matin. Même diffusion ? »

« Dites à Nat de garder ces détails secrets autant que possible, » dit Nick, ce qui était le code pour « rien, sauf la découverte de deux cadavres. » Natasha Brown, leur responsable de l'information, était une vraie professionnelle quand il s'agissait de noyer le poisson quand c'était nécessaire.

« Compris. La déclaration habituelle : les détails, les âges et les identités ne sont pas révélés en attendant les notifications de la famille, etc.... »

« Cela devrait tenir à distance les racleurs de fond, » dit Carpenter.

« N'insultez pas les esturgeons, » dit Horowitz, dont la voix vibrait d'une irritation sous-jacente.

Nick comprit l'humeur d'Horowitz. Le dernier incident avec les médias s'était produit cet après-midi. Plusieurs voyous en moto et en VTT avaient tendu une embuscade à un agent isolé pendant qu'il sauvegardait des biens abandonnés dans une station-service. Le harcèlement et l'agression perpétrés par ces individus avaient été dûment filmés et postés sur les réseaux sociaux.

C'était devenu viral.

Les médias locaux et nationaux, les nouvelles sources de commérages, avaient bu du petit lait. Tout était bon à imprimer et à diffuser sur les ondes si cela embarrassait le NYPD. Les médias se fichaient vraiment du danger couru par le policier avec les voyous qui le narguaient, tournant autour de l'agent comme des requins. La simple présence de l'autorité policière était insultante, raciste et provocatrice. Des gros titres décrivant cette dernière éclaboussaient consciencieusement la presse nationale et les écrans de télévision depuis seize heures.

Tout le monde dans le service était vraiment excédé, pour ne pas dire inquiet.

« Un jour… » Horowitz garda pour lui la suite. L'escalade menaçait.

« Pour votre information, » dit Carpenter, « je viens d'effectuer un dépôt de document sur la présence d'Isabel Creasy sur les réseaux sociaux. Je t'ai envoyé le dossier aussi, Sacco, et j'ai donné l'accès à Ramos. »

« Et l'ordinateur d'Adnet ? »

« Je fais une copie du disque dur pendant que nous parlons. Je vais passer en revue ce soir la moitié des indices trouvés dans leur bureau. Ramos prend l'autre moitié. » Il regarda Nick. « Vous projetez toujours l'audition matinale ? » demanda Carpenter, le visage plein de l'espoir que sa question reçût une réponse négative.

« Désolé. Le directeur n'a pas modifié le rendez-vous au chant du coq. Mettez votre réveil pour vous lever frais et dispos. »

« Le commandant ne va pas être content de nos heures supplémentaires. » Et sur un juron haut en couleur, Carpenter fit demi-tour et se dirigea vers la salle des scellés.

Le commandant n'était pas content, point, mais il avait approuvé à contrecœur. Et après demain ? Les nouvelles heures supplémentaires n'étaient pas envisageables, puisque le service avait recouvré tout son personnel et était revenu à la normale. Les contraintes budgétaires ne permettaient plus d'heures supplémentaires. C'était à déplorer.

« Je pense que je vais aller aider Ramos à passer les indices au peigne fin, » dit Sacco, qui joignit le geste à la parole.

Il se dispersèrent dans toutes les directions.

Nick rejoignit son bureau et découvrit que les Archives avaient apporté les boîtes de scellés qu'il avait réclamées sur le dossier Hugo clos. L'avalanche de paperasserie l'atteignait par vagues progressives et toujours plus élevées, pensa-t-il. Il envoya un texto à Laura pour lui dire qu'il ne pourrait pas la voir ce soir comme prévu.

Pas de bel amour pour eux ce soir, à l'inverse de ce que disait la chanson.

Pendant les trois heures qui suivirent, Nick s'attacha à créer des carnets de décès pour chaque victime et à établir des rapports d'incidents sur tout. Il rentra chez lui sur le coup de minuit, mort de fatigue. Il jeta un coup d'œil à la fenêtre de l'appartement de Laura qui surplombait la rue, cherchant une excuse. Pas de lumière. Dommage. Il aurait pourtant adoré la réveiller à coups de morsures sensuelles.

Il prit une profonde inspiration, laissant le froid bouleverser son organisme, gravit les marches de l'entrée de son immeuble, s'empara de son courrier et, une fois dans son appartement, déposa ses clés et son portefeuille près de son ordinateur portable. Il se dirigea vers la cuisine, sortit les lasagnes de chez Food Emporium qu'il avait achetées quelques jours auparavant, les passa au micro-ondes et alla prendre une douche rapide.

Au moment où il quitta la salle de bain, il avait retrouvé de l'énergie. Et même trop. Il regarda son lit, souhaitant, et ce n'était pas la première fois, que Laura fût dedans ou qu'il fût dans le sien. Comme ce serait bon qu'il puisse passer des heures à explorer ses coins et recoins, à répertorier et à savourer ses réactions. Son corps était pour lui une découverte tellement délicieuse. Il pourrait passer des heures à l'aimer et à se vautrer dans toute cette réalité charnelle.

Pour se libérer efficacement de sa nervosité, tu parles.

À la place, il se consola avec les pâtes bouillantes et la bière qu'il avait prise au passage en allant à son endroit préféré sur le divan.

Il ouvrit le dossier Hugo et mangea en consultant les photos de la scène de crime.

La victime était très abîmée, exactement comme Millsap le leur avait dit. Ce qui était encore plus effrayant était tous les post-it colorés disséminés et collés sur toutes les surfaces horizontales et verticales possibles près de la victime et autour d'elle. Chacun des bouts de papier, de toutes couleurs, formes et tailles, exprimait les ultimes messages déments du mort : « maître », et surtout «adieu. » C'était comme si le cerveau de la victime avait été marqué par ces mots isolés et avait voulu les régurgiter en une répétition insensée. Chacun des mots était un hurlement, créé à l'encre de marqueur indélébile et s'étalant en caractères gras.

Qu'est-ce qui avait amené cet homme à sombrer dans une telle spirale de folie ? Comment le cerveau humain pouvait-t-il devenir dysfonctionnel au point d'exposer une telle psychose ?

Nick posa son assiette vide sur la table basse, prit ses aises et scruta les gros plans de la victime. L'homme était appuyé en arrière sur sa chaise d'ordinateur, la tête en arrière, comme s'il était épuisé de vivre, ses traits indiscernables à l'intérieur du sac translucide qui ensevelissait sa tête. Et effectivement, comme Millsap l'avait dit, le ruban adhésif qui maintenait en place le sac était très serré. Le visage et le haut du cou étaient restés presque normaux, tandis que le bas du cou avait gonflé comme un ballon. À tel point que le ruban adhésif avait entaillé la peau.

Il fixa les gros plans du cou. La chaîne en or était là, prise sous le ruban adhésif à plusieurs endroits.

Ses soupçons pourraient-ils être erronés ?

Nick regarda l'horloge et soupira. Il s'était levé avant l'aube et son cerveau était en bouillie. Il fallait qu'il décompresse, même pendant quelques heures.

Il ferma l'ordinateur, se glissa dans le lit, et avait à peine fermé les yeux quand le réveil sonna.

Jeudi 16 janvier

À SIX HEURES, tout le monde tapait des pieds pour se réchauffer, en attendant que le directeur de Charity for All ouvre la porte. L'enceinte se trouvait dans le voisinage de Long Island City qui s'enorgueillissait du nom identique de Queensbridge Houses à seulement quelques blocs de distance. Et comme toutes les autres dans ce secteur, cette entreprise était entourée de grilles de métal qui gardaient le bâtiment avec une aire de parking au-delà.

« Ou diable est ce type ? » se plaignit Sacco pour la quatrième fois. Il frappa du poing sur la porte d'entrée qui faisait face au trottoir. « Les employés ne sont pas censés être ici assez tôt pour les auditions ? »

« Si. Le directeur a dit qu'il informerait tout le monde hier soir. Du moins, c'est ce qu'il m'a dit quand j'ai organisé tout cela. Il a dit qu'il nous retrouverait ici à six heures, » dit Nick.

« Ça craint, » dit Ramos. Il n'y avait aucun endroit où le froid il n'avait pas encore envahi leurs corps. « J'aurais dû rester dans le van. Je donne encore deux secondes à cet enfoiré. Ou diable est ta voiture ? »

« Là, » dit Nick en montrant la voiture garée en double file derrière lui. Son pouce ganté appuya sur le bouton de rappel de son téléphone. La voix du directeur se fit entendre après la troisième sonnerie. Directement sur la messagerie. Merde.

« Ta voiture est plus près que le van, » dit Ramos. Carpenter était tellement recroquevillé dans son manteau qu'il ressemblait à une tortue évitant les prédateurs. « Touché, c'est toi le chat. »

Ils se précipitèrent vers le véhicule en un temps record et plongèrent littéralement à l'intérieur. Nick mit le chauffage à fond.

« Je ne sens plus mon nez, » se plaignit Carpenter.

« Et on dit que le réchauffement climatique va nous tuer, » dit Ramos. « Tous des abrutis. »

« Qu'est-ce qu'il a, ce type ? » demanda Sacco, le visage presque sur la soufflerie.

Nick recomposa le numéro. Même réponse. « Ça tombe toujours sur la messagerie. » Il laissa un autre message.

« Je veux vraiment qu'on en finisse. Il faut que je rentre chez moi à une heure décente aujourd'hui, » se plaignit Carpenter. « Stacey va m'assommer. Et je suis épuisé. »

« Allons, jeune homme, » dit Sacco. « Ta petite amie est toujours gaga de toi. »

« C'est parce que ce jeune Carpenter est un vrai tigre au lit, » se moqua Ramos. « Selon la rumeur, les nuits sont torrides, longues et agitées. »

« Bon sang, Ramos, » dit Nick en riant. « Il faut que tu sortes plus souvent. »

« Va te faire foutre, chéri, » répondit Ramos. « Quoique je présume que ça a été spectaculaire chez Laura. »

« Il garde les détails pour lui, mais oh la la, regardez ce visage suffisant. » Sacco rit. « Son sourire en dit long. »

Nick n'allait pas tomber dans le panneau. « Comment a fonctionné la chasse aux indices hier soir ? »

« Dégonflé, » accusa Ramos.

« La plupart de ce que j'ai décortiqué concernait l'université : des cahiers de cours, des projets et des notes de laboratoire, » dit Carpenter. « Cet homme accumulait les informations. »

« Et les cahiers que nous avons parcourus, » ajouta Ramos, désignant du pouce Sacco et elle-même, « étaient aussi les siens. Toutes sortes de merdes sur les technologies de l'information. Des notes, des idées, des présentations, des registres, des problèmes résolus au travail et des retranscriptions de séminaires. Il avait une tonne de citations et de références de magazines techniques, de blogs et de sites internet. Je suis sûre que son navigateur internet contiendra encore plus de marque-pages vers ses favoris. Mais pas de messages de suicide, nulle part. » Elle se tourna vers Nick. « Et toi ? »

« Échec, pour l'instant. »

Une berline tourna à droite devant la voiture de Nick et s'arrêta au portail. Un homme, tellement emmitouflé qu'il était à peine visible, tâtonna avec le panneau du code de sécurité sur le mur, et le portail s'ouvrit dans un grincement.

« Enfin. »

Tout le monde, sauf Nick, s'extirpa et se précipita vers leurs véhicules respectifs. Nick suivit la berline dans l'enceinte et se gara à côté de la voiture du directeur. Le directeur tint consciencieusement la porte de derrière ouverte jusqu'à ce qu'ils soient tous entrés dans la structure.

« Désolé d'être en retard, » s'excusa l'homme à l'adresse de tous. « Il y avait un accident sur le Verrazano. Quand vous avez appelé, j'étais à dix blocs de distance. »

Il leur serra la main à tous. « Vince Orbe, » dit-il. « Je suis le directeur de la structure. C'est un véritable choc. Un véritable choc. Votre cœur débloque, et pouf, vous êtes parti. Je ne peux pas croire qu'elle soit partie. La vie est tellement précieuse, vous savez ? »

Nick ne détrompa pas l'homme dans son assertion. Il avait seulement mentionné la mort de Mademoiselle Waitre quand il avait organisé ce rendez-vous hier.

Orbe les guida à travers ce qui avait été autrefois un immense entrepôt, à présent converti en sections pour accueillir les fonctions de cette organisation à but non lucratif.

« J'ai annoncé la mauvaise nouvelle à tout le monde hier soir et je leur ai demandé s'ils pourraient venir tôt, comme vous l'avez demandé. Ils ont tous accepté. Ils devraient commencer à arriver bientôt. »

« Quels services fournissez-vous exactement, et à qui, Monsieur

Orbe ? » demanda Ramos, sincèrement curieuse. « Je n'ai jamais entendu parler de votre structure. »

« Nous aimons opérer sous le radar. Rester discrets, vous savez ? Dans ce voisinage nous aidons les sans-abri, les pauvres des environs, et les personnes victimes de dépendances, » expliqua Orbe. « Principalement les dépendants à présent. Nous offrons aussi des services gratuits à beaucoup de familles à faibles revenus qui ont besoin de soins médicaux de base. »

Orbe montra les salles à leur droite et à leur gauche. « Dans cette section nous avons la dentisterie de base, la chirurgie médicale mineure, même en soins ambulatoires. Nous réduisons des fractures, nous recousons des blessures, nous vaccinons, nous déparasitons même. Nous avons la chance que de nombreux médecins dans la zone des trois Etats donnent de leur temps et de leur argent pour soigner ces pauvres âmes. »

Comme Médecins sans Frontières, mais avec un meilleur hébergement.

« Gardez-vous des drogues dans la structure ? »

« Non. C'est une sécurité que nous ne pouvons pas nous permettre, pas avec notre maigre budget. Et si le mot se répandait que nous avons des drogues dans nos locaux ? Trop risqué. » Orbe n'avait pas besoin de leur expliquer les conséquences. « Nous opérons sur la base de rendez-vous strictement encadrés pour les services requis. Notre distributeur livre ensuite ce dont les médecins ont besoin sur la base du cas par cas en fonction de la procédure pratiquée, et emporte tous les jours les stocks inutilisés. Beaucoup de médecins apportent aussi de leur cabinet ce dont ils ont besoin. Tous les autres médicaments sont prescrits, et le client doit les obtenir à la pharmacie de son choix. »

Ils traversèrent un vaste espace d'accueil avec un bureau et plusieurs ordinateurs, puis tournèrent à droite vers une autre zone. Le couloir était large, et comportait de chaque côté des entrées vers des pièces. Un petit rectangle vitré dans le mur près de chaque porte close offrait une vue spacieuse sur l'intérieur.

Le directeur saisit le regard curieux de Nick à leur passage. « La vitre transparente est une protection pour les thérapeutes et les travailleurs sociaux, » lui dit Orbe.

« Pour éviter d'éventuelles poursuites judiciaires ? »

Orbe acquiesça. « Certains toxicomanes vendent leurs ongles de pieds et se plaignent de sévices pour obtenir de l'argent et une dose. D'autres offrent des fellations rapides pour obtenir de l'argent pour des drogues. Et puis il y a les déjantés, qui peuvent attaquer sans raison, surtout s'ils n'ont pas pris leurs médicaments. Chaque pièce possède une caméra de sécurité en circuit fermé et un bouton d'alarme. »

Il poursuivit son baratin de guide touristique de façon monotone. « Cette section est réservée à la thérapie. La plupart de nos sans-abri et de nos toxicomanes souffrent de nombreux problèmes de santé mentale, donc nous avons une équipe tournante composée d'un psychiatre, de deux psychologues et de quatre travailleurs sociaux. Notre objectif est une approche holistique de l'individu : si vous soignez le corps, vous pouvez soigner l'esprit. Mais ces derniers temps, c'est une bataille perdue. Les drogues que ces personnes ingèrent deviennent de plus en plus effrayantes, de minute en minute. Les incidents avec le pinky, les sels de bain, les épices et la mort grise sont en augmentation. Nous devons faire tout spécialement attention. »

À ces mots, tous se regardèrent. Le NYPD connaissait ces derniers mélanges mortels de drogues synthétiques. Vous voulez une bonne vieille défonce traditionnelle ? On va vous obtenir de la cocaïne. Vous voulez une explosion atomique ? Les sels de bain sont pour vous. Vous voulez prendre un coup qui abattrait littéralement un éléphant ? Essayez du pink, du pinky si vous aimez les diminutifs mignons, ou du gray. Choisissez votre couleur. Nick savait que le secteur aux alentours et en dessous de la Queens Plaza proche, surtout le week-end, était une plaque tournante de clubs de strip-tease privés, de repaires de prostitution et de marchés de la drogue illicites, où se vendait la merde vraiment effrayante : le pink ou le gray. Mélangées à de l'héroïne en un cocktail mortel, des petites doses ingérées vous offraient un voyage gratuit vers la morgue sans trop d'efforts. Les effets du pink, au moins, pouvaient être contrés avec le Narcan, si c'était pris à temps, mais la mort grise ? Cette merde était mortelle et était absorbée à travers la peau en un millième de seconde. Même l'usage de gants offrait une faible protection. Nick était au courant d'un incident avec un agent dans l'Ohio qui avait fait une overdose en touchant un sachet pendant une arrestation. Les services médicaux d'urgence et les médecins qui traitent les toxicomanes courent eux aussi un risque élevé.

Ils atteignirent un vaste espace vers l'arrière, où des parois préfabriquées et des fenêtres avaient formé un rectangle au milieu. Une cuisine professionnelle similaire à celles que l'on trouvait dans les écoles se trouvait sur la gauche, vide. Des tables rondes et des chaises émaillaient le reste de l'espace, chaque table avec son propre porte-serviettes. À droite, tout au bout de la zone, des distributeurs d'en-cas et de sodas se pressaient contre le mur entre les entrées de salles de bain.

Orbe les introduisit dans la pièce à l'intérieur de la pièce.

« C'est notre bureau, » dit-il en se dirigeant vers un bureau dans le coin à droite le plus éloigné. « Le pupitre de Jessie. »

Nick fit un signe de tête à Ramos, qui arriva directement dans le coin.

« Il me faut le mot de passe d'accès à votre réseau, » dit Carpenter.

Orbe sursauta à ces mots. « Je ne peux pas vous laisser faire cela. Nous avons des informations très sensibles sur nos serveurs, sans parler des tonnes de réglementations sur les HIPAA et autres violations de la vie privée. »

« Le mandat est spécifique, » dit Nick en tendant le document au directeur. « Nous nous intéressons seulement à des courriels personnels ou quoi que ce soit de cette nature qui sont là-dedans. Nous préférerions faire des copies ici plutôt que de devoir emporter l'ordinateur. »

Carpenter se contentait d'attendre là.

« Je vais vous donner l'accès. »

Après que Carpenter eut obtenu ce qu'il voulait, Nick fit signe au directeur de le suivre dehors. « Pourquoi ne pas nous asseoir jusqu'à ce que mon équipe en ait terminé ? Nous avons quelques questions sur Mademoiselle Waitre. »

Orbe acquiesça, mais surveilla avec vigilance Ramos et Carpenter à travers les fenêtres, l'air soucieux. Il s'assit à la table la plus proche.

« Je n'aime pas ça. Je n'aime vraiment pas ça. » Il regarda Nick. « Jamais je n'aurais deviné. Je pensais qu'elle séchait peut-être. Mais ça ne collait pas non plus. Si elle avait manqué, ç'aurait été pour raison de maladie, et elle aurait appelé. »

« C'est pour cette raison, le signalement de personne disparue ? »

Orbe acquiesça. « Elle adorait son travail. Elle prenait rarement des congés. Nos clients l'adoraient. Hier c'était la réception prénatale pour Irma, notre réceptionniste. Jessie n'aurait pas raté cela. »

« Quelles étaient ses responsabilités ici ? » demanda Nick.

« Elle effectue, je veux dire, effectuait, je... Merde. » Orbe prit une profonde inspiration. « Elle effectuait tout le travail d'assistante administrative en relation avec nos programmes de soins aux sans-abri et aux toxicomanes. Elle faisait tout ce dont le directeur des programmes et moi avions besoin. Cela pouvait être de l'aide aux achats, du contrôle d'inventaire, des livraisons, des rendez-vous, et la coordination des services. Elle s'occupait aussi des téléphones, du courrier et des fax. »

« Vous a-t-elle semblé contrariée ou déprimée ces derniers temps ? »

« Un peu. Elle prenait toujours les choses tellement à cœur. Mais cela nous arrive à tous. Ce type de travail vous marque, vous savez ? Gérer les malades de la société peut vous faire cet effet. Mais on le surmonte. Le soutien de la famille est notre meilleur allié, et Jessie avait Desh. D'autre part, » poursuivit Orbe, les regardant tous les deux. « Après avoir pointé ici, nous sommes tellement occupés que nous n'avons guère de temps pour ruminer sur nos propres émotions. Mais vous devriez parler à Daine Lunney, l'une de nos travailleuses sociales tournantes. Ces deux-là traînaient beaucoup ensemble à l'heure du déjeuner. Jessie la considérait comme une figure maternelle, elle aidait même parfois Daine dans ses cas. Elle devrait être votre meilleur baromètre. Elle devrait être bientôt ici. »

« À part son petit ami... »

« Pauvre Desh. Comment prend-il tout cela ? »

Ni Nick ni Sacco ne mentionnèrent que le petit ami avait aussi passé l'arme à gauche.

« Jessie traînait-elle avec quelqu'un d'autre ici ? Ou à l'extérieur ? »

« Écoutez. Je m'occupe de mes affaires, bien que j'aie une fois entendu Daine et elle discuter près des distributeurs de sodas. Elle mettait Jessie en garde contre quelque chose de dangereux, et Jessie l'avait balayé. Je n'ai pas entendu le reste. Daine serait la plus à même de le savoir. »

Le personnel se mit à apparaître de temps en temps dans la zone où ils se trouvaient. Nick regarda le directeur. « Je vois que votre personnel arrive. Prévoyons deux à la fois pour les auditions. Pourriez-vous commencer à nous envoyer d'abord ceux qui connaissaient le mieux Jessie ? De cette façon nous pourrons en finir avec les auditions sans trop empiéter sur vos besoins. »

Orbe acquiesça et alla vers la réception. Il fut fidèle à sa parole : deux personnes firent leur apparition, l'une étant une Irma enceinte jusqu'aux yeux, les yeux gonflés de larmes.

Nick s'identifia ainsi que Sacco, et les auditions commencèrent. Ils passèrent les deux heures suivantes à parler à tous les employés et bénévoles qui arrivaient. Quand ils eurent terminé, la faim déclencha dans le ventre de Nick une activité embarrassante. À travers la fenêtre, il vit Carpenter refermer son kit à scellés, et Ramos expliquer au directeur le relevé d'indices. Ils avaient une conversation très animée.

Il se tourna vers Sacco. « Quelque chose qui ressort ? » demanda-t-il.

Son équipier secoua la tête. « Rien de remarquable, à part elle était gentille... elle est morte si jeune... son pauvre petit ami, fiancé, peu importe... »

« Ouais. » Nick se frotta l'arrière de la tête. Il était impatient de prendre le petit déjeuner. « Pareil ici. Nous ferons le point quand... »

« C'est vous l'Inspecteur Larson ? » interrompit une voix de femme.

Nick se retourna. L'intonation belliqueuse le surprit. Petite, vêtue d'un ensemble pantalon noir classique, la femme avait une attitude et une expression agressives, encore plus quand elle abattit une main sur la table et se pencha en avant, son langage corporel exprimant le défi : « vous avez intérêt à me prêter attention. »

« Je m'en fous complètement de comment vous allez prendre ça, mais je dis que Jessie a été assassinée. Je suis sûre de cela. »

« Et vous êtes ? » demanda Nick d'une voix calme.

« Daine Lunney, » dit-elle.

Il désigna la chaise à côté d'elle. « S'il vous plaît, Mademoiselle Lunney. Prenez un siège. »

Elle ignora la demande. « Et c'est Madame Lunney. »

Sacco tira sa chaise et la plaça à côté de celle de Nick, pendant que Nick le présentait.

« L'assassinat est une accusation grave, Madame Lunney. Qu'est-ce qui vous fait dire cela ? »

« Je lui ai dit. » Elle accentuait chaque syllabe, et après chaque *lui ai dit*, elle tapait du doigt sur la table. « Je lui ai dit que ce rendez-vous serait dangereux. Je lui ai dit d'arrêter de lui envoyer des messages. Je lui ai dit que ce site internet n'était pas seulement déprimant, mais aussi glauque, et qu'il manipulait ses membres. » Ses yeux s'humidifièrent. « Surtout pour quelqu'un avec son état d'esprit. »

« Qui était ? »

« Le monde est merdique, les gens sont encore plus merdiques, l'apocalypse est le nouveau noir, nous n'avons pas d'avenir, rien ne vaut la peine d'être vécu, les gens me détestent, et Desh me méprise. Je ne sais rien faire de bien. Je ne vaux rien. Je n'ai pas de vie. Tout va de mal en pis. La dernière fois que je lui ai parlé... »

« Quand était-ce ? » interrompit Nick.

« Lundi. Ici, au travail. Je lui ai dit d'arrêter ce qu'elle faisait, d'entreprendre une thérapie et de parler à Desh, même si Desh n'était pas d'humeur à pardonner pour l'instant. »

« Pourquoi ? »

« Elle avait téléchargé sur internet quelque chose qui aurait pu compromettre son ordinateur professionnel chez eux. Pour un homme des technologies de l'information comme Desh, c'est comme empoisonner votre propre enfant. J'ai essayé de l'appeler hier, encore une fois, mais il ne répond pas à son portable. Il doit être dévasté. »

Nick regarda Sacco. C'était la deuxième fois aujourd'hui que quelqu'un supposait que Jessie était la seule victime. Il en resterait là pour le moment.

« Je suis encore déconcerté quant aux raisons de votre évocation d'un acte délictueux. »

« J'ai une question pour vous, parce que je ne crois pas à ces conneries selon lesquelles elle serait morte d'une crise cardiaque. Elle a avalé des pilules, ou c'étaient des drogues ? Un suicide, c'est ça ? »

« Je ne peux pas vous dire quelle méthode a été utilisée, mais oui, c'était un suicide. »

« Je le savais. Voici. » Elle plongea une main dans sa poche et en sortit son téléphone. « Laissez-moi vous montrer. » Elle l'alluma, griffonna du doigt un motif complexe sur l'écran de présentation, et fit défiler vers le bas jusqu'à l'information qu'elle voulait. Elle agrandit ce qui y figurait et tendit le téléphone à Nick. C'était un message écrit. Sacco se pencha en avant pour mieux voir.

_________________Lun,1/13/...________________

Desh va me quitter. En a marre. Parti furieux. Tu m'as dit de ne pas le faire, mais je revois 'tu sais qui' ce soir. Il comprend ma peine. Sait comment aider. Il a juste ce qu'il faut pour que je me sente mieux.
6:28 P.M.

_________________Lun, 1/13/...________________

Je viens de rentrer et j'ai vu ça. Jessie, appelle-moi. Peu importe l'heure.
10:47 P. M.
Jesse, bon sang. Appelle-moi !
11:00 P. M.
Pourquoi tu ne réponds pas ? Ne fais rien de stupide !!!
11:02 P. M.
Appelle-moi !
11:15 P.M.
Appelle-moi quand tu rentreras, s'il te plaît !
11:49 P.M.

_________________Mar,1/14/...____________

Appelle-moi dès que tu arrives au travail !
6:17 À.M.

Nick vit que Lunney avait continué son avalanche de messages « Appelle-moi... !!! » jusqu'à hier soir, au moment où il savait que le directeur avait contacté tous les employés à propos de la mort de Jessica.

« Lundi c'est soir de sortie avec mon mari, » compléta-t-elle pendant que Nick montrait les heures sur l'écran avec son auriculaire. Sacco opina de la tête. Lunney venait de confirmer un intervalle de temps qui concordait avec la mort des Adnet. « J'étais dans le métro, en route pour Canal, donc je n'ai pas senti la vibration quand la notification est arrivée. Et nous ne regardons pas nos téléphones quand nous passons du temps ensemble. »

« Puis-je ? » demanda-t-il, en tendant la main pour obtenir la permission.

« Bien sûr. » Elle mit le téléphone dans sa main ouverte.

Nick rétrécit la fenêtre et remonta jusqu'à l'historique de navigation récent du téléphone. Le nom et le numéro de Jessica apparaissaient tous les jours, presque à toutes les heures, vit Nick, jusqu'à hier soir.

« Ça vous ennuie si nous copions cela ? » demanda Nick.

« Faites, je vous en prie. »

Nick alla au bureau, ouvrit la porte et appela Carpenter qui se tenait à côté de Ramos. Elle posait des questions au directeur.

« Quoi de neuf ? »

« Écoutez. Madame Lunney nous a donné la permission de copier ceci. » Nick agrandit la fenêtre du texte, puis fit apparaître le journal des appels. « Et ceci. »

Carpenter, qui n'était pas empoté quand il s'agissait de saisir rapidement des visuels, siffla entre ses dents.

« Quelque chose de valable dans le bureau ? » demanda Nick.

« Pas grand-chose pour le moment. Le dragon là-bas, » et la tête de Carpenter fit un mouvement en direction du directeur de la structure, « ne m'a pas laissé beaucoup de latitude pour vérifier. » Ses doigts parcoururent l'écran avec assurance, déroulant des menus, tapant, transmettant des choses à la vitesse du son. Nick enviait les jeunes qui filaient à travers le paysage technologique avec l'aisance d'une navigation dans un voisinage familier. « Je me suis fait chier à tout survoler. J'ai passé mon temps à dupliquer tous les dossiers de Jessica avec le pouce. Je vérifierai plus tard, quand je serai au calme. »

Une ou deux autres manipulations sur le téléphone, et Nick le récupéra.

Carpenter fit demi-tour, mais Nick l'arrêta. « Toujours pas de trace du téléphone de Jessica Waitre ? »

« Nada. »

Nick retourna vers Daine Lunney, maintenant assise. Il lui rendit le téléphone et le montra.

« Savez-vous qui est ce « tu sais qui » à qui Mademoiselle Waitre faisait référence ? »

« Non. »

« Elle a aussi écrit « revois » dans ce message. Avait-elle déjà rencontré cette personne ? »

« Pour un café, et Dieu sait quoi d'autre. Il y a deux mois. Je lui ai dit que c'était dangereux. » Elle avala sa salive. « Voilà. »

« D'après tout ce que vous nous avez dit, elle était déprimée... »

« Cliniquement déprimée, oui »

« Pourquoi n'a-t-elle pas cherché de l'aide ? » demanda Nick. « Vous avez des services de thérapie ici. Pourquoi n'en a-t-elle pas profité ? »

« La gêne, purement et simplement. Elle ne voulait pas que qui que ce soit ici soit au courant. Je lui ai dit que si elle n'allait pas ici, alors ailleurs, ou n'importe où. » Elle s'éclaircit la gorge, au bord des larmes. « Elle n'y est pas allée. »

« Étiez-vous proches ? »

« Aussi proches que tout le monde peut l'être d'une collègue. C'était une belle âme. Douloureusement jeune. » Devant le regard de Nick, elle renifla. « Écoutez, je n'en ai peut-être pas l'air, mais je suis proche de la soixantaine. Bon sang, mes enfants sont plus âgés qu'elle de plus de dix ans. »

La lèvre supérieure de Nick tressaillit.

« Elle était également contradictoire : elle avait une expérience des dangers de la rue, et pourtant elle était incroyablement naïve. Trop crédule et vulnérable au niveau personnel, si vous voulez mon avis. Je ne sais pas ce qui se passe avec cette jeune génération, mais certains d'entre eux manquent de résistance. Ils n'ont pas d'armure. Leur croissance émotionnelle s'est presque arrêtée à certains endroits. Ils sont égocentriques jusqu'au narcissisme, et quand les choses ne se passent pas comme ils le veulent, ils s'effondrent émotionnellement. Ils n'ont aucune résistance à la cruelle réalité. »

« Immature, donc. »

« Non. Et oui. Pas tout-à-fait. » Elle secoua la tête. « Merde. Je n'arrive pas à croire que je bousille tout ça. Je suis à mon travail depuis vingt ans, et je n'arrive pas à trouver les maudits mots pour la décrire correctement. »

« Vous devriez respirer pour vous calmer, et réessayer, » la pressa Nick. « Ça a été perturbant. »

« C'est le moins qu'on puisse dire, » admit-elle. Elle ferma les yeux et inspira profondément. Très profondément.

« D'accord. Jessica vivait dans une sorte de bulle artificielle tapissée d'une conception de la vie à la Disney. Elle était la Princesse de son propre scénario de conte de fées, cherchant constamment et désespérément l'approbation. Elle se définissait à travers les autres. »

« Contrairement à certains de nos durs-à-cuire new-yorkais , » dit Nick. Un bon exemple... lui. Il se fichait complètement de ce que les autres pensaient de lui.

Lunney sourit un peu, appréciant cet instant de légèreté.

« Malheureusement. S'adapter devenait un problème pour Jessica. Son monde parfait s'effilochait aux entournures. Plus Desh travaillait, plus elle était en demande, et cela l'enfonçait encore plus dans le marécage des réseaux sociaux. » Elle finit sa dernière phrase sur un profond soupir. « Il y a vraiment des choses malsaines là-dedans. »

Nick était d'accord. Les réseaux sociaux étaient un cloaque vorace et incessant de besoins pour les gens vulnérables. Nick ne savait pas pourquoi le selfie sur le téléphone d'Isabel Creasy lui vint à l'esprit, celui où elle semblait implorer le monde entier de l'accepter. Nick savait que quiconque n'avait pas en place les filtres émotionnels appropriés pouvait aisément se faire brutaliser au moindre rejet. Il avait vu les résultats.

« Et, en dépit de vos avertissements, mademoiselle Waitre a continué ? »

« Oui. Son univers était réduit et se rétrécissait. Elle n'avait pas beaucoup d'amis ici, juste des connaissances. »

« Elle n'est pas de New York ? » demanda Sacco.

« Non. Elle a grandi quelque part dans le New Hampshire. Elle est arrivée dans la ville en tant que professeur pour un de ces groupes enseignant les États-Unis, qui vendent du rêve, qui appâtent des diplômés désespérés en quête d'un emploi mais qui, à la place, les enferment totalement dans un contrat de misère dans les pires écoles du coin. »

« J'en ai entendu parler, » dit Nick. « Vous êtes enchaîné, comme avec un mauvais contrat de téléphonie portable. »

« Elle a rencontré Desh au lycée du Bronx où elle a enseigné pendant les derniers mois de son engagement là-bas. Il effectuait un remplacement temporaire pour quelqu'un du laboratoire informatique. » Les souvenirs amenèrent un sourire affectueux sur son visage. « D'après ce qu'elle m'a décrit, ça a été le coup de foudre. Ce que je pense vraiment est qu'elle a vu en Desh son sauveur. Il est drôle, ambitieux et intelligent. Il lui a offert une échappatoire à la laideur du réel, ce qui lui a laissé la liberté de retourner dans son monde de conte de fées. Donc elle s'est répandue complètement dans la vie de Desh et de ses amis, ce qui est également une erreur, surtout si on prend en compte les différences culturelles. On ne peut pas gommer aussi totalement sa personnalité sans que cela ait des conséquences.

« Malheureusement, lorsque votre indicateur d'estime de soi repose sur l'acceptation de tout le monde, eh bien, vous n'êtes pas à votre place. Jessica était constamment à la recherche de likes, de commentaires, de soutiens. Son temps hors du travail était entièrement consumé et absorbé dans ces publications. »

« La réalité factice à travers des petits clips sonores et des photos, » dit Nick.

« Vous avez mis le doigt dessus. Mais pour une personne dépressive, tout le monde semble s'amuser davantage, vivre une vie plus heureuse, plus pleine et plus riche. Les dépressifs éprouvent tout cela et ne voient que leur vide, qui semble avoir la dimension de la fosse des Mariannes. Ils oublient que les choses sur les réseaux sociaux sont essentiellement des instantanés de vie plus petits qu'un sparadrap, mais cela élargit le néant dans lequel ils vivent. Ajoutez à cela la négativité permanente et les problèmes ici au travail, eh bien, cela rend l'abîme émotionnel un peu plus sombre et plus dur à surmonter. Sans une thérapie, la foi, la famille, des hobbies, ou un bon groupe de soutien comme points d'ancrage, l'exposition au néant amène à la drogue, ou pire, au suicide. Et nous en avons une épidémie chez les jeunes. »

« Et Jessica était dans cette ornière, » déclara Nick.

Elle acquiesça.

« Je suis sûr que travailler ici, avec les clients que vous gérez au quotidien, ne l'a pas aidée, » déclara Sacco.

Lunney se pencha en avant. « Travailler dans un endroit comme celui-ci peut satisfaire le sens du bon karma de certains, mais, émotionnellement, c'est comme un aspirateur avec la poussière. Comprenez-moi bien, cela aide les clients... enfin, certains d'entre eux, de toute façon. »

« Pas tous ? » demanda Nick.

« Un pourcentage élevé d'entre eux sont allés tellement loin à cause de l'abus de drogue et de la maladie mentale qu'ils en sont au point de non-retour, sauf à les placer en institut spécialisé. Nous, malheureusement, devons les renvoyer à la rue, où ils n'ont qu'un pas à faire pour Queens Plaza pour choisir leur drogue préférée. » Elle prit une inspiration pour se calmer. « Mais on va en rester là. »

« Parlez-nous du salon de discussion, si vous le pouvez, » dit Nick, revenant au sujet.

« Un site épouvantable. »

« Pouvez-vous nous donner des renseignements là-dessus ? »

« Pas beaucoup. Nous en avons parlé plusieurs fois au déjeuner, mais après que ce tordu a fait main basse sur elle, elle est devenue plus secrète, » dit Lunney. « Elle passait quand même des heures là-dessus chez elle. Desh devrait le savoir. Demandez-lui de vous montrer. »

« Savez-vous plus ou moins pourquoi ce... »

« Tordu l'a contactée ? » interrompit -elle. « Aux environs d'octobre, Jessie a découvert un forum internet de personnes dépressives qui jouaient avec l'idée du suicide. Je lui ai dit de les fuir après qu'elle m'a montré certaines des conversations. »

« Mais elle vous a ignorée, » dit Nick.

Elle acquiesça. « Une ou deux semaines plus tard, quelqu'un l'a contactée par le biais de la messagerie du forum. Elle m'a montré le message. Il n'y avait pas grand chose, à part la remarque sarcastique disant que les personnes de son groupe étaient toutes des menteuses et que, si ses intentions à propos du suicide étaient vraiment sérieuses, il l'aiderait. » Elle soupira de désapprobation. « Le type avait aussi sérieusement besoin d'un correcteur orthographique. En tout cas, quand elle m'a dit qu'elle réfléchissait à sa suggestion, j'ai pété les plombs. C'était une erreur de ma part. Il ne faut jamais faire face à la dépression avec la colère. Mais elle m'avait tellement contrariée, et j'avais également peur pour elle. Malgré mes mises en garde, Jessie a fait la sourde oreille à mes conseils. Elle a pris contact avec le type, et m'a évitée après cela. Elle s'est seulement ouverte la semaine dernière, mais uniquement après que Desh a découvert ce qu'elle faisait. »

« Elle vous a finalement demandé conseil ? »

« C'était plutôt comme si elle cherchait une caisse de résonance pour justifier son méfait. C'est là que j'ai découvert qu'elle avait précédemment rencontré ce sale type pour un café. Selon elle, il était gentil et comprenait sa souffrance parce qu'il souffrait aussi. » Elle prit une inspiration comme si elle était à court d'oxygène et regarda Nick avec tristesse. « Quelles conneries. Ce type est un harceleur. Il sait parfaitement sur quels boutons appuyer. Il n'a peut-être pas réellement commis l'acte, mais il l'a incitée à le faire, je suis affirmative. Il lui a peut-être même fourni la drogue pour une surdose. Au final, il est responsable de sa mort. Il faut que vous trouviez ce site internet et que vous le chopiez avant que quelqu'un d'autre ne meure. »

« Nous ferons de notre mieux pour trouver, » dit Nick d'un ton rassurant. « Vous nous avez donné beaucoup d'informations que nous ne possédions pas. » Il sortit sa carte et la fit glisser vers elle. « Si vous vous souvenez de quelque chose d'autre, même si vous pensez que c'est idiot, appelez-moi ou l'Inspecteur Sacco, s'il vous plaît. La moindre information est importante. »

« Quand vous verrez Desh, » dit-elle, tapotant la carte sur la table en un geste d'impatience. « Pouvez-vous lui demander de m'appeler ? »

« Madame Lunney, » dit Nick en se levant. « Je suis désolé d'être porteur d'autres mauvaises nouvelles, mais Monsieur Adnet est également décédé. »

Le choc dissipa toute pensée, toute réaction, comme le vit Nick. Au moment où il partit avec Sacco, Daine Lunney était toujours assise, immobile, pétrifiée comme la femme de Loth à l'instant où elle s'était retournée pour regarder l'incendie.

CHAPITRE VINGT-ET-UN

« NOUS Y REVOILÀ... » murmura Nick en pénétrant dans l'ascenseur qui les emmenait à l'étage de TeC4M.

Le petit déjeuner n'était pas bien passé. Il avait dû accompagner le muffin naturel sec du restaurant minuscule à Water Street avec du café insipide. Le pire avait été les récriminations incessantes de Sacco sur les nouvelles publicités à la con pour des produits végétaux, qui ne voulaient absolument rien dire, sauf à être un moyen de culpabiliser les gens pour leur faire acheter des denrées hors de prix. La farine et le sucre ne provenaient-il pas de plantes, avait ronchonné Sacco ?

Nick ne l'avait pas contesté. Bio... végétal... naturel... conventionnel... Tout ça n'était que des arnaques commerciales. Il aurait simplement voulu avoir le temps pour un petit déjeuner consistant avec des œufs, du bacon, des pancakes et des pommes de terre. Il avait encore faim.

Son estomac faisait écho à cette impression.

Quand ils arrivèrent, ils trouvèrent la même réceptionniste à l'accueil, se concentrant sur un écran d'ordinateur à sa droite et parlant simultanément dans une oreillette. Elle se tourna et eut un petit sursaut de surprise.

« Je suppose qu'elle nous a reconnus, » dit Nick à Sacco.

Elle marmonna rapidement quelque chose et tapota son oreille pour demander le silence tandis qu'ils s'approchaient.

« Inspecteurs. » Sa voix ne reflétait pas seulement la surprise, mais aussi une infinie curiosité. « Que puis-je faire pour vous aujourd'hui ? » Elle fit une pause. « Vous êtes ici pour voir encore David ? »

Les gens ne peuvent pas s'empêcher d'être curieux.

« En fait, nous aimerions parler à... » Nick sortit son calepin et chercha. « Un certain M Jeffries, votre directeur de l'IdO. » Elle tapota le gadget dans son oreille et tapa rapidement quelques chiffres sur son clavier téléphonique. « Oui, salut, Maressa. Deux inspecteurs du NYPD veulent vous parler. » Après une très brève pause, elle demanda : « Elle aimerait savoir à quel sujet et si cela peut attendre. Elle a une réunion dans cinq minutes. »

Nick sourit. « C'est une affaire de police. Et non, elle va devoir sauter cette réunion. »

Elle relaya le message et, une fois de plus, tapota son oreille. Elle fit un geste en direction d'un petit espace en face de son bureau qui servait de zone de réception. « Elle va sortir tout de suite. Vous pouvez l'attendre là. »

Nick la remercia, s'éloigna, mais ne s'assit pas.

Sacco se pencha vers Nick, baissant la voix et tournant le dos à la réceptionniste. « Qu'est-ce que c'est qu'un IdO ? »

Nick regarda son calepin. « Internet des Objets. Et ne me demande pas. Je n'en ai pas la moindre idée. J'ai dû demander à Carpenter ce que cet acronyme pouvait vouloir dire. »

« Putain de jargon pour tout et n'importe quoi. »

Nick était d'accord. La technologie changeait à la vitesse de l'éclair. C'était une aide formidable en ce qui concernait les outils d'investigation, mais seulement si vous pouviez différencier le dernier truc binaire à la con du gigaoctet Adam. Une nouvelle phase d'apprentissage tous les six mois.

Il sentit le signal de son téléphone, et lut le message.

« Ramos et Carpenter sont en route. Estimation de l'heure d'arrivée dans dix minutes, » dit-il, en se retournant aux claquements sur le sol. Maressa Jeffries s'approchait à vive allure. Elle était petite et trapue. Un look BCBG, un visage anguleux encadré par des cheveux noir de jais à la coupe au carré courte et élaborée avec des reflets d'azur. Ses cheveux recouvraient ses oreilles et son cou en couches élégantes. Elle compensait sa taille par des talons incroyablement hauts, et son chemisier de soie, aussi bleu que ses cheveux, était replié dans un pantalon noir qui proclamait le costume de direction.

« Messieurs, nous sommes vraiment occupés aujourd'hui ici. Que puis-je faire pour vous ? »

Nick et Sacco brandirent leurs insignes et s'identifièrent. « Madame, pouvons-nous parler en privé ? »

« De quoi s'agit-il ? »

« Madame. Il faut que nous parlions en privé, » répéta Nick de sa plus belle voix sombre de flic.

Après une courte pause, elle fit un geste vers une porte à quelques mètres à droite de la réceptionniste et les fit entrer dans une salle de conférence rectangulaire sans fenêtre avec une table elliptique et des sièges pivotants ergonomiques correspondants qui occupaient le plus clair de l'espace. Cela rappela à Nick leurs salles d'interrogatoire par son ambiance confinée. Le seul plus ici était la décoration plus soignée et les sièges confortables.

Jeffries se dirigea automatiquement vers le bout de la table et s'assit, plaçant son portable à portée de doigt.

Sacco et lui restèrent debout.

« Je suis réellement bousculée, Messieurs. Je peux vous accorder dix minutes maximum. »

« Nous sommes ici à propos d'un de vos employés des Technologies de l'Information, un dénommé Monsieur Desha Adnet. »

« Desh ? » Son trouble apparut dans sa question suivante. « Je pensais que c'était à propos de David et de la mort de sa femme. »

« Non, madame. Pouvez-vous nous parler de Monsieur Adnet et de son travail ici ? » Nick déplia la copie du permis de conduire qu'il avait montrée au père. « C'est bien cet employé, mademoiselle Jeffries ? »

Un rapide regard et un signe de tête encore plus rapide confirmèrent la réponse.

« Que pouvez-vous nous dire sur lui ? »

« C'est l'un de nos meilleurs éléments aux TI. Il identifie le problème plus rapidement que la plupart des autres. Il est responsable. Il établit bien ses priorités au travail et il ne laisse aucune tâche en plan. Il se connecte ponctuellement quand il ne travaille pas sur place, il garde le cap sur ses objectifs, et il est très professionnel. Si vous voulez lui parler, par contre, il n'est pas ici. Il a pris des congés payés qui lui sont dus à compter de mardi. Il devrait être de retour demain. » Elle les regarda fixement. « Y a-t-il un problème ? »

Comme ni Nick ni Sacco ne se pressèrent de lui répondre, elle devint méfiante.

« Dois-je faire intervenir mon supérieur ou mon conseil juridique ? »

« Non, madame. » *Du moins, pas encore.* « Malheureusement, nous sommes ici pour vous informer de la mort de Monsieur Adnet. »

Elle les fixa, frappée de mutisme, les yeux s'écarquillant de plus en plus à chaque seconde.

« Comment ? »

« Monsieur Adnet et sa compagne ont été retrouvés morts hier matin dans leur appartement. »

« Oh mon Dieu. » Sa respiration s'accéléra. « Oh mon Dieu, oh mon Dieu, oh mon Dieu. Cela va bousiller tellement de programmes, de projets... » Elle saisit son téléphone. « Il faut que j'informe HR, notre supérieur... »

« Mademoi... » commença Nick, mais elle n'écoutait pas, regardant dans l'agenda de son téléphone et cochant verbalement les points importants dans son cerveau.

Nick posa la main sur l'écran du téléphone et baissa les mains de Mademoiselle Jeffries vers la table.

« Mademoiselle Jeffries, nous devons vous poser des questions sur Monsieur Adnet. Je sais que c'est difficile, mais nous avons besoin que vous vous concentriez. »

Ses yeux se calmèrent. Nick s'assit à côté d'elle et Sacco prit la chaise du côté opposé, l'encadrant.

« Que pouvez-vous nous dire sur lui ? Étiez-vous amis ? »

« Des collègues amicaux, » dit-elle rapidement. « Rien en dehors, sauf lors des événements sponsorisés par l'entreprise ou des fêtes entre employés. Mais on ne pouvait pas s'empêcher de se lier d'amitié avec lui. Il était toujours positif. Hyper optimiste. C'était contagieux. »

« Donc il n'y avait pas de problèmes ici ? » demanda Sacco.

« Des problèmes mineurs, et tous en relation avec le travail, mais... n'est-ce pas le cas de tout le monde ? Notre travail est très stressant, et nous sommes également très contrariés quand les choses ne fonctionnent pas ou quand quelqu'un bousille le réseau. »

« Était-il contrarié ou abattu ces derniers temps ? » demanda Nick, mais il précisa rapidement. « Que vous auriez remarqué, s'agissant de ses interactions ici au travail. »

« Non, pas du tout, » dit-elle. « Juste très silencieux et concentré. » Elle fit une pause. « Plus que d'habitude, maintenant que j'y pense. Mais tout le monde est débordé dans le service. Les cyber attaques contre notre réseau ont été féroces ces derniers temps, et nous sommes devenus fous à les esquiver et à renforcer nos pare-feu. Nous avons une quantité de données sur nos clients sur lesquelles les hackers baveraient, soit pour les revendre, soit pour faire payer une rançon. Desh travaillait à une nouvelle solution sécuritaire sur nos verticales pour éviter de futures violations. Il inventait des nouveaux trucs. Hyper sophistiqués. »

Ce dernier commentaire la perturba. « Merde, merde, merde. » Elle se leva d'un bond, frappée de plein fouet par ses priorités. « Comment diable allons-nous terminer ce projet ? C'est un désastre. »

Nick se leva, prêt pour le cas où elle se serait précipitée. Sacco fit de même. Ils n'en avaient pas terminé ici.

« Mademoiselle Jeffries, s'il vous plaît. » Nick fit un geste en direction de la chaise. « À votre connaissance, Monsieur Adnet avait-il ici des amis personnels ? Des ennemis ? »

« Des ennemis ? Quoi ? Vous n'avez pas entendu ce que j'ai dit ? » Devant l'expression de Nick, elle ajouta : « Non, non. » Elle parcourut la pièce du regard comme si elle pouvait y trouver des indices. « Je veux dire, il y a toujours un soupçon de saine compétitivité dans les TI, mais rien de notable ou qui mérite d'être signalé à HR. Les seules personnes que je connais que Desh fréquentait étaient David et sa femme. Ils semblaient avoir des atomes crochus. »

« David Creasy ? » demanda Nick.

« Oui. » Elle regarda Nick. « Oh. » Elle s'assit très lentement. « Oh. »

Nick ne savait pas quelle conclusion elle tirait, mais il était certain que les rumeurs allaient circuler dès qu'ils seraient sortis de cette pièce. Des journées difficiles s'annonçaient pour Monsieur Creasy.

« Il faut que nous voyions le bureau de Monsieur Adnet ... »

« Son compartiment, » interrompit-elle. « Personne ici n'a de bureau, sauf le PDG. »

Les employés fusionnaient en une masse homogène, pensa Nick, se surveillant involontairement au profit de l'entreprise. C'était tout-à-fait *La ferme des animaux*.

« Si vous pouviez nous montrer son espace de travail, nous serons aussi discrets que possible. »

« Je dois en aviser HR et le conseil juridique... »

« Mademoiselle Jeffries, les droits liés au Quatrième Amendement ne sont plus applicables ici. Nous devons rechercher dans son espace de travail des indices qui pourraient nous donner une idée de la raison pour laquelle la victime est morte de cette façon. Nous devrons également vérifier son ordinateur pour y trouver des communications personnelles en lien avec l'affaire. »

« En aucun cas, » dit-elle, outrée. « Notre ordinateur contient des informations exclusives et il vous faudra un mandat pour vous en approcher. J'en suis absolument certaine. » Elle saisit son téléphone, effectua des manipulations sophistiquées pour ouvrir l'écran, et se mit à taper à une allure frénétique. « Je contacte le conseil juridique à l'instant. »

Nick ne répondit pas. Il ouvrit simplement la porte et jeta un coup d'œil à l'extérieur. Carpenter et Ramos attendaient dans l'espace d'accueil avec deux autres techniciens du DIML. Comme sur commande, tous les deux se tournèrent en entendant la porte s'ouvrir, virent le mouvement de tête de Nick pour les inviter à s'approcher, ce qu'ils firent.

« Puis-je avoir le mandat ? » demanda Nick à Ramos.

Ramos fixa Jeffries, qui avait cessé de taper furieusement en entendant le mot « mandat. » Elle tendit le document à Nick, qui le tendit à Mademoiselle Jeffries.

« Ceci englobe tout ce qui se trouve dans, ou sur, le bureau de Monsieur Adnet, ainsi que toutes les communications dans l'ordinateur qui pourraient avoir valeur d'indices. » Nick se tenait près de la porte ouverte. « Maintenant, si vous voulez bien nous conduire à son bureau, nous vous en saurons gré. »

Nick sortit, ne laissant guère d'autre choix à Jeffries que de suivre.

À présent, plusieurs employés traînaient autour du bureau de la réceptionniste, tous curieux, tous spéculant à voix basse. Nick et l'équipe les ignorèrent, attendant que Jeffries les conduise.

« Mettez tous mes appels en attente, » dit-elle sèchement à la réceptionniste. « Et envoyez le conseiller juridique à la TI dès que possible. »

La femme, poursuivant en se défoulant à un rythme saccadé, dépassa sur leur gauche les portes de verre qui menaient à la principale ruche de travailleurs que Nick avait déjà visitée. À la place, elle leur fit traverser une autre série de portes, cette fois en bois massif, à l'opposé de la salle de conférence qu'ils avaient quittée.

Un petit couloir à la moquette épaisse étouffait le bruit de leurs pas.

C'était incroyable, pensa Nick, comme les compagnies différenciaient les strates de leurs employés par des codes subliminaux subtils, mais efficaces. La zone bourdonnante où le mari d'Isabel Creasy trimait, suait et soufflait comme une machine bien huilée. Personne, pas même ceux de l'espace de réception, ne pouvait échapper au ronflement et au bourdonnement constant de l'activité humaine et au bruit.

Cet espace possédait au contraire une ambiance presque méditative, où les paroles se devaient d'être étouffées, chuchotées. Pas de bruits de voix sacrilèges. On pénétrait résolument dans une sphère supérieure, où le mérite réel et la différence existaient. Et avec, assurément, le niveau de salaire le plus élevé.

Eh bien, nous allons bientôt troubler cette paix.

Il se trompait.

Le bruit du chaos les abasourdit. Surpris, ils se retournèrent de concert, Nick en position presque accroupie, la main sur son arme, s'attendant à une attaque frontale.

« Inspecteurs, s'il vous plaît. » La réceptionniste allait vers eux à toute allure en hoquetant nerveusement, la voix un peu déformée par le volume et l'angoisse. « S'il vous plaît, s'il vous plaît, venez. Ils vont s'entre-tuer. J'ai appelé le 911, mais vous êtes plus près. »

Nick se tourna vers Jeffries. « Nous allons gérer cela. Ramos ? »

Elle fit un signe de tête entendu, posa une main sur le dos de Jeffries, la dirigeant vers sa destination première.

Nick et Sacco se hâtèrent dans la direction opposée, suivant la réceptionniste qui était déjà à la porte de communication.

Des mots furieux déchirèrent l'air quand elle l'ouvrit. Par-dessus le vacarme, Nick identifia les accents plus aigus d'une femme qui hurlait à pleins décibels, et d'une voix d'homme, tout aussi furieuse, essayant de dominer celle de la femme. Entre-temps, d'autres voix s'élevèrent et retombèrent pour tenter de calmer les parties en conflit.

Nick et Sacco pénétrèrent dans le hall d'entrée et scrutèrent la pièce, évaluant la situation, mais s'arrêtèrent au spectacle qui les accueillit.

« Putain, c'est pas possible, » dit Sacco à côté de lui.

Au cœur de la mêlée se tenait nulle autre que M-Li Watson, la meilleure amie d'Isabel Creasy, le visage écarlate, luttant contre les mains d'EriK Wexler, le massothérapeute du spa New Age, qui la retenaient. Face à la virago, et également retenu par des collègues, se tenait nul autre que David Creasy, lançant des attaques verbales à la meilleure amie de son ex-femme.

« Tu es un sacré salopard, » cracha Watson à Creasy. « Une ordure opportuniste de premier ordre. »

« Et tu es une sale intrigante, » répliqua Creasy en criant.

« M-Li, s'il vous plaît, » dit Wexler. « Il faut que vous vous maîtrisiez. »

« Ouais, connard, » se retourna Creasy vers le massothérapeute, le visage railleur et méprisant. « Maîtrisez celle qui vous tient en laisse, avant que je l'assomme. »

Nick vit la mâchoire de Wexler se durcir, et sut que ses muscles se contractaient et se tendaient sous le manteau. La situation allait dégénérer dans moins de dix secondes en une mêlée générale.

« Merde, » dit-il entre ses dents. « Tu prends Creasy, » dit-il à Sacco. « Je vais prendre Watson et son ami. »

Mais avant que Sacco et lui pussent les atteindre, Wexler sourit de la façon la plus mauvaise qui pût s'imaginer, et libéra M-Li Watson, qui s'en prit au visage de Creasy avec ses griffes manucurées à la perfection. Ses ongles raclèrent la chair, une véritable haine alimentant ses actes. Creasy rugit, tandis que du sang jaillissait autour des zébrures visibles.

« Espèce de garce. » Il lui envoya son poing et la manqua. « Je te poursuivrai en justice pour ceci. »

« Tu l'as déjà fait, » cracha-t-elle en retour, essayant de l'atteindre encore.

« NYPD, » tonna la voix de Nick. « Cela suffit. »

Tout le monde se pétrifia devant l'aboiement autoritaire. Cela donna à Nick et Sacco suffisamment de temps pour rejoindre la mêlée et pour les séparer et en venir à bout. Il fit face à M-Li Watson et à Wexler, le dos tourné à Sacco, leurs corps formant une barrière robuste entre les deux qui en voulaient chacun à l'intégrité physique de l'autre.

« N'aggravez pas encore les choses, » Nick avertit M-Li.

Watson ne l'entendait pas de la sorte. Wexler, moins énervé, comprit le message sur le visage de Nick et saisit le bras de M-Li, la maintenant en place. Bien que maîtrisée, elle se pencha à la gauche de Nick, fusillant du regard David Creasy et lui agitant un doigt furieux de sa main libre.

« Ce salopard n'a aucun scrupule. Et aucune humanité. »

« Laisse tomber ta sainteté mélodramatique. » La voix de Creasy venait de derrière Nick. « Vous alliez tous les deux m'entuber. » Il y eut une pause. Nick se tourna face à Creasy, et le vit tamponner son visage avec sa paume.

« Bordel. Je saigne, » dit-il.

« J'aurais dû m'attaquer à tes couilles, fils de pute, » dit Watson, toujours furieuse.

« Salope, » hurla Creasy en faisant un geste en direction de M-Li Watson.

Le type allait vraiment l'attaquer, pensa Nick, estomaqué. *Quel imbécile.*

Mais Creasy avait oublié Sacco. Son équipier se décala, le bloqua, exprimant dans un langage corporel codé qu'il plaquerait au sol ce pauvre con.

« Vous voulez être maîtrisé de force ? » avertit Sacco en agitant ses menottes devant le visage de Creasy.

« Cela vaut aussi pour vous, Madame Watson, » avertit Nick. « Et je vous suggère fortement de ne plus rien faire ou dire. »

« M-Li, » dit Wexler, lui attrapant cette fois les épaules. « Écoutez l'inspecteur. »

« Je porte plainte, » cria Creasy. « J'ai des témoins. Vous avez tous vu ce qu'elle m'a fait, hein ? Hein ? »

« Calmez-vous, » dit Nick, accentuant chacune de ses paroles. « En l'occurrence, vous m'avez donné tous les deux suffisamment de motifs pour vous menotter et vous inculper. »

Ce fut comme si une digue s'était rompue. M-Li Watson se tourna vers Wexler et s'effondra contre sa poitrine, sanglotant. L'homme lui tapota le dos à coups hésitants, clairement embarrassé en la réconfortant.

Nick se tourna vers le nombre croissant de personnes qui les entouraient. Il pensa que la plupart étaient là davantage pour un voyeurisme morbide que pour aider. Il fallait débarrasser le secteur.

« D'accord, » dit Nick, se retournant complètement pour capter tous les regards. « Je veux que tout le monde sorte, sauf ces trois-là. Retournez travailler. »

La zone se vida rapidement, un ou deux collègues tapotant Creasy sur l'épaule pour lui offrir leur soutien.

« Pourquoi ne l'arrêtez-vous pas ? » Creasy désigna M-Li. « C'est elle qui a commencé. »

Cela énerva de nouveau M-Li Watson. Elle se retourna farouchement. Mais cette fois, Wexler la maintint solidement.

« Moi ? » s'indigna-t-elle. « Vous me poursuivez en justice pour quelque chose qui ne vous appartient pas. Sale opportuniste. Et Isabel n'est même pas encore en terre. »

Les groupes d'ascenseurs tintèrent et deux agents de patrouille en sortirent et s'approchèrent. Nick s'identifia rapidement ainsi que Sacco.

« Il faut que l'un d'entre vous appelle ici une autre unité, » dit-il. « Puis vous voudrez bien accompagner ce monsieur au Seizième. Demandez là-bas au Sergent Horowitz de le mettre dans une salle d'interrogatoire. »

« Quoi ? » Creasy était outré. « Je ne vais nulle part. » Il se mit à reculer.

Sacco, pas très content, secoua les menottes. « C'est vous qui choisissez. Vous partez tranquillement, ou on vous colle ceci. »

« C'est de la violence policière, » se plaignit Creasy, qui se tint pourtant tranquille.

« Je possède une quantité de motifs possibles, » dit Nick, écœuré. « Troubles à l'ordre public, agressions. »

« Sans parler de querelle dans un lieu public, » ajouta Sacco.

« Je veux mon avocat. »

Mon Dieu, pensa Nick, ça devenait vraiment une journée de merde. Il espérait que la journée de Laura était meilleure.

•ₚ

« OÙ DIABLE m'emmènes-tu ? »

Il n'était pas loin de onze heures, et leur taxi se dirigeait vers le centre ville, loin de l'appartement de Laura. Quelques minutes plus tôt, Erin et elle avaient quitté le bureau de l'homme de loi près de Midtown. Les contrats avaient été finalisés, lus, acceptés, signés et classés. L'argent avait été transféré.

Elle n'avait plus d'entreprise à NYC. Son rêve de départ était parti en fumée.

Très déprimant.

Sur une note plus optimiste, elle avait une entreprise à venir dans un autre Etat, et elle tirait un solide chèque de cette vente.

Mais le mieux ? Nick. Sans conteste.

« C'est une surprise, » dit son amie. « Je savais que tu allais avoir le cafard après les démarches légales. Alors j'ai pris des dispositions pour te gâter. »

« S'il te plaît, pas à manger, » dit Laura. Elle ne pensait pas pouvoir apprécier un repas en ce moment. De plus, ce qu'elle voulait vraiment était retrouver Nick et se perdre en faisant l'amour avec lui, un vrai atout pour générer des endorphines. Il était un repas auquel elle pourrait s'adonner pendant des heures.

Le taxi s'arrêta. Quand elle sortit sur le trottoir, elle se trouva face à une franchise de spa de jour à la mode.

« J'ai réservé pour nous deux heures de dorlotage décadent, » dit Erin en lui prenant la main. Elle tira Laura à l'intérieur avant qu'elle pût protester ou reculer.

Pour la plupart, l'endroit était un nirvana pour les sens : de la musique d'ambiance New Age, des parfums énergisants, des infusions, et des employés discrets dans des tenues vestimentaires identiques, dont le seul objectif était d'offrir des services et de satisfaire.

Laura avait l'impression d'être sur un plateau de cinéma de *Westworld*.

« Je ne sais pas... »

« Oh, chut, » dit Erin en donnant leurs noms à la réceptionniste souriante.

« Vous êtes enregistrées, » dit la femme après quelques secondes, d'une voix douce pour ne pas créer d'ondes sonores discordantes dans l'atmosphère. « Vos massothérapeutes seront bientôt là. »

Erin saisit de nouveau Laura et la tira vers le petit espace d'attente, où l'air était empli des échos apaisants de l'eau courante.

« Écoute, je ne vais pas me sauver. »

Erin laissa retomber son bras et remplit deux tasses d'un récipient d'eau où des tranches de concombre flottaient à la surface. Elle tendit l'eau à Laura.

« Tu vas adorer cet endroit. L'une de nos clientes l'a recommandé, et il a des commentaires très élogieux sur Yelp. » Elle prit une gorgée d'eau et soupira. « Je suis venue tester il y a deux semaines. C'était divin. »

Laura sirota son eau. Erin avala le reste de la sienne et en reprit.

« Et tu sais que nous avons besoin de ça, » dit son amie en se laissant tomber sur un siège duveteux. « Nous avons été soumises à un stress incroyable. »

« Il y a de cela, » reconnut Laura.

« Et ma peau a besoin de beaucoup de soins en hiver. »

Laura sourit.

« Mademoiselle Devraux ? Mademoiselle Howard ? »

Un homme et une femme du personnel, le visage plissé par des sourires radieux, cherchaient dans la salle d'attente. En un millième de seconde, Erin s'était plantée devant eux, impatiente de commencer.

Au milieu de badinages légers et polis, on les conduisit à une salle pour couple avec un éclairage doux, de la musique douce, deux tables de massage, et un éventail de mijoteuses sur un comptoir à l'extrémité de la pièce qui maintenait séparés des rocs noirs et roses. Le doux bourdonnement d'un ventilateur qui bruissait ajoutait le point final à l'ambiance annoncée.

« Nous avons vraiment, vraiment besoin de nous détendre, » répondit Erin à la question du massothérapeute qu'elle avait sélectionné quand on lui avait donné le choix. « Nous avons subi du stress énorme. »

La femme se tourna vers Laura. « Nous allons bichonner complètement vos muscles et vous soulager de cette tension en un tournemain. Quand la séance sera terminée, nous vous accompagnerons pour vos soins du visage. »

On leur donna des directives pour qu'elles s'allongent sur le ventre sous les couvertures, et on leur laissa quelques moments d'intimité pour qu'elles se dévêtent à un niveau confortable.

« Que diable signifie à un niveau confortable ? » demanda Laura.

Erin arrêta de se déshabiller pour la fixer. « S'il te plaît, dis-moi que tu as déjà eu un massage ? »

« Eh bien, euh, non. »

« Tu m'étonneras toujours, » dit Erin en continuant de se déshabiller. « Pas de soutien-gorge. La culotte est en option. Je garde mon string. »

Laura se dévêtit, gardant sa culotte. Elle allait filer sous la couverture chaude quand son téléphone émit un signal.

« Tu es censée le mettre en mode silencieux, » la réprimanda doucement Erin.

« C'est d'Aaniyah, » dit-elle en lisant. Le message était court.

Les délibérés ont eu lieu en appel. Nous avons perdu. Nous négocions les détails et nous interjetons appel.

Laura fila sous la couverture et posa la tête sur le repose-tête. Ses larmes tombèrent silencieusement sur le sol moquetté.

« SANDRA. » La voix de l'agent des services correctionnels lui parvint de quelque part à proximité, à l'extérieur de la porte du salon de beauté de la prison. « Vous avez de la visite. »

« Ça doit être mon avocat, » dit Sandra, reprenant sa main à sa codétenue. Elle était le cobaye du jour pour la manucure. Beaucoup des femmes enfermées dans ce trou profitaient de ce stupide programme pour les récidivistes que des bienfaiteurs offraient aux détenues. Une chance de devenir des citoyennes modèles et productives quand elles seraient débarrassées de leurs pulls vert vomi.

Le fric des impôts était mal utilisé.

« Garde-moi ma place, » dit-elle en caressant le visage de la femme. « Je serai de retour en un rien de temps, ma chérie. »

Sandra sourit. Elle jouait toujours la gentille quand c'était opportun. Cette apprentie avait du talent, contrairement à l'autre codétenue qui avait royalement bousillé le travail de manucure des mois plus tôt. Cette garce avait enlaidi les mains de Sandra, avec des cuticules qui saignaient et les extrémités du vernis brouillonnes. Mais elle avait remercié la femme comme si elle n'avait pas été en train de bouillir intérieurement, sachant que les opportunités de se venger étaient toujours nombreuses. Effectivement, le service de cuisine lui avait fait croiser la bouchère de la manucure quelques semaines auparavant. Toujours prête à profiter d'une situation, Sandra avait donc saisi le collyre qu'elle avait dérobé il y a quelque temps à une codétenue qui souffrait d'allergies chroniques, avait mis quelques giclées dans la soupe que la bouchère préparait, et avait poursuivi ses tâches.

Les résultats avaient été délectables.

Elle fit un signe de tête à l'agent des services correctionnels qui attendait, et la suivit. Tandis qu'elle s'approchait des parloirs, Sandra se passa rapidement en revue tout en se brossant les cheveux avec les mains.

« Vous vous préparez pour votre numéro ? »

« Quel numéro ? »

Le rire émis ressembla davantage à un reniflement.

« C'est le lever de rideau, » murmura cyniquement la gardienne, en l'introduisant dans la pièce.

Sandra ignora le commentaire et se concentra sur son personnage d'enfant perdue. Elle attendit près de la porte, faisant comme si elle avait peur d'avancer.

Effectivement, son nouvel avocat se précipita à ses côtés et la mena délicatement à une chaise.

Elle avait envie de ricaner, mais se contenta de sourire.

Prends la pose. Ce n'est pas ce que disait la chanson de Madonna ? Les mains entre les jambes, les épaules baissées, le regard dirigé vers le bord de la table, Sandra devint l'image de la docilité, indiquant par son attitude et son expression un brin d'accablement saupoudré d'une pincée d'espoir d'une réponse positive, alors qu'elle n'en attendait pas. Elle avait perfectionné le processus depuis l'âge de treize ans, où elle pouvait faire jouer le facteur sympathie auprès de certains des clients auxquels sa mère la prostituait. D'habitude, ceux qui se laissaient prendre à son jeu étaient des pères de famille, ou des hommes avec des carrières professionnelles, qui se sentaient déjà suffisamment coupables de leur besoin de prostituées. Quand ils découvraient qu'elle était mineure, ils étaient ravis de sortir plus d'argent que ne valait le travail et, la plupart du temps, rentraient chez eux en se contentant d'une fellation minimale bâclée. Elle empochait et conservait le surplus d'argent donné.

« J'ai peur de poser la question, » dit-elle à voix basse.

« La Cour a statué en votre faveur, Sandra, » dit son avocat, une note de satisfaction dans la voix. « Vous allez être soumise à une évaluation par une équipe ici... »

Elle releva brusquement la tête et ses yeux s'étrécirent. Elle se reprit en quelques secondes. *Merde.* Elle avait failli trahir son simulacre. Et il fallait qu'elle le maintienne dans l'ignorance le plus longtemps possible. Heureusement pour elle, Monsieur l'Avocat lisait un message sur son téléphone et n'avait pas vu sa réaction.

Reprends la pose.

« Ici ? » Elle leva les yeux, posa les bras sur la table, les mains serrées. « Je pensais que je serais peut-être d'abord transférée. »

Monsieur l'Avocat secoua la tête. « Ça a été la seule chose non négociable pour le procureur, et la Cour a accepté. »

Elle émit un soupir tremblotant et s'assura que ses yeux s'emplissaient de larmes.

« Mais, comment pouvez-vous dire que nous avons gagné ? Je serai toujours ici... » Elle balaya les alentours en rapides mouvements furtifs, et se pencha en avant. Elle chuchota ses paroles suivantes, seulement pour lui. Monsieur l'Avocat se pencha en avant, exactement comme elle le voulait.

«... avec les assassins, » chuchota-t-elle, mettant suffisamment d'accents d'horreur dans ses dernières paroles.

Sandra regarda les yeux de l'avocat se remplir de compassion. *Quel pigeon.* Il oubliait souvent qu'*elle* était une meurtrière. C'était seulement dommage qu'elle se soit fait prendre... cette fois.

« C'est un retard, oui mais cela joue en notre faveur, » dit-il en lui étreignant les mains. « Soyez patiente. La Cour a voulu établir une évaluation préliminaire avant votre transfert. Cela démontrera la nécessité d'un traitement, qui a été précédemment honteusement rejeté. Exercice de mauvaise foi, et bafouement des droits constitutionnels, comme je l'ai déjà dit. Votre place est dans un institut psychiatrique. Pas ici. »

Elle serra fortement ses mains.

« Vous êtes mon sauveur. » Elle s'assura que l'émotion lui casse la voix. « La seule personne qui a cru en moi et qui s'est battue pour la justice. Je veux... Non. Je mérite d'être punie pour ce que j'ai fait, et la privation de liberté est le prix à payer, je sais. Mais je mérite d'aller mieux et de voir mon état mental traité avec un peu d'humanité. »

Elle leva les mains de l'homme et les caressa avec sa joue, comme un chiot mendiant de la tendresse.

« Merci. » Sous ses paupières, elle surveillait la réaction de Monsieur l'Avocat. « Merci. »

Ce qu'elle vit lui donna envie de rire.

Quel pigeon.

CHAPITRE VINGT-DEUX

NICK, LA MAIN SUR la poignée de la porte, s'arrêta. Il prit une inspiration pour se calmer. La colère ne pouvait pas définir son humeur à ce moment. Creasy et compagnie leur avaient coûté deux heures d'enquête sur l'affaire Adnet. Deux heures perdues. Sans parler des rapports producteurs de déchets à cause de cette connerie d'incident. S'il avait son mot à dire, il les collerait en détention pendant les prochaines quarante-huit heures pour une période de réflexion. À la place, il devrait perdre du temps précieux en auditions et tourner autour du pot avec ses préférés, les avocats.

Ramos, Carpenter et les techniciens du DIML étaient également rentrés furieux de TeC4M. Ils avaient dû gérer des interruptions incessantes et un manque de coopération de la part des gens des TI pendant qu'ils rassemblaient des indices. D'habitude, Nick et Sacco faisaient diversion pour que Ramos et son équipe puissent faire efficacement leur travail. À la place, ils avaient géré les abrutis, qui attendaient maintenant dans les salles d'interrogatoire du poste.

« Où est mon avocat ? » tonna la voix de David Creasy dès que Nick ouvrit la porte. « Je ne parlerai pas sans lui. Et il me faut un médecin. Regardez mon visage. »

Et voilà, pour avoir découvert les raisons du brouhaha de manière coopérative et civilisée. Cela rendait Nick encore plus furieux. Il jeta un bloc-notes devant Creasy et déposa un stylo à côté.

« Merde, c'est pour quoi faire ? »

« J'ai besoin de votre déposition sur les événements de ce matin, » dit Nick, désolé de ne pas pouvoir jeter le bloc-notes à la figure de l'homme. Casse-couilles n'était pas un mot suffisant pour décrire l'attitude de Creasy depuis qu'Horowitz l'avait mis dans cette pièce. « Cela devrait vous distraire jusqu'à ce que votre avocat arrive. »

Nick se retourna pour partir.

« Hé. Où allez-vous ? » Creasy repoussa le bloc-notes. « Je peux dire ce qui s'est passé plus vite que je ne peux l'écrire. Vous n'avez pas un enregistreur ou un truc comme ça ? Et j'ai soif. »

Connard, pensa Nick, qui se sentit beaucoup mieux. « Vous avez invoqué vos droits. Légalement, je ne peux pas vous entendre ni vous poser une seule question jusqu'à ce que votre représentant légal soit là, même si c'est seulement une audition informelle. » *Connard.* « En fait, je ne devrais même pas être dans la même pièce que vous. » Nick montra le bloc-notes. « Écrivez... s'il vous plaît. »

« C'est n'importe quoi, » ronchonna Creasy, qui approcha quand même le bloc-notes et prit le stylo.

Nick partit avant qu'il se mette à vraiment chantonner comme un connard en écho à ses pensées.

Il rejoignit les autres, rassemblés autour de l'écran qui surveillait les salles d'audition à cet étage. Il s'assit sur le coin du bureau le plus proche et regarda avec les autres. M-Li, la tête baissée, pleurait toujours, ignorant le bloc-notes devant elle et érigeant une petite pile de mouchoirs en papier usagés et froissés à côté. EriK, avec le K majuscule, écrivait abondamment, comme si un robinet ouvert était relié à sa main et à son cerveau, les mots coulant sans arrêt sur le papier.

« Avez-vous pu joindre le mari de Madame Watson ? » demanda Nick en s'adressant à tout le monde. Il était désolé pour la pauvre femme, dont le cœur semblait se briser à chaque sanglot.

Sacco acquiesça. « Il devrait arriver à tout moment. »

Ramos se pencha en avant et secoua la tête. « Ce type est en train d'écrire une Bible complète, » dit-elle, montrant le massothérapeute. » Il ne s'est même pas arrêté pour souffler. Incroyable. »

Sacco haussa les épaules. « Ils se sent peut-être en verve. »

Ramos pouffa de rire. « Tu me fais passer le bac, Sacco ? Je suis impressionnée. »

« Que puis-je dire ? Tu déteins sur moi. »

« Tu es ce sur quoi il aimerait bien déteindre, » dit Carpenter.

« Doux Jésus, » dit Nick en faisant mine de se couvrir les oreilles. « Ça regorge de vulgarité. Concentrons-nous ici, s'il vous plaît. Quelque chose de valable dans le compartiment d'Adnet ? »

« Rien, si ce n'est que j'ai trouvé un petit journal, comme un journal intime, qui ne semble pas vraiment correspondre au profil de l'homme, » dit Ramos. Elle regarda autour d'elle, un sourire narquois sur le visage. « Rose, avec des petits rinceaux sur la couverture. »

« Il l'a probablement chipé à sa petite amie, » dit Nick.

« Je parie pour un oui indubitable. Je l'aurais fait, si j'avais découvert que mon cher et tendre avait téléchargé des merdes du Dark Net. Je le vérifierai dès que j'irai au labo. Il se peut qu'il contienne des informations personnelles... peut-être même des mots de passe. »

« Et toi, Josh ? »

Carpenter secoua la tête. « Rien qui ne soit pas en relation avec son travail. D'après ce qu'ils m'ont autorisé à voir, le type était très bon. Il était en train d'inventer sa propre version de code pour créer un pare-feu plus résistant pour leur réseau. Impressionnant. »

« Ils t'emmerdent trop pour accéder à ses e-mails personnels ? » demanda Nick.

« J'en garde encore des marques, » dit Carpenter, un sourire flottant sur les lèvres. « Mais je suis plus que tenace. En ce qui concerne cet Adnet, l'homme était soit vraiment professionnel, éthique, soit paranoïaque. Je soupçonne un peu de tout cela. Chaque e-mail et dossier informatique était clairement répertorié et relié à son travail. Je fouillerai plus tard pour chercher des dossiers cachés. »

« Si l'homme était aussi excellent dans tout ce qui concerne les TI, je m'attendrais à ce qu'il cache des choses, » dit Nick en scrutant les écrans. Il vit que Wexler avait cessé d'écrire.

« Attelons-nous à cette tâche, » dit-il à Sacco en se levant. « Dites-moi si vous avez du nouveau sur les indices que vous avez collectés aujourd'hui. »

Ramos acquiesça. « Powwow et nourriture thaï dans la salle de conférence à quatorze heures ? »

« Tu connais mes goûts, » dit Nick en faisant les quelques pas qui le séparaient la pièce où le massothérapeute était retenu.

« Merci pour votre coopération, Monsieur Wexler, » dit-il en préambule. « Vous vous souvenez de mon équipier, l'inspecteur Sacco ? »

Wexler acquiesça.

Nick s'assit en face de lui, pendant que Sacco s'affalait sur la chaise dans le coin de la pièce, derrière l'homme.

« Où est M-Li ? Je veux la voir. »

« Monsieur Wexler, nous aimerions passer en revue ce qui s'est produit chez TeC4M ce matin. » Nick tapota le bloc-notes qu'il avait pris et posé près de sa main gauche. « Et merci pour votre déposition. » Nick la lirait plus tard pour faire le point.

« Je suis inquiet pour M-Li. Elle ne peut pas rester seule en ce moment. »

« Nous avons informé son mari, » dit Nick. « En attendant, pourquoi ne pas nous résumer la scène chez l'employeur de Monsieur Creasy, s'il vous plaît ? »

L'expression de Wexler se durcit. « Quel salaud. Savez-vous qu'il a eu le culot, le sacré culot, de nous poursuivre en justice ? »

Nick émit un bourdonnement réservé. Wexler le prit pour un encouragement à poursuivre.

« Elle m'a appelé tôt ce matin. Je pensais qu'elle voulait discuter d'autres détails sur la cérémonie commémorative. Mais non. Mon Dieu. Je ne l'ai jamais entendue aussi furieuse. »

« Elle vous a dit que Creasy avait engagé des poursuites ? »

Wexler secoua la tête. « Pas quand elle m'a appelé. Elle m'a seulement dit de la retrouver chez TeC4M. Sincèrement, je pensais que David faisait chier pour la cérémonie. Elle lui avait demandé, bon sang, elle l'avait plutôt supplié... de contribuer au coût des fleurs, mais il l'avait envoyée balader. »

« Que s'est-il passé quand vous l'avez rencontrée ? »

« Quand je suis arrivé dans le hall d'entrée, elle m'a donné les détails. Elle m'a expliqué ce qu'il avait fait, et qu'il se réclamait de la communauté des biens ou d'une connerie comme ça pour obtenir le brevet et ses bénéfices. Je ne pouvais pas y croire. Et pourtant, si. Je ne sais pas du tout comment il a découvert, pour les tests de produits. Il pensait toujours qu'Isabel bricolait avec ses crèmes et ses produits chimiques comme un passe-temps qui l'amusait et la maintenait loin de lui. Le temps qu'elle me dise ce qui s'était passé, M-Li s'était mise en ébullition. »

« Et à l'étage ? »

« J'ai essayé de la calmer. Bon sang, j'ai essayé de *me* calmer. Dans l'ascenseur, nous avons trouvé une stratégie stupide pour être raisonnables, pour lui demander gentiment. »

« Mais ça a été l'enfer quand vous avez demandé à le voir ? » demanda Sacco.

Wexler regarda Sacco, puis de nouveau Nick. « Exactement. Nous lui avons demandé gentiment les deux premières fois. Mais quand il a dit à la secrétaire d'appeler la sécurité pour nous jeter dehors, ça a fait démarrer M-Li. Elle est allée à la porte de communication, l'a ouverte et a appelé David en criant à tue-tête. Et c'est *cela* qui *l*'a énervé. Il est arrivé sur nous, furieux. La réceptionniste était dans tous ses états. »

Nick regarda Sacco pendant une seconde. Cela corroborait la narration précédente de l'événement par la réceptionniste, bien que la version de cette dernière fût plus colorée. Selon la femme, M-Li avait marché vers les portes vitrées, les avait ouvertes violemment, et avait hurlé à tue-tête : « David. Espèce de salopard. Si tu ne viens pas ici tout de suite, je te sortirai de ton compartiment synthétique et j'essuierai le sol avec ta face de fourbe, espèce d'ordure. » La réceptionniste, les yeux écarquillés, avait regardé Nick et Sacco en poursuivant : « Et elle l'aurait fait. Elle est devenue complètement folle. C'est là que je me suis précipitée pour venir vous chercher. »

Nick se pencha en arrière et observa l'homme en face de lui. Aujourd'hui il portait un jean et un sweat-shirt, ses cheveux toujours frisés et relevés en un chignon masculin ébouriffé. Ses lobes d'oreilles, sans œillets, étaient déformés, comme si des missiles balistiques les avaient traversés, marquant le lobule de façon définitive, et les laissant exposés et dégonflés comme des ballons déformés. Les raisons pour lesquelles les gens s'auto mutilaient le dépassaient.

« Vous avez délibérément lâché Madame Watson alors que vous saviez qu'elle était devenue incontrôlable. Ça vous ennuierait de développer ? »

Quelque chose d'ineffable traversa son regard, et disparut en un instant.

« Je suis humain, donc poursuivez-moi en justice. Oh, attendez, lui il m'a poursuivi en justice. » Il haussa les épaules, mais se pencha en avant. « J'ai égalisé le score. Quel sale menteur. Et je m'en fiche qu'il soit défiguré à vie. Ce sera bien dommage s'il ne l'est pas. »

Et voilà pour l'amour de son prochain, pensa Nick. C'était étrange, pourtant. Et cela avait laissé à Wexler les mains propres. Ce n'était pas lui qui encourait une accusation potentielle.

Une faible vibration se fit entendre. Wexler mit la main dans la poche de son jean, en sortit son téléphone, et il vérifia le message. « Écoutez. Suis-je en état d'arrestation ? J'ai du travail qui m'attend. »

Nick secoua la tête. « Non. Vous êtes libre de partir pour l'instant. Nous vous contacterons si autre chose le nécessite. »

Wexler se leva.

« Avant que vous partiez... avez-vous connu un certain Desha Adnet ou une Jessica Waitre ? »

L'homme ferma les yeux comme dans une profonde réflexion. « Nan. Ça ne me dit rien. Je peux faire une rapide vérification des noms des clients, si vous voulez, mais si ce ne sont pas des habitués je ne pourrai pas le savoir. » Il dépassa Nick, mais s'arrêta. « Et pour M-Li ? »

« Je crains qu'elle ne soit notre invitée un peu plus longtemps. » Nick fit signe à Horowitz depuis le seuil de la porte d'accompagner leur hôte vers la sortie du bâtiment.

« S'il vous plaît, allez-y doucement avec elle, » dit Wexler. « Elle ne voulait pas cela. »

Nick ne dit rien, regardant Horowitz amener le massothérapeute aux ascenseurs. Les emballements émotionnels avaient toujours des conséquences. À ce stade, les choses pouvaient aller dans deux directions pour l'amie de Wexler. Un : les charges seraient retenues, les parties seraient arrêtées et libérées sous caution. Ou deux : ils feraient la paix après que Nick leur aurait expliqué certaines choses, puis ils s'en sortiraient avec une tapette sur la main, et une lourde amende pour trouble à l'ordre public.

Encore des avocats. Encore du travail administratif.

Charmant.

Nick alla à son bureau, déposa le bloc-notes avec dessus la déposition de Wexler à l'envers.

« Le mari et l'avocat sont là, » dit Sacco en montrant les écrans des salles d'interrogatoire.

Toutes les parties étaient représentées, et présentes, constata Nick.

« À qui veux-tu t'attaquer en premier ? »

« Allons-y pour Watson, » dit Nick. Il alla au petit réfrigérateur adossé au mur et en sortit deux bouteilles d'eau. « Le connard peut attendre. »

M-Li, la tête appuyée contre l'épaule de son mari, était maintenant silencieuse, vit Nick. Monsieur Watson, juriste pour une multinationale sur Park (ou c'est l'information qu'on avait donné à Nick), l'avait calmée, sa main l'apaisant dans un mouvement répétitif du haut en bas de son bras. Nick le jaugea.

Watson avait la même taille que sa femme, des cheveux châtain et des yeux assortis, vêtu d'un éblouissant costume de soie Armani avec la cravate et la chemise assorties, une pochette dépassant avec goût de la poche de devant de sa veste. La main qui réconfortait M-Li arborait une impressionnante Rolex pour laquelle tout le monde dans le poste se serait battu, et l'ensemble du look « Hé, je suis riche, influent et puissant » était complété avec goût par une paire de boutons de manchettes en or marqués d'initiales.

Un putain de A. Qui diable portait des boutons de manchettes de nos jours ?

Sacco plaça la chaise supplémentaire qu'il portait de l'autre côté de la table où l'homme et son épouse étaient assis. Nick déposa les bouteilles d'eau devant eux.

M-Li Watson tendit la main vers la sienne, les mains tremblantes, l'ouvrit et avala une longue gorgée.

« Merci. »

Nick se contenta de hocher la tête et se focalisa sur son mari.

« Monsieur Watson, votre femme a-t-elle... »

« Oui, » interrompit-il. « Elle aurait dû m'appeler, ou notre avocat, au lieu de son imbécile d'ami. »

« Tu avais une réunion importante ce matin, » dit-elle avec un léger hoquet, et elle reprit une gorgée d'eau.

« Et c'est mieux de m'interrompre pour ceci ? » Le sarcasme fut accablant. M-Li sourcilla. « Cette crapule a porté plainte ? »

« Je vais l'auditionner après. Nous verrons comment cela se passera quand j'aurai terminé. Cependant, j'aimerais comprendre ce qui s'est passé ce matin dans ce bureau. » Nick fixa le mari. « Nous, » il désigna du pouce Sacco et lui-même, « avons été témoins de l'agression. »

« Agression ? » L'homme regarda sa femme. « M-Li ? Au nom du Ciel, dis-moi que tu n'as pas touché cet homme. »

« Elle l'a griffé au visage, » précisa Nick.

« Après qu'il m'a menacée et insultée, » cracha-t-elle, furieuse. « Il a essayé de me frapper, mais il m'a manquée. »

« Tu es complètement folle ? » Le volume de sa voix avait décuplé en décibels. « C'est une chose de s'échanger des insultes, mais ça ? Ça ? »

« Je suis désolée. Je suis tellement désolée. » Elle se mit à pleurer.

« Merde. » Il l'enveloppa de ses bras et se mit à la bercer. Nick y lisait le souci, l'amour et l'exaspération. « Ça va, mon cœur. Ça va. Nous allons régler cela. »

Nick attendit une vingtaine de secondes.

« Votre ami, Monsieur Wexler, a dit que Monsieur Creasy vous poursuivait tous les deux en justice. Pourriez-vous développer là-dessus ? »

M-Li attrapa un mouchoir en papier et se moucha. Elle parla depuis le refuge des bras de son mari.

« Ce FDP a transmis les documents ce matin, nous poursuivant pour la moitié des droits sur absolument toute recherche, toute marque déposée et tous droits sur les ventes pour l'intégralité des produits issus des recherches d'Isabel. D'une façon ou d'une autre, il a découvert que cette ligne de produits peut bénéficier d'une projection de profits énorme, et il en veut une part. Il revendique qu'il a des droits, puisqu'il était marié avec elle quand elle a fait cette invention. Oh, et il a exigé des droits de négociation pour toutes les transactions à venir avec toutes les entreprises de marketing qui pourraient vouloir porter et promouvoir les produits, le salopard. » Elle se tourna vers son mari. « A-t-il le droit de faire cela ? »

« Cela dépend s'il revendique les biens mélangés contre la communauté des biens, » répondit son mari. « Si c'est la dernière, il peut dire au revoir à son procès. Dans tous les cas, sa requête est, au mieux, fragile, puisqu'il n'a rien contesté lors du divorce. Enfin, à moins qu'il trouve un juge compatissant qui voudra t'embrocher. Mais c'est hautement improbable. »

Nick pensa à Angie, son ex-femme, et à son divorce bordélique. Nick connaissait les différences auxquelles le mari de M-Li faisait référence, y compris un terme qu'il n'avait pas mentionné, la répartition équitable. Dans un cas comme dans l'autre, vous étiez toujours foutu si la personne qui vous poursuivait avait un bon avocat et une réserve d'argent inépuisable pour alimenter le fonds de pension de l'avocat. Ou une femme qui jouait au juge une mélodie bien rodée pour obtenir ce qu'elle voulait. Ou l'ordure qui ne voulait pas travailler pour gagner sa vie et dépossédait la femme de tout ce qu'elle avait parce qu'elle gagnait davantage d'argent. Ou le couple plus désireux de se détruire que de préserver le bien-être de leurs propres enfants. Ou le toxicomane. L'ivrogne.

Nick avait vu tout cela... et davantage.

Le couple qui lui faisait face, par contre, semblait bien armé pour résister éternellement à toutes pratiques prédatrices.

« Vous faites référence à la ligne de produits sur laquelle vous avez mentionné que Madame Creasy travaillait pour Monsieur Wexler et vous ? »

M-Li acquiesça. « Oui. La lotion hydratante, le gommage, et le nouveau vernis à ongles. Je suis étonnée que vous vous en souveniez. D'autres produits sont en attente, jusqu'à ce que nous puissions combler le vide laissé par Isabel. » Sa voix flancha tandis qu'elle luttait contre de nouvelles larmes. « Personne ne peut la remplacer. »

« Que s'est-il passé quand vous êtes arrivée là-bas ? »

« J'ai attendu jusqu'à ce qu'EriK et moi nous retrouvions dans le hall d'entrée. Il ne comprenait pas mon insistance à affronter David. Pourquoi en faire toute une histoire ? Il pensait qu'il s'agissait d'obtenir un don pour les fleurs pour la cérémonie d'Isabel. » Elle se moqua. « Ça a été une tout autre histoire quand je lui ai dit ce que David faisait. »

« Je n'arrive pas à croire que tu ne m'aies pas appelé pour discuter de cela avant d'aller te promener au clair de lune pour affronter David, » la réprimanda son mari. « J'aurais appelé un Uber pour t'amener au bureau. Ou je serais rentré à la maison. »

Nick n'allait pas laisser cette audition dégénérer en un déballage de griefs conjugaux. Ils pourraient le faire au moment voulu.

« Pourquoi n'êtes-vous pas partis après le second refus de vous rencontrer ? »

« Je n'allais pas le laisser s'en sortir comme ça. »

L'expression de Monsieur Watson était éloquente.

« Madame Watson, connaissez-vous un certain monsieur Desha Adnet et une Jessica Waitre ? »

La question sembla la désarçonner.

« Non, » commença-t-elle, et puis ses yeux s'animèrent soudain. « Attendez. Isabel connaissait un certain Desh. Parlons-nous de la même personne ? »

Nick écrivit une note sur son dossier ouvert et l'encercla. Il faudrait en tirer les conclusions.

« Ce n'est pas celui qui concevait le site internet pour Isabel ? » demanda son mari.

« Si, mais nous avons transféré le domaine et son contenu sur mon serveur et mon gestionnaire d'internet quelques jours avant qu'Isabel... quand Isabel... » Elle avala de l'eau. « Elle a eu recours à lui... »

« Seulement elle ? » interrompit Nick.

« Jusqu'à il y a deux semaines, du moins, ce Desh avait la permission administrative de travailler sur le site internet, mais seulement parce qu'Isabel avait payé d'avance des modifications de conception. » Elle regarda son mari. « Elle ne voulait pas payer deux fois pour les mêmes services. »

« L'avez-vous déjà rencontré, ou l'avez-vous fréquenté d'une façon ou d'une autre au cours des deux dernières semaines ? » demanda Nick.

« Pourquoi l'aurais-je fait ? » demanda-t-elle, déconcertée. « Il a terminé il y a environ une semaine et a tout transféré à mon gestionnaire d'internet, qui a alors supprimé l'accès de cet homme au serveur. Tout a été fait en ligne. J'ai bien parlé à ce Desh au téléphone après la mort d'Isabel, pour lui expliquer ce que je voulais faire, mais ça ne va pas plus loin. Un jeune homme très gentil, et qui a créé un magnifique site internet. EriK a été également enthousiasmé par le site. »

« Pourquoi n'avez-vous pas conservé ses services ? » demanda Sacco.

« Pas besoin de conserver sur la liste de paie deux concepteurs de sites quand un suffit. J'ai utilisé le mien. Il me donne davantage de maîtrise sur les modifications et sur les ajouts. »

« Savez-vous si Isabel Creasy fréquentait Monsieur Adnet et Mademoiselle Waitre ? » demanda Nick.

« C'est possible qu'elle l'ait fait, » dit-elle. « Mais Isabel traînait avec beaucoup de monde avec David, et je n'étais pas au courant, ou je n'étais pas amie avec eux. »

« À part aujourd'hui, vous êtes-vous rendue, à un moment de la semaine dernière, à TeC4M ? »

Son mari se pencha en avant. « Je ne suis pas certain d'apprécier la tournure que prend la discussion, Inspecteur. Pourquoi dévier de votre interrogatoire ? Je peux attester que nous ne fréquentions pas ce Desh. Absolument toutes les interactions et transactions commerciales se faisaient par téléphone ou en ligne, comme ma femme l'a déclaré. A quoi rime tout ceci ? »

« Nous investiguons sur les morts récentes de Monsieur Adnet et Mademoiselle Waitre. Comme il travaillait chez eux, nous interrogeons tous ceux qui auraient pu être en lien avec eux. »

Le choc fut patent.

« Il travaillait avec David ? » Son murmure dissimulait l'horreur.

Nick acquiesça. « Même entreprise, mais dans un autre service. »

Elle saisit la main de son mari et se tourna face à lui. « C'est comme ça que David a su. Je me suis creusé la cervelle à essayer de comprendre comment diable il avait découvert ce que nous projetions. Ce Desh a dû dire quelque chose à propos des modifications et du transfert du site internet. » Elle se tourna face à Nick. « Un peu avant que le divorce soit finalisé, Isabel s'est assurée que tout, et je dis bien tout, était retourné sous son nom de jeune fille. Je l'ai aidée. Elle ne voulait pas recevoir d'ordonnance de cesser et de s'abstenir plus tard, lorsque l'entreprise serait montée, en marche, et rentable. »

« David est, et a toujours été, un fils de pute avare, » précisa son mari.

M-Li opina de la tête. « C'est un vrai mercenaire quand il s'agit d'argent. Il n'appréciait pas qu'Isabel prenne son maigre salaire pour l'investir dans ses recherches, » ajouta-t-elle.

« Et maintenant, il veut une part du gâteau, » dit son mari. « Et toi, ma chère, tu n'as pas aidé les choses avec ce que tu as fait aujourd'hui. » Il se leva. « David a-t-il porté plainte ? »

« Pas pour le moment, » précisa Nick. « Comme je l'ai dit, je vais l'auditionner après. »

« S'il porte vraiment plainte, nous faisons face à un délit potentiel, c'est bien cela ? »

M-Li se couvrit le visage tandis que son corps était parcouru d'un frissonnement.

« Oui. »

« Dans ce cas, Inspecteur Larson, j'emmène ma femme d'ici. Si David porte vraiment plainte, son avocat peut contacter mon bureau. Les avocats pourront régler cela. Nous serons à votre disposition également par le biais de notre avocat. »

Nick et Sacco regardèrent partir le couple pendant qu'Horowitz, chargé de nouveau de sa tâche d'escorte, les accompagnait aux ascenseurs.

« Tu penses que ce trou du cul va porter plainte ? » demanda Sacco.

« Il est suffisamment furieux, » dit Nick, pensif. « Mais la cupidité pourrait aussi intervenir, s'il y a assez d'argent en vue à tirer du procès. Si c'est le cas, il va se contenter de quelques égratignures sur son visage. »

« Quelles sont les chances ? » demanda Sacco, même si sa question était plus rhétorique.

« Allons le découvrir. »

« Bordel, il est grand temps, » les accueillit dès que Nick ouvrit la porte.

Nick ignora Creasy et présenta Sacco et lui à l'avocat, un dénommé Monsieur John J. Fitzgerald, avocat généraliste, d'après sa carte. Nick se demanda si Creasy l'avait choisi à cause de sa réputation ou du pouvoir qu'inférait son nom. C'était difficile à dire.

« Avez-vous eu le temps de vous concerter avec votre client, conseiller ? »

« Oui. » D'après l'expression de l'avocat, il semblait hésiter à représenter l'homme assis à côté de lui. Son expression était à la fois amère et sombre. « J'ai parcouru la déposition écrite. » Il arracha deux pages du bloc-notes et les leur tendit.

Nick le remercia et s'assit.

« Monsieur Creasy, pouvez-vous nous raconter dans vos propres mots ce qui s'est passé ce matin ? »

L'avocat donna son feu vert d'un hochement de tête.

« Cette garce est venue à mon travail et a créé une scène que je ne serai pas capable de mettre par écrit. Dieu seul sait quel blâme HR va mettre dans mon dossier. Ça va affecter mes scores. Et regardez ce qu'elle m'a fait. » Il montra son visage. Les zébrures étaient devenues insignifiantes, et des croûtes en pointillés ornaient sa joue. Il se porterait comme un charme dans quelques jours.

« Allez-vous porter plainte ? » demanda Nick à la manière d'un gentil questionnement.

« Je comprends que vous avez été témoins de, hum, l'altercation ? » demanda l'avocat.

Nick acquiesça. « Il l'a cherchée, elle l'a cherché. Elle l'a atteint en premier. »

Creasy se raidit et ouvrit la bouche, mais l'avocat lui pressa le bras.

« Après avoir *conféré* avec mon client, » dit-il, avertissant très clairement le dit client de se taire. « Il se rend compte que l'amie de son ex-femme est soumise à une énorme tension émotionnelle. Il va laisser passer cela, par égard à la mémoire de son ex-femme. Monsieur Creasy est un homme raisonnable. Il ne lui en tient pas rigueur. »

Quel bon samaritain, pensa Nick en regardant Sacco. Un sourire narquois apparut et s'évanouit. Il y avait plus d'argent à récolter avec un procès qu'avec un délit.

« C'est extrêmement magnanime de votre part, Monsieur Creasy. Je suis sûr que Madame Watson vous en sera très reconnaissante. Mais contrairement à vous, qui pouvez oublier le passé, il faut que j'obtienne des réponses à quelques questions pour compléter mon rapport d'incident. Des formalités administratives. On ne peut pas y échapper. »

Nick haussa les épaules. « À quelle heure avez-vous eu connaissance de la visite de Madame Watson ? »

Les yeux de l'avocat se plissèrent, mais il donna encore son aval à son client.

« Je venais de conclure un contrat global de trois cents dollars quand Liz m'a appelé. »

« Liz est la réceptionniste ? »

Creasy acquiesça.

« À quel endroit étiez-vous quand Liz vous a appelé ? »

« À mon bureau. J'allais avoir une pause de dix minutes. J'avais une envie de Starbucks. De prendre l'air. De me redynamiser. »

Imagine. S'il avait recouvré davantage d'énergie avant d'affronter Watson, peut-être serait-ce *elle* qui aurait porté plainte contre *lui*.

« Par simple curiosité, pourquoi avez-vous refusé de la voir ? »

Il haussa les épaules. « Je ne voulais pas avoir affaire à elle. C'est une part de mon passé qui est définitivement terminée. Je suis passé à autre chose. »

« C'est compréhensible, » compatit Nick. « Pourtant, Monsieur Creasy, vous poursuivez quand même en justice Madame Watson pour un passé dont vous vous êtes distancié. » Nick se focalisa sur son avocat. « Vous le représentez également là-dessus ? »

Monsieur Fitzgerald, avocat généraliste, sembla avoir un mauvais goût dans la bouche.

« Oui. »

« J'ai entendu dire que les poursuites judiciaires ont quelque chose à voir avec les recherches de votre ex-femme. Pouvez-vous nous donner des détails là-dessus ? »

Creasy s'agita. « Je veux seulement ce qui m'est dû des années où j'ai supporté le hobby d'Isabel. »

« Vraiment ? Vous êtes divorcé, depuis combien de temps ? »

« À peu près quatre mois. »

« Vous avez attendu aussi longtemps pour porter plainte, surtout que j'ai entendu dire que le divorce n'a pas été contesté ? »

« Ce sont beaucoup de rumeurs, Lieutenant, » interrompit l'avocat. « Et ce n'est pas le sujet de cette audition. »

« Mais ça l'est, ainsi que l'altercation à laquelle nous avons assisté, » dit Nick. « Comment avez-vous entendu parler des projets qu'avaient Madame Watson et Monsieur Wexler ? »

Creasy devenait maintenant mal à l'aise.

« Cela aurait-il à voir, par hasard, avec un certain Monsieur Desha Adnet et/ou une Mademoiselle Jessica Waitre ? »

L'homme sursauta perceptiblement. « Comment avez-vous... »

Mais l'avocat referma une main sur le bras de son client et pressa.

« Lieutenant, vraiment, » interrompit Monsieur Fitzgerald. « Vous allez à la pêche ? Encore une fois, cette information n'est pas pertinente dans cette audition. »

« Faites-moi plaisir, conseiller. Vous voyez, Monsieur Adnet était chargé de créer un site pour l'ex-femme de Monsieur Creasy. Le dit Desha Adnet était responsable de la conception et de la maintenance du site internet d'Isabel Creasy jusqu'à il y a environ une semaine, où il a transféré la maîtrise administrative au gestionnaire internet de Madame Watson. Monsieur Creasy n'était pas seulement un collègue de Monsieur Adnet, mais il se peut qu'il ait fréquenté Monsieur Adnet et son amie. Selon Mademoiselle Jeffries des TI, Adnet et Creasy étaient amis. Et à présent, Monsieur Adnet, ainsi que son amie Mademoiselle Jessica Waitre, est mort. »

« C'est une putain de plaisanterie ? » demanda Creasy.

« La mort, Monsieur Creasy, n'est jamais une plaisanterie. »

La stupeur remplaça la colère.

« Mais, mais, c'est impossible. Je l'ai vu lundi. Il allait très bien lundi. »

« Donc c'est la dernière fois que vous avez vu Monsieur Adnet ? »

« Il faut que je me concerte avec mon client... en privé, Lieutenant. »

« Conseiller, ceci est une audition conviviale. Nous ajoutons simplement des renseignements sur nos victimes en provenance de leurs collègues et de leurs amis. Sa perception pourrait nous fournir les réponses dont nous avons besoin. »

« Donnez-nous quelques minutes, » insista l'avocat.

« Très bien. »

Nick et Sacco sortirent.

« Ça l'a pris de court, » dit Sacco.

« Ouais. Je ne pense pas qu'il ait simulé ça. » Le regard de Nick devint vague. « Tu as saisi le hiatus avec les deux premières auditions ? »

« Tu veux dire, le fait que le nom d'Adnet ne rappelait rien à notre massothérapeute avec un K majuscule ? »

Nick sourit. On pouvait toujours compter sur Sacco pour saisir au vol.

« Peut-être qu'il n'était pas au courant, ou informé, de qui avait créé le site internet pour Isabel Creasy. Peut-être qu'il ne s'intéressait qu'aux résultats, et pas aux détails. Il faudra qu'on lui demande. »

« Nous lui avons aussi clairement tendu un piège avec cette information, » dit Sacco. « Ça pourrait être une omission de bonne foi. »

« Le nom d'Adnet est trop reconnaissable pour qu'on l'oublie. Mais on ne sait jamais. Si tout était fait par téléphone et que Madame Watson en avait la charge exclusive, ça pourrait être qualifié d'erreur. En tout cas, cela mérite un suivi, » dit Nick en se retournant quand Monsieur Fitzgerald ouvrit la porte.

« Nous sommes prêts. »

Ils s'installèrent dans les mêmes positions que précédemment.

« Mon client est totalement bouleversé, Lieutenant, mais il va répondre à toutes les questions que vous pourriez avoir, si ces réponses n'interfèrent pas avec le litige en cours. »

Nick ouvrit son bloc-notes. « Parlez-moi de Monsieur Adnet. Quand vous avez fait sa connaissance, quand vous êtes devenus amis. »

« Puis-je avoir de l'eau, s'il vous plaît ? » demanda Creasy.

L'homme était ébranlé et sa voix tremblait. Encore un peu sous le choc, vit Nick.

Sans qu'on le lui ait demandé, Sacco sortit. En quelques secondes, il posa une bouteille d'eau humide non ouverte devant Creasy, provenant sans aucun doute de la salle d'interrogatoire voisine.

« J'ai rencontré Desh à une réunion d'entreprise pour accueillir les nouveaux employés, » dit-il en ouvrant la bouteille. Il avala des gorgées longues et profondes. « Il venait de rejoindre l'équipe, un mois avant la fête. »

« Et quand était-ce ? » demanda Nick, prenant des notes.

« Il y a presque deux ans. »

Les connexions commençaient à se faire.

« Étiez-vous amis au travail ? »

« Le « quoi de neuf » de temps en temps dans le salon, dans le couloir, ou dans l'ascenseur. Des conversations idiotes. J'ai fait la connaissance de sa petite amie lors du pique-nique de l'entreprise il y a environ un an et demi. Une chose timide. Mais mon ex-femme a accroché tout de suite avec Jessie. Puis Isabel a découvert que Desh faisait partie des TI et l'a amené à créer un site internet pour ses crèmes et ses merdes. Desh lui a rendu service pendant son temps libre. Isabel était ravie. Je pensais que tout ça était une perte de temps et d'argent. Ça n'aboutirait nulle part. »

Nick ne fit aucun commentaire. La main de l'avocat s'était lentement déplacée vers son client. Creasy ne s'était pas rendu compte qu'il venait de saper son propre procès.

« Êtes-vous restés amis avec eux après votre divorce ? »

« Nous sommes sortis une ou deux fois, mais pas aussi souvent, surtout après que j'ai rencontré Leah. Jessie ne voulait pas avoir affaire à elle. Elle semblait presque offensée. Ma petite amie ne l'aime pas non plus. Elle affirme que ces gens des organismes de bienfaisance à but non lucratif sont des bonnes âmes hypocrites et de faux cœurs tendres. »

« Il faudra que nous parlions à votre amie. Où pouvons-nous la joindre ? »

Creasy donna les numéros de téléphone à contrecœur. « Au moins laissez-moi la prévenir... »

« Nous serons discrets, » dit Nick. « Quand avez-vous vu Jessica Waitre pour la dernière fois ? »

Creasy saisit son téléphone et passa en revue son agenda.

« La semaine après Thanksgiving. Nous sommes allés tôt pour un dîner chez Acqua, puis nous avons fait un saut pour aller voir *À couteaux tirés*. Quel embarras de bout en bout. »

« Comment cela ? »

« Je peux parier mon prochain objectif de vente qu'ils s'étaient disputés avant que nous nous retrouvions. J'ai reconnu les signes. J'ai dit à Desh le lendemain qu'il aurait pu annuler. J'aurais compris. Personne n'est de bonne compagnie quand il y a des problèmes à l'horizon. Merde, je connais les signes. Je suis passé par là, ça c'est fait. »

« Pouvez-vous nous donner plus de détails sur l'état d'esprit de Mademoiselle Waitre ce jour-là ? »

« Sombre. Impolie. C'était évident qu'elle n'avait pas envie d'être là. Elle s'est comportée plus que la normale comme une garce d'épouse de Beverley Hills. Desh m'a dit plus tard que Jessie subissait beaucoup de tensions au travail à cause des vacances et tout ça. Il s'est excusé. »

Nick ajouta une note : *Cadre avec ce que Daine Lunney nous a dit.* Il faudrait qu'il établisse une chronologie.

« Avez-vous eu d'autres rencontres sociales après cela ? »

« Pas vraiment. Décembre est notre pire mois. Nous avons été accablés de travail. Et Desh travaillait jour et nuit à écrire un programme pour bloquer tous ces salauds de hackers qui attaquent le réseau au quotidien. »

« Vous avez mentionné que vous avez vu Monsieur Adnet lundi, c'est exact ? »

« Je suis allé avec lui chez Starbucks pour un remontant caféiné. Je lui ai demandé comment le pare-feu avançait. Mais il était distrait. J'ai dû lui poser la question deux fois avant qu'il se concentre. »

« Est-ce là qu'il vous a parlé du transfert du site internet de votre ex-femme ? »

« Enfin, Lieutenant, » interrompit l'avocat. « Vous êtes plus intelligent que ça. »

Nick faillit hausser les épaules. Il se fichait complètement du procès. Il avait d'autres chats à fouetter.

« Qu'a-t-il dit d'autre ? »

« C'est à peu près tout. Il m'a dit qu'il me verrait la semaine prochaine. Il prenait quelques jours de congé pour travailler de chez lui. Voir sa famille. Il avait des décisions à prendre. »

« S'est-il étendu sur ces décisions ? »

« Nan. Mais son père est un casse-couilles et il exerçait sur lui des pressions pour qu'il revienne dans l'entreprise familiale. Il me semble qu'il a dit qu'ils projetaient de la développer. »

« À part le fait qu'il était distrait, a-t-il semblé contrarié, fâché ou déprimé ? »

Creasy rit. « Desh, déprimé ? Merde. Les émotions négatives glissaient sur lui comme de la nourriture sur du Téflon. »

« Mais il était distrait, » ajouta Nick.

« Nous avons entendu dire au travail que les attaques des hackers devenaient virulentes. Comme tous les gens des TI, il se plongeait dans son cyber monde et ne faisait surface que quand il avait une solution. Je n'en ai pas pensé grand-chose. »

« A-t-il mentionné des problèmes avec Mademoiselle Waitre ? »

« Comme je l'ai dit, c'était une conversation très brève. Son café a été servi en premier, et c'est la dernière fois que je l'ai vu. » Il frémit. « Oh, merde. »

« Y avait-il quelqu'un d'autre au bureau avec qui Monsieur Adnet aurait pu être ami ? »

« Maressa Jeffries pourrait vous aider davantage que moi là-dessus. Je ne connais pas grand monde aux TI, à part des relations superficielles. »

Nick opina et referma son calepin. « Monsieur Creasy, veuillez rester disponible. » Il regarda l'avocat, qui se levait devant l'évidence du congé donné. « J'ai votre carte s'il y a un changement. »

Nick les regarda s'éloigner de la porte. Des pointillés planaient autour de l'affaire Creasy, mais rien de consistant et pas de quoi se faire une représentation. Mais c'était mieux que rien. Au moins, ils avaient une connexion avec cette dernière affaire. Le vrai travail commençait maintenant. Nick allait devoir creuser cela.

Sacco et lui gagnèrent leurs bureaux respectifs et se mirent à remplir les rapports d'incidents pour le gâchis de ce matin chez TeC4M.

Trente minutes plus tard, ils se pressaient tous autour de la table de la salle de conférence.

Nick ouvrit son poulet au curry Massaman et renifla. Il mourait de faim. Il mit du riz dessus et commença à manger.

« Récapitulatif, » dit-il entre des bouchées. « Certains des acteurs d'aujourd'hui connaissaient d'une façon ou d'une autre Isabel Creasy, Desha Adnet et Jessica Waitre. »

La fourchette de Carpenter s'arrêta avant qu'il pût porter à sa bouche encore du larb de poulet. « Vraiment ? »

« C'est un fil, » dit Ramos, tendant la main vers un crab angel. « Enfin. »

« Un fil très mince, pour l'instant, » dit Nick. « Mais c'est une direction à suivre, que nous n'avions pas avant. »

« De quelle manière exactement ces personnes sont-elles reliées ? » demanda Carpenter.

« Sacco voulut prendre le dernier crab angel, mais Ramos éloigna sa main d'une tape et s'en saisit.

« Les Creasy étaient liés à Adnet et Waitre, d'abord par le lieu de travail, puis socialement, » dit Nick.

« Enfin, » ajouta Sacco, « jusqu'à ce que David Creasy largue sa première femme et se trouve une nouvelle petite amie. » Il ouvrit son calepin. « Une certaine Leah Santori. Il semble que ça ne collait pas trop entre Waitre et Santori, après quelques sorties entre couples. »

« Ça me donne toujours que dalle comme indice possible, ou comme direction que nous pouvons prendre pour résoudre ça, » dit Ramos.

« Desha Adnet avait créé un site internet pour les produits d'Isabel Creasy, que sa meilleure amie possède maintenant. Donc cela relie Watson à Adnet. »

Sacco avala le riz thaï frit qu'il engloutissait à une vitesse impressionnante. « Le massothérapeute ne s'est pas souvenu de connaître Monsieur Adnet. C'est sujet à débat, surtout après avoir parlé avec Madame Watson. Soit c'était une simple omission, soit il ignorait sincèrement ce fait. »

« Nous revérifierons cela plus tard. À l'heure actuelle, la question est, ces deux affaires sont-elles le fait d'une simple coïncidence... »

Ramos se moqua. « Je ne vois pas les choses de cette manière, et de la façon dont tu les présentes. »

« Ramos, tu es suspicieuse jusqu'au bout de tes jolis petits orteils, » dit Sacco.

« Regarde autour de la table, mon pote, » sourit-elle, « et dis-moi que tes jolis petits orteils ne le sont pas aussi. »

« D'une façon ou d'une autre, tous ont attiré l'attention du tueur. La question est qu'est-ce qui a déclenché les choses, et comment. Il doit y avoir une sorte d'indice ou de connexion quelque part sur internet, Carpenter. Il faut que tu me trouves quelque chose. Nous savons que

Jessica Waitre se faisait harceler par le biais du Dark Net. Peut-être que c'est la connexion. »

Carpenter émit un bourdonnement. « Je vais rechercher des programmes malveillants, ou des cibles sur l'ordinateur de Creasy. S'il y a un lien, ça peut être la source. Adnet était trop expert en TI pour ignorer que quelqu'un essayait de pirater son ordinateur. »

« Fais une recherche approfondie, » lui dit Nick. « Il nous faut quelque chose. »

« Mais, et s'il n'y a pas de connexion ? » demanda Carpenter. « Et s'ils avaient été choisis au hasard ? »

Alors là, c'était une pensée que Nick ne souhaitait pas explorer. Un crime où le tueur avait un lien avec les victimes pouvait être résolu. Un tueur qui n'en avait pas...

« Espérons que ce ne soit pas le cas, jeune homme, » dit Nick. « Sinon, nous sommes foutus. Cela signifie qu'un psychopathe aléatoire est dans le coin, choisissant ses victimes sur un caprice. »

« Tu sais, » dit Ramos. « Carpenter a raison, ici, Nick. Et s'il n'y a pas de connexion ? Il y a toujours la possibilité que l'une des femmes, ou les deux, ait voulu se suicider, même par procuration, que cela nous plaise ou non. »

« Pas Isabel Creasy, Tish. Plus j'y pense, plus je suis convaincu que l'affaire Creasy ne correspond pas à ce que nous avons vu avec l'affaire Waitre. Celle-là a l'air... différent. Et c'est ce qui me déroute ici. Mais nous allons garder toutes nos options ouvertes pour l'instant. Et Totes n'a pas encore effectué les autopsies, non plus. Il aura peut-être quelque chose à dire là-dessus. »

« Notre ordinateur est-il toujours en train de compiler les affaires avec des modes opératoires similaires ? » demanda Ramos.

Nick acquiesça et s'empara d'un doughnut frit. « Et les téléphones portables personnels des femmes ? » demanda-t-il.

« Rien. Disparus, » dit Ramos.

« As-tu obtenu ces données pour des recoupements auprès des opérateurs téléphoniques ? » demanda Nick à Carpenter.

« J'ai les identifiants du portable de Creasy. J'attends ceux de Waitre pour comparer. » Il soupira. « S'il existe un lien possible. »

« Nous devons passer au crible la pile d'indices que nous avons trouvés dans l'appartement d'Adnet, » dit Nick. « Enfin, s'il n'y a plus de nouvelles surprises ou d'interruptions. » Nick s'étira. « Merci pour le déjeuner, Ramos. Dis-moi combien je te dois. »

« Lieutenant... »

Tout le monde se retourna pour regarder Horowitz sur le seuil.

« Il y en a eu un autre. »

CHAPITRE VINGT-TROIS

LE SECTEUR AUTOUR de la scène de crime était l'un des plus beaux endroits de cette partie de la ville. L'adresse que leur avait donnée Horowitz était proche de Sutton Place, le bâtiment qui se dressait sur le côté nord d'une rue tranquille bordée d'arbres entre la Première et Beekman. C'était une construction ancienne encadrée avec goût par des propriétés en brique blanche encore plus anciennes.

Le hall d'entrée dans lequel Nick pénétra était petit et en cours de rénovation, avec des cônes de signalisation et des sections rubalisées pour avertir les résidents. Nick savait que ces avertissements étaient destinés davantage à éviter de futurs dommages qu'à éviter les accidents.

Un agent en uniforme les accueillit, le visage empreint d'une teinte cireuse suspecte.

« Monsieur, » et il déglutit. « La victime est... » Il fit une pause et déglutit de nouveau.

« Ça va ? » demanda Nick, un peu inquiet.

L'agent déglutit. « C'est pas beau là-dedans, Monsieur. »

« Vous étiez le premier sur la scène ? »

« Avec mon équipier, » déclara-t-il, ouvrant son bloc-notes et montrant un homme en civil assis dans le coin du bureau de réception. L'homme était penché en avant, les mains sur la tête et les coudes sur les genoux. « Monsieur Julian Toro, là, était présent quand la victime a été découverte. C'est le gérant. »

« Et l'autre est ? »

« Monsieur Omiata Iwu. »

Nick regarda Monsieur Iwu. À la fin de la quarantaine, il écoutait quelqu'un sur son téléphone, les yeux exorbités par l'horreur, une main couvrant sa bouche. Même à cette distance, la pâleur de l'homme était manifeste.

« Où est la scène, officier ? » demanda Ramos.

« Premier étage, appartement 2B, » répondit-il.

Ramos, Carpenter et leur groupe se dirigèrent vers les ascenseurs.

« Le nom de la victime ? » demanda Nick.

« Micaela Latimer, d'après Monsieur Iwu. Elle lui sous-louait l'appartement. Comme elle n'avait pas payé son loyer et n'avait répondu à aucun des appels téléphoniques, textos et e-mails de ce monsieur depuis plus d'une semaine, il est venu remettre un avis d'expulsion. »

« Il a une clé de l'appartement ? » demanda Nick, faisant un signe de tête en direction du coin où les deux hommes étaient maintenant assis côte à côte.

« Affirmatif. Ils en ont une tous les deux. Monsieur Iwu voulait que le gérant soit avec lui quand il remettrait l'avis d'expulsion. D'après lui, comme ils n'ont pas reçu de réponse à leurs coups de sonnette, ils sont entrés dans les lieux pour s'assurer qu'ils n'étaient pas saccagés ou abandonnés. C'est là qu'ils l'ont trouvée. »

« Ont-ils touché à quelque chose ? »

« Ils n'ont pas eu à le faire, » dit l'agent. « Enfin... vous allez voir. » Il déglutit.

Nick opina de la tête et se tourna vers Sacco. « Voyons ce que ces deux-là ont à nous dire. »

« Messieurs, » les salua Nick, observant la peau moite, la pâleur et l'expression de détresse générale des hommes. Le choc pulsait dans leur regard. Cela n'augurait rien de bon sur ce qu'ils avaient vu sur la scène de crime. Il se présenta, ainsi que Sacco.

« Je sais que c'est difficile, mais il nous faut vos dépositions sur ce qui s'est passé cet après-midi. »

L'homme que l'on avait désigné à Nick comme Omiata Iwu parla comme s'il était en transe.

« Je voulais seulement l'avertir, » dit-il. « Elle ne m'a jamais causé de problèmes. Elle n'aurait jamais... »

Bordel de merde. Nick regarda Sacco. Son équipier pensait de même.

Le gérant sursauta ostensiblement. « Ce n'est pas ce que nous voulons dire, » dit-il avec une nervosité évidente. « Nous ne nous étions jamais attendus... je veux dire que nous n'avons jamais vécu cela. Mais ça ? Ça ressemble trop à cette merde de *L'aube des morts.* »

« Pour le moment, je ne pense à rien, sauf à essayer de découvrir ce qui est arrivé, » dit Nick. « Monsieur Iwu, avant que vous disiez autre chose, puis-je vous demander quand vous avez vu la victime pour la dernière fois ? »

« Je crois que je vais être malade, » fut tout ce que l'homme marmonna.

Nick jeta un coup d'œil circulaire et repéra une poubelle en plastique à demi cachée par le bureau de réception en croissant de lune. « Là, » dit-il en la plaçant en dessous du menton de l'homme. Iwu la serra, tordant le plastique jusqu'à le déformer. Il eut plusieurs haut-le-cœur.

« Mon agent me dit que vous sous-louiez l'appartement à Mademoiselle Latimer, est-ce exact ? »

Iwu acquiesça et eut une nouvelle nausée.

Nick se tourna vers le gérant, espérant avoir plus de chance. « Étiez-vous au courant de la sous-location ? »

Julian Toro soupira. « C'est légal. Les propriétaires de l'immeuble l'autorisent. »

« Les propriétaires ? »

« Ceci est un condoplex, » dit Toro, comme si cela expliquait tout. « C'est comme cela depuis le début des années 90. ».

« Depuis combien de temps gérez-vous cet endroit ? » demanda Sacco.

« Presque treize ans, » dit-il, un soupçon de fierté dans la voix.

« Résidez-vous sur les lieux ? » demanda Nick.

L'homme ironisa. « J'habite à Elmhurst, mec. Je ne peux pas me permettre un endroit comme celui-ci, même en sous-louant la sous-location. »

« Votre bureau ? »

« Au sous-sol. »

« Nous aurons besoin de tous les documents que vous avez sur Mademoiselle Latimer. » Nick se tourna vers l'autre homme, qui avait finalement réussi à contenir son envie de vomir. « Monsieur Iwu. Êtes-vous le propriétaire de l'appartement ? »

L'homme secoua la tête et déglutit. « Non. Je le sous-loue pour mon cousin. Il fait trop d'allers et retours hors du pays pour l'utiliser. Il est attaché diplomatique. »

« Il travaille pour les Nations Unies ? »

« Il y travaillait, il y a quelque temps. C'est la raison pour laquelle il a acheté l'appartement. Il n'a pas voulu le vendre quand il a été retransféré à Abuja. » Avant que Nick pût demander, il ajouta. « Au Nigeria. »

« Pouvez-vous relater ce qui s'est passé cet après-midi ? »

L'homme pâlit ostensiblement, mais conserva son sang-froid.

« Le loyer de Mademoiselle Latimer devait être payé la semaine dernière. Il arrive parfois qu'elle ait un jour de retard dans son paiement, surtout quand elle est en voyage, mais d'habitude elle laissait un message ou envoyait un courriel pour m'informer qu'elle n'était pas dans l'Etat. Une locataire fiable, dans l'ensemble. Mais la semaine dernière, elle n'a pas payé le loyer. J'ai laissé filer pendant un jour ou deux, en lui envoyant des rappels. Mais comme elle n'a répondu à aucun de mes appels, textos ou courriels, j'ai su qu'il se passait quelque chose. D'habitude, cela veut dire que l'appartement a été vidé sans préavis, ou que le locataire m'évite par manque de ressources. » Il déglutit. « Ce n'était aucun de ces cas. »

« Avez-vous l'habitude de venir aussi vite avec un avis d'expulsion ? »

« J'ai déjà été échaudé. Un locataire s'est pris pour un squatter et n'a pas payé le loyer pendant deux mois. Ça m'en a pris six pour me débarrasser de lui. Il a saccagé l'appartement en guise de protestation avant de disparaître. Nous avons dû tout remplacer, des meubles au coin cuisine. Donc maintenant, je garde des exemplaires vierges d'avis d'expulsion et je remplis les noms pour montrer que je ne plaisante pas. »

« C'est plus comme une menace ? » demanda Sacco.

« Plus pour signifier que je suis sérieux à propos de recours légaux. Une fois que j'ai fait face aux locataires, je repars avec le chèque du loyer en main. » Il regarda Nick et Sacco. « Mais dès la première fois, vous partez. Je casse le bail immédiatement, en donnant aux locataires un préavis de deux semaines pour libérer les lieux. Ça a marché, jusqu'à maintenant. »

« Quand êtes-vous arrivés ici pour informer Mademoiselle Latimer qu'elle allait être expulsée ? » demanda Nick.

L'homme regarda le gérant. « Aux alentours de quatorze heures, quatorze heures quinze ? »

Toro acquiesça. « Je venais de recevoir la livraison du sol de marbre que nous installons. »

« Pourquoi ne vous êtes-vous pas arrêté au passage plus tôt dans la semaine ? » demanda Nick à Iwu.

« J'étais à Disney World avec mes enfants, » répondit l'homme. « En vacances. Je suis rentré hier. »

Nick se tourna vers le gérant. « Avez-vous vérifié qu'elle était chez elle ? »

« Nous avons été occupés par la rénovation du hall d'entrée, comme vous pouvez le voir, » dit-il. « Mais je ne suis pas une baby-sitter. J'ai mis les rappels sous la porte de la part de Monsieur Iwu, mais je n'ai pas surveillé ses allées et venues. Et, légalement, je ne suis pas autorisé à pénétrer dans les lieux sauf s'il y a un problème dans l'appartement. J'entre seulement quand j'y suis invité, et le propriétaire ou le locataire doit être dans les lieux. Ça m'évite des problèmes ou un blâme si quelque chose disparaît. »

« Quand avez-vous vu Mademoiselle Latimer pour la dernière fois ? »

« Je ne me souviens pas. Elle part habituellement avant que j'arrive pour m'occuper du hall d'entrée. Souvent, elle travaille tard et je ne la vois jamais rentrer. Je pars à dix-huit heures. Après cette heure, les propriétaires utilisent leur biper pour aller et venir. Si des visiteurs arrivent après la fermeture, les locataires doivent descendre pour les faire entrer. Ils prennent la sécurité au sérieux, surtout comme nous ne nous occupons pas du bureau d'accueil le soir. »

Cela pourra changer, pensa Nick, quand les propriétaires auront entendu parler de cet incident.

« Donc vous vous êtes tous les deux rendus à l'appartement aux alentours de quatorze heures, » dit Nick. « Qu'est-ce qui s'est passé ensuite ? »

« Nous avons tapé sans cesse, » dit Iwu, s'essuyant la lèvre supérieure. « Puis nous avons remarqué que le dernier rappel que Monsieur Toro avait poussé à moitié sous la porte y était toujours. »

« Et vous avez soupçonné qu'elle vous avait laissé tomber ? »

« Qui entre chez lui en laissant par terre des avis ou du courrier ? » demanda Toro. « Donc, oui. Et ce n'aurait pas été difficile pour elle de ficher le camp. Elle connaissait mes habitudes. »

« Y a-t-il des caméras de surveillance autour de l'immeuble ? » demanda Nick.

« Non. »

« D'accord. Revenons à cet après-midi. Vous avez tapé, vous avez vu les avis sous la porte. Et ensuite ? »

Les deux hommes déglutirent avec difficulté.

« Nous avons crié que nous entrions. » dit Iwu.

« Donc nous avons ouvert la porte, » poursuivit Toro.

Les deux hommes fermèrent les yeux, essayant de refouler l'image. Mais Nick savait que ce que l'on a vu ne s'efface jamais. Le cerveau pourvoyait toujours tous les détails les plus macabres. Un cliché immortalisé à jamais.

« Elle était juste là, sous le ventilateur, » dit Iwu. « Juste pendue. » Plus doucement. « Juste là. »

« Êtes-vous entrés ? Avez-vous touché quelque chose ? »

« Putain, non, » dit Toro. « Nous avons fermé la porte et nous sommes sortis à toute allure. Nous avons appelé le 911. »

« Comment une telle chose peut-elle se produire ? » demanda Iwu, qui ne s'adressait à personne en particulier. Son menton trembla, retomba sur sa poitrine, et il se mit à pleurer.

Nick ne dit rien, il se contenta de se diriger avec Sacco vers l'ascenseur tandis que Toro entourait de son bras l'homme en pleurs pour le consoler.

Dès que la porte de l'ascenseur s'ouvrit, Nick fut accueilli par l'un des techniciens de Ramos, qui poussa dans sa direction un sac zip-lock.

« Mais enfin, qu'est-ce que c'est que ça ? »

« Monsieur, Ramos m'a donné l'ordre de vous le donner, sous peine de mort. Ma mort. Juste au cas où. Vous aurez besoin de vos masques avant d'entrer là-dedans. » L'avertissement et le sac une fois donnés, il fit demi-tour et partit.

Ce n'était jamais bon de pénétrer sur une scène de crime le ventre plein, pensa Nick. Il extirpa la fiole de menthol de la poche de son manteau, frotta un peu de pâte sous son nez, tendit la fiole à Sacco, et mit son masque, en suivant le technicien. S'il était optimiste, peut-être pourrait-il survivre à l'après-midi, l'estomac intact.

Le petit couloir en face de la scène de crime était trop étroit pour contenir la foule du personnel de laboratoire et des agents qui enregis-traient la scène. Tout le monde était en mode ruche.

« Tu penses qu'on va pouvoir se caser là-dedans ? »

Ils parvinrent à éviter la foule humaine amassée autour de la porte.

« C'est moi, ou il fait plus froid ? » dit Nick dès qu'ils franchirent le seuil.

« Bienvenue en Arctique, » dit Ramos en les voyant approcher. Elle était à côté du corps, enfermant la main droite de la victime dans un sachet. « Toutes les fenêtres de l'appartement sont grandes ouvertes. » Elle montra le ventilateur de plafond où une corde était accrochée. « C'est gentil à lui d'avoir réfrigéré les lieux, bien qu'elle soit dans un sale état. La pauvre. »

Nick regarda fixement. Micaela Latimer était pendue comme une marionnette grotesque sous le ventilateur de plafond au milieu de la salle de séjour. Toute la zone était glacée, mais cela n'avait pas empêché le processus de décomposition de se produire. Boursouflé, son corps se balançait dans la brise qui balayait l'appartement. Elle portait un bas de pyjama en soie d'une couleur rouge Noël avec un T-shirt blanc où était imprimé le slogan « I love NY », maintenant complètement tendu à cause de l'extension du corps. Ses vêtements étaient maintenant tachés de fluides auxquels Nick ne voulait même pas penser, et les parties de sa peau exposées avaient par endroits une teinte brillante.

« Ton interprétation ? » demanda-t-il à Ramos. Il déglutit avec difficulté, plus par compassion pour la victime qu'à cause de son estomac dérangé.

« Par la lividité et l'absence de raideur cadavérique, » dit Ramos, soulevant doucement la main ensachée. Il n'y eut pas de résistance. « Je dirais approximativement qu'elle est restée accrochée ici pendant plus de trois jours. » Elle se pencha un peu pour regarder le bras de la victime. « D'après l'ampleur du gonflement, et le fait qu'elle a été réfrigérée, peut-être cinq jours, bien que la peau montre du rouge qui pointe à travers le vert. Huit à dix jours. Peut-être. Totes pourra dater plus précisément. Et j'espère qu'il arrivera vite ici. Je ne sais pas combien de temps elle va rester là-haut. La corde est en train de couper à travers. »

Nick se détourna du corps pour observer la salle de séjour, prenant des respirations superficielles. Le menthol et la température basse de l'appartement l'aidaient à garder son estomac en paix. Il scruta la zone autour de la victime et vit qu'elle était impeccable. Un canapé aux lignes classiques, recouvert d'une étoffe exotique neutre, était poussé contre le mur à droite de la victime. Des fauteuils club assortis et des tables de salon l'encadraient. Une table de salon en métal et verre était à portée de bras, avec un mélange de magazines, de coupes en cristal et une petite boîte en cuir posés dessus. Rien ne semblait avoir été dérangé. En face du canapé, un meuble d'appoint de couleur crème accueillait la jumelle de la lampe sur la table basse en face à gauche, avec un grand pot de fleurs de forme bulbeuse posé au milieu. Quelqu'un avait mis dedans des rameaux blancs tordus qui semblaient à Nick plus effrayants que décoratifs. Le reste de la zone contenait d'autres bibelots disposés stratégiquement. Des chaises capitonnées normales se trouvaient aux extrémités du meuble d'appoint, sauf que la chaise la plus proche se trouvait maintenant au-dessous des pieds de la victime, le tissu souillé par ce que le corps avait déjà évacué.

La scène semblait remarquablement similaire à celle de l'affaire Creasy.

« Merde, » fut tout ce que dit Nick.

« Tu as raison, » répondit Ramos. Elle sortit son mètre et mesura. « Les orteils relâchés sont à trois centimètres du coussin. Pareil. »

« Le commandant ne va pas être content, » ajouta Sacco.

« Tu l'es ? » dit Nick, sachant qu'ils avaient un tueur en série sur les bras, tout en souhaitant toujours avoir tort.

Elle observa Nick. « Ton estomac tient le coup ? »

« C'est gérable. » Il regarda la fenêtre ouverte, par où le froid de l'après-midi pénétrait. « Toutes les fenêtres sont ouvertes ? »

« Ouais. Celui qui a fait ça nous a eus. Totes va avoir un mal de chien à nous donner une heure de décès. »

S'il s'avérait que la victime était pendue là depuis plus de soixante-douze heures, avec les fenêtres ouvertes aux quatre vents, les fluctuations faussées des températures cette dernière semaine feraient dérailler la décomposition du corps en la ralentissant et en l'accélérant de manière aléatoire.

Au moins, le froid dans l'appartement maintenait l'odeur à un niveau minimal.

« Rien sous les pieds de la chaise ? » demanda Nick.

Ramos sourit, mais secoua la tête. « Pas besoin. » Elle essaya de balancer la chaise, mais elle tenait fermement sur le sol. « Elle n'est pas bancale. J'ai vérifié le freezer, juste au cas où. Pas de moule en silicone. »

« Un message ? » demanda Nick.

Elle désigna une feuille de papier à l'intérieur d'une chemise de plastique. « Mais je n'y crois pas. Vous allez voir. »

La vie n'est que de la merde.
Les gens disent qu'ils se soucient de vous, mais en fait ils s'en
fichent.
Des monstres pleins de haine, c'est ce qu'ils sont.
Manteurs. Tous autant qu'ils sont. Il est l'heure de dormir.

« Ah, bon Dieu, » fut tout ce que dit Nick.

Sacco montra avec son auriculaire. « Même mot mal orthographié. Même phrase. » Il regarda Nick. « Je sais que les jeunes de nos jours ont une orthographe de merde, mais quelles sont les probabilités ? »

« Aucune. » Il se tourna vers Ramos. « Un sac à main ? »

« Dans ce qui sert d'entrée. Sur la chaise près de la table décorative. »

Nick alla là où Ramos avait indiqué pendant que Sacco examinait l'intérieur du meuble d'appoint dans la salle de séjour.

Le sac à main, qui ressemblait plus à un gigantesque sac jetable, avait été négligemment jeté sur la chaise. Il gisait, comme ivre, à moitié sur la chaise, à moitié en dehors. Il le souleva et alla directement en face, dans l'espace repas, le déposant sur la table rectangulaire. Il entreprit de vider le sac de son contenu, posant tous les objets méticuleusement côte à côte.

Une inspection sommaire du portefeuille montra qu'il contenait les habituelles cartes de crédit, un permis de conduire de New York (identifiant la victime comme Micaela Latimer, vingt-sept ans, demeurant à la même adresse), des cartes de membre, des reçus pliés qui gonflaient le portefeuille jusqu'au double de sa taille, et de l'argent. Rien n'avait été pris, à ce qu'il vit. Ensuite il y avait la trousse à maquillage, déformée par les trucs habituels pour se faire belle que les femmes trimbalaient toujours. Rien qui sorte de l'ordinaire. Puis vint une brosse à cheveux. Une petite bombe au poivre. Des bonbons à la menthe. Des mouchoirs en papier. Un bloc-notes avec un stylo glissé dans la spirale médiane. Un magazine de mode roulé. Un collant. Un collant ? Mais pourquoi ? Un étui à lunettes. Du lubrifiant oculaire pour porteurs de lentilles. Des tampons. Encore des reçus. De la monnaie en vrac. Du baume à lèvres. Des allumettes, mais pas de cigarettes. Du déodorant. Une petite bombe de désodorisant d'ambiance.

C'était tout.

Pas de téléphone.

« D'accord. Ouvrez les oreilles, » dit-il assez fort pour que tout le monde s'arrête. « Je veux que chacun d'entre vous, tout de suite, cherche un téléphone portable. Fouillez chaque coussin, chaque meuble, chaque placard. Vérifiez par terre, derrière les meubles, sous les meubles, partout où un téléphone pourrait tomber. »

Nick cria pour appeler Carpenter.

« Yo, » répondit-il de l'autre bout de l'appartement.

Nick suivit la voix jusqu'à une petite pièce rectangulaire convertie en salle de médias et de lecture dans des teintes douces de vert et de bois. La fenêtre qui donnait sur la rue était également grande ouverte et la température ambiante semblait même plus froide que dehors.

« As-tu trouvé un ordinateur portable, ou des dossiers personnels, des factures ? »

« Un iPad. Je ne suis pas encore allé dans la chambre pour chercher un ordinateur portable ou des dossiers. »

« Merde. » Sans code, il n'y aurait pas moyen d'ouvrir le truc. Pas même avec un mandat. « Va dans la chambre. Cherche si elle a un ordinateur là-bas. Il me faut un numéro de téléphone. »

Nick alla au module d'étagères mur à mur et ouvrit les portes du meuble sous l'écran de télévision. À l'intérieur, sur le premier rayonnage, se trouvaient un magnétoscope numérique, un lecteur de Blu-ray. Sur le rayonnage du bas, un tas de DVD étaient soigneusement rangés, selon leur titre et leur taille. Rien d'autre. À l'intérieur du meuble, sur la gauche, il trouva une console de jeux, des recharges de jeux, de multiples manettes pour le système de jeux, un casque de jeux, et des lunettes. Le tout parfaitement rangé. Cette femme aimait l'ordre. Se tournant vers les portes du meuble sur la droite, il trouva un lecteur CD avec un nombre impressionnant de CD audio autour de lui, dessus, ainsi qu'en dessous.

Il se redressa après sa fouille et examina la pièce. Tout était organisé. Le minimum d'éléments de décoration. Très peu de photos personnelles. En fait, il n'y en avait que deux. Il en prit une. C'était une photo de remise de diplôme, avec la victime serrant la main d'un professeur en toge. Plutôt jolie, avec des traits juvéniles, un cliché bien meilleur que la photo du permis de conduire. Des cheveux blonds sortant de son chapeau de diplômée. Il prit l'autre photo. Cela semblait être une célébration au bureau. Tout le monde souriait, et la victime tenait une sorte de plaque. Peut-être une sorte de récompense pour un travail de groupe, pensa-t-il.

Carpenter arriva, tapant d'une main sur le clavier d'un petit ordinateur portable tout en tenant l'objet au creux de son bras.

« Tu peux entrer ? »

« J'y suis déjà. Pas de mot de passe de connexion. Elle devait utiliser ça ici exclusivement. » Il tapa encore sur d'autres touches et sourit. « Et elle a même un organisateur de mots de passe. Comme c'est sympa. » Il fit courir plusieurs fois son doigt sur le pavé numérique. « Note ceci. »

Nick sortit son téléphone et composa le numéro. Le téléphone sonna et sonna, mais pas un son dans l'appartement. Le serveur de la messagerie vocale cracha le truc habituel après la tonalité, laissez un message. Nick attendit. Une voix très jeune et dynamique salua brièvement.

« Salut, les potos. Micaela est là et pas là. » Un rire pétillant. « Laissez-m'en un. »

Nick coupa.

« Comme les autres, » dit Carpenter.

Nick acquiesça. « Comme les autres, » admit-il, en donnant à tout le monde l'ordre d'abandonner.

Sacco entra. « Pas un seul mouton de poussière n'est déplacé. Tu parles de TOC. »

« Et il n'y a rien non plus de trop personnel, » ajouta Nick en scrutant alentour. « Ça ne me donne pas l'impression d'un foyer. C'est plus un endroit pour dormir et stocker des objets. Il n'y a que deux photos ici. »

« Tu trahis ton âge, » dit Carpenter en fermant l'ordinateur et en le glissant dans un sac à scellés en plastique. « La nouvelle génération d'éveillés fait tout en virtuel. »

« Eh bien, Votre Altesse éveillée, » dit Nick. « Quand tu les trouveras, veille à m'envoyer ces dossiers de photos dès que possible. »

La fouille suivante, cette fois dans la chambre, ne donna rien d'utile, ni d'indices. Les vêtements et les objets intimes étaient rangés soigneusement à leurs places respectives. Les bijoux étaient organisés de la même manière à l'intérieur de plusieurs boîtes en plastique transparent dans le placard. Un autre écrin à bijoux, sur une petite coiffeuse, était rempli des bijoux que la victime utilisait souvent, adorait, et de pièces plus coûteuses. Rien n'était dérangé. Rien n'avait été saccagé ou fouillé. Une rapide fouille des tables de chevet apprit à Nick que la victime était sexuellement active, prudente, et aimait beaucoup les sex toys masturbateurs. La salle de bain n'offrit pas non plus d'autres indices.

Quand ils retournèrent à la salle de séjour, Totes et son personnel se préparaient à partir. Ils avaient déjà enlevé la victime de son perchoir mortel et l'avaient emballée dans un sac mortuaire zippé.

« Vous et votre putain d'intuition, » dit Totes dès que Nick fut en vue. Ramos sourit.

« J'espère que je me trompe, vous savez. » Il respirait à petits coups. « Les preuves sont au mieux fragiles, et au pire invisibles. Pour l'instant, nous sommes dans le pire. »

« Eh bien, » dit Totes d'une voix enjouée, donnant le feu vert à son équipe pour qu'ils emmènent le corps. « Ça fait trois autopsies demain pour moi, et pour vous. On va passer une bonne journée ensemble. »

« Ça vaudra peut-être le coup que le contenu de mon estomac obtienne des réponses. »

« Si j'en trouve. »

Quelle joie, fut tout ce à quoi Nick pensa.

Suivant le médecin légiste et le corps jusqu'au hall d'entrée, ils prirent une autre direction pour chercher le gérant, qui était à proximité, comme s'il dirigeait la circulation, aboyant des ordres aux ouvriers qui enduisaient et posaient le sol.

« Il nous faut une copie de la demande de sous-location, et tout autre document que vous avez sur la victime, » dit Nick pendant une pause dans la tirade de Toro.

Le gérant montra le bureau de la réception. « J'ai fait une copie de mes dossiers. Ils sont dans cette enveloppe. »

Nick le remercia et récupéra l'enveloppe de papier kraft. Une fois dans la voiture, il la donna à Sacco.

« Elle a sous-loué l'appartement il y a un an et demi, » dit Sacco, parcourant le contrat de location. « Elle met un numéro d'urgence hors de l'État. »

« Quel est le code du secteur ? » demanda Nick, en évitant un livreur à bicyclette Grubhub qui avait tourné devant lui en tentant d'éviter un autobus quittant son arrêt.

« Aucune idée. » Sacco effectua une rapide recherche sur son téléphone. « Voilà. Code de secteur quatre cent deux... Omaha. Donc elle n'est pas du coin. »

Génial, pensa Nick. Encore une qui vient de l'extérieur de l'État, sans liens familiaux ni filet de sécurité à proximité.

Comme les autres.

« Son employeur est cité quelque part ? »

« Ouais. À Brooklyn. » Sacco fit une autre recherche rapide. « C'est une structure qui, d'après leur site internet, se situe dans le quartier numérique DUMBO. »

Nick fit la grimace. Ils allaient devoir gérer une circulation cauchemardesque pour s'y rendre. DUMBO était le diminutif de Down Under Manhattan Bridge Overpass, un quartier qui avait été une ancienne zone industrielle délabrée restructurée en un endroit artistique à la mode. Beaucoup de start-ups, incluant des entreprises de publicité numérique et de marketing, avaient sauté sur l'opportunité à loyers abordables qu'offraient ces usines de début de siècle alors pratiquement désertées, ainsi que sur les avantages d'échapper au cauchemar des réglementations asphyxiantes induit par l'exercice du commerce en ville. La transformation avait commencé aux alentours des années 90. Et c'était avec l'attraction de toutes ces entreprises vers ce secteur qu'avait commencé l'essor des boutiques, des restaurants et d'autres sociétés axées sur les services. Cela avait amené aussi des entreprises de construction. Des complexes de logements coûteux et des immeubles de bureaux émaillaient maintenant le quartier.

Sacco poursuivit sa lecture. « Les studios Duncani. C'est écrit que c'est une agence publicitaire. Une multi plateforme. Elle combine le numérique et le traditionnel. Leur clientèle est internationale. »

« Appelle-les et dis-leur que nous sommes en route. »

Il était seize heures trente passées quand ils arrivèrent sur le lieu de travail de la victime. L'immeuble, une bâtisse en briques ancienne de cinq étages environnée de constructions plus modernes en verre et métal, hébergeait l'employeur de Latimer près de l'intersection de Front Street et Main Street, et était entouré d'une concentration de restaurants et de boutiques. Ils prirent l'ascenseur jusqu'au troisième étage où une réceptionniste dynamique, à la TeC4M, les accueillit et leur annonça que Monsieur Gordian des Ressources Humaines serait auprès d'eux sous peu. Quelques secondes plus tard, un jeune homme à qui Nick aurait donné une petite trentaine d'années arriva et les conduisit dans son bureau.

« Messieurs, » dit-il, leur offrant un siège après les présentations. Il ferma la porte. Le bureau offrait un espace de travail de bonne taille, avec des meubles ergonomiques neufs coûteux, de l'équipement informatique encore plus coûteux, et une vue sur un vieil immeuble de banque délabré qui ressemblait davantage à une station-service des années 50. Contrairement aux autres immeubles du quartier, qui étaient presque les uns sur les autres, l'homme avait une vue dégagée sur le ciel, avec en face Pebble Beach et Main Street Park, l'East River au-delà, et la FDR qui coupait en son milieu le paysage de Manhattan Bridge.

« Votre appel a été un peu sibyllin, Inspecteurs. Que puis-je faire pour vous ? »

« Avez-vous une dénommée Micaela Latimer parmi vos employés ? » demanda Nick.

« Nous avions. »

« Est-elle partie ? » demanda Sacco.

« En fait, non. Nous avons dû la licencier. »

« Pour quelle raison ? » demanda Nick.

« Désolé, Messieurs, mais cette information est confidentielle. »

« Malheureusement, Monsieur Gordian, » dit Nick. « La confidentialité est partie au diable cet après-midi. Mademoiselle Latimer a été retrouvée morte dans son appartement. »

Le choc le fit se pencher trop loin en arrière sur son siège, le renversant presque. Il recouvra rapidement son équilibre physique et mental. Il ne s'attendait pas à cette nouvelle, comme le vit Nick. Mais il perçut aussi la circonspection, la dissimulation. Il y avait quelque chose là-dessous, quelque chose que Monsieur le RH ne voulait pas voir divulguer.

« Je suis désolé. Il faut que je fasse intervenir la direction là-dessus, » dit Gordian, appelant un poste et demandant la présence du directeur.

Nick et Sacco attendirent.

« Qu'y a-t-il de si urgent ? » dit une voix derrière eux.

Nick se retourna. Un homme dans la fin de la quarantaine se tenait sur le seuil de la porte. Les cheveux dégarnis, avec des lunettes cerclées d'argent qui mettaient en relief ses sourcils soignés et son regard aiguisé. Il avait à peu près la taille de Nick, et il était plutôt costaud, son embonpoint camouflé par une veste de sport foncée sur une chemise vert tendre sans cravate. Un pantalon kaki. Si c'était la direction, cela signifiait que le code vestimentaire décontracté était la norme dans cette entreprise.

« Nous avons un problème, Ian. »

Sacco et lui se levèrent, tandis que Gordian présentait son patron, Ian Duncan, le propriétaire de l'entreprise.

« Voici les inspecteurs Larson et Sacco, » poursuivit Gordian. « Ils sont ici... » Son visage prit une expression peinée.

Nick prit le relais. « Nous enquêtons sur la mort d'une de vos anciennes employées, une dénommée Micaela Latimer. »

« Comment ? » L'homme fit demi-tour à une vitesse impressionnante et ferma la porte du bureau.

« Mademoiselle Latimer a été retrouvée cet après-midi dans son appartement. Notre médecin légiste situe sa mort à il y a environ une semaine. C'est un suicide, en apparence. »

L'immobilité et le regard furtif lancé à Gordian auraient échappé à beaucoup, sauf à Nick.

Nous y voilà, c'est le signe. Il se passe quelque chose.

« On nous a dit, » poursuivit Nick, « qu'elle a été renvoyée. Quand exactement cela s'est-il produit ? Et aussi, » il regarda les deux hommes, « nous aimerions savoir pourquoi. »

« Inspecteurs, c'est une situation plutôt délicate et, franchement, nous préférerions que cela ne sorte pas d'ici. »

« Une mort suspecte n'est jamais une affaire privée, Monsieur Duncan. Tout ce que nous pouvons vous proposer est la discrétion dans notre enquête. Mais il faut que nous connaissions le contexte pour pouvoir la résoudre. Nous le devons à la victime. »

Nick attendit.

Duncan s'assit sur l'une des chaises qu'ils avaient libérées.

« Il y a eu un incident avec Mademoiselle Latimer à notre fête de Noël annuelle de l'entreprise, » dit Duncan. « Des plaintes ont été déposées. Les RH ont enquêté sur les plaintes et nous avons conclu que le comportement de Mademoiselle Latimer et celui d'un de ses collègues ont constitué une violation flagrante de nos règles sur la tenue. L'image représente tout dans notre activité, c'est notre gagne-pain, pour ainsi dire. Le moindre soupçon d'inconvenance, surtout d'inconvenance flagrante en public qui pourrait parvenir aux oreilles de nos clients, est un motif de licenciement. Chet et Micaela ont tous les deux négligé cette règle sacro-sainte, et ont été licenciés dès la semaine dernière. »

Qu'est-ce qui pouvait être assez extraordinaire pour amener à un licenciement presque immédiat ? Nick regarda les hommes. Ils en avaient dit beaucoup, et en même temps rien. Cela voulait dire qu'ils avaient affaire à une merde sérieuse, comme du harcèlement sexuel, de la discrimination, une vengeance quelconque, ou des menaces physiques ou verbales.

« Que s'est-il passé exactement ? » demanda de nouveau Nick.

Pas de réponse.

« Messieurs. Il nous faudra le nom du collègue qui a été licencié et des informations pour le contacter. » Les hommes tiquèrent ostensiblement. « Nous avons aussi l'ordinateur personnel de Mademoiselle Latimer. Notre service des TI va enquêter sur tous les réseaux sociaux d'internet, tous les courriels, tous les commentaires. Nous avons des algorithmes de reconnaissance faciale. S'il y a quelque chose là-dedans, nous le trouverons. Que s'est-il passé ? »

Ian Duncan soupira. « Montrez-leur, Henry. »

Avec une réticence manifeste, Gordian se tourna vers son armoire à dossiers et sortit une clé USB de l'un des dossiers. Après quelques manipulations, la vidéo s'anima sur l'écran de l'ordinateur.

Nick et Sacco regardèrent tandis qu'une fête animée, dans ce qui semblait être une salle privée dans un restaurant quelque part, battait son plein. La salle à la décoration festive, avec la musique à plein volume en fond, possédait une petite piste de danse sans tables ni chaises. Ce coin pour danseurs était le point de mire de la vidéo qu'ils regardaient maintenant. Plusieurs employés y étaient, y compris la victime, qui, d'après la manière dont elle se comportait, comme le vit Nick, était suffisamment chargée en alcool pour l'envoyer dans la galaxie la plus proche.

Cela l'étonna. Comme en témoignait l'appartement, cette femme était bourrée de TOC, le rangement et l'organisation y suggérait une personne qui voulait être constamment dans le contrôle. La conduite qu'il voyait à présent ne lui ressemblait pas.

« *Regardez cette sale pochtronne.* »

La malveillance dans l'intonation venant de la vidéo surprit Nick.

« *Chet, arrête.* »

Une voix de femme.

« *Oh, ça va être encore meilleur. Attendez.* »

Il semblait à Nick que ce Chet connaissait le script, presque comme s'il avait programmé la scène suivante.

La personne qui avait ordonné à Chet d'arrêter arriva en vue et sortit par la porte sur la gauche.

Une nouvelle chanson commença, un de ces morceaux de rap populaire actuels qui hurlaient constamment à la radio. La victime, qui était déjà dans une frénésie d'ivresse et de danse, se tourna vers une autre employée, une jolie femme dans la vingtaine, et se mit à danser autour d'elle. L'invitation à danser de Latimer était offensive et souvent obscène, avec des attouchements occasionnels. Ponctuant l'action visible sur la vidéo, des accès de ricanements vindicatifs étouffés émanaient du vidéaste. Des gens autour de la piste de danse se mirent à encourager la victime, d'autres se tortillaient maladroitement, et d'autres paraissaient très mal à l'aise. La cible de Latimer commença par rire nerveusement, puis suivit le choc quand, quelques secondes plus tard, Latimer se mit à se frotter contre l'entrejambe de la femme. La caméra fit un gros plan sur les mouvements sexuellement suggestifs de Latimer, puis effectua un panoramique pour capturer le dégoût qui s'inscrivait sur le visage de l'autre femme.

Un autre rire satisfait fut émis comme un grondement par le Chet qui enregistrait la scène.

« Ceci va devenir viral. »

La caméra effectua une ou deux fois des zooms avant et arrière.

La femme harcelée repoussa Latimer et quitta la salle, portant une main à sa bouche.

Elle est probablement allée vomir aux toilettes après cela, pensa Nick.

La vidéo s'arrêta.

Silence.

« Une plainte a été déposée dès le lendemain, » dit Gordian.

« Et sur ma suggestion, nous avons mis Mademoiselle Latimer en congé administratif, » poursuivit Duncan. « C'était une première infraction, imputable à l'alcool, et hors site, bien que ce fût un événement d'entreprise. Nous avons quand même averti Mademoiselle Latimer, nous l'avons mise au courant de la plainte, et nous lui avons suggéré de passer quelque temps à travailler de chez elle. C'était un membre précieux de notre équipe et, sincèrement, je ne voulais pas la perdre. Elle était créative, performante, ingénieuse, et elle avait d'excellentes relations avec ses clients. »

Gordian attrapa la balle au vol.

« Nous avons résolu en interne le problème de la plainte. Mademoiselle Latimer s'est excusée, et les deux parties sont retournées à leurs habitudes, satisfaites de l'issue. »

Nick en doutait. À partir de ce moment, la femme de la vidéo, le centre de l'attention de Mademoiselle Latimer, devait probablement contourner la victime, polie mais distante, et être nerveuse quand l'autre femme était dans les parages. Elle ne se laisserait plus jamais coincer seule avec Mademoiselle Latimer, plus jamais. Non. Les choses ne seraient plus jamais normales dans ce bureau.

Gordian fit un signe de tête en direction de l'écran, et poursuivit. « Malheureusement, cette vidéo a fait surface il y a environ huit jours. Comme l'avait promis Chet, elle est devenue virale. »

« Elle n'avait pas été postée avant ? » demanda Nick.

« Non. »

« A-t-elle été envoyée au petit ami ou au mari de la femme ? »

« Oui. » Duncan eut l'air chagriné. « À son fiancé. »

« Laissez-moi essayer de répondre, maintenant, » poursuivit Nick. « La publication de cette vidéo provenait de problèmes de rivalité en suspens entre Mademoiselle Latimer et ce Chet ? »

« Nous sommes tous vraiment dans la compétition, Inspecteur Larson, » dit Duncan. « Si nous ne le sommes pas, nous échouons. Les requins et les piranhas sont de gentils chatons comparés à la compétition dans notre champ d'activité. Cela fait partie de ce que nous faisons ici. Cela maintient au maximum la créativité et la productivité. Ce que j'ignorais était que cette rivalité était acrimonieuse et plus personnelle qu'on le soupçonnait. Sinon... » Il désigna du menton l'écran noir. « Sinon, je n'aurais pas suggéré qu'elle prenne en charge le client de Chet pour un projet urgent de dernière minute pendant qu'il était en congé. »

« Le client a préféré le travail de Mademoiselle Latimer, » déclara Sacco.

Duncan acquiesça.

« J'aurais remplacé la perte de Chet par un de mes comptes clients, si cet idiot n'était pas devenu rancunier au point de perdre tout bon sens et de poster la vidéo. Personne ne le sait encore, mais je suis en train de réduire ma propre charge de travail en tant que directeur des comptes pour me concentrer davantage sur mes tâches de PDG. »

Nick et Sacco se levèrent. « Merci, Messieurs. Nous devons auditionner votre personnel, » dit Nick.

Duncan regarda sa montre. « Il est dix-sept heures passées. Tout le monde se précipite dehors dès que la sonnerie retentit, pour ainsi dire. »

« Je peux vous rassembler une liste de nos employés avec leurs numéros de téléphone, » proposa Gordian. « Si cela ne vous ennuie pas d'attendre encore un peu. »

« Pourriez-vous me les envoyer par courriel ? » demanda Nick. Il fallait qu'ils sortent d'ici pour éplucher les scellés. Nick devenait nerveux. Sacco et lui sortirent des cartes. « J'apprécierais quand même d'avoir le contact de ce Chet, de la victime du harcèlement de Mademoiselle Latimer, et de la femme dont la voix a réprimandé Chet. Il nous faut aussi une copie de la vidéo. »

Devant l'expression sur leurs visages, Nick ajouta : « Comme je l'ai déjà dit, nous essaierons d'être aussi discrets que possible. Mais ce sont des indices qui peuvent éclairer notre enquête. »

Nick et Sacco attendirent que Gordian ait rassemblé les informations demandées sur une feuille de papier et copié la vidéo sur une clé USB.

Ils partirent, la liste et la copie de la vidéo en main.

CHAPITRE VINGT-QUATRE

AU MOMENT OÙ Nick et Sacco retournèrent au poste, ils étaient de mauvaise humeur, il était tard, et ils avaient dépassé de deux heures leur service.

« Oh, oh, » murmura Sacco.

Nick leva les yeux. Si le sol sous les pieds de Kravitz avait été vivant, il aurait râlé tout du long jusqu'à travers l'Hudson contre les pas dévastateurs du commandant. Il pointa le doigt dans leur direction tandis qu'ils s'approchaient.

« Dans la salle de conférence. Maintenant. »

Ah, merde.

« Vais-je être obligé de vous museler tous les deux ? De vous remettre aux affaires de proximité ? » dit Kravitz, refermant la porte de la salle de conférence avec plus de force qu'il n'était nécessaire. « Je pensais avoir été clair là-dessus. »

« Mais qu'est-ce que nous avons fait, bon sang ? » se plaignit Nick.

« Je ne vous ai pas dit de ne PAS mentionner ce mot en S ? Aujourd'hui, cinq personnes différentes m'ont demandé s'il était vrai qu'il pourrait y avoir un tueur en série dans le coin. »

« Commandant, nous n'avons pas dit un mot, » explosa Nick,

bouillant de colère. « Nous n'avons même pas eu le temps de pisser depuis avant le lever du soleil. »

« Alors qui diable alimente le moulin à rumeurs ? »

« Vous nous avez ici, » dit Sacco. « Nous venons de rentrer. »

« Ça ne vient pas de Ramos ni de Carpenter, vous pouvez en être sûr, » ajouta Nick.

« Alors qui diable a une grande bouche ? » cria presque Kravitz.

« Je parie mes prochaines heures supplémentaires que ça vient du DIML, » dit Nick.

« Je ne peux pas me permettre de payer vos heures supplémentaires, en tout cas pas pour l'instant. »

« Ah, Commandant, » maugréa Sacco.

Le commandant s'assit sur la chaise la plus proche. Nick remarqua que le cigare de Kravitz avait abandonné le combat. Il était en bouillie.

« Je sais que les suicides par pendaison sont en augmentation, » dit Nick. « Mais les techniciens du DIML ne sont pas stupides. En moins de deux semaines, ils ont dû traiter trois incidents qui sont douteux et presque identiques. La seule chose qui ne colle pas est la mort de Desha Adnet. Les spéculations doivent être maintenant exponentielles. »

« Ils ne sont pas autorisés à spéculer à voix haute, » dit Kravitz sur un ton pas très agréable. « Imaginez si ça sort dans la presse. »

« Alors vous feriez bien de rassembler les troupes et de leur donner des ordres explicites, » dit Nick. « Et vite. Vous savez que la rumeur s'alimente elle-même si on ne la contrôle pas. »

« Une réunion est déjà fixée à neuf heures. »

« J'espère que vous n'attendez pas de nous que nous y assistions. Nous avons des autopsies demain. Trois. »

« Totes est diligenté pour cette dernière victime ? »

Nick acquiesça. « Trois pour le prix d'une. »

Kravitz jeta son cigare dans la poubelle la plus proche. « D'accord. Alors, quel est le problème avec cette dernière victime ? »

Nick informa Kravitz sur la scène de crime, l'audition de l'employeur de la victime, et l'ordre du jour du lendemain, Sacco prenant le relais quand Nick faisait une pause.

« Avez-vous déjà fixé des auditions ? »

« Sacco en a fixé une avec la plaignante. Il attend que l'autre femme dans la vidéo le rappelle. Nous n'avons pas encore pu joindre ce Chet. »

« Je vous retire tous les deux de la liste des nouvelles affaires pour l'instant. Vous en avez assez sur les bras avec ces trois-là. »

Nick fut soulagé. « Nous n'avons pas encore passé en revue beaucoup des scellés, » admit-il.

« J'ai entendu dire que Carpenter doit éplucher une quantité de conneries des TI, et que le labo de Ramos déborde. Elle s'énerve. »

« Et si un autre suicide litigieux survient ? » demanda Nick à son patron, dans l'espoir que la Providence leur laisse un petit répit.

« Nous nous y attaquerons si ça se produit, » dit Kravitz. « Des théories ? »

« Pas beaucoup, mais je vais appeler le Dr Kilcrease pour qu'il vienne. Peut-être pourra-t-il nous donner son point de vue. Je veux lui soumettre ce que Mademoiselle Lunney nous a dit sur Jessica Waitre, et lui montrer la vidéo de cette dernière victime. Peut-être verra-t-il une corrélation... ou quelque chose. À ce stade, je prends tout. »

« Suis-je en train de vous interrompre ? »

La voix du médecin légiste les surprit. D'habitude, il ne faisait pas l'honneur de sa visite en ces lieux, s'il pouvait l'éviter.

Nick le regarda intensément. Quelque chose n'allait pas. L'expression de Millsap paraissait tendue.

« Horowitz a dit que je vous trouverais ici, » dit-il en refermant rapidement la porte. Il prit une inspiration. « Nous avons un problème. »

Il tendit des papiers à Nick. « Pour vos dossiers sur Creasy. »

« Qu'est-ce que c'est ? »

« Les résultats du labo. Pour les tests supplémentaires que j'ai demandés. » Millsap choisit la chaise la plus proche du commandant. « Ramos va péter les plombs. » Il regarda chacun d'entre eux. « Pour parler franchement, Madame Creasy a d'abord été droguée, puis on l'a laissée s'étouffer. La ligature ou la détresse respiratoire auraient été la cause finale de la mort. Dans les deux cas, une façon très désagréable de mourir. Le seul point positif dans ce scénario macabre est que la victime ne s'est peut-être pas rendu compte qu'elle était en train de mourir au moment où on l'a pendue. »

« Quoi ? » demanda Nick, en vérifiant rapidement les résultats du labo qu'il avait en main.

« Nous avons affaire au U4, messieurs. Pink ou pinkies, comme les drogués l'appellent euphémiquement. Mais le pire est qu'il a été additionné de DMSO. »

« Mais qu'est-ce que c'est que ça ? » demanda Kravitz. « Je ne parle pas votre jargon de spécialiste. »

« Du diméthyl sulfoxyde. Il a beaucoup d'utilisations, bien qu'actuellement il soit plus souvent utilisé comme agent anti inflammatoire ou comme mécanisme d'absorption pour augmenter la pénétration d'autres médicaments sous la peau. Les patchs d'hormones et de nicotine en contiennent. En tout cas, en mélangeant du DMSO avec le pink, cela facilite et accélère l'absorption percutanée de la drogue. Hautement toxique. » Millsap regarda tout le monde. « Et les risques de faire une surdose deviennent exponentiels. Une dernière chose, messieurs, la victime a été enduite de cette substance comme un morceau de viande et a été abandonnée à la surdose pendant qu'on la préparait pour la pendaison. »

« Dieu, » laissa échapper Nick.

« C'est une sale vision, Millsap, » dit Sacco.

« Sans les doutes de Nick sur la cause apparente de la mort, sans le regard affûté de Horowitz et de Ramos, et sans mon insatisfaction sur la cause de la mort, nous ne serions pas en train d'en parler. »

« Une usagère ? » demanda Sacco.

« J'en doute, » répondit Millsap. « Les usagers choisissent le cocktail avec de l'héroïne ou du fentanyl. Ce n'est pas que ce soit mieux. »

« Alors comment diable y a-t-elle été exposée ? » demanda Nick.

« C'est là que je suis perplexe, et que ce sera votre défi. Était-ce un usager qu'elle connaissait ? Quelqu'un qui l'a convaincue qu'elle devrait l'essayer ? L'analyse des cheveux montre qu'elle était clean avant le moment de sa mort. »

« Pourquoi le premier bilan toxicologique n'a pas mis cela en évidence ? » demanda Kravitz.

« Ça ne fait pas partie des bilans ordinaires. Mais avec les usagers de drogue qui font des surdoses et tombent comme des mouches à cause de cette substance, nous allons peut-être réfléchir à inclure désormais ce test dans notre protocole. Il y a peu de chances, je dirais. Il est peu probable que j'obtienne le budget pour ajouter le test GC–MS, sauf si c'est absolument nécessaire. » Millsap fit la grimace. « Si les rumeurs sur un tueur en série sont avérées... »

Le juron de Kravitz retentit à travers la salle. « Je veux que personne ne spécule, à moins que je ne donne le feu vert. Nous n'avons toujours que dalle sur ces affaires. Il nous faut quelque chose de fiable à présenter au procureur de district avant d'aller jacasser partout dans le poste sur le mot en S. »

L'expression de Millsap indiqua à Nick que leur légiste pensait qu'il était déjà trop tard pour faire taire les rumeurs. « Comme je l'ai dit, si les dernières victimes ont été exposées à cette merde, il faudra que je sois extrêmement prudent demain pendant les autopsies. » Il se tourna vers Nick. « Veillez à mettre une seconde paire de gants. J'aurai également un équipement de protection jetable pour vous deux. »

« Plus important, » dit Nick, « nous devons découvrir comment les victimes ont été exposées. Cela pourrait nous mener à un suspect. »

« Si, » répliqua Kravitz. « Cela reste à déterminer. »

« Ramos, et je la bénis, a fait des prélèvements dans tous les orifices possibles sur les quatre dernières victimes, » dit Millsap. « Surtout sur les femmes. Je vais en faire de même. Je n'aime pas les inconnues. »

« Comme nous tous, » dit Nick.

Millsap frappa des mains sur la table. « Eh bien, messieurs,. Je pars. J'ai besoin d'un bon dîner avec un très très grand verre de vin. »

« Vous deux, partez, » dit Kravitz à Nick et Sacco. « Journée chargée pour tous demain. »

Nick acquiesça et suivit tout le monde dehors. Se faire renvoyer serait agréable si seulement in ne fallait pas travailler tard dans la soirée, sans paiement d'heures supplémentaires.

À son bureau, Nick attrapa le dossier de décès de Creasy et il y ajouta le rapport du labo. Il vérifia ses e-mails et découvrit que Monsieur Gordian lui avait envoyé une liste de contacts des employés. *Efficace.* Il l'imprima.

Il prit un classeur vide et commença le dossier de décès de Micaela Latimer.

« Nous sommes peut-être tombés sur un filon avec l'ordinateur de

Latimer. » La voix forte de Carpenter parvint à Nick depuis les environs du bureau d'Horowitz.

« Attends, gamin. » Nick pressa le pas jusqu'à l'ascenseur avant que Carpenter pût y disparaître.

Carpenter s'immobilisa comme si quelqu'un avait appuyé sur le bouton Pause, seuls sa tête et ses yeux remuant d'impatience.

« Accouche. »

« L'ordinateur de Latimer n'était pas protégé par un mot de passe, » dit Carpenter, pivotant face à Nick. Son corps oscillait d'un côté à l'autre, comme si un courant électrique parcourait un fil vivant. Il était sur une piste. Nick le savait.

« Je sais. Tu l'as dit dans l'appartement. »

Sacco se joignit à eux. « Qu'est-ce qui se passe ? »

« Le jeune dit qu'on est tombés sur un filon avec l'ordinateur de Latimer. »

« Vous vous souvenez que j'ai dit aussi qu'elle avait un gestionnaire de mots de passe ? »

Nick acquiesça. Sacco aussi.

« Quelqu'un qui ne connaît rien en informatique a essayé de supprimer des trucs sur son compte Messenger. Et ce n'était pas elle. »

« Comment diable as-tu trouvé ce joyau ? » demanda Nick.

« La tentative a été faite cinq heures après sa dernière connexion. Et il n'y a plus eu de connexion depuis. Le côté positif pour nous est que ça a été fait en vitesse, peut-être depuis un téléphone. Je parie que la personne était pressée. Elle ne s'est pas rendu compte qu'en supprimant la conversation de son côté, ça ne la détruit pas du côté de Latimer. »

« Tu as lu des messages ? »

« Le dernier. Bon sang, Nick, elle a invité cet enfoiré dans son appartement. Elle a fait entrer son tueur. »

Quelle merde, pensa Nick. Ce n'était pas le moment pour l'immeuble de ne pas avoir de caméra de surveillance.

« Tu ne peux pas remonter jusqu'à cette personne ? »

« J'ai une adresse IP, mais je sens que ça ne va mener nulle part. »

« Envoie-moi tout ce que tu as, et mets Sacco en copie. »

« Je suis déjà en train de tout rassembler. Dès que j'aurai terminé, vous les aurez. Et à propos, je devrais avoir demain le registre des appels téléphoniques d'Adnet et Waitre. La compagnie de téléphone a confirmé qu'elle se soumet au mandat. »

« Envoie-les moi dès que tu les auras. »

Comme il ne recevait plus de questions, Carpenter se retourna et se hâta de traverser l'accueil pour prendre l'escalier jusqu'à l'étage de son bureau.

« Mes yeux louchent, » dit Sacco. « Comme l'a dit le bon docteur, il me faut à manger et un énorme verre. Mais j'ai encore plus besoin d'une douche et de sommeil. Je suis épuisé. »

« Ouais. » Nick se frotta le cou. « Dès que j'en aurai terminé avec le rapport d'incident, je pense que je vais aussi rentrer chez moi. »

« Laura t'attend ? »

« Non. »

Sacco lui donna une tape sur l'épaule. « Rentre chez toi, mec. Prends ta beauté au passage. Posez-vous. C'est la meilleure manière de se détendre. Je ferais la même chose si Ramos était plus coopérative. »

« Tu déconnes complètement, mon ami. »

« Hé. Si une beauté comme Laura m'attendait... »

« Ferme-la et rentre chez toi. Va chercher Ramos et invite-la pour un bon repas. Elle va peut-être accepter ta centième invitation. »

« Peut-être que je vais le faire. » Sacco sourit, salua, et partit.

L'ordinateur de Nick émit un son. *Eh bien, ça a été rapide.* Il vérifia ses courriels, et effectivement, Carpenter leur avait déjà envoyé les informations. Il copia le dossier sur son compte Dropbox et s'assit pour terminer le rapport. Il imprimerait le tout demain pour le classeur.

L'étage de bureaux autour de lui s'installa dans son bourdonnement nocturne. Tandis qu'il écrivait à ce rythme, son cerveau se déconnecta et se calma. Des pensées de Laura ondulèrent malicieusement entre les clics de son clavier. Les images du soir où ils avaient fait l'amour l'excitèrent. Sa concentration reflua. Son désir et son besoin de Laura montèrent. Il ne l'avait pas vue, ne lui avait pas parlé, ni ne l'avait touchée depuis hier soir avant qu'on l'appelle pour la scène de crime d'Adnet et de Waitre. Ce n'était qu'hier ? Il lui semblait que c'était arrivé il y a des mois.

Nick s'arrêta. Que diable faisait-t-il encore ici ? Il était déjà neuf heures. Demain serait une journée de merde, avec les autopsies en premier le matin. Laura était sa chance d'un nouveau départ, d'une vie plus remplie. Il serait vraiment idiot s'il démarrait une relation en laissant les affaires l'engloutir au point de travailler à toute heure. Avec son ex-femme, il avait eu une excuse. Il préférait se plonger dans des énigmes criminelles et résoudre des morts de victimes qu'affronter Angela, ce vampire vivant qui l'attendait à la maison, qui se délectait à lui pomper ses joies, sa vie.

Il regarda le rapport d'incident. Personne ne pouvait plus rien pour les victimes maintenant, à part cheminer à travers les indices. Il serait le meilleur des flics, concentré et persévérant, s'il s'arrêtait pour reprendre demain. Une ou deux heures d'arrêt pour raisons personnelles ne changerait rien pour ces pauvres gens.

Il sauvegarda ce qu'il avait écrit et ferma l'ordinateur. La circulation pour aller à son appartement était fluide à cette heure de la nuit, et pour une fois il apprécia la morsure du froid, l'air vif et tonifiant. Il s'arrêta chez Mama Grimaldi sur la Troisième, prit le repas à emporter qu'il avait commandé, et à neuf heures quarante-cinq il ouvrait sa porte.

Il pénétra dans son appartement en même temps que sa voisine, Lorena, sortait du sien. Curieux de voir le dernier client de la soirée, Nick fit une pause. Une famille de cinq personnes sortit : la mère, la fille, la grand-mère et deux petits enfants. Lorena les suivait, vêtue d'une robe blanche fluide, une écharpe blanche ceignant sa tête pour imiter Rosie la riveteuse, son look complété par des bangles, des bracelets et des boucles d'oreilles blancs. Elle ressemblait à une colombe blanche vêtue sur son trente-et-un, en route pour une fête.

« *Muñeco* ! » le salua-t-elle en agitant les doigts dans sa direction. Une rafale en espagnol, à un débit rapide, remplit soudain le couloir. De rapides baisers sur la joue. Tous se firent leurs adieux.

« Je suis si contente que vous soyez là, » dit-elle en raccompagnant la famille hors du hall. Elle envoya de la main un dernier au revoir enthousiaste. Quand les clients furent hors de vue, elle retira son écharpe et se frotta vigoureusement les cheveux. Devant l'air narquois de Nick, elle sourit. « Ça me démange. »

« Je parie. »

Elle commença à enlever tous ses bangles et ses bracelets, riant doucement. « Il faut que je m'habille pour le rôle. Je suis ce dont ils ont besoin, mais ils s'attendent à ce rôle. »

Nick rit. « C'est plutôt alambiqué, et pourtant j'ai compris. »

« Écoutez, *muñeco*. Je suis contente que vous rentriez tôt. Votre amoureuse est passée plusieurs fois aujourd'hui. Elle est très triste. Je sens une ombre qui rôde. »

Laissant la porte de son appartement ouverte, Nick alla rapidement au comptoir de la cuisine et y déposa la nourriture. « Quand est-elle venue ? » demanda-t-il, retournant vers Lorena.

« Je l'ai vue de ma fenêtre pendant que je faisais mes séances. Aujourd'hui, c'est ma journée la plus chargée, donc je n'ai pas pu aller voir. La dernière fois que je l'ai vue, mes clients, les frères Dominguez, étaient ici. Aux environs de dix-huit heures. »

Elle alla à sa porte et s'arrêta. « Allez la voir. Elle a besoin de vous. »

« C'est un sermon ? »

« Vous ne devinez même pas. C'est une observation. » Son regard parcourut de haut en bas la silhouette de Nick. « Et vous avez aussi besoin d'elle ce soir. » Elle ferma doucement sa porte.

Nick retourna à son appartement et se doucha en un temps record. Il se séchait les cheveux avec une serviette quand on tapa doucement à la porte, un bruit qui résonna dans l'appartement. Il jeta la serviette par terre et sauta dans ses vêtements de détente en se dirigeant vers la porte. Il savait qui c'était.

Le dos de Laura était contre sa porte quand il regarda par le judas. Il ouvrit la porte.

« Bonsoir. »

Quand elle se retourna, la joie dans ses yeux couleur chocolat était stupéfiante.

« Bonsoir, » dit-elle, et l'instant d'après elle était enfouie dans ses bras, pleurant.

« Eh bien, c'est un superbe bonsoir, » dit-il, essayant de maintenir une ambiance légère. Il recula, le corps de Laura toujours cramponné à lui. Il ferma la porte.

« Je suis désolée, je suis désolée, » répéta-t-elle contre sa poitrine. « C'est juste que ça a été une journée de merde. »

Ce n'avait pas été le cas pour tous ?

« Mon entreprise... Erin. » Elle pleura un peu plus fort. « L'appel... ce n'est pas juste. »

D'après les bribes décousues qu'elle lançait entre ses sanglots, il rassembla les données sur sa journée. Ça craignait d'être Laura en ce moment. Plus d'entreprise. Sa sœur ne serait plus enfermée là où était sa place. Il la berça, la calmant silencieusement par son mouvement, sa main appuyant sa tête contre sa poitrine pour la consoler. Après quelques minutes, il la tira en arrière, lui entoura le visage de ses mains, baissa la tête et se pencha pour un baiser. Les mains de Laura glissèrent de la taille de Nick vers ses poignets, presque comme si elle s'arrimait à lui, ou comme si elle s'assurait qu'il ne se retirerait pas.

« Je suis désolée, » dit-elle quand ils reprirent tous les deux leur souffle. Il essuya ses larmes de ses pouces.

« Tout va bien, » dit-il.

« Je t'aime tellement, » confessa-t-elle, lui tenant le visage, et cette fois elle se plongea dans un baiser sensuel, le baiser du siècle.

Il ne lui fallut pas une autre invitation. Il la souleva pendant qu'elle se levait et la porta, les pieds pendants, vers la chambre.

Cinq heures plus tard, Nick était assis devant son ordinateur, parcourant les posts de Messenger que Carpenter avait récupérés dans l'ordinateur de Latimer.

À la différence de Laura, qui dormait, comblée, reposant en un tas sur son lit, le sexe, la nourriture réchauffée, et encore du sexe fabuleux lui avaient redonné de l'énergie. Trente minutes plus tôt, après avoir contemplé aussi longtemps le plafond de sa chambre, il avait abandonné, avait refermé la porte et chargé son ordinateur portable.

Il parcourut la liste et choisit le dernier message de Latimer.

Ce que Nick y lut lui hérissa la nuque. Leur gourou des TI avait vu juste. Latimer avait invité son tueur chez elle avec gratitude.

Nick se pencha en arrière et se frotta le visage. La vidéo, que Carpenter n'avait pas encore vue, replaçait brillamment dans son contexte la conversation qu'il venait de lire. Cette femme avait eu de sérieux problèmes. Solitaire, désorientée, en conflit avec sa sexualité, et se sentant coupable dans ses sentiments, elle avait été une proie facile. Si on y ajoutait une attaque à ce qui faisait sa fierté, son travail, où ses réalisations étaient en lien avec l'estime de soi, on avait la recette du désastre... clairement de l'autodestruction. Nick savait qu'il ne fallait qu'une seconde à une personne dépressive pour prendre une décision irrémédiable. Ajoutez au mélange un tordu à un niveau pathologique qui voulait vous amener à votre lieu de repos éternel plus vite que Dieu n'en avait l'intention, et là, c'était la recette du désastre.

Il tendit la main vers son bloc-notes et son crayon. Il fit trois colonnes, chacune avec pour titre le nom d'une des femmes. Il créa des rangées au-dessous, assez larges pour qu'on puisse y ajouter des informations. D'accord. Qu'est-ce que les trois victimes avaient en commun ? Il écrivit « pas du coin » au-dessous de chacune. Pas de soutien familial. Creasy était du Montana. Latimer était d'Omaha. Waitre était du New Hampshire. Toutes les trois avaient été transplantées dans la ville qui ne pardonne jamais. Waitre et Latimer avaient toutes les deux été la cible de ce que Nick appellerait désormais le CCN, le criminel complètement niqué. Il feuilleta rapidement son bloc-notes. Non. Il n'avait pour l'instant pas de pseudonyme dans l'affaire Waitre. Demain, il harcèlerait Carpenter pour obtenir ce renseignement. Les relevés téléphoniques devraient l'afficher. Il regarda l'écran de l'ordinateur et le message laconique de Carpenter. Pas d'identifiant là-dessus non plus. Il imprima « PSEUDONYME » sur le côté de la table et l'encercla plusieurs fois pour s'en souvenir. Il se demanda s'ils coïncideraient.

Si seulement ils avaient cette chance.

Dans la catégorie « amis, » seule Creasy avait un réseau de soutien ici. Quant aux deux autres, eh bien, Waitre n'avait eu que Desh et sa famille, et cela s'était effondré la semaine avant sa mort. On pouvait compter Lunney comme amie, mais d'après ce qu'il avait glané lors de l'audition, la relation était plus mère-fille, Waitre étant plus frileuse dans cette relation. Madame Kyriakou ? Comme Lunney, pensa Nick. Enfin, en ce qui concernait Latimer, elle ne semblait pas avoir eu d'amis, à part peut-être parmi ses collègues. Sacco et lui allaient devoir approfondir cela demain après les autopsies. La femme qui avait critiqué Chet dans la vidéo, une certaine Sofi Guldur d'après l'information que leur avait donnée Gordian, pouvait être une connaissance bienveillante. Cela ne voulait pas dire que Latimer se serait confiée à elle. Elles n'étaient probablement pas les meilleures copines. Quant à l'autre femme ? Même les excuses sincères de Latimer ne la rendraient pas attachante à Oriana Tamone, la victime du harcèlement sexuel lors de la fête de Noël, surtout après la publication de la vidéo.

Nick inscrivit le nom de M-Li dans la colonne de Creasy et souligna « amie » plusieurs fois. Il gribouilla un point d'interrogation à côté des noms de Lunney et de Kyriakou dans la colonne de Waitre. Pour Latimer, il se contenta de mettre un point d'interrogation. Il supposait qu'il n'y aurait pas d'amis là, pour le moment.

Et maintenant, les messages de suicide.

Contrairement à ce que pensaient les gens, beaucoup de suicidés ne laissaient pas de message. Mais Creasy et Latimer en avaient apparemment laissé un. Comme Sacco l'avait souligné, et comme tout le monde l'avait remarqué, les brefs messages contenaient une faute d'orthographe. D'accord, cette faute était normale et pouvait se retrouver chez les plus de huit millions de la population de NYC. Mais que les deux lettres contiennent le même mot, orthographié de la même façon, avec de telles similitudes de phraséologie dans le reste ? Eh bien, les chances étaient résolument de leur côté. Les victimes n'auraient pas pu les écrire. Elles ne se connaissaient pas. Ou alors... attends... Il y avait un lien entre Creasy et Waitre. Le mari d'Isabel avait travaillé avec Desha, et lui, à son tour, avait travaillé pour Isabel. Les couples se connaissaient. Les femmes, d'après David Creasy, avaient eu des atomes crochus. Nick griffonna rapidement cette information en dessous du nom des femmes. Et gribouilla un autre point d'interrogation au-dessous de celui de Latimer.

Son esprit revint aux messages de suicide. Qu'est-ce qu'il y avait avec « manteur » et « dormir » ? Le CCN était-il furieux contre le monde entier parce qu'il était insomniaque ? Son besoin, ou son obsession, avait-il un rapport avec le fait d'endormir les gens en les pendant ? Ou trouvait-il une sorte de plaisir à les voir suffoquer, sa proie devenue vulnérable, à sa merci, incapable de se battre pour survivre ? Les victimes étaient-elles des substituts de quelqu'un qu'il voulait tuer, mais dont il était incapable car, au fond de lui, cet homme était un lâche ?

Eh ben, Kilcrease allait s'amuser avec celui-là.

Nick regarda son tableau. Un schéma se dessinait. Il aurait simplement voulu que les preuves apparaissent plus vite et désignent un suspect précis, ou au moins un suspect potentiel. À ce stade, Nick se satisferait de n'importe quoi.

Il s'étira et fit craquer quelques os en écrivant U4 sous le nom de Creasy. Il fit la grimace. La version abrégée du nom de la drogue ressemblait à l'appellation de munitions non explosées. Et ça l'était peut-être, dans un sens morbide. Si vous l'utilisiez, vous implosiez. La mort sous forme de poudre.

Comment diable Isabel Creasy avait-elle pu être exposée à, ou avait-elle pu tomber dans cette saleté de merde toxique ? Personne dans son entourage n'était usager. Il y aurait des signes, et il n'y en avait aucun. Une pensée traversa brusquement l'esprit de Nick. Le laboratoire où Creasy expérimentait sur ses futurs produits ? Il se fit une brève note en haut de la page pour appeler le laboratoire demain. À gérer autant de produits chimiques, c'était peut-être là qu'elle avait été exposée. Aurait-ce pu être un attouchement par inadvertance par quelqu'un qui l'avait utilisée ? Un défaut de sécurité dans les protocoles suivis par quelqu'un d'autre au laboratoire ? La contamination d'une surface là-bas ? Nick secoua la tête, comme pour convaincre quelqu'un qui aurait regardé. Non. Les effets de cette merde étaient immédiats et terribles, s'ils n'étaient pas soignés. Creasy n'aurait pas eu le temps de rentrer chez elle et de prendre ce merveilleux dernier repas qu'avait mentionné Totes. Ça ne ferait pas de mal de revérifier cela, mais après avoir rencontré la directrice du laboratoire, il en doutait sincèrement. Quant aux deux autres victimes, leur bilan toxicologique ferait-il aussi apparaître le U4 ? L'autopsie avait lieu demain, mais les résultats d'analyse des prélèvements ne reviendraient pas avant un moment, à moins que Totes ne mette des pétards aux fesses de tout le monde au DIML et fasse l'impossible.

Quoi d'autre ? Nick sentait qu'il ratait quelque chose. Qu'il laissait passer quelque chose. Il le sentait. Il vérifia encore le tableau et pensa aux femmes. Au bout d'un moment, il écrivit « vulnérable » au-dessous de deux noms. « En demande » lui vint aussi à l'esprit, et il l'écrivit également. Des relations dysfonctionnelles ? Peut-être pour Creasy et Waitre. Il ne savait pas pour Latimer. Dépressives ? Lunney avait clairement décrit Waitre comme telle. Latimer, selon ses propres mots, était également tombée dans cette catégorie. Le hic était Creasy. Oui, elle avait été déprimée avant et pendant son divorce. Mais d'après M-Li Watson, elle avait été libérée dès le moment où elle avait apposé sa signature finale. Nouvelle vie. Nouvel appartement. La liberté de poursuivre ses rêves. Sur les trois victimes, elle était, enfin, normale, celle dont l'avenir ne semblait pas sombre ou désastreux, à la différence des deux autres victimes.

Sa mort, si Nick suivait les indices dont ils disposaient, n'avait aucun sens, surtout par suicide. Son instinct l'avait alerté depuis qu'il avait vu la première scène de crime. Et en ce moment, il turbinait encore plus vite.

Nick traça quelques lignes en dessous du tableau qu'il avait créé et écrivit CCN en lettres capitales, enfermant l'acronyme dans un grand rectangle de plomb de son crayon.

Cette personne, qui qu'elle fût, était un harceleur par excellence, aux petits soins avec ses victimes, comblant un vide émotionnel, et les menant ensuite à leur insu ou peut-être même avec leur consentement, à leur mort horrible. Amenant des agneaux à l'abattoir, comme le voulait l'adage. Cet homme, il devait avoir des muscles énormes à la WWE, à la AEW ou à la AMM pour tuer de cette manière. Tous les policiers ou pompiers qui avaient eu à gérer un corps humain comprenaient la force requise pour tenir droit un corps inerte, presque mort, sans parler de le maintenir en place tout en tirant sur une corde. Une fois la tension établie, la corde s'occuperait de maintenir la victime à la verticale, mais ce ne serait quand même pas facile à tirer. À moins qu'il n'ait utilisé un outil dont ils n'avaient pas connaissance.

Ils avaient beaucoup de choses à se mettre sous la dent, mais rien d'assez consistant ou de concret pour qu'ils mordent en tenant bon. La bonne nouvelle, au moins, était qu'il se pourrait que l'homme ait une famille, à première vue. C'était une nouvelle voie d'investigation à poursuivre... si c'était avéré. D'après la conversation virtuelle que Carpenter lui avait envoyée, il semblait avoir une mère malade quelque part, et une sœur qui était morte. Il y a combien de temps ? À chacun de deviner. Mais la mère était une perspective à explorer. Il écrivit mère malade, puis hôpital, centre de soins, maison de retraite ? Ou alors, ils couraient peut-être après des chimères. Le tueur avait pu s'inventer une famille pour gagner la sympathie de ses victimes.

Nick soupira. Rien n'était jamais facile. Qu'elle soit vraie ou fausse, ils allaient devoir suivre cette piste. Rien qu'à Manhattan, ils avaient vingt-trois hôpitaux, sans compter les centres de soins et les maisons de retraite. Ensuite il y avait les autres arrondissements à vérifier. Et cet indice ne prenait même pas en compte la date où la femme avait été admise. Cela aurait pu être à la date de la conversation avec Latimer, ou un an plus tôt. Autrement dit, ça allait prendre une quantité d'heures de travail.

Encore pire, il se pourrait que le tueur s'occupe de sa mère à la maison. Cela signifiait qu'ils allaient devoir éplucher des milliers de listes de personnels soignants à domicile.

La porte de la chambre s'ouvrit. Quelques secondes plus tard, de doux bras glissèrent le long de son torse et des lèvres mordillèrent son cou.

« Tu devrais retourner au lit, » dit Nick, s'étirant en arrière et la maintenant. Il l'embrassa avec une faim renouvelée.

« Pas sans toi. » Elle posa son menton sur son épaule. « Sur quoi travailles-tu ? » Elle l'embrassa dans le cou.

« Trois femmes qui ont été tuées de la même manière. »

« Par la même personne ? C'est ce que tu as ? »

« Les indices concourent dans cette direction, mais nous n'en serons pas sûrs tant que nous n'aurons pas pu le prouver. »

Elle embrassa son épaule. « S'il y a quelqu'un qui peut résoudre ça, c'est bien toi. »

Nick savait que l'expérience de Laura avec sa propre affaire influençait sa perspective. Son innocence avait été prouvée parce qu'il avait insisté sur le fait qu'elle ne collait pas au profil d'une meurtrière, malgré les preuves accablantes contre elle. Et il n'aurait pas pu le prouver sans son équipe et la foi qu'ils avaient en lui, en dépit de l'évidence. Nick savait que Laura leur serait éternellement reconnaissante.

« Toi, ma douce, tu n'es pas objective. »

« Pour de bonnes raisons, » reconnut Laura. Elle regarda le bloc-notes posé sur la jambe de Nick, y scrutant certaines des informations. « C'est tellement triste. Étaient-elles jeunes ? »

Alors là, il y avait là une autre chose en commun qu'il devait noter, pensa-t-il. « Leur âge se situe dans une fourchette entre la fin de la vingtaine et le début de la trentaine. »

« Qu'est-ce que c'est que ça ? » Laura montra la référence au U4. « C'est un groupe, comme U2 ? »

Le rire profond de Nick sortit de ses entrailles et résonna dans l'appartement. Il se retourna soudain, la saisit et la renversa sur lui sur le canapé. Le bloc-notes et le crayon tombèrent par terre. Tout en riant, il l'embrassa, se livrant à des dégustations et à des explorations dans une satisfaction intense.

« Tu es un bonheur pour moi, tu le sais ? » Il passa les doigts dans les cheveux de Laura et lui prit le visage. « Et non. Ce n'est pas un groupe. C'est une drogue urbaine. »

« Désolée. »

« C'est devenu ton mot préféré ? »

« Non. Alors, je veux dire que cela amène à des activités très satisfaisantes. Tu es un homme très inventif et compréhensif, » dit-elle avec un sourire sensuel. « Tu m'as fait oublier très efficacement tous mes malheurs. » Elle l'embrassa sur les paupières. « Complètement. » Elle l'embrassa sur les lèvres. « Très agréablement. » Elle lui mordit le menton. « Tu es prêt pour une autre manche ? »

Il la serra contre lui.

« À ton avis ? »

Leurs rires se mêlèrent et résonnèrent dans la pièce, mais furent vite étouffés.

CHAPITRE VINGT-CINQ

L'AUTOPSIE CE matin-là avait été une épreuve pénible. Rien ne vaut l'examen de trois cadavres tôt le matin, surtout d'un d'entre eux qui était dans un état de décomposition avancé. Ajoutez à cela une salle d'autopsie pleine de techniciens et d'assistants légistes, et d'assistants des assistants, tous vêtus d'équipements protecteurs, d'écrans faciaux, de doubles gants et de masques, et remuant les odeurs jusque dans chaque recoin de la salle dès qu'ils bougeaient. La seule chose que Nick avait souhaité porter était une combinaison hazmat avec système de filtration intégré. Cela aurait atténué les odeurs. En tout cas, le tout avait semblé surréaliste. Tout le monde semblait être sorti d'une scène du film *Epidémie* ou de l'émission de télé *The Hot Zone*. Et tout cela à cause d'un risque d'exposition à une drogue synthétique créée puis abandonnée des années auparavant par un laboratoire américain et actuellement produite et exportée par une firme pharmaceutique chinoise pour être distribuée aux États-Unis.

Améliorée pour assurer une assimilation optimale par osmose.

Surréaliste était un terme insuffisant.

Plus tard, au poste de police, il avait pris une douche, mais il ne parvenait toujours pas à se débarrasser de l'odeur tenace des cadavres dans ses narines. Le seul point positif était que, bien qu'il n'eût guère dormi la nuit précédente et au petit matin, et malgré la triste tâche de devoir disséquer les morts pour obtenir des indices, Nick était revigoré et avait l'esprit clair et concentré.

Il le devait à Laura.

Nick s'approcha de Ramos, qui était penchée au-dessus d'un microscope.

« Tu as l'air prêt à mâcher complètement le monde et à le réduire en pâte à papier, » dit Ramos après l'avoir regardé brièvement. Elle glissa une nouvelle lame sous le microscope. « La nuit a été bonne avec Laura ? »

« Dépravée. J'ai des dépravés comme collègues, » dit Nick, qui arborait un large sourire de satisfaction. « As-tu accepté l'invitation de Sacco ? »

« Nan. Et il n'a pas beaucoup insisté. En toute franchise, nous étions tous les deux crevés. J'ai eu pour changer un sommeil bien mérité, à l'inverse de toi, je suis sûre. » Elle observa Nick et hocha la tête d'un air entendu. « Comment va Laura, à propos ? »

« Pas trop bien. » Nick leva la main. « Et avant que tu commences à me chambrer sur une possible lacune dans mes talents virils ou dans ma capacité à satisfaire une femme, il faut que je mentionne qu'elle a finalisé hier le transfert de Les Gâteaux à Erin. »

« C'est con. »

« Aaniyah lui a aussi lâché les résultats de l'appel. Globalement, une mauvaise journée. »

« Aux dernières nouvelles, Ward demandait un nouveau procès et son transfert dans un institut psychiatrique, » dit Ramos. « Elle l'a obtenu ? »

Nick acquiesça. « Ouais. Et Sandra semble obtenir tout ce qu'elle veut. »

« C'est une manipulatrice maladive. Je parie que si un rocher avait des organes, elle arriverait à le faire pisser. » Elle prit une autre lame et remplaça celle qui était sous le microscope.

« Qu'est-ce que Millsap a eu à dire ? » demanda-t-elle.

« Laisse-moi te dire qu'il regarde maintenant complètement diffé-remment les organes internes. Il soupçonne fortement que les deux femmes ont mariné dans le U4 avant d'être suspendues. Il ne se prononcera pas avant d'avoir examiné minutieusement tous les tissus et d'avoir fait tout analyser. »

« Et la victime masculine ? »

« C'est une autre histoire. Strangulation par pendaison. Il ne se l'est pas infligée lui-même. »

« Donc nous avons affaire partout à des meurtres. »

« Il y a fort à parier, » dit Nick. « Quoi de neuf ? Tu m'as appelé. »

« J'ai quelque chose pour toi, » dit Ramos, désignant les lames. « Le matériau de la corde est identique dans les trois cas. Je vais effectuer de nouveaux tests pour la composition de la corde et pour rechercher des indices sur les deux derniers cas. Cet homme s'est préparé, et portait probablement des gants. »

« Ça semble logique, quand même, » dit Nick, la voix teintée d'écœurement. « Ce que tu ne sais peut-être pas est que les victimes ont envoyé des invitations à ce CCN pour qu'il vienne chez elles. »

Ramos se retourna. « Comment ? »

« C'est mon nouvel acronyme pour le suspect potentiel. »

Ramos digéra l'information. Quelques secondes plus tard, elle se mit à rire. « Un criminel complètement niqué ? »

Nick acquiesça. Elle le connaissait si bien.

« C'est impayable. » Ramos reporta son attention vers le microscope.

« Et, ouais, il a dû se préparer avant d'arriver, » dit-il, et il lui résuma la dernière communication de Latimer. « Donc, à la place de vin ou de fleurs, » finit Nick, « l'homme arrive à leur porte avec une dose de U4 et une corde. »

« Salement romantique. »

« Je suis curieux, » dit Nick, vérifiant ses nouveaux messages ou e-mails sur son téléphone. Rien. « Tu as d'autres résultats pour les résidus ? »

« Dans l'affaire Creasy, » dit Ramos, « de la lavande, de la lanoline et d'autres produits chimiques. Je ne vais pas t'ennuyer avec la liste. »

« Dans ses crèmes ? »

« Seulement dans le pot qu'elle utilisait, et cela repose sur les rapports que nous a envoyés le laboratoire qu'elle louait. »

« Et pour les autres victimes ? »

« Je n'ai pas encore eu les résultats des prélèvements. »

« Et des résidus sur la corde de Creasy ? » demanda Nick. « Des traces de U4 ? »

Ramos fit une pause. La détonation bruyante fit sursauter un technicien deux tables plus loin.

« Ouste, ouste. » Ses bras joignirent le geste à la parole. « Va poursuivre tes enquêtes. J'ai du travail. »

Nick retourna à son bureau et trouva Sacco en train d'étudier les gribouillis et le tableau de Nick du soir précédent.

« Tu as déjà soumis ça à Kilcrease ? »

« Pas encore. Il devrait arriver bientôt. » Nick prit la feuille de papier des mains de son équipier, écrivit les âges, un point d'interrogation, et l'encercla. Il ajouta une quatrième colonne, l'intitula Desha Adnet, et écrivit meurtre au-dessous.

« Je vais faire du repérage dans le voisinage de Latimer pour voir s'il y a un système de sécurité en réseau, ou quelque chose qui indique une caméra à l'entrée de l'immeuble de la victime. »

Le principe de diviser pour régner fonctionnait chez Nick. « Sais-tu si Carpenter est là ? Je veux voir si nous avons affaire au même CCN. »

Sacco ricana. Nick avait expliqué l'acronyme pendant l'autopsie. Cela avait tellement plu à Sacco qu'il avait juré qu'il appellerait désormais comme cela tous les suspects potentiels. La concision avait des avantages.

« Tu espères des pseudos similaires ? »

« Oui, » dit Nick. « Et pendant que tu seras en chasse, je vais retrouver le Chet Emberson fuyant. »

« Souviens-toi que nous avons une audition cet après-midi avec Oriana Tamone, » dit Sacco.

« Sofi Guldur a-t-elle rappelé ? »

« Horowitz n'a pas laissé de message sur nos bureaux, » dit Sacco.

Nick hocha la tête et fit un signe à Kilcrease, qui était sorti de l'ascenseur. « Je vérifierai plus tard la messagerie. »

« Hé, les garçons, » les salua Kilcrease. « J'ai entendu dire que vous aviez peut-être un... vous savez quoi... dont votre patron veut que personne ne dise un mot. »

« Et on s'est copieusement fait taper sur les doigts à l'appel de ce matin, » ajouta Nick.

Kilcrease eut un sourire amusé. « Je suis sûr que quelqu'un trouvera le moyen de faire payer ce bâillonnement. Que puis-je faire pour aider ? »

Nick montra la salle de conférence. Pendant que Sacco et Kilcrease s'installaient, il composa le poste de Carpenter.

« On va voir s'il y a une concordance de pseudos pour le suspect dans les conversations avec Waitre et Latimer, » dit Nick à Carpenter quand il répondit. « C'est valable aussi pour Creasy. » Il ne pouvait que l'espérer. « Reviens vers moi dès que tu le pourras. Je suis dans la salle de conférence pour l'instant. »

Nick s'assit.

Pendant les vingt minutes qui suivirent, Sacco et lui passèrent en revue les scènes de crime, la victimologie possible, et les rapports des témoins. Ils passèrent en revue les impressions, les intuitions et les observations. Ils passèrent la vidéo de Latimer. Puis Nick tendit au médecin sa feuille de brainstorming et attendit.

Kilcrease étudia les informations qui y figuraient. Un moment plus tard, il s'adossa sur sa chaise.

« À quoi avons-nous affaire ici ? » demanda Nick. « À part ce qui est évident. »

« Deux possibilités. Cela pourrait très bien être un troll, quelqu'un qui choisit une victime au hasard après une recherche sur des sites internet comme Facebook, Snapchat, Reddit, Omegle, TikTok, ou même Instagram. »

Sacco gémit. « Mince, Doc, rien qu'à Manhattan on pourrait avoir un suspect sur un million et demi d'habitants. »

« Cela arrive. Vous vous souvenez de Markoff, le tueur de Craiglist ? »

Nick s'en souvenait. Cette situation avait été ce qu'il appelait meurtre par un inconnu. Ces affaires étaient une horreur à résoudre. Si les flics n'avaient pas obtenu une adresse mail après son dernier meurtre, ils ne l'auraient jamais trouvé. Markoff avait choisi ses victimes au hasard en consultant et en répondant à des annonces exotiques publiées sur cette plateforme.

« La seconde possibilité est que votre suspect les connaissait. »

« Nous savons déjà que Waitre et Latimer ont rencontré le type avant leur mort, » dit Nick.

« Ce que je voulais dire, c'est que leurs chemins se sont croisés d'une manière ou d'une autre avant qu'il les contacte réellement. Peut-être les a-t-il vues dans un supermarché du voisinage, ou dans un café. Mais assurément sur internet. Je parie qu'il est d'abord allé à la pêche sur Facebook. En particulier à la recherche de photos. C'est vraiment hallucinant, les choses intimes que les gens y publient sur leurs sentiments, leur vie, leur famille... leurs vulnérabilités. »

« Un buffet pour les prédateurs, » dit Nick. « Nous le savons. »

« Cette personne exploite les faiblesses de ses victimes, ce qui semble s'articuler surtout autour de leur manque d'estime de soi. Elles désirent par-dessus tout être reconnues, être glorifiées, être aimées. »

« La reconnaissance, » déclara Nick. Il se leva et leva un doigt en l'air. « Retenez cette idée. »

Il courut vers son ordinateur, chercha rapidement la photo qu'il cherchait, l'imprima et la rapporta pour la montrer à Kilcrease.

Le psychiatre examina la photo. Il regarda Nick. « Je vois ce que vous voulez dire. C'est là, dans ses yeux. »

« Madame Lunney a dit des choses similaires sur notre deuxième victime, Jessica Waitre, » dit Nick.

« Les personnes vulnérables croient à une vision d'elles-mêmes qui ne correspond pas à la réalité. Elle entre en conflit avec le monde. J'appelle cela le syndrome de la série télévisée. Ces personnes s'alignent sur ce qu'elles voient et entendent à la télévision, dans des films et dans des vidéos. Elles gravitent autour de personnes qui imitent ce comportement spécifique et parlent ce jargon. La vie, pour elles, n'est pas complexe, et les problèmes peuvent se résoudre à brève échéance, ou en publiant une citation profonde. Malheureusement, quand les problèmes perdurent, quand le comportement de leur entourage dévie de leurs attentes, et que la vérité et la réalité l'emportent, certains esprits n'arrivent pas à assumer. Ils n'ont pas été rodés et trempés par l'adversité et l'échec, ce qui transforme ces derniers en succès. »

Kilcrease fit une pause, absorbé dans ses pensées.

« Cette personne, » et Kilcrease tapota la feuille de papier. « Il se voit probablement comme un ange bienveillant, qui comprend la souffrance de ses victimes et qui, par conséquent, facilite le moyen d'arriver à une fin, pour parler littéralement. D'après ce que vous avez dit, il attend d'être invité. Il n'insiste pas. Il les manipule, jusqu'à ce que ses victimes pensent que c'est leur idée de commettre l'irréparable. Il est là pour atteindre un objectif : les sortir de leur malheur en leur rendant un service charitable et compatissant. »

« Comme euthanasier un chien, » dit Sacco. Son expression reflétait son écœurement.

« Donc, à quel type de psychopathie avons-nous affaire ? » demanda Nick.

« C'est difficile à diagnostiquer sans avoir le patient en face de moi, » répondit Kilcrease. « Mais, encore une fois, cela peut aller dans deux directions. Un : on a un vrai psychopathe, entre trente et quarante ans, selon l'échelle du Hare checklist. Deux : on pourrait avoir une personne atteinte d'une grave PA. »

« C'est une personnalité antisociale, c'est ça ? » demanda Sacco.

Kilcrease acquiesça.

« Qu'est-ce qui vous fait penser ça ? » demanda Nick.

« La mère malade. Le fait qu'il utilise des méthodes non violentes pour tuer. »

« Allons, Doc, » railla Sacco. « Non violentes ? »

« Non. Attends, » répliqua Nick. « Il a vraiment raison. Ce CCN... »

« Comment ? » Kilcrease ne comprenait pas.

« C'est son acronyme pour criminel complètement niqué. »

« Larson, » le gronda Kilcrease, même s'il riait. « Vraiment. »

« Faites-moi un procès, » dit Nick. « Ce *coupable inconnu* drogue ses victimes avec sa propre lotion de U4 avant de les pendre. Au moment où le suspect les met en scène pour son plaisir, les victimes sont déjà à moitié mortes. » Et comme Millsap l'avait dit quelque temps auparavant, les victimes s'asphyxiaient lentement et n'avaient même pas un tressaillement de malaise.

« Il définit probablement ses actions comme magnanimes, » termina Kilcrease.

« Je vais devoir changer cet acronyme, » dit Nick. « Cette personne est complètement ravagée. »

« C'est la raison pour laquelle je penche davantage pour PA que pour le profil de psychopathie classique d'un tueur en série. Il se peut que cet inconnu ait subi des mauvais traitements quand il était enfant, ou qu'il ait vécu un événement traumatique pendant ses années formatrices qui l'eût cruellement marqué à vie. D'après ce que vous m'avez dit et ce que j'ai vu de la conversation entre la dernière victime et lui, la mère pourrait être la clé. Sa maladie aurait-elle pu déclencher ce comportement ? C'est difficile à dire, encore une fois, sans pouvoir l'étudier en personne. Mon estimation éclairée est que l'insensibilité de sa mère a été ce qui l'a fait disjoncter : le rejet, le fait qu'elle ne reconnaisse pas son existence. Peut-être qu'il est amer du fait que sa sœur ne soit pas là pour s'occuper de sa mère, ou que sa sœur ait été plus aimée par sa mère. Il y a ici une forme de transfert quelque part. C'est la raison pour laquelle il peut sympathiser avec ses victimes. »

« Jusqu'à présent, nous n'avons personne qui corresponde à ce profil, » dit Nick.

« Une fois que vous aurez un suspect, » dit Kilcrease, « tout se mettra en place. Néanmoins, vous avez ici un autre problème. »

« Lequel ? »

« C'est un tout autre registre, sauf si votre homme se trahit, » dit Kilcrease.

« Registre ? » demanda Sacco.

« Le comportement de cet individu ne suit pas la norme. »

« Vous voulez dire pour un tueur en série, » dit Nick.

« En effet. Il ne suit pas la psychopathie classique au sens où tuer assouvit le besoin. Ce sont les besoins des autres qui doivent être assouvis. »

« Je suis désolé, Doc, » dit Sacco. « Mais je ne vous suis pas. »

« J'ai peur de suivre. »

Kilcrease observa Nick.

« Eh bien, » dit Sacco. « Pas moi. »

« Corrigez-moi si je me trompe, » dit Nick, regardant Kilcrease. « Les tueurs en série tuent par compulsion. Ils ont un vide qu'ils doivent combler et alimenter constamment, quelque chose qu'ils ne peuvent pas accomplir en vivant une existence normale. Mais la personne à qui nous avons affaire exécute la volonté d'autres personnes. Il n'y a que cela pour combler ses besoins. Donc il n'agit pas tant qu'il n'obtient pas la permission d'être charitable. Ce n'est pas ça, Kilcrease ? »

« J'en ai bien peur. Il continue à chercher, à harceler, et à manipuler. Mais il vit une existence normale jusqu'à ce que l'une de ses cibles lui demande de l'aide. Ce schéma peut durer des semaines, sinon des mois, à moins que quelque chose agisse comme un déclic, ou qu'il se sente menacé. »

Nick se frotta le visage. Jusqu'à présent, d'après les indices qu'ils avaient rassemblés, le suspect n'avait pas de souci à se faire. Il était toujours anonyme sur internet, personne ne l'avait vu avec ses victimes, et il n'y avait pas de vidéo de surveillance pour leur donner une idée de qui il était. Sacco, Carpenter et lui avaient des milliers de photos à passer en revue. Cela n'incluait pas toutes les autres plateformes de réseaux sociaux que les victimes pouvaient avoir utilisées. Et cela prendrait du temps de compiler les informations du logiciel de reconnaissance faciale, et ce serait probablement inutile si la personne était un inconnu. Nick ne saurait pas qui choisir à l'arrière-plan. Ils pourraient souffler seulement s'ils avaient de la chance... beaucoup de chance. En attendant, la police ne représentait pas une menace. Comme l'avait dit Kilcrease, cela pourrait prendre des jours, des semaines, ou même des années avant que quelqu'un ait besoin de ses services.

On pouvait compter sur l'univers pour leur offrir un nouveau type de sociopathe.

« Donc, à la base, nous sommes foutus, » dit Nick.

« Je le crains. »

Merde. Merde. Merde.

ARJEN Avait séché son emploi à temps partiel plus tôt que d'habitude aujourd'hui, prétendant qu'il avait la diarrhée. Après avoir approvisionné des rayonnages pendant deux heures ce matin, et après avoir eu en plus affaire à des connards, il en avait eu assez. Donc à onze heures, il avait déguerpi de là. Il se fichait de se faire virer, il ne voulait pas de ce boulot, de toute façon.

Il s'emmitoufla dans sa veste en duvet, maudissant tous ceux qu'il connaissait. Depuis hier, son beau-père et sa mère n'avaient pas cédé sur la confiscation de la voiture. Les deux choix qu'on lui avait donnés, dont aucun n'était à son goût, demeuraient : soit il allait à pied, soit il allait en voiture avec sa mère. Il jura. Au diable le dernier choix. Jamais de la vie on ne le prendrait en train de se faire conduire par sa mère comme s'il était un gamin de six ans. Si ses amis le voyaient, ils le tourneraient sans cesse en ridicule. Donc il avait opté pour le bus, et il faisait à pied le reste du trajet pour rentrer.

Il donna un coup de pied dans un ornement de jardin du voisinage et pressa le pas. Le vent était féroce, et il faisait un froid de folie. Ça cadrait, pensa-t-il. À la base, la vie était merdique, du moins sa vie actuelle. Ça avait aussi été merdique à l'école hier. Quelqu'un avait colporté qu'il fumait de l'herbe et il avait été viré de l'équipe de football après avoir été testé positif quand on l'avait fait uriner dans un flacon. Son professeur de sciences sociales lui avait mis un D à son dernier devoir, et son ami Russ lui avait dit d'aller se faire foutre. Arjen n'était pas pressé de voir la réaction de sa mère à ces derniers gâchis.

Ça n'avait rien arrangé non plus que l'amant-jouet sexuel de sa mère n'ait pas coopéré. Arjen avait attendu ce jour-là que l'homme ait fini son service auprès de sa mère et l'avait rattrapé à deux blocs de la maison. Le choc premier de ce sale type devant la tentative de pression adolescente d'Arjen s'était vite atténué. Il avait d'abord eu le culot de lui rire au nez. Puis il lui avait dit de grandir et de faire sa vie. De ce fait, la réalité s'était abattue sur la tête d'Arjen plutôt efficacement. Le sale type avait dit que s'il publiait des photos sur Snapchat, comme Arjen avait menacé de le faire, ou s'il dénonçait sa mère sur ses activités extra-conjugales, seul *Arjen* en pâtirait. Il ne se ferait pas seulement virer de chez lui, mais il compromettrait aussi l'existence confortable et respectable de sa mère, cette existence qu'elle appréciait et préservait à tout prix. Quant à lui-même, l'homme avait dit qu'il passerait simplement à la prochaine femme au foyer en manque. Il ne perdrait pas de plumes. Le chantage qu'Arjen avait entrepris optimiserait en fait son curriculum vitae.

Il avait peine à l'admettre, mais le sale type avait eu raison, même s'il lui en avait voulu de l'avoir fait se sentir comme un garnement de deux ans, idiot et égoïste. La réalité était cruelle : il ne pouvait pas emmerder sa mère. Elle était la seule à travailler, pour lui et avec lui, en sous-marin, un rempart entre son beau-père et lui. Si elle découvrait ce qu'il avait fait et ce qu'il faisait, comme sécher l'école et le travail, elle l'inscrirait dans une école militaire plus vite qu'il n'allumerait son prochain joint.

Ça ne le ferait pas, de se mettre sa mère à dos.

Ce jour-là, déballonné mais pas vaincu, Arjen avait quand même persévéré en recourant un peu à la tromperie. Il avait tiré une image de la vidéo qu'il avait prise de sa mère et de l'homme en pleine action, menaçant de l'envoyer en pièce jointe dans un message à sa mère. Le sale type, quel culot, avait *de nouveau* ri et lui avait opposé à son tour une menace : cette photo serait au centre de leurs activités sexuelles la prochaine fois. Il la déshabillerait dès qu'il arriverait, et veillerait à ce qu'elle atteigne l'orgasme pendant qu'il lui montrerait la photo. Les orgasmes, avait-il dit à Arjen, redoublaient d'intensité quand on se savait observé. Le sale type l'avait aussi invité à y assister et profiter du spectacle. Après tout, voyeur pervers comme il était, Arjen se masturberait probablement en regardant la scène entre le sale type et sa mère.

Il allait sans dire qu'Arjen avait renoncé à son projet de chantage et était rentré chez lui comme un chien, la queue entre les pattes.

Il fourra ses mains froides dans les poches de sa veste. La manière dont il s'était fait avoir montrait simplement dans quel triste état était le monde, si le chantage ne pouvait plus manipuler les gens. Comment diable allait-il résoudre son problème ? Arjen était toujours furieux de ne pas obtenir ce qu'il voulait, et il n'avait personne pour l'aider à jouer le jeu. Il fallait qu'il trouve un nouveau plan. Un plan plus réussi. C'était le seul moyen d'amener sa mère et son beau-père à se rallier à *son* point de vue.

Mais tout n'était pas perdu. Sécher le travail aujourd'hui ne s'avérerait pas un trait de génie. Il fallait qu'il réfléchisse en détail et trouve une nouvelle combine. Peut-être que son cousin de Jersey l'hébergerait incognito pendant un ou deux jours. Non, pensa-t-il, donnant un coup de pied dans une autre clôture du voisinage. Sa tante appellerait sa mère dès qu'il se pointerait. Et son oncle de Chicago ? Il rumina un moment cette idée. Il pourrait se rendre à la gare de Huntington de la LIRR et descendre à Penn. Là, il pourrait prendre un Amtrak pour Chicago. Mais combien de jours un trajet en train durait-il ? Il n'en avait aucune idée. Mais même si cela durait douze heures, ou vingt-quatre, il serait au secret pendant suffisamment longtemps. Il pourrait même séjourner dans un motel quelque part à mi-chemin pendant un jour ou deux, dormir un peu, regarder du porno, et appeler son oncle une fois arrivé à destination. À ce moment-là, tout le monde serait inquiet. Ils le chercheraient partout où il n'était pas.

Quand il aurait refait surface comme un dauphin pour respirer, ils seraient soulagés. Ravis de savoir qu'il était sain et sauf, et de le récupérer. Sa mère ferait tout pour qu'il rentre à la maison sain et sauf.

Ça, ça pourrait marcher.

Il secoua la tête. D'abord la logistique. Il avait très peu d'argent, seulement l'allocation qu'il percevait en ce moment, et pas de carte de retrait. Mais il savait où sa mère planquait de l'argent liquide pour les mauvais jours, comme elle le disait. Arjen ricana. La réserve d'argent était plus pour s'adonner à ses activités extra-conjugales... totalement secrètes. Sa mère ne pouvait pas se permettre que son beau-père voie des traces d'achats suspects avec sa carte de crédit. En faisant ce qu'elle faisait, elle maintenait son beau-père dans l'ignorance de tout. Bonne illustration : il était toujours béatement ignorant que sa bite n'avait pas de droits d'exclusivité sur le vagin de sa mère. Il avait de la concurrence.

Arjen était presque à la porte quand il remarqua que la voiture de sa mère était là. Merde. Pourquoi était-elle là aussi tôt ? Aujourd'hui elle avait fait du bénévolat au Y, surveillant des enfants d'âge préscolaire qui apprenaient à nager. Elle ne rentrait jamais avant seize heures. Peut-être n'étaient-ils pas venus assez nombreux ? Peu importait. Il devrait répondre à trop de questions si elle le voyait, et il détestait simuler la maladie quand il était en forme. Sa mère lui enfoncerait toutes sortes de remèdes dans la gorge et il serait obligé de les avaler.

Écœurant.

Il prit le courrier et fit le tour de la maison en vitesse, se dirigeant vers la porte du sous-sol et l'ouvrant aussi furtivement qu'il le put. Il traînerait là-dedans jusqu'à ce qu'il soit l'heure de se montrer à la maison, comme s'il avait été au travail. Il aurait la paix pendant une heure ou deux pour élaborer une stratégie et améliorer son idée qui venait de germer. Sa mère ne descendait jamais ici, sauf si elle devait faire une lessive. Et aujourd'hui n'était pas un jour de lessive, donc il était en sécurité. Même si elle descendait, il filerait à la salle de bain et s'y cacherait avant qu'elle puisse le surprendre.

En écoutant les occasionnels grincements du sol sous les pas de sa mère à l'étage, il se mit à résoudre tous les problèmes dans son plan. Après avoir recherché les horaires et les itinéraires des trains, il se rendit compte qu'il faudrait qu'il parte aujourd'hui. Sinon, il serait coincé ici pendant une semaine de plus. Il lui fallait des vêtements, mais il abandonna cette idée. Sa mère pourrait le surprendre en train d'entrer furtivement dans sa chambre. Le meilleur plan était, une fois en ville, de s'arrêter au Target près de Penn, sur la Trente-quatrième, et d'acheter ce dont il avait besoin. Prendre l'argent n'était pas un problème non plus, parce que la réserve était dans la cuisine, bien en vue, dans un joli pot à cookies qui ressemblait à un poêle des années 50. Ils n'y mettaient jamais de cookies. Il était seulement décoratif.

La sonnette retentit à l'étage. Il entendit les pas de sa mère, mais ignora ce qui se passait là-haut.

Et s'il était à court d'argent ? Arjen ne pouvait pas compter uniquement sur l'argent dans le pot. Autant l'admettre, il ne savait pas combien d'argent il contenait. Si seulement il avait une carte de retrait. Il tapa les enveloppes du courrier contre sa main, impatient, tandis qu'il essayait de résoudre cela. Sa mère laissait toujours son sac à main et ses clés de voiture dans une petite niche à côté de la porte de derrière de la cuisine, près du téléphone, du répondeur, et de son ordinateur portable. Le pot à cookies était juste là, lui aussi. Elle gardait ses reçus d'épicerie et de magasins, et les jetait quand elle avait fait les comptes. Si, et c'était un énorme si, sa mère n'était pas à proximité de la cuisine (il croisa les doigts mentalement, espérant qu'elle était dans sa chambre, bien loin à l'étage), il pourrait piquer sa carte de retrait dans son portefeuille et l'utiliser. Arjen étouffa son rire. Sa mère ignorait qu'il connaissait tous ses mots de passe et ses codes. La carte et l'argent en main, il sortirait en douce comme il était entré, sauterait dans le bus pour la gare de Huntington, et achèterait les billets de train avec l'argent. Il utiliserait la carte dans la gare pour obtenir plus d'argent liquide, et il serait en route.

Personne ne saurait rien avant qu'il arrive à Chicago.

Il se mit en mode furtif et monta l'escalier.

CHAPITRE VINGT-SIX

LUNDI, 20 JANVIER

NICK AVAIT OCCUPÉ la table de conférence, tous ses classeurs et ses notes de brainstorming étalés devant lui. Un bloc-notes vide et un crayon étaient posés à côté de son ordinateur portable pour des annotations supplémentaires. Ils avaient dû rater quelque chose. Alors, aujourd'hui, il avait décidé d'explorer une fois de plus tous les indices, les auditions, les déclarations et les rapports. Peut-être l'élaboration d'un tableau des enseignes que chaque femme fréquentait lui donnerait-elle une configuration. Peut-être fréquentaient-elles les mêmes magasins, ou un café, ou un restaurant... quelque chose qui placerait ces femmes au même endroit, même si elles n'y allaient pas au même moment. Mais d'abord, dès que Sacco reviendrait avec sa boisson protéinée préférée, ils se concentreraient sur la vidéo de surveillance obtenue auprès d'un voisin en face de la scène de crime de Latimer, qu'il avait copiée sur son ordinateur, prête à être visionnée.

Ils étaient submergés de paperasserie et de pistes qui ne menaient nulle part.

L'équipe au complet avait passé des heures à ratisser les registres d'appels téléphoniques pendant les deux derniers jours. Chaque victime avait appelé un numéro en particulier, ce qui menait à l'heure du décès.

Il y avait au total trois numéros de téléphone suspects, mais pas de recoupements. Cela signifiait qu'ils avaient affaire à des téléphones prépayés, à des appels entrants et sortants intraçables qui cessaient subitement à la date de la mort. Carpenter avait vérifié qu'ils ne bornaient plus nulle part dans le secteur métropolitain et au-delà. Tout le reste dans les connexions des portables personnels des victimes avait été des appels habituels : à la famille, aux amis, aux collègues, des enquêtes en ligne, de la musique, des vidéos, des commandes de denrées et de biens, des messages, etc..., etc....

D'autres résultats d'analyses d'indices des autopsies de Waitre, Adnet et Latimer il y a trois jours devaient arriver...mais ce n'était pas pour tout de suite. La faute aux délais habituels ? Des arriérés. Trop d'affaires à débrouiller à l'échelle de la ville. Ramos attendait l'analyse chimique de tous les prélèvements de peau pour distinguer les produits utilisés régulièrement par les victimes, tels que des savons, des lotions hydratantes et d'autres substances normales, du cocktail employé pour transmettre la drogue. Ils diligentaient également des tests ADN dans l'espoir qu'ils auraient la chance d'avoir l'ADN du tueur, mélangé à celui de ses victimes. Mais ces résultats prendraient davantage de temps.

Le commandant faisait le forcing pour un traitement prioritaire.

Carpenter n'avait pas encore craqué le mot de passe d'Adnet pour ses e-mails et ses fichiers informatiques personnels et avait demandé l'aide de la Cyber Brigade. Ramos avait fini de lire le journal de Waitre, celui qu'Adnet avait confisqué et emporté au travail, et l'avait remis hier, avec un *amusez-vous bien* lourd de cynisme et de noirceur. Après dix pages, Nick avait compris. Il avait failli jeter l'objet contre les murs du bureau, tant il était contrarié. Oui, il était désolé pour la victime, et avait d'autant plus d'empathie qu'elle était morte de cette manière, mais cela ressemblait davantage à des angoisses d'adolescente pubère qu'à des préoccupations de femme mûre. Nick ne pouvait vraiment pas s'associer à cette débauche incessante d'apitoiements et de plaintes au sujet de tout ce qui existait dans le monde et de tous ses habitants. Jessica Waitre ne s'était pas arrêtée pour un moment d'introspection, ni n'avait fait de pause pour chercher une solution propre à pallier ses problèmes. Elle n'avait pas lutté contre ce qu'elle percevait comme des injustices, elle s'était contentée de se plaindre sans cesse, en colère vingt-quatre heures sur vingt-quatre , et pensant que le monde entier était contre elle. La vie était très injuste envers elle, exclusivement.

Rien d'étonnant à ce qu'elle fût déprimée. Elle avait créé son propre trou noir émotionnel et était allée jusqu'aux limites de l'horizon des événements, oubliant le fait que c'était elle qui dirigeait le navire et qu'elle pouvait aller se mettre en sécurité à tout moment.

Du côté des auditions, rien de nouveau n'avait fait surface. Sacco et lui avaient parlé aux deux femmes des studios Duncani. Comme Nick l'avait soupçonné, elles n'étaient pas en termes amicaux avec la victime, ni au travail ni en dehors. Elles les avaient assurés de leur respect pour la morte, de son éthique au travail, de son imagination et de sa créativité. Ce qu'elles n'avaient pas dit, et que Nick avait déduit de leur langage corporel et de leur attitude, était que les deux femmes étaient un peu jalouses de la victime. Les critiques réciproques ? C'était à l'initiative de Latimer. Insistante avait été l'adjectif mesuré employé par Mademoiselle Tamone. C'était charitable de sa part, pensa Nick, d'autant plus que la femme avait eu maille à partir avec la victime. Après tout, Mademoiselle Tamone avait été la cible d'avances sexuelles non souhaitées lors de cette fête de Noël.

D'autre part, Chet Emberson était porté disparu. Pas au vrai sens du terme, mais en ce que, selon sa famille, il s'était envolé pour un voyage spirituel en Asie dans l'espoir de trouver l'équilibre et de se retrouver. En d'autres termes, pensa Nick, l'homme avait quitté Dodge à la hâte, en espérant qu'on ne penserait pas à lui si on ne le voyait pas, et qu'il puisse prendre un nouveau départ... dans une autre entreprise, bien sûr.

Il devait rentrer aujourd'hui.

Du côté des nouvelles peut-être bonnes, et il insista sur le peut-être, Nick et Sacco, après avoir sonné à toutes les portes, dans toutes les entreprises, et avoir parlé à la plupart des locataires autour de l'appartement ce week-end, avaient trouvé un locataire en face, dont les fenêtres donnaient sur la rue et sur l'immeuble, et qui avait chez lui un système de sécurité sans fil. Il avait été très coopératif, leur donnant une copie de la vidéo de surveillance du soir en question. Nick l'avait étudiée sommairement hier soir. Il était fatigué, impatient d'aller chercher Laura et de se détendre, de faire l'amour, et de dormir. D'ailleurs, les images n'étaient pas si nettes. Autant pour les vidéos numériques.

Sur le plan personnel, Nick ne s'était jamais senti plus heureux. Laura et lui s'étaient installés dans une sorte de routine le week-end dernier. Elle avait passé une nuit dans l'appartement de Nick. Hier, il l'avait passée dans celui de Laura. Aujourd'hui, il y avait du pain sur la planche. La nouvelle affaire de Laura prenait son essor, et elle était de plus en plus occupée, conversant par vidéo avec ses nouveaux partenaires, inventant de nouvelles recettes et de nouvelles décorations pour ses gâteaux, dont Nick avait largement profité. Tout le monde dans cette nouvelle entreprise était très content, surtout Laura. Un voyage vers le sud était en cours de programmation, prévu dans environ deux semaines. Nick espérait qu'à ce moment ces affaires seraient résolues. Il aimerait prendre quelques jours de congé et accompagner Laura, et faire la connaissance de sa nouvelle équipe. Mais bon, il pouvait toujours espérer, hein. Mais... ce serait pour plus tard. Ce qui importait était que ce matin, avant qu'elle parte aux aurores pour aller aider Erin à la pâtisserie, ils s'étaient mis d'accord pour un dîner intime chez Les garçons sur la Huitième.

« Salut, beauté. » Le salut habituel de Sacco pour accueillir Mandy Penzik provenait de l'extérieur immédiat de la salle de conférence.

Nick leva les yeux. Bien sûr, Mandy Penzik, l'interprète ASL de la maison, vétéran des forces depuis dix ans, donnait l'accolade à Sacco dans l'encadrement de la porte. Nick lui fit signe d'entrer.

« Qu'est-ce qui vous amène par chez nous aujourd'hui ? » demanda Nick, en lui donnant l'accolade. Elle travaillait dans leur poste de police. Steve Penzik, son mari, inspecteur au Suffolk County Police Department, travaillait près de Babylon. Après leur mariage dix ans auparavant, le premier pour lui et le second pour elle, ils s'étaient établis à Floral Park de sorte qu'aucun des deux ne pût se plaindre de ce que l'autre était plus proche de son lieu de travail.

« La vidéo a enregistré une alerte pour Nixel, » dit-elle. « Un gamin de Wyandanch est porté disparu. C'est un suspect potentiel dans le suicide de sa mère. » Elle ouvrit le dossier, en sortit une feuille de papier et la tendit à Nick.

« Les familles, » dit Sacco. « Il faut vraiment les aimer. »

« Des relations humaines complètement tordues, répliquerait mon premier mari, » dit Penzik en se signant. Elle le faisait toujours quand elle mentionnait son défunt mari. Un signe de prière et de respect, affirmait-elle.

« Qu'est-ce qui s'est passé ? » demanda Sacco.

Elle montra la feuille dans la main de Nick.

« Le rapport d'incident donne un peu de détails. La mère s'est suicidée. Le beau-père l'a trouvée et a présumé que le fils et la mère s'étaient disputés. Ça a dû être un cas étrange. »

Nick regarda l'affreuse photo du gamin, probablement prise pour le permis de conduire, et feuilleta le rapport, gardant une partie de son attention sur la discussion de Sacco et Penzik.

« Quelque chose d'inhabituel ressort ? » demanda Sacco.

Nick lut. La victime, une certaine Clara Mulder, avait été découverte par son mari, Aron Mulder, samedi aux environs de dix-huit heures, après son retour du travail.

« Un problème possible avec son fils, » dit-elle. « Steve a mentionné que de l'argent liquide et une carte de retrait manquaient dans le sac de l'épouse. Aucune trace du gamin. »

L'homme, continua de lire Nick, avait décroché sa femme et avait tenté de la réanimer, mais c'était trop tard. Les hommes du SMU, quand ils sont arrivés, l'ont déclarée morte sur la scène. Le mari était devenu tellement hystérique face à sa mort qu'il a été malade. Il avait été sédaté et emmené en observation à l'hôpital.

« Ils ont émis un avis de recherche et Steve m'a donné ça pour le partager ici, juste au cas où quelqu'un repérerait le gamin en ville. »

Nick marqua un temps d'arrêt. Décroché ? D'en haut ? Il parcourut rapidement du regard le rapport du début à la fin jusqu'à ce qu'il trouve ce qu'il cherchait.

« L'alerte de Nixle est publiée et diffusée pendant que nous parlons, » dit Penzik. « J'ai une conférence de presse... »

« Merde, merde, MERDE. »

L'explosion de Nick les prit au dépourvu.

« Vous voulez que j'aie une crise cardiaque, Larson ? » dit Penzik. « Qu'est-ce qui ne va pas chez vous, bon sang ? »

Nick posa le rapport sur la table et sortit son portable. « Quel est le numéro de portable de Steve ? » Comme elle ne répondait pas assez vite, il la pressa avec plus d'insistance. « Donnez-moi le numéro de portable de Steve, Mandy. Tout de suite. Encore mieux, faites la composition abrégée sur le vôtre et mettez-le sur haut-parleur. »

Sacco prit le rapport que Nick avait posé et se mit à y parcourir les informations.

« Avez-vous vu le gamin ? C'est ça ? » demanda Penzik en composant le numéro.

Nick secoua la tête.

« Salut, sexy. » La voix de son mari sortit du haut-parleur. Avant qu'il pût dire quoi que ce soit de plus personnel ou intime, Penzik l'interrompit. « Hé, du calme. Et tu es sur haut-parleur... »

Nick intervint sans préambule. « Steve, c'est Nick. Ramenez vos fesses ici au poste. Tout de suite. »

« Quelque chose ne va pas ? Mandy, tu vas bien ? »

« Mandy va très bien, » coupa Nick. « Le problème c'est votre soi-disant suicide. »

Le « Ah, merde » de Sacco inquiéta Penzik. « Mais qu'est-ce que vous avez, les gars ? »

« Allez vous faire foutre, Larson, » dit Steve Penzik. « Je suis occupé. Et il n'y a pas de soi-disant qui tienne. La femme s'est tuée. Les preuves le confirment. »

« Je me fous de ce que vous pensez que les indices prouvent, Steve. Ramenez vos fesses ici tout de suite. Vous avez un meurtre par pendaison. »

« Vous êtes complètement cinglé. Ce n'était pas un homicide. Merde, Nick, nous avons déjà traité près de cinquante suicides rien que dans le Suffolk depuis le début de l'année. Ce n'est pas du tout différent ici. Faites-moi confiance. »

« Je parie ma prochaine paie que votre victime a laissé un message de suicide qui dit qu'il est temps de dormir et que tout le monde ment, ce qui, à propos, est mal orthographié. »

Il y eut un silence de mort à l'autre bout de la ligne. Au bout d'un moment, la voix de Steve Penzik se fit entendre. « Personne n'est au courant de ça, à part nous. »

« Et il manque le téléphone de votre victime, c'est bien ça ? » poursuivit Nick.

« Comment savez-vous tout ça, bordel ? » Le juron de Steve Penzik résonna dans la salle de conférence silencieuse.

« Comment je le sais, bordel ? »

Nick s'arrêta. Il prit une profonde inspiration pour récupérer de l'oxygène et de la patience. Il compta jusqu'à dix. « Écoutez, Steve. Je ne suis pas en train de jouer au dur à cuire, mais nous avons un problème ici. Votre suicide correspond en tous points au mode opératoire de mes scènes de crime. Trois fois, pour être exact. Nous avons déjà quatre victimes qui ornent le bloc de Millsap. Nous devons faire le point dès que possible. Je parie, ainsi que mon instinct, que notre tueur en série a commis votre suicide. »

Voilà. Il l'avait dit.

« Nous arrivons tout de suite. »

« Oh, crotte, » fut tout ce que dit Mandy Penzik en récupérant son téléphone. Elle avait assisté à la réunion où quelques fesses s'étaient fait tanner au sujet de rumeurs sans fondement et invérifiables répandues sur un possible tueur en série.

« Je suis désolé. » Nick lui rendit le téléphone.

Elle haussa les épaules. « Que puis-je faire pour aider ? »

« Quand a lieu votre conférence de presse ? » demanda Nick.

Elle regarda l'horloge murale. « Dans environ trois heures. Il me faudra une heure pour la préparer. »

« J'apprécierais un regard de plus sur cette vidéo. » Nick montra l'ordinateur sur le bureau.

« Pas de problème. » Elle prit un siège à droite de l'écran.

Nick appuya sur une touche pour ranimer l'ordinateur. Il s'assit en face. Sacco prit la chaise sur sa gauche.

« Donnez-moi une minute. » Nick composa le numéro du bureau du médecin légiste en chef. Il sélectionna le poste de Millsap avant que la joyeuse voix robotique enregistrée pût lui faire perdre son temps avec de multiples options. Il se tourna vers Sacco en attendant.

« Le rapport a mentionné que le beau-père a été emmené à l'hôpital, » dit-il. « Appelle Ramos pour l'informer. Il faut qu'elle contacte son homologue du Suffolk pour la prévenir et prévenir l'hôpital. Il faut qu'ils fassent des tests avant que ce soit complètement métabolisé. »

Nick leva un doigt pour appeler au silence et parla à Millsap presque en langage codé, en phrases courtes qui n'avaient de sens que pour eux. Après Millsap, il informa Kravitz. Il raccrocha, et informa Carpenter.

« Merde, Nick, » dit Penzik.

« C'est plutôt une sombre merde, » dit-il. « Quel âge a ce gamin ? »

« Dix-sept ans. »

Nick entra dans le site des permis de conduire et tapa le nom, l'adresse et la date de naissance du jeune homme. Son permis de conduire apparut. Il envoya à l'imprimante.

« Voyons si nous pouvons établir des correspondances. »

Il appuya sur le bouton Play sur l'écran, et ils se pressèrent devant.

Le locataire qui avait fourni la vidéo de surveillance avait installé sa caméra de surveillance sans fil sur la fenêtre qui faisait face à la rue. Le logement de l'homme était au quatrième étage, deux étages plus haut que l'appartement de Latimer de l'autre côté de la rue. D'après le locataire, il avait orienté la caméra pour qu'elle capture les deux côtés de la rue afin de pouvoir garder un œil sur sa voiture garée. Il y avait eu dernièrement trop d'incidents avec des vandales, des sans-abri, des toxicomanes et des voleurs qui rôdaient dans le voisinage et s'introduisaient dans les voitures pour de la monnaie, ou quoi que ce soit à l'intérieur qui pût se revendre.

L'entrée de l'immeuble de Latimer était visible, mais d'un angle plus élevé. Nick savait qu'il serait difficile de bien voir ceux qui entraient et sortaient de l'immeuble, même en zoomant dessus. Les fenêtres de la salle de séjour de la victime étaient un meilleur choix, mais toujours à un angle guère prometteur pour eux.

« Il devrait y avoir une loi, » marmonna Penzik.

Nick comprit, pensant que c'était une impression de déjà vu du film *Fenêtre sur cour*. Cela lui rappelait que, à ce jour, les gens normaux vivaient une vie heureuse inconscients de leur environnement, surtout quand ils étaient chez eux. Avec la technologie actuelle, n'importe qui pouvait répertorier et enregistrer leurs faits et gestes à leur insu. C'était parfois chiant d'être flic. Ils en savaient trop sur le côté obscur de la vie.

« L'image n'est pas très nette, » dit Sacco

« Je pense que c'est la fenêtre, » répondit Penzik. « Brouillée de l'extérieur. ».

Nick pensa qu'il était inutile d'avoir une caméra de surveillance si la cible et son environnement étaient flous. Il vérifia ses enregistrements et fit avancer la vidéo jusqu'au moment, indiqué sur la publication, où Latimer avait invité le tueur chez elle.

Il y eut les allées et venues de la circulation de la rue et des piétons. Des autobus urbains bloquaient parfois la vue sur l'entrée. Des voisins s'arrêtaient de temps en temps avec leur chien et obstruaient la vue.

C'était un travail fastidieux. Nick fit plusieurs fois une avance rapide, jusqu'à ce qu'il capture quelqu'un debout à la porte d'entrée. La seule chose visible était le dos de l'homme. Nick fit la grimace. L'homme ressemblait à une ombre noire dans la nuit avec son sweat-shirt noir, sa capuche relevée, son pantalon de sport noir, et ses chaussures de sport noires. Un grand sac, comme un sac de sport, pendait à son épaule gauche. Pas de marques identifiables dessus, pas même un logo. Il sonnait à la porte et attendait, ne regardant ni à gauche ni à droite, presque recroquevillé à l'intérieur de lui-même. Sa posture était-elle due au froid, ou au fait qu'il ne voulait pas être identifié ? Nick arrêta la vidéo.

« Ici. » Nick nota l'horodatage. « Ça pourrait être notre coupable. »

« Regardez le sac. » Sacco toucha l'écran. « Il est assez grand pour contenir les outils dont il a besoin pour l'aider. »

Penzik se pencha en arrière. « Avez-vous remarqué qu'il baisse les yeux ? Quel New Yorkais fait ça à cette heure ? Vous traînez les pieds, vous changez de position, et vous vous retournez pour voir ce qui se passe derrière vous. L'homme ne se montre pas non plus impatient d'entrer. »

« Voyons qui l'a fait entrer, » dit Nick en appuyant sur Play.

N'eût été le souvenir du pantalon de pyjama en soie colorée que portait Latimer quand ils l'avaient vue sur la scène de crime, Nick n'aurait pas reconnu la femme mince qui ouvrit la porte et se précipita vers l'homme. Il arrêta la vidéo, prit le dossier de Latimer et y feuilleta les photos jusqu'à ce qu'il trouve ce qu'il cherchait. Il approcha le dossier ouvert.

« Même pantalon, » montra-t-il. Il zooma, mais l'image se pixellisa presque. « Je ne peux pas dire si c'est la chemise qu'elle portait. »

« Peut-être que Carpenter pourra nettoyer ça avec son éditeur visuel, » dit Sacco.

Nick redémarra la vidéo, fit un retour en arrière, et repassa plusieurs fois la scène.

« Cette étreinte l'a pris par surprise, » déclara Penzik.

Nick la regarda. « Pourquoi dites-vous cela ? »

« Allons, » dit-elle avec un sourire. « Si vous êtes un homme, vous vous penchez en avant pour étreindre votre femme. Lui reste seulement debout là et il la tapote. Il est mal à l'aise. »

Nick fit avancer l'enregistrement au ralenti, concentrant son attention sur les fenêtres de l'appartement de Latimer. On voyait des ombres se déplacer çà et là. Au bout d'un moment, les lumières dans l'appartement s'éteignirent. Des minutes passèrent. Nick continua de regarder, attendant.

« Regardez la fenêtre, » dit Sacco en la montrant.

Effectivement, la fenêtre de l'appartement sur la gauche de l'écran se souleva, puis celle à côté. La même chose se produisit quelques secondes plus tard du côté de la chambre. Ils virent tous la silhouette de la personne derrière chaque fenêtre, mais il n'y avait pas suffisamment de lumière ambiante dans la rue pour éclairer les traits ou des détails du tueur. Du moins, pas dans cette vidéo de surveillance. Peut-être Carpenter pourrait-il l'améliorer en sorte de capturer plus de détails. Bien plus tard, l'homme à capuche quitta l'immeuble, tête baissée, d'un pas alerte. Il tourna en direction de la Deuxième Avenue et disparut du champ de vision.

Nick nota tous les horodatages supplémentaires sur le bloc-notes pour les donner à Carpenter. Il les inscrivit aussi dans le dossier de décès.

« Zut, » fut tout ce que dit Penzik.

Nick regarda les horodatages. « Soit l'homme habite à proximité, soit il travaille dans le coin. Ça ne lui a pas pris plus de quarante minutes pour arriver à l'appartement. »

« Il aurait pu être déjà dans le voisinage, occupé à faire quelque chose, vous savez, » dit Penzik. « Je vérifie mes e-mails sur mon téléphone tout le temps en courant de tous les côtés. Mes messages aussi. Je réponds à tout avec mon téléphone. »

« Vous pensez que la mère pourrait être au Presbyterian Medical, dans le coin ? »

« Si nous avions cette chance, » dit Nick, qui en même temps secouait aussi la tête. « Mais les questions demeurent : a-t-il vraiment une mère malade ? Ça pourrait être un mensonge pour gagner la sympathie. Qui diable recherchons-nous ? Nous savons que c'est un homme, mais rien d'autre. Sans nom et sans mandat, s'il y a une mère malade, l'hôpital ne nous donnera que dalle. »

« Millsap pourrait actionner des leviers, » dit Sacco.

« Nous n'avons pas de nom, Vic. » La voix de Nick était cassée par la frustration. « Mais nous avons au moins une heure et une direction. Peut-être Carpenter pourra-t-il obtenir les vidéos de surveillance des gares du coin et retracer les pas du coupable. Nous donner un meilleur aperçu de son visage, d'où il venait, où il va. »

« Le Suffolk est au courant, » dit Ramos en entrant, chargée de ses dossiers. Elle posa le tout sur la table. « Tout le monde, depuis le médecin légiste en chef, jusqu'au médecin légiste en chef adjoint, à l'assistant du médecin légiste en chef, au responsable des Investigations Médico-Légales. Ils n'étaient pas heureux. » Elle se tourna vers Mandy Penzik et lui donna l'accolade.

Kravitz arriva, Millsap sur ses talons. Un cigare, mâchouillé et éteint, pendait de sa lèvre.

« Apportez d'autres chaises, » dit Kravitz à Carpenter, qui était à quelques pas en arrière. « La maison au complet arrive. » Il salua Penzik d'un signe de tête. « Votre mari et son équipière sont ici. ».

Quelques moments plus tard, Horowitz escorta Steve Penzik et son équipière, Amarita Shapel, dans la salle de conférence.

Millsap ouvrit le débat. « Dès que Nick a appelé, j'ai contacté la SCME et je les ai mis en garde contre la contamination au U−47700 provenant de la victime. »

« Pink, » dit Shapel. « On a affaire au pink ? »

« Le pink avec des stéroïdes, je le crains, » finit Millsap. « La drogue a été additionnée de DMSO. Cela la rend facilement absorbable par la peau. C'est également le mode opératoire, en plus de la pendaison. Si votre labo et l'hôpital le vérifient, c'est le même tueur. »

Steve Penzik émit un juron bien senti. Sa femme fit le tour de la table et l'embrassa. « Désolée. Il faut que je me prépare pour la conférence de presse, » dit-elle, partant en adressant à tous un signe de la main.

« Que savez-vous sur ce gamin ? » demanda Nick.

« Arjen Pender a dix-sept ans. Caucasien. Cheveux blonds, yeux marron. Environ un mètre quatre-vingt, soixante-huit kilos. Il vit avec sa mère et son beau-père à Wyandanch. Il en veut à son beau-père. »

« Il le déteste, d'après son meilleur ami, » intervint Shapel.

« Son père biologique a disparu du paysage et de sa vie il y a environ dix ans. Il faisait partie de l'équipe de football dans son lycée, mais il a été viré vendredi dernier après avoir été testé positif à l'herbe. La dernière fois qu'il a été vu, c'était à son travail, samedi matin. Le directeur de l'épicerie a dit qu'il est parti plus tôt. Il a prétendu qu'il était malade. »

Penzik ouvrit une chemise, la tourna pour que tout le monde autour de la table pût voir la photo qui y figurait. Il tapota le visage. « J'ai trouvé cette photo dans la maison. Elle a été prise lors d'une activité scolaire il y a environ deux mois, d'après son ami. »

Le garçon était exactement comme il avait été décrit. Nick examina son physique. Il avait une musculature sèche et solide, mais le gosse n'était pas leur tueur.

« Vous pouvez le rayer de votre liste de suspects. » L'intonation de Nick était chargée de conviction.

« Enfin, il reste suspect, » dit Penzik. « Jusqu'à ce que nous confirmions que la victime a été effectivement droguée au U4, le garçon reste un suspect. Vous avez travaillé aux affaires de proximité. Vous savez que des disputes peuvent dégénérer jusqu'à de la violence physique, et pire. Dans un accès de rage, Pender aurait pu l'étrangler et mettre en scène un suicide. »

« Atterrissez, Penzik, » ironisa Ramos. Elle tapota la photo. « Ce gamin n'a pas la force suffisante dans le haut du corps pour soulever un chat, encore moins sa mère. Et comment diable aurait-il su quoi écrire sur le message de suicide ? Nous avons gardé secret cet indice. Bon sang, c'est enterré. »

« Plus profondément que les tunnels du métro, » intervint Sacco.

« Personne en dehors de ce poste ne sait que nous avons trois suicides suspects par un tueur en série potentiel, » dit Nick. « Et personne non plus n'a mentionné la connexion avec le pink. »

« En fait, » interrompit Kravitz. « Sous peine de renvoi, les rumeurs qui avaient circulé dans le bureau jeudi dernier ont été étouffées... par moi-même. »

« Le commandant a été formel là-dessus à la réunion de vendredi, » convint Carpenter.

« Non, Steve. Ceci, » Nick tapota la photo de la scène de crime qu'il avait sortie du dossier de Penzik. « Ceci est le mode opératoire de notre tueur. »

« Le garçon est peut-être en fugue, » suggéra Sacco. « Il aurait pu être témoin du meurtre de sa mère. »

« Il a en effet pris de l'argent liquide et la carte de retrait de sa mère, » reconnut Penzik.

« Et il a disparu. » Nick regarda tout le monde. « La question est, est-il en fugue parce qu'il est furieux contre ses parents, ou parce qu'il a été témoin d'un meurtre ? A-t-il de la famille dans le coin ? »

« Un cousin et une tante à Jersey. Un oncle à Chicago, » dit Shapel. « Ils ont été informés d'appeler immédiatement le poste de police si le garçon fait son apparition. »

Le commentaire de Kilcrease disant que les choses changeraient si leur tueur se sentait menacé lui vint soudain à l'esprit. Ce gamin avait-il compromis d'une façon ou d'une autre la sécurité du tueur ? Avait-il vu le meurtre de sa mère ? Le sentiment d'urgence de Nick augmentait.

« Nous devons trouver ce gosse, » dit Nick, ne s'adressant à personne en particulier. « Je suppose qu'il ne répond pas à son téléphone. »

« Pas de signaux depuis samedi, » dit Penzik.

« D'autres amis chez qui il pourrait atterrir ? »

« Il n'y en a qu'un. Russ Acker, » dit Shapel en regardant ses notes. « Mais Pender n'est pas là. Nous avons vérifié. Son ami était d'abord furieux. Ils s'étaient querellés. Mais après avoir appris ce qui s'était produit, il a pris peur. Il nous a parlé des plans selon lesquels Pender devait relever un dangereux défi Facebook de quarante-huit heures qu'il avait vu sur internet. Arjen voulait se venger de son beau-père et de sa mère pour l'avoir privé de sortie. Il voulait qu'ils s'inquiètent. »

« J'ai entendu parler de ce jeu, » dit Sacco. « Ma nièce jacassait là-dessus il y a un ou deux mois. Je lui ai dit que c'était bidon. Et que si jamais elle se mettait en tête de faire quelque chose d'aussi stupide avec ses amies, je la traînerais par les fesses à Juvie, et que je la laisserais là pendant une semaine. Ça a été terminé. »

« Elle a probablement eu plus peur que tu puisses le dire à ta sœur, » dit Nick.

« Il y a de ça, » reconnut Sacco.

« Et les gares de trains par chez vous ? » demanda Ramos à Penzik et Shapel.

« Nous avons deux inspecteurs qui travaillent sur les listes de trains et les enregistrements vidéo de surveillance. Je devrais avoir bientôt un retour. »

Nick hurla après Horowitz.

« Oui, Lieutenant ? »

« Envoyez quelqu'un à la gare de Penn. Trouvez si un certain Arjen Pender a acheté un ticket pour Chicago ou Jersey. C'est un mineur. Il a probablement payé en liquide. Vérifiez l'éventualité d'une transaction avec une carte ATM, juste au cas où, au nom de sa mère, Clara Mulder. »

« S'il était là et qu'il a acheté un billet au kiosque Quick-Trak et pas auprès de l'agent des ventes, nous ne le saurons pas avant un moment, » dit Carpenter.

« Mais il y a une zone d'attente jusqu'au départ des trains, et je suis convaincu qu'elle est connectée à une vidéo, » dit Nick. « Nous vérifierons cela nous-mêmes. » Il se tourna vers Horowitz. « Envoyez un autre agent à l'Administration Portuaire et à Grand Central. Il a pu opter pour la tante, au lieu de l'oncle. Plus près de chez lui. Même procédure. J'ai dans l'imprimante une copie de la photo du permis de conduire du gamin. Diffusez-la. Dites aux terminaux de nous préparer les vidéos de surveillance aux alentours des heures de départ. » Il se tourna vers Carpenter. « Mettez là-dessus vos moyens de TI. Si le gamin est conforme à sa tranche d'âge, il aura dû tout faire samedi par télé-phone. » Nick se tourna vers Penzik. « Avez-vous son numéro de téléphone ? »

Penzik le griffonna pour Carpenter.

« Je m'y mets. » Carpenter se leva.

« Vérifiez aussi le Système de Surveillance du Domaine, » dit Nick avant qu'il quitte la salle. « Nous allons peut-être prendre le gamin sur les vidéos de surveillance et le filer partout où il est allé. »

Durant la demi-heure qui suivit, Nick informa Penzik et son équipière sur ce qu'ils savaient du tueur et de son mode opératoire. Ramos promit d'organiser une conversation vidéo avec ses homologues pour les informer également. Il fut décidé que Nick et Sacco travailleraient sur Manhattan à la recherche du jeune homme et que Penzik et Shapel travailleraient sur le Suffolk, puisque c'étaient leurs territoires.

« Suggérez à vos supérieurs de contacter le Département de Police de Chicago pour qu'ils recherchent le gamin, » dit Kravitz à Penzik.

« Je ne suis pas sûr qu'ils seront très coopératifs à Chicago, » dit Penzik. « Ils ont eu trente-quatre meurtres, rien qu'en janvier, et cela n'inclut pas les blessures par balles devenues endémiques. Cela passe largement en priorité en matière d'effectifs par rapport à un gamin qui s'enfuit chez son oncle parce qu'il est furieux contre ses parents. »

« Suggérez-le en tout cas, » dit Kravitz. « Peut-être pourront-ils vous laisser accéder à leurs vidéos de surveillance. »

Penzik acquiesça.

Kravitz frappa sur le bureau et se leva. « D'accord, tout le monde, retrouvons ce gosse. »

Ce qui était plus facile à dire qu'à faire.

Quatre heures plus tard, après avoir auditionné le personnel de sécurité à Grand Central et à l'Administration Portuaire sans que le jeune homme ait été aperçu à l'heure de départ des trains, Nick et Sacco avaient fini à la gare de Penn. Là, ils avaient trouvé le gamin. Il leur fallut un peu de persuasion et de discussion avec le personnel de sécurité là-bas pour qu'ils leur donnent sans mandat ce qu'ils voulaient, mais Nick et Sacco étaient retournés au poste avec des copies des vidéos de surveillance de la gare. Ils avaient aperçu le jeune homme en train de manger un sandwich en attendant son trajet pour Chicago. D'après son attitude décontractée, le gosse n'était pas au courant de la tragédie qui s'était déroulée chez lui. Nick avait notifié Penzik, et l'avait informé que Carpenter lui enverrait une copie de ce qu'ils avaient dès que Nick serait de retour au poste.

« Penzik a appelé. » Carpenter se détourna de son ordinateur pour faire face à Nick. « As-tu la clé USB ? »

Nick donna à Carpenter un sac à scellés.

« J'ai des vidéos du gamin sur la Trente-quatrième Rue, » dit Carpenter, signant pour les scellés. « Il est entré dans un Target et il a acheté des trucs. Tu veux voir ? »

Nick acquiesça et attendit. Carpenter produisit la vidéo et montra. « Le voilà. »

Arjen Pender apparut quand il pénétra par les portes coulissantes au Target de Herald Square.

« J'ai passé en revue tous les moments où il apparaît. C'est mieux que de devoir scruter sans cesse tout le magasin. »

Nick acquiesça et regarda le gosse arpenter nonchalamment le magasin. Ce gosse n'était pas en fugue à cause de violences ou de mauvais traitements chez lui. Il ne fuyait pas non plus pour sauver sa peau après avoir assisté à un crime. Ce que Nick voyait était un enfant gâté qui ne pensait pas à grand chose d'autre qu'à lui-même, et qui voulait se venger pour avoir été privé de sortie.

« Tu as envoyé ça à Penzik ? » Nick vit Arjen prendre l'escalator pour descendre sans hâte au sous-sol. Là, le gosse acheta un sac à dos, un pantalon de sport, un sweat-shirt et des sous-vêtements. Il commanda également un nécessaire de toilette de voyage. Nick présuma que Pender avait décidé que la commodité était la priorité du jour, et qu'il était plus pratique de dépenser l'argent de sa mère que de faire lui-même ses bagages.

« C'est déjà entre leurs mains, » dit Carpenter. « Ils attendent seulement la vidéo de surveillance de la gare de Penn que tu as eue. »

Une autre prise de vue apparut, montrant Pender montant l'escalator. Là, il acheta de la nourriture et des boissons à emporter pour le voyage. Il paya tout avec une carte, refusa des sacs plastique pour ses achats, et fourra le tout dans son sac à dos neuf. Il quitta le magasin du même pas nonchalant qu'il y était entré.

« Ce gamin n'a pas de soucis, » dit Carpenter. « Je n'aimerais pas être à sa place quand son oncle le pincera. »

« Le choc du décès de sa mère et le fait que la moitié des flics le long de la côte est le recherchent en tant que suspect vont peut-être lui coller une sainte trouille. » Nick secoua la tête. « Peut-être. »

« Quel petit gars arrogant, » dit Carpenter. « Je dois lui accorder ça. »

« Ouais. Écoute... »

« Donne-moi une seconde. »

Nick attendit que Carpenter ait téléchargé la vidéo de surveillance de la gare de Penn et lui ait fait suivre son bonhomme de chemin.

« D'accord, dégaine. »

Nick donna cette fois à Carpenter un CD, celui qu'il avait rentré hier soir dans les scellés, et qu'il avait visionné plus tôt avec Sacco et Mandy Penzik.

« Voici l'enregistrement de la caméra de surveillance d'un locataire en face de chez Latimer, » dit-il. « Il faut que tu me donnes une photo du suspect aussi nette que tu le pourras. Il a dû attendre qu'on le fasse entrer dans l'immeuble. » Nick lui tendit le journal d'horodatages qu'il avait créé. « Tu le trouveras aux heures que j'ai surlignées. Il a travaillé dans le noir complet dans l'appartement, et il y a une petite chance pour que tu l'aperçoives à la fenêtre. À l'œil nu, nous n'avons pas pu voir grand-chose. »

« Je vais travailler avec les infrarouges et d'autres filtres. Modifier le contraste peut parfois être utile. Je vais voir si je peux l'améliorer. »

« Il me faut aussi une recherche du Département Administratif de Sécurité. » Nick tapa de l'index le dernier horodatage. « Il est parti dans la direction de la Deuxième Avenue à cette heure précise. Vois si tu peux le trouver quelque part dans le secteur avec le système de surveillance. Montre-moi un visage, un profil, une direction. Quelque chose de concret que je puisse suivre. »

« Je m'y mets. »

« Autre chose, peux-tu m'obtenir tous les historiques de rendez-vous que les victimes auraient pu entrer dans leurs agendas ces trois derniers mois ? »

« S'ils les ont rentrés dans leurs comptes, je peux les sortir du Cloud. »

« Envoie-les moi dès que tu pourras, » dit Nick. « Je veux vérifier si les femmes ont fréquenté les mêmes endroits, ou les mêmes médecins, ou n'importe quoi d'autre. Il doit y avoir un fil conducteur quelque part. »

Nick avait l'impression d'essayer de créer un arbre généalogique avec des œillères.

« Et si elles ont été victimes d'un inconnu ? » Carpenter exprima la pire crainte qu'ils avaient tous.

« Même dans ce cas, elles peuvent avoir une chose en commun. Le problème est de la trouver. Mais celle-ci... je ne sais pas, Josh. Ça a un caractère personnel. Je rate quelque chose, ou alors la pièce qui permet de résoudre l'énigme ne nous est pas encore tombée du ciel. »

« J'espère que tu as raison. En tout cas, je t'enverrai l'information dès que je l'aurai. »

« Merci, gamin. » Nick tapa sur l'encadrement de la porte en sortant.

Voyons si la chance sera cette fois de notre côté.

Horowitz l'arrêta alors qu'il se dirigeait vers son bureau. « Il y a ici un certain Chet Emberson qui veut vous voir. »

« Emmenez-le dans la salle d'audition 1, » dit-il. « Je vais chercher Sacco. »

Cinq minutes plus tard, ils entrèrent pour saluer un homme dans la trentaine, avec des yeux marron et des cheveux châtains, ces derniers coiffés de manière professionnelle à longueur d'épaule, et une barbe clairsemée poussant par endroits sur son visage mince.

« Je sais pourquoi je suis ici, » dit Emberson sans préambule. « Et je ne sais pas comment je peux aider. J'étais très loin des États-Unis quand elle est morte. »

« Nous le savons, » déclara Nick en les présentant, Sacco et lui. « Néanmoins, nous auditionnons toutes les personnes qui ont connu Mademoiselle Latimer personnellement ou qui ont travaillé avec elle. »

« Je n'avais rien à voir avec elle en dehors du travail. »

« Mais vous aviez, si je peux le dire, de l'animosité envers elle au travail, » lui dit Nick.

L'homme maugréa. « Ils vous ont montré la vidéo ? »

« En effet. »

« Les salauds, » dit Emberson entre ses dents. « Ils ne vont jamais me laisser me relever de ça. »

« Internet n'est pas connu pour pardonner, ni les victimes de publications malveillantes, » dit Nick sans pitié. « Et nous avons des lois... »

« Vous m'arrêtez ? » L'homme était incrédule.

« Non, Monsieur Emberson. Ce qui nous intéresse, c'est votre version de l'histoire, pour commencer. Vos impressions. Ce que vous savez de cette femme. »

L'homme se pencha en avant, agressif. « Écoutez, on était tous bourrés à cette fête. Et oui, j'avais des comptes à régler avec cette garce qui a repris mon compte. »

« Monsieur Duncan a dit que c'est lui qui a pris cette décision, et que ce n'était pas de son fait à elle. »

« Je me fous de ce que Monsieur Duncan a dit. Ça fait un moment qu'il n'est pas sur le front, comme il est plus soucieux de l'image et des résultats financiers de l'entreprise que des hameçons à requins. Latimer était une garce agressive. Elle visait ce compte depuis longtemps, mon compte. Elle se vantait d'être déjà une cliente, et qu'elle appréciait leurs excellents services. Elle rabâchait sans cesse le fait qu'elle était la personne parfaite pour faire passer le marketing de l'entreprise à un niveau supérieur. J'ai déjoué ses plans à chaque fois, jusqu'à ce que je parte en vacances. »

« Monsieur Duncan a mentionné qu'une urgence s'est présentée ? »

Emberson acquiesça. « Un recours collectif a été déposé contre le concurrent le plus féroce de mon client, l'un des nombreux dommages du récent mouvement #MeToo. En quelques heures, ça a fait la une des journaux. Mon client avait besoin d'une campagne pour combattre la perception de complicité qui ne reposait que sur une similarité de services. Il fallait démontrer sa prise en charge, son professionnalisme et son inclusion. Tout à fait du ressort de Latimer. ».

« Ce procès était-il fondé ? » demanda Sacco.

« En fait, oui. Des rumeurs circulaient depuis un moment dans le secteur sur des agressions sexuelles. Cela ne concernait pas toutes les franchises ni tous les employés, mais il suffit d'un ou deux pour salir l'eau pour tout le monde. Mon client ne voulait pas que la tache de merde s'étende à son entreprise par simple association. C'est toujours un risque. »

« Quel est le nom de votre client ? » Nick irait les voir plus tard pour vérifier.

« Scandinavian Therapy Industry Franchisees, LCC. STIF en abrégé. »

Nick faillit ricaner. Son équipier le fit.

« Pouvez-vous nous parler de la fête ? »

Emberson tira sur sa maigre barbe. Nick ne pouvait décider s'il s'était laissé pousser cette barbe clairsemée pendant ses vacances ou s'il s'agissait d'un manque de poils faciaux. Si Nick ne se rasait pas tous les jours, il aurait une barbe plus épaisse que celle du Père Noël.

« Comme je l'ai dit, certains d'entre nous étaient plus bourrés que d'autres. L'alcool coulait à flots ce soir-là, et nous n'avons pas beaucoup mangé. Le dîner était composé d'amuse-gueule. Il y en avait beaucoup, mais pas suffisamment pour éponger tout l'alcool que nous avons consommé. Quelqu'un, j'ai oublié qui, m'a dit de regarder Latimer, qui montrait sa vraie nature sur la piste de danse, manifestant qu'elle en pinçait pour Oriana. J'ai vérifié ce qui se passait, et en effet, Mademoiselle Latimer la Dingue de Contrôle faisait ouvertement des avances sexuelles à nulle autre qu'Oriana Tamone, une Born Again et une fille aux valeurs du Midwest. » Il haussa les épaules. « J'ai fait une vidéo. J'ai pensé que c'était amusant. En fait, je l'ai oubliée jusqu'à ce que cette garce vienne me dire, en se confondant en excuses, qu'elle allait être la nouvelle gestionnaire du compte de mon ex-client. »

« Savez-vous si Mademoiselle Latimer avait des ennemis, ou si elle avait des amis au travail ? »

« Des ennemis ? Non. À moins que vous ne comptiez toutes les personnes au bureau. Nous sommes à couteaux tirés dans la compétition, et nous nous piétinons pour des sources de revenus ou pour de nouveaux comptes. Mais c'est normal. Micaela ne faisait que travailler et ne s'amusait jamais. Elle arrivait en avance, partait en retard. Elle ne parlait jamais de sa famille. Je ne l'ai jamais vue avec personne mais, je le répète, nous ne nous fréquentions pas. Je ne sais même pas si elle avait de la famille. »

Nick regarda Sacco. Il n'y avait plus rien à tirer de cette audition.

« Merci d'être venu, Monsieur Emberson. » Nick lui tendit une carte. « Si vous pensez à quoi que ce soit qui pourrait nous être utile sur mademoiselle Latimer, faites-le nous savoir. »

Nick regarda Horowitz accompagner l'homme aux ascenseurs.

« Qu'est-ce que tu en penses ? » demanda Sacco.

« Leur rivalité était intense, semble-t-il, et je ne peux pas les imaginer tissant des liens d'aucune sorte. »

« Ils s'évitaient probablement comme la peste, et se plantaient des couteaux dans le dos. »

« Tu as raison. »

Un léger coup à la porte précéda l'entrée de Carpenter dans la salle de conférence.

« J'ai le pseudo que tu voulais, » dit Carpenter. Il avait l'air mécontent.

« Qu'est-ce que c'est ? »

« HighMaster 212. Je l'ai trouvé dans l'ordinateur de Latimer et dans la tonne de documents que la compagnie de téléphone m'a envoyés sur le téléphone de Waitre. Je suis encore en train de travailler sur celui de Creasy. »

Nick l'inscrivit dans son calepin. Sans réfléchir, il souligna plusieurs fois « master ». Il vérifia ce qu'il avait fait. Il regarda fixement.

Il observa Carpenter, qui semblait un peu perturbé.

« Tu as quelque chose à l'esprit, Josh ? »

« Tu as capté ? »

« Là, je suis déconcerté, » dit Nick à Carpenter. « C'est ça, ou alors mon cerveau ne fonctionne pas assez vite après la charge de travail que nous avons eue aujourd'hui. »

Carpenter lui montra. « Tu l'as souligné. » Il regarda Nick. « L'affaire Victor Hugo. »

Nick et Sacco dressèrent tous les deux l'oreille.

« Quand je l'ai vu, ça m'a rappelé quelque chose, surtout après que tu avais déterré l'affaire récemment, » dit Carpenter. « Cet homme a fait une impression sur nous tous avec ses post-it, « Adieu » et « Maître » d'un mur à l'autre. Par curiosité, j'y je suis retourné et j'ai refait le point. Effectivement, le pseudo HighMaster212 est apparu de nombreuses fois, parmi une douzaine d'autres. Mais nous avons négligé cela à cause du comportement vraiment bizarre de la victime. »

« L'inspecteur principal n'avait aucune raison de soupçonner autre chose qu'un suicide, » dit Nick. « Même Millsap a été d'accord. »

« Mais tu sais ce qui m'a maintenant frappé comme bizarre ? »

Carpenter regarda les deux hommes. « Nous n'avons jamais trouvé de téléphone portable dans son appartement, bien que nous ayons trouvé un service téléphonique et des factures. Tout le monde a pensé qu'il l'avait perdu. »

« Continue de chercher, Carpenter, » dit Nick. « Et n'oublie pas de m'envoyer tous les historiques de rendez-vous. »

Carpenter acquiesça et partit.

On a de la chance, ou on est damné, pensa Nick. Ils n'avaient jamais eu autant de pistes possibles qui leur tombaient du ciel aussi vite. Et pourtant, ils n'en tenaient aucune.

Que dalle.

Horowitz passa la tête dans la salle. « Lieutenant, vous avez un appel sur la 2. »

Nick alla à son bureau et souleva le récepteur. « Larson. »

« Nick. » La voix de Steve Penzik semblait soulagée et excitée. « Nous avons le gamin. Son oncle le ramène demain en avion. L'avion arrive à Islip à treize heures trente. »

« Nous y serons. » Il se tourna vers Sacco. « Le gamin est entre nos mains. »

« Peut-être que notre chance est en train de tourner, » dit son équipier.

« On ne peut que l'espérer. »

CHAPITRE VINGT-SEPT

MANHATTAN S'ÉVEILLA sur un jour de pluie, de vent, et sur une journée triste. On annonçait des giboulées qui allaient les bombarder plus tard, et la chute des températures pendant l'heure de pointe pourrait transformer les rues du secteur des trois États en patinoires. Des mises en garde apparaissaient sur toutes les chaînes de télévision, chacune recommandant aux résidents d'éviter les routes glacées et dangereuses.

Nick faisait sans cesse les cent pas. Ils étaient arrivés en avance au poste de police du comté du Suffolk, bien que la voie rapide de Long Island eût fait de son mieux pour leur bloquer la route ou ralentir la circulation. Steve Penzik et son équipière étaient partis chercher l'oncle et le gamin à l'aéroport, et devaient arriver sous peu. Pendant ce temps, Sacco grignotait une de ses barres protéinées préférées, assis dans l'espace d'audition prévu pour la rencontre à venir. Nick avait refusé des denrées du distributeur quand Sacco avait proposé d'aller lui chercher quelque chose. Il n'avait pas faim, bien qu'ils eussent quitté leur poste de police deux heures plus tôt et eussent complètement sauté le déjeuner.

Nick entendit la voix de Penzik avant qu'il entre dans la salle.

« Enfin. » Nick et Sacco se levèrent.

Le jeune homme de la photo entra, suivi de près par un homme aux traits ressemblants, mais plus grand, plus âgé, que Nick aurait situé autour de quarante ans, avec des cheveux châtains qui lui arrivaient aux épaules et des yeux tristes en amande.

Steve Penzik et Amarita Shapel se livrèrent à de rapides présentations. Pendant que tout le monde s'asseyait, Nick observa le fils de la victime, qui portait les vêtements qu'il avait achetés au Target quelques jours auparavant. Ses yeux reflétaient davantage la peur que le chagrin, bien qu'ils fussent bordés de rouge, probablement parce qu'il avait pleuré par moments.

La vie était moche pour ce gosse en ce moment, pensa Nick. Il venait de prendre une dure leçon de vie. L'objectif revanchard du jeune homme de faire peur à ses parents pour les faire plier s'était retourné contre lui avec une vengeance, sans parler des conséquences à vie, et non temporaires. Le meilleur plan qui fût...

« Merci d'être venu, Monsieur Bogarde, » dit Penzik en guise d'ouverture. « Nous sommes vraiment désolés de votre perte. C'est une véritable épreuve pour votre famille. »

Le regard de Stefan Bogarde était marqué d'un profond chagrin. « Je n'arrive pas à y croire. Je ne comprends pas. C'était une femme forte. Elle était heureuse. Pourquoi ferait-elle quelque chose d'aussi horrible ? »

« Pouvez-vous nous en dire un peu plus sur votre sœur ? » dit doucement Amarita Shapel. « Savez-vous si elle avait des problèmes avec Monsieur Mulder ? »

« Mon Dieu, non, » dit Bogarde. « Cet homme était un saint et bénissait le sol sous ses pas. Pour autant que je sache, ils étaient heureux. Elle était heureuse. Elle adorait sa vie. »

« Était-elle encore en contact avec son premier mari ? » Shapel fit une pause pour consulter ses notes. « Un certain Geric Pender ? »

Ils attendirent, bien que tout le monde ici connût la réponse, pensa Nick.

« Nous n'avons plus vu ce salaud depuis qu'il a quitté ma sœur il y a dix ans. Il n'a même pas payé la pension alimentaire. Il est retourné aux Pays-Bas pour maltraiter quelqu'un d'autre après que nous lui avons infligé une injonction restrictive. »

« Qu'entendez-vous par maltraiter ? » demanda Penzik.

Bogarde regarda son neveu. À l'expression de l'oncle, Nick se rendit compte que les détails qui allaient venir sur le mariage précédent, qui avait mal tourné, n'avaient jamais été révélés au jeune homme assis à ses côtés.

« Il l'a tabassée pendant des années, » dit-il doucement.

Le gamin sourcilla. La peur fit place au choc.

« La dernière raclée a été tellement violente qu'elle a perdu son enfant, une petite fille. Et à cause des complications après cette fausse couche, ma sœur ne pouvait plus avoir d'enfants. Cela l'a détruite. Cela assombrissait toujours ses moments de bonheur. Notre famille l'a aidée du mieux que nous l'avons pu, et elle a emménagé chez notre autre sœur jusqu'à ce qu'elle puisse mener à bien le divorce et démarrer une nouvelle vie. »

Encore une âme brisée, pensa Nick. Un aimant pour leur tueur. Le problème maintenant était comment diable il avait ciblé cette femme. Nick ne pensait plus que c'était parce que le fils avait menacé d'une façon ou d'une autre la sécurité du tueur. Peut-être l'extinction de Clara Mulder avait-elle été programmée des mois auparavant, surtout que Nick savait que la mère et le fils s'étaient disputés et que le gamin s'était mis à la drogue.

« Quand a-t-elle épousé Aron Mulder ? » demanda Shapel.

« Il y a sept ans ; ils se sont rencontrés à un événement social de la paroisse. Le mari de mon autre sœur adore en organiser. Ils en organisent aussi souvent qu'ils le peuvent. Clara ne savait pas pourquoi elle avait accepté cette invitation. Elle les refusait toutes depuis des années. Plus tard, elle plaisantait toujours à ce souvenir. »

« Ouais. » Le gamin parla pour la première fois. Ses paroles étaient teintées de rancœur. « La fatalité. Elle n'y est allée que parce qu'elle grimpait aux murs après s'être occupée pendant une semaine d'un gamin qui avait la bougeotte avec la varicelle... moi. »

Un silence suivit. Tous les regards convergèrent vers lui. Le jeune homme rougit en se renfermant sur lui-même. Curieusement, Arjen Pender ne voulait pas être le centre de l'attention maintenant, même si, trois jours plus tôt, c'était le plus cher de ses souhaits.

« Je suis désolé de devoir vous poser la question, » commença l'Inspecteur Penzik, « mais votre sœur avait-elle des problèmes avec des personnes à son travail ? »

« Elle n'avait pas d'emploi. Elle faisait du bénévolat, » dit Bogarde. « Nous nous parlions souvent, bien que j'habite à Chicago. Une chose dont je suis certain : elle appréciait d'être une femme au foyer et de s'occuper d'Arjen et d'Aron. Sa vie sociale tournait autour de son mari, de leurs amis, de l'église, et de son fils. Elle savourait sa position dans la communauté. Elle en était très fière. »

« Donc, pas vraiment de problèmes avec quiconque, à votre connaissance. Avait-elle d'autres amis proches que nous pourrions contacter ? »

Le ricanement les prit tous par surprise. Nick fixa Arjen, qui se rendit compte de ce qu'il avait fait et tentait de se retrancher dans la coquille protectrice qu'il s'était créée. Il frottait nerveusement son smartphone et essayait de ne pas regarder son oncle.

Le gamin savait quelque chose, et il était gêné.

« Y a-t-il quelque chose que vous ne nous dites pas, Monsieur Pender ? » demanda Nick au garçon sur un ton informel avant que Penzik et Shapel puissent lui poser une autre question. Comme le gamin ne répondait pas, Nick adopta une posture plus conflictuelle. « Monsieur Pender. Si vous savez quelque chose, il faut que nous le sachions. »

« C'est obligé que mon oncle soit là ? » demanda le gamin.

« Pourquoi diable ne veux-tu pas que je sois là ? » dit l'oncle, vexé. Les yeux de Bogarde se plissèrent, soudain soupçonneux. « Qu'est-ce que tu as fait, bon sang ? »

« C'est obligé ? » fut tout ce que le jeune homme demanda.

Nick regarda ses homologues. Leurs expressions reflétaient ses propres pensées : Arjen voulait révéler des informations qui étaient embarrassantes soit pour sa mère, soit pour son oncle, ou peut-être les deux. Ou peut-être protégeait-il ses propres fesses. Dans les deux cas, il fallait que l'oncle parte.

« Cela vous ennuierait-t-il de nous laisser un moment seuls avec votre neveu ? » demanda Shapel, se levant, posant une main sur le dos de Bogarde et lui indiquant la sortie. Ce geste ne laissa pas d'autre choix à l'oncle que de suivre. Nick était sûr qu'elle allait rassurer l'homme, en le mettant devant la fenêtre d'où il pourrait voir ce qui se passait avec son neveu. Il restait à déterminer s'il serait mis au courant de ce qui s'était dit à l'intérieur.

« Alors, Monsieur Pender, » commença Penzik. « Qu'est-ce que vous ne voulez pas que votre oncle sache ? »

« Écoutez. » Sa pomme d'Adam s'agitait de haut en bas à force de déglutir nerveusement. « Je sais que ce que j'ai fait est moche, mais j'étais tellement en colère contre eux pour m'avoir privé de sortie. Merde. C'était juste un petit peu d'herbe. » Il s'arrêta, se rendant compte qu'il parlait à des flics dans un commissariat. « Je voulais seulement leur faire un peu peur. » Sa respiration se fit saccadée. « Si je n'étais pas parti... »

Le gamin s'effondra.

Nick comprit. Le regret rongerait éternellement la conscience de ce jeune homme, accablé par l'écrasante culpabilité de ne pas avoir été là pour protéger sa mère. Cette douleur ne s'effacerait jamais, et seules des années de thérapie lui montreraient qu'il n'aurait peut-être pas pu la défendre. Le tueur était fort, et retors. Le gosse aurait pu finir mort également, et ils auraient eu à gérer deux victimes au lieu d'une.

Ils attendirent tous que le chagrin, la honte et les reproches s'épuisent d'eux-mêmes. Sacco approcha la boîte de Kleenex. Pender prit un mouchoir, se moucha, en prit un autre et se sécha les yeux.

« Je ne peux pas y croire... ma mère... » Il fut pris d'un autre accès de larmes.

Ils attendirent.

« Pourquoi ne ferions-nous pas ceci ? » dit l'inspecteur Penzik. « Pourquoi ne pas me dire, ainsi qu'à l'Inspecteur Larson, et à nous tous ici, ce qui s'est passé le jour où vous êtes allés à Chicago. »

« Je suis rentré à la maison plus tôt que j'aurais dû, » dit le gamin entre des hoquets.

« Nous le savons, » dit Penzik. « Votre employeur a dit que vous ne vous sentiez pas bien. »

« J'ai menti, » confessa-t-il. « Je ne voulais pas gérer les conneries des clients. Mais quand je suis rentré, sa voiture était dans l'allée. »

« Votre mère était à la maison ? Était-ce normal ? »

« Pas un samedi. D'habitude, elle fait du bénévolat au Y, elle aide les maîtres-nageurs avec les tout-petits qui apprennent à nager. Elle adorait ce travail. »

Je suppose que le gamin comprenait maintenant pourquoi, pensa Nick.

« Votre mère savait-elle que vous étiez à la maison ? » demanda Penzik.

« Vous vous fichez de moi ? Si elle avait su que j'avais séché le travail, elle aurait été complètement furieuse. Donc je me suis faufilé par le sous-sol, où je pourrais réfléchir au jeu Facebook. C'est là que j'ai pensé que ce serait parfait de rendre visite à mon oncle à Chicago. Je séjournerais dans un motel dimanche, et je ferais du tourisme dans la ville. Cool. J'avais finalisé mes plans. J'ai cherché des affaires. Puis on a sonné à la porte et ma mère est allée à l'étage quelques minutes plus tard. J'ai tenté ma chance, je me suis faufilé dans la cuisine, j'ai pris la réserve d'argent liquide et sa carte de retrait. Je n'aurais pas besoin de Russ. »

« Votre ami nous a dit qu'il refusait de participer au jeu, » dit Penzik.

« Russ est un dégonflé. Il a peur de son ombre, et surtout de sa mère. »

« Il nous a dit qu'il n'avait rien contre votre plan, mais seulement que vous n'aviez absolument pas de plan, que vous faisiez les choses dans l'urgence. »

« Eh bien, » le gosse se moucha. « Quand Russ m'a abandonné tout seul, j'ai essayé de forcer le sale type à jouer le jeu, mais il m'a ri au nez. »

« Le sale type ? » demanda Nick.

Arjen Pender regarda en direction de l'endroit où se tenait son oncle, de l'autre côté de la vitre. Il se pencha en avant.

« Il peut m'entendre ? » chuchota-t-il.

« Non, » lui assura Penzik.

Nick étudia encore le langage corporel du gamin. Quelque chose mettait ce gosse mal à l'aise. Et il n'avait pas cessé de tripoter nerveusement son smartphone depuis qu'il avait ricané à un commentaire, plus tôt. L'esprit de Nick eut une illumination, en faisant ressurgir une autre vidéo prise en cachette.

« Vous avez une vidéo, » déclara Nick.

Le gamin sursauta. Nick avait vu juste.

« Une vidéo de votre mère prise en cachette ? »

Le gamin acquiesça.

« Et de ce sale type ? » poursuivit Nick.

Le gamin acquiesça encore.

Putain de merde. La mère avait une liaison. Et le gamin était au courant.

« Depuis combien de temps cette, » Nick s'éclaircit la gorge, essayant de trouver le mot approprié, « activité durait-elle ? »

« Six mois, » dit-il. « Ils avaient un rendez-vous fixe tous les quatorze du mois. Il venait, faisait son truc, et repartait. Ma mère appelait leurs rencontres des séances de relaxation, comme si c'était du yoga ou une connerie comme ça. »

Tout le monde regardait le gamin. *Pas étonnant que Pender ait été furieux contre ses unités parentales.* Ce n'était pas seulement parce qu'il s'était fait pincer pour avoir fumé de l'herbe et avait été privé de sortie.

« Avez-vous publié la vidéo ? » demanda Nick.

« J'ai menacé de le faire, mais le sale type m'a dit que je pouvais le faire. Que cela optimiserait son CV. »

Donc le sale type s'était moqué de la tentative de chantage du gamin.

« Ce sale type a-t-il un nom ? » demanda Penzik.

Le gamin haussa les épaules. « Je ne sais pas. »

« Avez-vous la vidéo ? » demanda Nick.

Un signe de tête affirmatif, une expression circonspecte et malheureuse sur le visage.

Pender tripota le téléphone, ouvrant des applications et configurant les choses. Il le tourna pour que l'écran affiche en mode paysage ce qui y figurait. Avec un doigt, il fit glisser le téléphone vers leur côté de la table.

Le gamin ne voulait pas assister au spectacle.

Nick appuya sur Play.

Ils entendirent d'abord les sons, des grognements animaux qui firent rire nerveusement et doucement le vidéaste, ici, le fils. Le couloir où Pender prenait la vidéo était faiblement éclairé, mais ce n'était pas important. Son objectif était la porte ouverte sur la chambre conjugale, présuma Nick. Une fois à l'entrée, au lieu de franchir le seuil pour filmer l'action qui se déroulait sur le lit, le gamin zooma sur les images qui se reflétaient dans un grand miroir au-dessus d'une commode en face de l'action. C'était un truc astucieux pour capturer tout ce qui se passait à l'intérieur tout en gardant secrète sa présence.

Ce qu'ils virent ensuite fut abominable, encore plus parce que cela avait été filmé par le fils. Qu'il y avait assisté. Qu'il l'avait enregistré.

Pendant que Nick voyait les silhouettes baisant et gémissant, il pensa que cela allait au-delà du sexe à l'état brut. Il y avait dans l'acte un courant de désespoir, de brutalité. Le sentiment de dégoût de Nick s'accrut. Il avait vu une scène similaire un an plus tôt quand Sandra Ward avait filmé sa séance de sexe avec l'ex-mari de Laura, juste avant de le massacrer devant la caméra.

Nick appuya sur Pause. C'était dur à regarder, et il en avait eu assez. Le gosse n'avait pas besoin d'entendre cela plus longtemps–il n'avait pas besoin d'un rappel des images qu'il avait prises aussi imprudemment.

Nick échangea des regards avec Sacco. « Cela rappelle des souvenirs, hein ? » lui chuchota Sacco à l'oreille.

Nick acquiesça.

Le silence régnait dans la salle. Quelques secondes plus tard, Steve Penzik alla vers le jeune homme, qui pleurait en silence, et l'aida à se lever en le prenant par le bras.

« Je pense que vous en avez eu assez, » dit-il, la voix débordant d'empathie. Il regarda Nick et Sacco. « Je vais dire un mot à son oncle. Ils séjournent chez la tante. Je reviens tout de suite. »

« Mon téléphone ? » demanda le gamin.

« Nous devons le conserver un moment, comme preuve, » lui dit Penzik. « Nous vous le rendrons dès que nous pourrons. »

Nick regarda Penzik parler à l'oncle, dont l'angoisse croissait à mesure que Penzik parlait. Quand la conversation prit fin, Stefan Bogarde hocha la tête et partit avec l'agent que Shapel avait appelé pour l'accompagner chez sa sœur, serrant son neveu au creux de son bras.

« C'était moche, » dit Penzik. « Attendez de voir ça, Amarita. Du porno maison. » Il se frotta le visage. « Mon Dieu, je deviens trop vieux pour ce genre de merde. »

« C'est le gosse qui a pris la vidéo ? » Il y avait de l'incrédulité dans la question de Shapel.

Tout le monde acquiesça.

« Le sale type a-t-il semblé familier à l'un d'entre vous ? » demanda Penzik, rembobinant la vidéo.

« C'était un peu dur à encaisser, » répondit Nick. « Je n'ai pas recherché les détails. »

« Prêts pour le deuxième round ? »

Pas vraiment.

Ils regardèrent une fois de plus la séance, cette fois jusqu'au bout. Le gamin avait filmé environ trente secondes de plus que ce qu'ils avaient vu. La caméra du téléphone enregistra quelques instants ses chaussures de sport avant qu'il se replie le long du couloir. La vidéo s'arrêta.

Shapel siffla. Les mots n'étaient pas nécessaires.

« Pouvez-vous retourner en arrière et mettre en pause quand il a zoomé sur les silhouettes dans le lit ? » demanda Nick.

Penzik s'exécuta.

Nick agrandit l'image avec ses doigts. Et regarda fixement.

« Je ne vois pas de tatouages qui pourraient l'identifier, » dit-il, mais un bras était caché de la caméra.

Sacco montra le visage de l'homme, dont les cheveux hirsutes étaient pétrifiés. « Peux-tu agrandir la vue de son visage ? »

Nick s'exécuta, et étudia de nouveau l'image. « Les cheveux bloquent la vue. Je ne vois que le bout de son nez. »

Il rembobina et ils regardèrent. Les cheveux tombaient en effet sur le visage de l'homme, et bougeaient tandis qu'il se soulevait, mais jamais suffisamment pour leur offrir une vue nette de son profil.

« L'angle n'aide pas, » dit Penzik.

« Il n'est pas très grand, » remarqua Shapel. « Environ deux ou trois centimètres de plus que notre victime. Il ferait un mètre soixante-dix-sept, un mètre quatre-vingt ? »

« Il faut qu'on apporte ça aux TI, » dit Penzik. « Ils pourront peut-être repérer quelque chose que nous n'avons pas vu. »

« Envoyez-le aussi à Carpenter par courriel, » dit Nick. « Plus d'yeux il y aura, mieux ce sera. » Il fit glisser le téléphone à travers la table vers Penzik, qui le plaça dans un sac à scellés.

« Des nouvelles du mari ? » demanda Nick.

« Son état est stable. Mais il est sous lourde sédation, » dit Shapel. « Ils nous préviendront quand il se réveillera. »

« Vous avez saisi ce que le gamin a dit ? À propos de quelqu'un qui a sonné à la porte ? »

Penzik fixa Nick. « Avec notre chance, c'était peut-être le livreur d'UPS qui laissait un colis à la porte. Nous vérifierons auprès des voisins, pour voir si quelqu'un a vu quelque chose ou a une vidéo de surveillance. »

Nick acquiesça. Il était inutile de rester là plus longtemps. Après de brefs au revoir, ils rentrèrent au poste, bombardés par la pluie, sous des températures qui baissaient.

Quand Kravitz les vit, il leur fit signe d'entrer dans son bureau.

« Quel est le résumé ? » demanda-t-il.

Nick ferma la porte. Il fit au commandant un rapide compte rendu de l'affaire Penzik.

« Je suis heureux que mes enfants et mes petits-enfants soient adultes, » dit Kravitz. « Encore plus heureux que ces petits-enfants n'aient pas encore d'enfants. Quel gâchis. »

« Commandant, il serait peut-être temps de faire intervenir Échec au crime, » dit Nick. « Demandez-leur de se coordonner avec les médias. »

« Avons-nous une image plus nette du suspect en question, une qui ne soit pas une ombre, ou un cul nu en train de baiser dans une vidéo ? »

« Non. »

Sacco se mêla à la discussion. « Nous pourrions aborder l'angle de la mère malade. »

« C'est une idée, » dit Nick. « Dans tous les cas, ce sera diffusé. Quelqu'un va forcément entendre, se poser des questions, ou même savoir. »

« Et ça va montrer notre jeu au suspect, » ajouta Kravitz. « L'-homme se rendrait compte que nous ne gérons plus ses suicides mis en scène, mais de véritables meurtres. Il pourrait passer dans la clandestinité. »

« C'est pas faux, » admit Nick.

« Laissez-moi réfléchir là-dessus. Si Penzik et Shapel n'ont pas de vidéo, de photo ou de témoin pour le visiteur de leurs victimes, alors nous diffuserons et nous laisserons Échec au crime s'y essayer. » Il les regarda tous les deux. « Il va y avoir une avalanche incessante, et vous en aurez plein le cul à passer le prochain millénaire à suivre des pistes. »

« Ouais. » Nick frappa les bras du fauteuil et se leva. Sacco fit de même. « Mais c'est mieux que de rester en carafe, comme maintenant. »

« J'ai entendu dire que Ramos vous cherchait, les gars, » dit Kravitz dans leur dos.

Quelques minutes plus tard, Ramos leur fit signe d'entrer dans son bureau.

« J'ai eu la confirmation du Suffolk sur la toxicologie du U4/DMSO, » dit-elle en guise de salutation. « Même merde que la nôtre. J'ai demandé à leur labo d'accélérer toutes les analyses de résidus. »

« Ils auront les résultats plus vite que les nôtres ? » commenta Sacco.

« Hé, ils ont un comté minuscule à gérer, et une installation de pointe. Leurs listes d'attente sont bien plus courtes. » Elle leva les yeux de l'écran de son ordinateur où elle étudiait des résultats. « J'ai entendu dire que vous aviez visionné encore une vidéo salace à la Sandra Ward cet après-midi. C'est vrai que c'est le fils qui l'a filmée ? »

« Oui. »

« Dégueulasse. »

« As-tu autre chose pour moi ? » demanda Nick.

Ramos tapota l'écran de son ordinateur. « Ceci. Déroutant, pour le moins. »

« Qu'est-ce que c'est ? » Sacco se pencha en avant pour mieux voir.

Ramos rit et repoussa Sacco. « Comme si tu savais lire la chimie analytique. » Elle regarda en arrière. « Cela, mes gars, c'est du DMSO. Il y en a des traces sur toutes les ligatures, dans tous les prélèvements de peau, mais nulle part ailleurs. Pas dans les lotions hydratantes, les crèmes ou le maquillage des victimes. Nulle part. Et ça me laisse perplexe. Je blâmerais bien le spectromètre de masse, mais là il serait furieux contre moi. Machine caractérielle. »

« Le DMSO est prescrit ? » demanda Nick.

« J'aimerais bien. Comme ça, il serait traçable. »

« Donc c'est un truc en vente libre, » déclara Sacco.

« Oui. Ses bénéfices vont du traitement de l'ostéoarthrite au zona. Il est habituellement en vente dans votre magasin de diététique sympa du coin en gel, en crème, ou même sous forme de pilules. »

« Ou par mail, ou par internet, j'en suis sûr, » ajouta Nick. « Je vais le dire à Carpenter. Il pourra vérifier si les victimes ont acheté cette merde pour leur usage personnel. Vérifie le travail de laboratoire de Creasy. Il se peut qu'elle en ait utilisé pour son travail. »

Ramos se leva pour aller chercher un rapport craché par l'imprimante. Elle tapota au passage le visage de Nick. « Déjà fait. Mais tu es un homme tout-à-fait selon mon cœur. »

« Les grands esprits se rencontrent, » plaisanta Nick, mais il reprit son sérieux. « Des spéculations, Ramos ? »

« Bon Dieu, Nick, en pagaille. Mais cela ne compte pas dans mon service. »

« Et les crèmes de Creasy ? »

« C'est ce qui me laisse perplexe. Les crèmes de Creasy ne contiennent pas un atome de pink ni de DMSO. J'ai testé absolument tous les pots qu'elle a fabriqués, et qu'elle avait dans son appartement. Je n'ai trouvé que du Laurocapram. Cela vaut également pour les autres produits du labo. »

« Nous devrons peut-être contacter M-Li Watson et Wexler pour tester leurs échantillons. »

Ramos secoua la tête. « Je pense que là, vous allez dans une impasse. Vous avez dit qu'ils avaient déjà testé la crème de Creasy. Le DMSO ne leur aurait pas fait de mal, mais mélangé à du pink ? Ils auraient atterri à l'hôpital, ou seraient morts. Par ailleurs, ni Watson ni Wexler n'ont présenté de symptômes d'exposition à la drogue pendant leurs auditions. Et, croyez-moi, ils auraient des symptômes. »

« Ça ne coûte rien de demander, » dit Nick.

« Vous avez entendu parler du nouveau changement de date de la cérémonie commémorative, hein ? » dit Sacco.

« Ouais. Pauvres gens. » M-Li et la famille d'Isabel Creasy avaient reporté la commémoration hier. Ils avaient projeté une petite cérémonie à St Malachy sur la Quarante-neuvième et la Huitième, projetant de transporter les cendres d'Isabel dans le Montana pour y être enterrées.

Malheureusement pour eux, Millsap n'avait toujours pas laissé sortir le corps d'Isabel pour la crémation. M-Li avait décidé de procéder à la cérémonie sans les cendres. Elle ne la reporterait pas encore une fois, dit-elle. Il fallait qu'elle en finisse. La famille aussi. Ils furent néanmoins très mécontents, et l'avaient fait savoir à Nick quand il avait eu le malheur de leur transmettre la nouvelle.

« À propos, Nick, Carpenter te cherchait. Quelque chose à propos de rendez-vous sur l'agenda et de vidéos malsaines. »

Nick sourit et laissa ces deux-là se débrouiller seuls. Il se pourrait que ça se réchauffe entre eux, et il n'allait pas tenir la chandelle.

Il s'arrêta près des ascenseurs, fit le point, et composa le numéro de M-Li.

« Madame Watson, c'est l'Inspecteur Larson. »

« Bonjour, Inspecteur. » Il y eut une courte pause. « C'est pour une affaire officielle, ou informelle ? »

« Pour une demande. »

« Donc il ne faut pas que je me fasse intervenir mon mari ? » demanda-t-elle, à moitié soulagée. « David n'a pas porté plainte ? »

Pas encore.

« Madame Watson, combien de pots de crème Isabel Creasy vous a-t-elle donnés à titre d'essai ? »

« Un. Elle en a donné un autre à EriK. Attendez. » Sa voix devint étouffée, comme si elle avait placé une main sur le micro et posé une question à quelqu'un. Elle revint en ligne. « Oui. EriK est ici et il a dit un, aussi. Nous étions censés l'utiliser tous les jours pendant un mois et remplir un questionnaire qu'elle avait préparé pour nous quand nous aurions fini le pot. »

« Avez-vous eu une réaction de quelque sorte à la crème ? » demanda-t-il.

« Aucune. En fait, elle est vraiment très hydratante. Parfaite pour ce que nous projetons. »

« Pourriez-vous poser la même question à Monsieur Wexler, s'il vous plaît ? »

La même routine que quelques secondes plus tôt. « Non. EriK dit qu'il n'a pas non plus rencontré de problèmes. Y a-t-il un souci ? »

« Pas à ma connaissance. Mais la directrice de notre laboratoire nous a demandé d'obtenir des échantillons pour vérifier quelques anomalies. Vous est-il possible, à Monsieur Wexler et vous, de nous apporter ces pots pour qu'ils soient testés ? Je vous promets que nous les rendrons immédiatement. »

« Pas de problème. Nous pouvons le faire demain, après la cérémonie. » Il y eut une pause. « Ou vous pouvez venir à la cérémonie pour les récupérer. »

« Je ne peux rien promettre. Nous jonglons avec des affaires simultanées. »

« Eh bien, je vais rappeler à EriK de rapporter le sien de chez lui demain. Nous pourrons vous les apporter après. »

« Merci, Madame Watson. J'apprécie votre aide. »

Trois minutes plus tard, il pénétra dans l'antre TI de Carpenter. Comme d'habitude, Carpenter était devant son ordinateur, tapant frénétiquement.

« Tu m'as appelé ? » dit Nick, regardant l'écran et le charabia que Carpenter y rentrait à une allure supersonique. Il aurait davantage de chances de déchiffrer des hiéroglyphes que ce qui défilait en ce moment sur l'écran.

Sans reprendre son souffle, Carpenter tapota du coude une petite pile de papiers. « La chronologie de l'agenda que tu voulais. »

Nick avança la main et prit les feuilles de papier. Il tint en l'air un sac à scellés. « Est-ce ce à quoi je pense ? »

Carpenter jeta un coup d'œil plus rapide encore que son signe de tête. « Pfff, tu parles d'un bordel. Ce gamin est un malade. Sa mère, enfin, j'ai été horrifié pour le fils. Il y a des gens qui ne comprennent pas. »

« Quoi donc ? »

« Que vos actes égoïstes vont salir la vie de quelqu'un d'autre jusqu'au point de le faire dysfonctionner de manière pathologique et durable. »

Et voilà comment, pensa Nick, on fabriquait des tueurs en série.

CHAPITRE VINGT-HUIT

MERCREDI, 22 JANVIER

« TU RESSEMBLES au *Penseur* de Rodin. »

Nick leva les yeux. Il s'était étalé depuis environ huit heures du matin dans la salle de conférence, avec toutes ses notes, ses classeurs et son ordinateur portable en demi cercle autour de lui. Il était maintenant huit heures trente. Pendant tout ce temps, il avait scruté la vidéo en pause avec la silhouette nue de l'amant de Clara Mulder, sans en comprendre le besoin ni son obstination. Il y avait chez l'homme quelque chose qui avait attiré son attention, et il était presque certain que c'étaient les cheveux du gars. Mais enfin, pourquoi ? Il ne comprenait vraiment pas.

Il montra une boîte à l'autre bout de la table quand son équipier entra.

« Offert par Laura, » dit-il à Sacco.

En entendant mentionner le nom de Laura, Ramos, qui n'était pas loin derrière Sacco, l'écarta de sa route et se dirigea directement vers la boîte.

« C'est ce à quoi je pense ? » Elle ouvrit le couvercle, se pencha, et prit une inspiration. « Oh mon Dieu. Je meurs, et je suis au Paradis. »

Nick eut un sourire narquois.

« Ce sont des fleurs ? » Nick acquiesçant, elle se retourna vers la boîte. Après une brève hésitation, Ramos choisit un cupcake rose.

« De la lavande et des pétales de rose confits, » les renseigna Nick. « Laura m'a fait une description détaillée sur le glaçage et sur la pâte, mais sincèrement je n'ai pas retenu ce jargon. Je me contente d'apprécier les résultats. »

« C'est nouveau, » dit Sacco, plongeant carrément la main et attrapant le premier cupcake qu'il toucha.

« De nouvelles formes et de nouveaux arômes pour sa nouvelle entreprise, » répondit Nick.

Il rembobina et passa la vidéo. Il avait coupé le son pour le bénéfice de tous, à commencer par le sien. Il se concentra sur l'image. Là, un éclat de quelque chose. De la couleur. Ou était-ce le vernis à ongles de la femme qu'on entrevoyait dans les espaces entre les cheveux ondulés, frisés ?

Nick se frotta les yeux. Il était là-dessus depuis une demi-heure, et ça ne l'avait mené nulle part. Il mit la vidéo en pause, se cala dans son siège, et reprit la pose du penseur.

« Ne regarde pas, Ramos, » dit-il. « C'est choquant. »

Elle finit de mastiquer. « Tu as cet air. »

« Quoi ? »

« L'Air, » dit-elle, en attrapant un autre cupcake, avec un pétale de rose cette fois. « L'air qui dit que ton instinct est en train de turbiner. L'air qui dit que quelque chose ne va pas. L'air qui va nous amener des problèmes, ou qui va résoudre l'affaire. »

« Qu'est-ce qui te tracasse ? » demanda Sacco en s'asseyant à côté de Nick.

Nick tapota l'écran de son ordinateur. « Ce type. »

« Qu'est-ce qu'il a ? »

« Il y a quelque chose qui me tracasse dans ses cheveux. »

Ramos s'esclaffa . « Tu t'intéresses maintenant à la coiffure des mecs, Larson ? » Elle se lécha délicatement les lèvres et les doigts. « Je n'aurais jamais pensé. »

« Ferme-la, Ramos, » dit-il. Il visionna la vidéo pendant quelques secondes, puis tapota et mit en pause. « Là. »

Un minuscule éclair de couleur.

« On dirait du violet, » dit Sacco.

Ramos arriva et loucha vers l'écran. « Beau cul, » dit-elle.

« Bon sang, Ramos. »

« Hé, c'est vrai. » Quelques secondes plus tard, elle montra du doigt. « Ça pourrait être ses ongles à elle qu'on aperçoit. Et il y a fort à parier, si ses ongles d'orteils sont peints en violet... » Elle tapota l'écran. « Et les ongles de ses doigts sont probablement d'une couleur assortie. » Elle écarquilla davantage les yeux. « C'est difficile à dire. Ses mains sont masquées par les cheveux. » Elle se pencha en arrière. « J'adore cette couleur de gel, par contre. Prismatic Fan est mon préféré dans les violets. »

Nick regarda encore. De vagues échos dans son subconscient tentaient de se frayer un chemin vers la lumière. Où avait-il vu une couleur similaire, et dans les cheveux ?

« C'est ta tentative de diagramme de Venn ? » demanda Ramos, montrant son bloc-notes.

« Tentative ratée, » dit Nick. « J'ai essayé de mettre dans l'ordre les rendez-vous des femmes, pour voir si certains correspondaient. Nada. Les victimes fréquentaient des établissements offrant des services similaires, mais à moins qu'on inclue les occasionnels Starbucks, ils n'étaient même pas dans la même rue, et même pas dans le même arrondissement. Il y en a que je n'ai même pas pu reconnaître, nos victimes utilisaient une sorte de sténo pour identifier leurs rendez-vous. »

Ramos prit la liste que Carpenter avait établie et la parcourut rapidement.

« Je reconnais le nom d'un salon de beauté ici en ville. Très à la mode. Cette boutique vend du maquillage et des parfums à prix de gros. Voyons... » Elle passa à une autre page. « De l'alimentation, des restaurants, des épiceries... » Elle regarda Nick. « Quelqu'un appréciait leurs massages. »

« Ça doit être Creasy, » dit Nick. « Elle ne ratait jamais son vendredi, d'après son amie et la direction du spa. »

« Ce n'était pas Deep Tissue and Hot Stones ? » demanda Ramos.

« Si. »

« Ce n'est pas ça. » Ramos donna une pichenette à la feuille et scruta le haut. « C'est la liste de Latimer, et c'est une autre franchise. »

Une pensée luttait pour se frayer un chemin dans le cerveau de Nick. Il contempla ses notes.

« Bordel de merde. »

Il réduisit la fenêtre avec la vidéo en pause et en ouvrit une nouvelle.

« Donne-moi cette liste. » Il tendit la main, l'agitant en un geste d'impatience, comme Ramos ne s'exécutait pas assez vite.

« Nick part à la chasse, » dit-elle en lui claquant les papiers dans la main. « Avoue. »

Nick secoua la tête et tapa Scandinavian Therapy Industries Franchisees, LCC dans la barre de recherche. Effectivement, que Wikipédia soit béni, c'était là, pile en haut de la liste.

Sacco, qui regardait Nick taper frénétiquement, siffla entre ses dents. « L'ex-client de Chet Emberson ? »

Nick leva le doigt comme pour dire « Patiente un peu », cliqua sur le lien et fit défiler rapidement les informations. Les détails sur cette société étaient longs, d'une description générale des services à l'historique de sa fondation, au développement de nouveaux marchés et produits, à la gouvernance d'entreprise. Il fit défiler encore. Là. C'était là : une liste complète des franchises de la compagnie, leurs noms, leurs dates de fondation, et des informations sur les entreprises, aimablement divisées par continents, par pays, et par États.

« Laquelle ? » demanda Nick à Ramos.

Elle montra avec son ongle. « Celle-ci. Scandinavian Delight, sur Park. »

« Tu la connais ? » demanda Sacco.

« J'y vais pour me faire plaisir, quand je peux me le permettre. Un service formidable. »

Nick chercha et, oui, elle y était. Scandinavian Delight LLC, une franchise offerte par la maison mère STIF. Il chercha Deep Tissue, et là encore, une franchise offerte par STIF.

C'était ça, le lien.

Putain de merde.

Pas étonnant que quelque chose l'ait tracassé au sujet des cheveux. La couleur, et la frisure.

Dans des convulsions presque frénétiques, Nick ouvrit le dossier Creasy et sauta des sections jusqu'à ce qu'il arrive aux déclarations écrites sur l'incident à TeC4M. Il ne les avait pas lues, mais il les avait mises dans la pile « à faire » après qu'ils avaient été interrompus par l'affaire Latimer. Il se mit à parcourir. *Permettez-moi d'être exact là-dessus.* Et c'était là, en caractères gras, comme toujours. Il prit son crayon et encercla plusieurs fois le mot mal orthographié. Il le montra.

« Le Suffolk m'a envoyé ça, » interrompit Carpenter en entrant et en brandissant plusieurs photos. « J'ai pensé que vous voudriez les voir tout de suite. Elles proviennent de la caméra de surveillance du voisin de Mulder. » Il vit la boîte et les papiers de cupcakes vides abandonnés sur la table. « Hé, ça vient de Laura ? »

Nick tendit la main, s'empara des photos, et les étala devant lui.

La première montrait un homme vêtu de la même façon que celui de la vidéo de Latimer, portant un sac de sport similaire. Pas de traits identifiables, même si l'image était meilleure et prise de plus près. Le visage était toujours à demi caché par une capuche, cette dernière boursouflée sur le dessus, comme si la tête était déformée. Cela rappela à Nick Coneheads de SNL.

La deuxième photo montrait la femme accueillant l'homme, le visage souriant, les bras tendus, comme si elle s'attendait à une étreinte partagée.

La troisième montrait la femme fermant la porte, toujours en conversation avec l'homme. Mais cette fois, la capuche était baissée. Et même si l'homme tournait le dos à la caméra, sa tête était légèrement tournée vers la droite, écoutant ce que Clara Mulder avait à lui dire.

Nick vit le chignon masculin. Les lobes d'oreilles grotesques. Mais surtout, il reconnut les œillets.

« C'est EriK avec–le–putain–de–K–majuscule Wexler, » dit Nick, tout se connectant dans son cerveau. « Notre dénominateur commun, et peut-être notre tueur. »

Nick attrapa Carpenter par le bras et le força à s'asseoir devant l'ordinateur.

« Trouve-moi absolument tout sur EriK Wexler : acte de naissance, permis de conduire, certificats, ou certifications professionnelles. Les membres de sa famille. » Il prit un cupcake dans la boîte et le posa près de l'ordinateur. « Voilà de quoi te sustenter pendant que tu creuses partout. Il me faut une adresse pour un mandat. Tous les comptes de téléphone, les pseudos, les réseaux sociaux. Il faut qu'on le dise au commandant. »

« Qu'on me dise quoi ? » dit Kravitz depuis la porte. « Pourquoi tout le monde s'entasse ici au lieu de travailler ? » Il vit le cupcake à côté de Carpenter, puis se précipita vers la boîte. « C'est Laura qui les a envoyés ? »

« Commandant, nous avons peut-être notre tueur. »

La main de Kravitz s'immobilisa au-dessus d'un cupcake à la lavande. « Peut-être ? Nous ne l'avons pas pour de bon ? »

« C'est indiscutablement un suspect, » dit Nick, qui passa tout en revue et lui montra tout. « Nous avons un motif probable de mandat pour perquisitionner son logement, et nous devons l'amener pour un interrogatoire. »

« Le Suffolk a probablement un motif, » dit Kravitz. « Ce sont leurs photos, leur affaire. »

« Le Suffolk n'aurait jamais reniflé cette merde si nous ne leur avions pas mis le nez dessus, » dit Sacco, un peu exaspéré. « Ils étaient en train de classer l'affaire en suicide. »

« Commandant, » coupa Nick. « Toutes nos affaires sont anté-rieures à celle de Long Island. Wexler est le dénominateur commun à toutes. C'est lui qui était ami avec Creasy, qui connaissait peut-être Waitre à travers la connexion Creasy, qui travaillait dans la franchise du client de Latimer. C'est lui qui se pointe le jour de la mort de Clara Mulder. Il ne nous reste qu'à faire confirmer par le fils de la victime si l'homme sur cette photo est le sale type qu'il a mentionné. Il faut qu'on questionne Wexler. Et qu'on contrôle ce sac de sport. »

« Amenez-le, » dit Kravitz en saisissant deux cupcakes. « Je vais discuter de cette possibilité avec Aaniyah. »

Pourvu de nourriture, Kravitz partit.

Nick saisit ses dossiers, ses notes et ses classeurs, et sortit de la salle de conférence. Après avoir tout laissé sur son bureau, il prit son arme et retrouva Sacco dans le couloir.

« On ferait mieux d'y aller, » dit Nick. « La cérémonie commence dans quarante minutes. »

« Avant, pendant, ou après ? » demanda Sacco.

« Avant, de préférence, si nous arrivons à temps. Je ne veux pas gâcher la cérémonie commémorative. La vie de Madame Watson a déjà été suffisamment perturbée. »

Nick s'arrêta sur le seuil de la salle de conférence. « Carpenter, montre-moi la marchandise dès que tu l'auras. Nous serons vite de retour. »

« Ah, Lieutenant ? Nous avons un problème. »

Quoi encore ?

« Fais vite. »

« Il n'y a pas de permis de conduire enregistré au nom d'EriK Wexler. Même s'il ne conduit pas, il a besoin d'une identité pour obtenir un emploi, une licence professionnelle. »

« Appelle Deep Tissue. Mieux encore, vas-y. Obtiens du gérant le formulaire W–4 et la demande d'emploi de Wexler, ou une copie de son certificat ou de sa licence, un numéro de sécurité sociale, ou tout ce qu'il a pu utiliser pour travailler là. »

« Sans mandat ? »

« Emmène Ramos. Elle ne repartira pas sans avoir l'information. »

Sacco pouffa de rire jusqu'à la voiture.

La journée se révélait bien meilleure que les soi-disant experts météorologistes l'avaient prédit la veille. Tandis que Nick se dirigeait vers l'ouest sur la Quarante-neuvième, il était heureux que la pluie se soit arrêtée aux alentours de minuit, et que les températures aient stationné suffisamment au-dessus de zéro pour que les patinoires promises dans les rues ne se fussent pas matérialisées. Le lever du soleil avait aussi amené des conditions climatiques tempérées, si l'on pouvait qualifier quatre degrés de doux, mais cela rendait la journée plus agréable qu'hier. S'ils devaient attendre dehors que Wexler arrive à la cérémonie, ce serait mieux que de devoir se blottir sous la pluie glacée.

Il se gara en face de l'église, traversa en courant et ouvrit la porte en bois massif épais au niveau de la rue, monta en courant l'escalier qui menait à la porte de l'église, et entra dans l'église.

L'église catholique romaine St Malachy, où M-Li Watson organisait le service commémoratif pour son amie, était une magnifique petite église, construite dans le style néogothique, et se dressait entre Broadway et la Huitième Avenue depuis le début des années 1900. Mieux connue comme La Chapelle des acteurs, sa proximité avec le quartier des théâtres lui permettait de répondre aux besoins des théâtres et des résidents de la communauté des alentours ; son Encore Community Center était aussi bien connu pour répondre aux besoins des personnes âgées en assurant des repas équilibrés, un accompagnement pour les courses, et des événements sociaux au sous-sol. Un espace de rencontre était, pendant la semaine, mis à la disposition d'autres groupes, incluant des salons de la Saint Genesius Society, où des acteurs, des écrivains, des réalisateurs et des comiques se réunissaient pour des causeries d'après-représentation.

Nick se rappelait y avoir assisté aussi à un concert occasionnel, où il avait été impressionné par les meilleurs musiciens et les plus belles voix chorales de la ville.

« Génial, » chuchota Sacco. « Très gothique. »

« Ça nous fait traverser les siècles, hein ? » dit Nick, tout aussi doucement. Il respira l'odeur de l'encens, des cierges, et de la cire d'abeille.

Sur le transept, à proximité du premier banc, un agrandissement d'une photo d'Isabel Creasy, qui était éternellement jeune dans la mort, avait été placé sur un chevalet d'artiste. M-Li Watson et son mari se tenaient près de la photographie, se parlant à voix basse. Une assistance d'une douzaine de personnes était dispersée sur les bancs de devant, lisant des livrets commémoratifs, comme le vit Nick. Aucune trace d'EriK Wexler.

Presque comme un ultime adieu, M-Li caressa le visage de la femme avec des doigts tremblants. Son mari lui pressa l'épaule, et la conduisit au banc de devant.

Elle se figea en les voyant. « Inspecteurs ? »

« Que faites-vous ici ? » demanda Monsieur Watson, un peu plus irrité.

« Nous ne perturberions pas si ce n'était pas urgent, » dit Nick.

« Cela n'aurait-il pas pu attendre à plus tard ? » demanda M-Li.

Pas pour ce que nous devons faire. Comment dire à cette femme que l'un de ses amis et potentiel futur partenaire commercial était un suspect potentiel dans le meurtre de sa meilleure amie ? Que Monsieur Wexler n'assisterait pas à la cérémonie commémorative parce que Nick l'emmenait pour un interrogatoire ?

« Où est Monsieur Wexler ? » demanda Nick de façon aussi anodine que possible.

« Il apporte les fleurs, » dit M-Li. « Y a-t-il un problème ? »

L'ascenseur annonça son arrivée avec un léger ronronnement et un tintement. L'attention de M-Li se déplaça et elle montra du doigt. « Le voilà. » Elle prit une inspiration tremblotante et presque larmoyante. « Oh, comme elles sont belles. »

Nick se retourna pour voir EriK Wexler qui retenait la porte de l'ascenseur avec un pied et en tirait deux compositions florales funéraires. Il libéra la sortie en les posant à côté du banc le plus proche de l'ascenseur, relâcha la porte et se redressa. Il fit signe à M-Li de la rejoindre, et remarqua que Nick était là à attendre avec Sacco.

Il fixa le regard dur de Nick. Le sourire qui était en train de se former se pétrifia. Et sans avertissement, il se précipita vers la sortie avant que Nick eût pu faire un pas dans sa direction.

« Merde. »

Nick courut le long de la nef et dévala deux par deux les marches de la sortie, Sacco le suivant de très près. Il ouvrit violemment la porte de la chapelle, sans se soucier de la cogner contre quelqu'un, et aperçut la silhouette fuyante de Wexler sur sa droite, dans une course effrénée vers la Huitième.

Il vola derrière lui.

« Donne l'alerte, » cria-t-il à Sacco, sans attendre de voir s'il suivait. Si l'homme atteignait la Huitième Avenue, la traque serait un cauchemar, donnant à Wexler une avenue parfaite pour disparaître. Nick ne pouvait pas se permettre de le perdre.

Ce n'était pas la première fois dans sa carrière de flic new yorkais que Nick maudissait les rues, la circulation, la foule de piétons, et les abrutis de touristes qui faisaient obstacle. À quelques mètres devant lui, Wexler tourna le coin, se dirigeant vers le centre-ville. Nick, tenant son insigne en l'air à la vue de tout le monde, continuait de courir et de crier. « Arrêtez-vous, Wexler, NYPD. Bon sang. Arrêtez-vous. »

Il tourna lui-même le coin, et faillit heurter un client qui sortait de Food Emporium. Il dut effectuer une manœuvre compliquée pour ne pas s'étaler de tout son long. L'homme aux courses lui fit un bras d'honneur et lui cria les amabilités typiques de New York. Mais bon Dieu, pendant ces quelques secondes, Wexler avait pris de la distance. Nick courut plus vite, jurant.

« NYPD. Arrêtez, bon sang. »

Wexler jeta un coup d'œil en arrière et plongea dans le groupe de touristes qui attendaient pour entrer dans un bus touristique à étage, un de ceux qui créaient habituellement des embouteillages partout dans le centre-ville. Puis il traversa en courant la Cinquantième Rue, sans se soucier des voitures, des taxis, des piétons et des autobus, Nick à quelques secondes derrière lui.

Le trottoir après la Cinquantième devenait plus étroit, à tel point que les gens devaient effectuer de rapides manœuvres pour éviter les piétons, les stands de bibelots présentant des cartes postales et des souvenirs bon marché pour touristes, et les bacs fleuris contenant les bonnes affaires pittoresques du jour. Nick perdit Wexler pendant quelques secondes, jusqu'à ce qu'il filât vers la gauche, visant le côté ouest de l'avenue.

C'est à ce moment que Nick se rendit compte que l'homme se précipitait vers la station de métro en face.

« Oh, bon Dieu, non. »

Désespéré, il regarda le feu de circulation en arrière sur la Cinquantième et vit qu'il était vert dans la direction est. Écartant les gens qui traversaient la Huitième et sautant par-dessus un chariot rempli de boîtes à livrer qu'un livreur d'UPS tirait à travers la rue, Nick sprinta vers Wexler pour l'intercepter, jusqu'à ce qu'un taxi s'arrêtât au bord du trottoir, lui bloquant complètement la route.

Avec une férocité qu'il n'avait pas ressentie depuis un moment, Nick frappa le capot, contourna le pare-chocs, et courut vers l'entrée du métro. Wexler n'était en vue nulle part.

Nick descendit les marches jusqu'au niveau des quais et de la loge de contrôle, mais il ne vit pas Wexler. Il claqua son insigne contre la cloison de plexiglas. « Quelqu'un a-t-il sauté par-dessus le tourniquet ? »

L'exploitant montra du doigt. « Il est allé un niveau plus bas vers le train E. »

Nick avait entendu le grondement et le crissement du train qui approchait ou partait, résonnant dans le coin. Il sauta par-dessus le tourniquet, avec les mots « J'espère que vous aurez ce salopard » provenant de l'intérieur du guichet. Il sauta pratiquement trois marches à la fois en descendant sur le côté, mais d'après le nombre de gens qui avaient été dégorgés et qui encombraient le bas des marches et de l'escalator, il sut que le métro venait de recracher tout le monde.

Quand il atteignit le quai, le train s'éloignait allègrement dans le tunnel dans un bruit de ferraille.

À bout de souffle, fou de rage, refusant de croire à leur malchance, il composa le numéro de Sacco pour savoir où il était et pour qu'il vienne le chercher.

Au moment où ils revinrent au poste, Nick avait mobilisé les troupes pour écumer la ville, avait fait surveiller par des officiers l'employeur de Wexler et le salon de manucure de Watson, avait fait accompagner M-Li Watson au poste après le service commémoratif, et avait joint Aaniyah Foster pour fixer une réunion avec un juge dès que l'un d'entre eux serait disponible. Nick remplirait l'affidavit pour perquisitionner le logement de Wexler dès qu'il poserait le pied dans le bureau, mais il y avait un léger hic. Il ne pouvait pas remplir l'énoncé de l'objet sans une maudite adresse. Et Carpenter avait des problèmes. Nick ne comprenait pas où cela coinçait.

C'était comme si Wexler n'existait pas, sauf dans un éther mystérieux et invisible.

Nick piétina jusqu'au bureau de Carpenter, où Horowitz l'avait dirigé. Oh, et Horowitz voulait que Nick remercie Laura pour les cupcakes. Ils étaient délicieux.

« Tiens, essaie ceci, » dit Ramos, ignorant les hommes tandis qu'ils entraient. Elle récita quelques nombres en se penchant sur Carpenter, qui travaillait toujours sur son ordinateur.

« Parle-moi, » dit Nick, alors que ce qu'il voulait vraiment était crier à en faire imploser les fenêtres. Putain, comment était-il possible de ne pas trouver quelqu'un sur la super autoroute de connectivité actuelle ?

« Pas de blagues, Ramos, » avertit Sacco derrière Nick. « Il est en sueur et de mauvais poil. »

« Nous aussi. » Elle fit glisser une feuille de papier vers Nick à travers la table. C'était le formulaire W–4. « Le spa nous a faxé ceci. Il mentionne qu'EriK Wexler réside à cette adresse à Astoria. Mais quand nous avons essayé de vérifier l'adresse, pour ne pas nous faire avoir, les archives publiques indiquent que c'est un foyer, dont la propriétaire est enregistrée sous le nom de Mademoiselle E. W. Ormond. »

« Avez-vous essayé les Affaires Sociales ? »

« C'est ce que nous saisissons en ce moment. »

« Vous avez eu de la chance avec le bureau des permis de conduire ? » demanda Sacco.

« Rien au nom de Wexler. »

« Quelle sorte d'identifiant a-t-il pu présenter quand il a postulé pour l'emploi au spa, bon sang ? » dit Nick.

« Cherche par toi-même. Le bon visage, le bon nom, mauvaise adresse, et mauvais numéro de permis de conduire. Je pense que c'est un faux. Rempli à partir d'un autre qui a été volé. »

« Et les licences de thérapeute ? »

« Celles-là sont à son nom, » dit Carpenter. « Authentiques. Formation en ligne et dans une école de commerce. Agréé il y a cinq ans comme thérapeute. »

« D'où ce type a-t-il pu sortir ? » Nick était sur le point de s'arracher les cheveux.

L'ordinateur émit un signal et Carpenter y retourna, et tapa quelques lignes de code.

« Ah, Nick ? »

« Quoi ? »

« J'ai fait une recherche sur tout ce qui concerne EriK Wexler, E. Wexler, et le numéro de sécurité sociale. J'ai eu ça. »

Nick regarda. Les déclarations de revenus de l'année dernière. La même adresse à Astoria. Mais le nom n'était pas le bon. Du moins pas celui qu'il espérait. La Sécurité Sociale avait sorti, non pas EriK, mais une Erica W. Ormond.

« La sœur morte ? » demanda Sacco.

Nick secoua la tête. Il avait l'impression que son cerveau était enserré dans une gigantesque toile d'araignée qui le restreignait. « Quelque chose ne va pas. Peut-être que sa sœur n'est pas morte, s'il a une sœur. La mère ? Carpenter, fais une recherche à l'échelle nationale pour Erica W. Ormond, E. W. Ormond, pour avoir son acte de naissance. Et aussi des recherches à l'échelle nationale pour un permis de conduire à ce nom. »

Horowitz entra pour prévenir que l'agent avait amené Monsieur et Madame Watson, et les avait mis dans la salle de conférence.

« Merci, Stan, » dit Nick. « J'y vais tout de suite. » Il se tourna vers Carpenter. « Où est mon ordinateur portable ? »

« Sur ton bureau, » dit-il.

Seigneur Dieu, au vu de la manière dont cela s'annonçait, il leur faudrait un expert en généalogie inversée pour comprendre ce labyrinthe de qui est qui et de noms et d'indications erronés.

Dès qu'il pénétrèrent dans la salle de conférence, Monsieur Watson passa à l'attaque.

« C'est scandaleux, » dit-il. Sa femme était en larmes, de nouveau. « Vous n'êtes pas satisfait de la confusion que vous avez créée à la cérémonie ? Ce n'était pas suffisant ? Et maintenant on nous emmène ici comme si nous étions des criminels ? »

« Monsieur Watson, s'il vous plaît. » Nick lui fit signe de prendre un siège. « Vous pourrez porter plainte plus tard, mais pour l'instant il faut que je pose quelques questions à votre femme. Il faut que nous trouvions EriK Wexler. »

« Je ne comprends pas, » dit-elle, essuyant ses larmes.

« Madame Watson, connaissez-vous une Erica Ormond ? »

« Non. » Elle regarda son mari. « Ce nom te dit quelque chose ? »

Il secoua la tête.

« Savez-vous si EriK a ou avait une sœur ? Une mère ? »

« Il n'a jamais mentionné de sœur. Mais Isabel a dit que sa mère était malade, et qu'il s'occupait d'elle. Cancer des ovaires. En phase terminale. »

« Êtes-vous déjà allée chez Monsieur Wexler ? »

« Non. Mais Isabel y est allée. Elle y est allée plusieurs fois, même si, quand nous nous réunissions tous, c'était habituellement soit dans la brownstone d'Isabel, soit dans mon salon de manucure. C'était plus commode, puisque nous travaillions tous en ville. Je sais qu'il habitait quelque part à Astoria. »

« Isabel a-t-elle dit autre chose sur lui ? »

M-Li Watson demeura un moment pensive. « Il ne parlait jamais vraiment de sa vie personnelle. Il était très réticent là-dessus. Il vivait dans l'instant, et pour son travail. Une seule fois il a mentionné d'où il était. Isabel et EriK échangeaient amicalement sur la ville de qui était plus un trou perdu que celle de l'autre. »

« Où était-ce ? » demanda Nick.

« Quelque part dans le Connecticut. Oh, et il a dit que ses parents avaient divorcé quand il était jeune. »

« C'est tout ? »

Elle haussa les épaules. « À peu près. Je me réunissais avec eux pour discuter de la nouvelle entreprise, la plupart du temps. Isabel était celle qui était vraiment proche de lui. »

Son mari intervint. « Mais elle n'a pas dit qu'elle était vraiment furieuse contre lui quand tu l'as vue ce vendredi-là ? Qu'elle allait le questionner sur un problème qui était survenu ? »

« C'est exact, » dit-elle. « Mon Dieu, avec tout ce qui se passait à ce moment avec son déménagement, les tests des produits, et tout le reste, j'ai complètement oublié. » Les larmes lui vinrent aux yeux. « Et ensuite, elle est morte. »

« A-t-elle dit pourquoi elle était contrariée ? » La conversation avec l'employée de M-Li, l'experte en cire, refit surface, à propos d'Isabel qui était contrariée et de sa remarque « Pas avec mes produits. »

« Non. Nous étions excitées par son déménagement, son nouvel appartement, sa nouvelle vie. » Elle déglutit. « Non. »

« Pouvez-vous au moins nous dire ce qui se passe ? » demanda Monsieur Watson.

Nick ne voulait pas dire que l'homme avec qui M-Li avait été amie était probablement le tueur de sa meilleure amie. Cette nouvelle viendrait plus tard.

« Je suis désolé, mais je ne peux pas, » se contenta de révéler Nick.

« Dans ce cas, Inspecteurs. » Monsieur Watson se leva. « Nos invités nous attendent. Et sans vouloir vous vexer, nous aimerions que ceci soit la dernière fois que nous venons ici. Nous sommes libres de partir, c'est bien cela ? »

Nick acquiesça. « Je suis désolé que votre cérémonie ait été perturbée. »

« Tout ce qui tourne autour de la mort d'Isabel a été perturbant, » dit M-Li, suivant son mari qui sortait de la salle de conférence.

Dès qu'Horowitz se chargea de raccompagner les Watson hors du poste, Nick retourna dans son bureau, le téléphone à l'oreille.

« Eh, » dit Carpenter.

« Du nouveau ? »

« L'ordinateur cherche toujours. »

« Concentre-toi sur le Connecticut. C'est là que Madame Watson a dit qu'il est né. Vérifie aussi les hôpitaux et les soins palliatifs pour une Wexler ou une Ormond qui aurait été admise pour un cancer des ovaires en phase terminale. »

« Ca va prendre du temps. »

N'était-ce pas ce dont ils manquaient ?

« Je serai à mon bureau en train de remplir l'affidavit. Donne-moi juste le bon nom et la bonne adresse. Je n'ai pas besoin de bourdes permettant à un petit malin d'avocat de rejeter le mandat des preuves au procès. »

Après vingt minutes passées à mettre les points sur les i, laissant vides les champs de l'adresse et du possible pseudonyme, Nick chercha Sacco.

« Allons-y, » dit-il. « Carpenter a eu le nom des parents sur l'acte de naissance d'Ormond, a trouvé le certificat de mariage, et nous a donné une chiée de numéros que nous devons appeler. »

Mais traquer les parents de Wexler s'avérait une tâche épuisante. À partir de la liste de Carpenter, ventilée par noms dans la ville, l'arrondissement, et l'État, ils avaient parlé à beaucoup de monde mais en avait rayé autant.

Ils travaillaient au téléphone depuis des heures, laissant à ceux qui n'étaient pas chez eux des messages demandant qu'ils rappellent, gérant des interlocuteurs qui étaient tantôt gentils, tantôt impolis, ou pas du tout coopératifs. Rares étaient ceux qui appréciaient d'être appelés chez eux par le NYPD.

Nick raya de la liste un autre Wexler. Sacco travaillait sur la moitié des Ormond, pendant que Ramos avait l'autre moitié. Néanmoins, au rythme où ils avançaient, Wexler n'avait pas de soucis à se faire. Une croisière d'agrément vers l'Argentine avancerait plus vite.

Il se frotta le visage avec les mains. Ses yeux piquaient et il n'avait plus de salive. « Quelqu'un veut un soda, ou de l'eau, ou quelque chose ? »

Ils secouèrent la tête en continuant de parler doucement dans leurs téléphones.

Nick s'étira, alla à la porte, et demanda à Horowitz d'apporter des bouteilles d'eau du réfrigérateur. Il se rassit, prit le téléphone et composa le numéro suivant.

Quand quelqu'un répondit, Nick fit son numéro. « Bonjour, Madame. Je suis l'inspecteur Larson du NYPD. Je cherche un certain Monsieur Mathis Wexler, qui s'est marié avec une Mademoiselle Jill Ormond à Washington, arrondissement de Litchfield, Connecticut, en 1989. »

« C'est mon beau-frère, Inspecteur. »

Sous le choc, Nick fit une pause. « Votre beau-frère est Mathis Wexler. »

« Oui, mais il n'habite plus dans la région. Il a déménagé pour le Kansas il y a un moment. »

Nick recouvrit le haut-parleur et fit signe à Sacco et Ramos de s'arrêter et d'être attentifs.

« Nous devons lui parler, Madame. C'est assez urgent. Avez-vous un numéro de téléphone où nous pouvons le joindre ? ».

« Je suis désolée, Inspecteur Larson. Je ne donne pas de numéro de téléphone. Je peux lui demander de vous appeler à votre travail. »

Nick récita le numéro du poste et de son poste.

« S'il vous plaît, Madame. Nous devons lui parler de toute urgence. »

« Je vais lui passer le message. » Et elle raccrocha.

« Je crois que nous avons une chance ? » demanda Sacco.

« Espérons-le. »

Vingt minutes plus tard, l'appel leur fut transféré. Il mit le haut-parleur pour que tout le monde pût entendre.

« Inspecteur Larson, ici Mathis Wexler. Ma belle-sœur m'a dit que c'était urgent que j'appelle. De quoi s'agit-il ? »

« Monsieur, nous travaillons sur quatre affaires dans lesquelles votre fils, EriK Wexler, est soupçonné. Mais nous ne trouvons son nom dans aucun registre légal ni sur aucun document. Par contre, le nom de Erica W. Ormond apparaît. Est-ce votre fille, monsieur ? »

Le silence fut tel que Nick pensa qu'il avait perdu la connexion.

« Monsieur ? »

« Je n'ai jamais eu de fille, Inspecteur Larson. Seulement un fils. » Il y avait de la souffrance dans sa voix. « Il s'appelle Nathan, et je ne l'ai pas vu depuis des années. »

« Je suis désolé, Monsieur. Mais je suis un peu désorienté. Votre ex-femme s'est-elle remariée ? Cet EriK est-il son fils ? »

Il y eut encore un silence, puis un soupir douloureux.

« Ce que je veux dire, Inspecteur Larson, c'est que Nathan et Erica sont la même personne. C'est mon ex-femme qui a rempli le certificat de naissance. Erica Wexler Ormond est mon fils. Jill a simplement rempli ses fantasmes… elle avait toujours voulu une fille, et mon fils a payé pour sa déception. »

La compréhension jaillit, montrant son visage hideux. Nick regarda Sacco et Ramos, et tous les deux avaient l'air écœuré. Ils avaient enfin tous les morceaux, et l'image qu'ils formaient était effroyable.

Ils avaient maintenant un nom légal à mettre sur l'affidavit pour le mandat : une certaine Erica Wexler Ormond, résidant à Astoria, aussi connue comme EriK Wexler, massothérapeute et bourreau hors pair.

En voilà un pour les cas d'école de Kilcrease.

CHAPITRE VINGT-NEUF

MERCREDI, 5 FÉVRIER

DEUX SEMAINES PLUS TARD, Nick regardait EriK Wexler qu'on amenait pour l'interrogatoire, vigoureux et en bonne santé.

Deux semaines plus tôt, le même EriK Wexler avait été à deux doigts de saluer le Diable.

Cela avait échoué, au grand déplaisir de Wexler.

Et tout avait été de la faute de Nick.

Deux semaines plus tôt, après avoir fait une descente dans une maison ordinaire à un étage à Astoria près de la station de métro de la rue Steinway, Nick et Sacco, mandat en main, avaient trouvé des documents, des factures d'assurance maladie et des relevés de l'établissement de soins qui s'occupait de la mère de Wexler. Et, conformément à l'instinct de Nick, ils avaient trouvé EriK Wexler assis au chevet de sa mère morte quand ils étaient arrivés, son sac de sport ouvert à ses pieds.

« J'aurais dû faire ça il y a longtemps, » avait-il dit à Nick, sans bouger. Aucune émotion. Aucun regret. Aucune culpabilité. Plus tard, Totes déclarerait que Wexler avait enduit sa mère avec la crème parfumée d'Isabel Creasy, additionnée d'une dose létale d'une combinaison de DMSO et de pink, et avait regardé sa mère mourir purement et simplement de suffocation. D'hypoventilation, avait rapporté Totes, provoquée par une dépression respiratoire induite par la substance. La mère de Wexler n'avait pas bénéficié de la ligature miséricordieuse, et avait lutté pour respirer et avoir de l'oxygène jusqu'à ce que son niveau de dioxyde de carbone provoque un arrêt cardiaque.

Deux semaines plus tôt, Wexler s'était aussi badigeonné les bras avec la même substance qu'il avait si soigneusement étalée sur ses victimes, comptant suivre sa mère dans l'au-delà. Si cela s'était produit, ç'aurait été un jour de fête en enfer, si Nick n'avait pas été là. Il avait clairement refusé de laisser Wexler quitter ce monde aussi facilement et sans assumer les conséquences.

Oh, bon Dieu, non.

Il avait remué ciel et terre pour que les médecins neutralisent les effets de la drogue. Pendant une semaine, médecins et infirmières s'étaient battus pour le ramener. Et à présent, il était là, face-à-face avec son châtiment, en quelque sorte, devant une salle comble de spectateurs de l'autre côté du miroir sans tain.

Kilcrease était là. Il avait parlé au père à de multiples reprises après ce coup de téléphone initial. Il avait appris que Mathis Wexler s'était battu devant les tribunaux pendant des années, essayant de sauver son fils, pendant que son ex-femme gavait l'enfant d'hormones féminines pour transformer son fantasme en réalité. Nathan Wexler, pendant toutes ses années de formation, avait vécu son existence à moitié en tant que fille et à moitié en tant que garçon, jusqu'à ce que les tribunaux révoquent les droits de visite du père, au prétexte que cela serait trop traumatisant pour l'enfant de voir son identité changer chaque week-end de façon aussi irresponsable. Kilcrease avait aussi appris qu'EriK Wexler, avec surtout un K majuscule, avait fait plusieurs tentatives de suicide, surtout après sa puberté. Sa dernière tentative l'avait transformé de telle sorte qu'il avait quitté la maison pour une destination inconnue, ne revenant que quand sa mère avait développé un cancer.

Ramos était là aussi. Elle avait découvert des pots de DMSO et du pink dans un laboratoire improvisé dans la cuisine de Wexler, où l'homme avait fait le mélange de sa lotion létale. Elle avait aussi trouvé, au fond du sac de sport de Wexler, des fragments rocheux d'une pierre de basalte cassée qui correspondaient à celui qu'elle avait trouvé dans la glace. Wexler les utilisait pour ses massages avec des pierres chaudes ou froides pour ses clients personnels–la raison pour laquelle le moule en silicone était dans le freezer de Creasy. Wexler avait reconnu qu'Isabel Creasy adorait sa thérapie aux pierres froides. Il lui avait fourni ce service à de nombreuses reprises chez elle, en tant que service rendu à une amie.

Carpenter n'aurait pas raté cela, même s'il avait reçu une invitation VIP pour visiter le siège principal d'Apple. Il avait trouvé le téléphone des victimes dans un tiroir près du lit de Wexler, ainsi que les téléphones prépayés qu'il avait utilisés pour contacter chacune des femmes. Carpenter avait découvert que Wexler avait utilisé différents pseudonymes, incluant le mystérieux HighMaster212, par le biais de son ordinateur.

Il n'y a pas de petites économies, pensa Nick.

Sacco et Kravitz étaient là pour entendre la confession.

Une fête d'enfer.

« Comment vous sentez-vous aujourd'hui, Monsieur Wexler ? » demanda Nick, pendant que l'homme était menotté à la table.

« Très bien, merci. »

« Vous comprenez pourquoi vous êtes ici, c'est exact ? »

Wexler acquiesça.

Nick prit la photo de Micaela Latimer et la posa devant Wexler.

« Je suis simplement curieux, Monsieur Wexler. Pourquoi l'avez-vous choisie ? » demanda Nick.

Wexler observa le visage. « Elle avait besoin de moi. » Il regarda Nick. « Savez-vous combien de personnes étalent leur vie et leurs chagrins sur une table de massage ? Je l'ai écoutée, et je l'ai soulagée. Mais ça a été un soulagement physique. Je connaissais sa souffrance, son sentiment de division. J'avais lutté contre cela pendant des années, donc je la comprenais. Ce dont elle ne se rendait pas compte était qu'elle ne serait jamais heureuse. Mais elle n'était pas assez forte pour changer, ou pour mettre fin à son malheur. Alors je l'ai aidée, » dit-il simplement. « Elle a été reconnaissante, à la fin. »

Nick glissa la photo de Jessica Waitre à côté de celle de Latimer.

« Pourquoi elle ? » demanda Nick.

« Une âme fragile. Elle ne comprenait pas le monde, et ne pouvait pas affronter l'indifférence et le manque d'empathie du monde. » Il gloussa. « Elle pensait aussi que c'était la fin du monde. Ridicule. Mais peu importe, je l'ai aidée à mettre fin au monde pour elle. »

Nick le dévisageait, dissimulant de son mieux son aversion. Il posa une photo de Desha Adnet à côté de celle de Jessica.

« Et lui ? »

« Ce n'était que logique qu'il lui tienne compagnie dans la mort. Elle l'aimait tellement. » Il se pencha en avant, le regard sérieux. « Jessica était convaincue que Desh allait la quitter. Elle m'a dit qu'elle ferait n'importe quoi pour empêcher cela. Quand il est entré, j'étais en train de la préparer. J'ai verrouillé la salle de bain, j'ai fait couler la douche, et j'ai attendu. Il ne m'a jamais vu venir. Il s'est un peu débattu, mais je suis bien plus fort. » Il haussa les épaules.

« Eh bien, vous êtes la compassion incarnée, n'est-ce pas ? »

Wexler acquiesça, presque comme un enfant. « C'est mon objectif dans la vie, Inspecteur. Je ne comprenais pas pourquoi mes tentatives de suicide échouaient toujours, bien que j'aie essayé à de nombreuses reprises de mettre fin à mes jours. Et puis, ça m'est apparu. Ma voie était claire : aider ceux qui devaient mourir mais n'y parvenaient pas. Exaucer leurs vœux. Je n'ai aidé que ceux qui étaient perdus et en souffrance à atteindre la paix. À trouver le sommeil éternel. Éloignés pour toujours des mensonges du monde qui avaient rendu leur vie aussi odieuse. »

Nick maîtrisa ses réactions. Il souleva la photo de Clara Mulder du dossier et la posa à côté des autres.

« Pourquoi elle ? »

« Quelle merdeuse, » dit Wexler en riant. Il se moquait vraiment. « Elle avait un mari qui l'adorait, et pourtant elle ressentait le besoin d'un châtiment. Le sexe et la douleur ne faisaient qu'un pour elle. » Il haussa les épaules. « Alors je lui ai donné ce dont elle avait besoin. »

« Pardonnez-moi si je suis un peu perdu, » dit Nick. « Elle ne voulait pas mourir, et je suis sûr qu'elle ne vous a pas demandé votre aide. Donc, pourquoi ? »

« Son enfoiré de fils, » répondit-il. « Il a menacé de me dénoncer. Je ne peux pas me permettre que mes clients annulent à cause d'une mauvaise publicité. » Le visage de Wexler se fit sérieux. « Je prends ma carrière très au sérieux. Je n'ai jamais fait d'attouchements inappropriés au travail. Clara n'était plus une cliente. »

Selon vous, peut-être, pensa Nick.

« J'allais tordre le cou de ce sale petit voyeur de fils, » dit spontanément Wexler. « J'ai attendu qu'il rentre chez lui, mais il ne s'est jamais montré. Alors, je suis parti. »

Ce gamin ne saurait jamais quelle chance il avait eue.

Pour terminer, Nick prit la photo d'Isabel Creasy et la posa sur les autres.

« Pourquoi elle, EriK ? » demanda Nick. « Elle était votre amie. Un univers d'opportunités s'ouvrait devant elle. Elle était enfin heureuse. Je suis certain qu'elle ne vous a pas demandé votre aide. » Il se cala en arrière pour mieux l'étudier. « Alors, pourquoi ? »

Wexler suivit de l'index l'image de la femme.

« Savez-vous que vous pouvez acheter du pink sur internet en tant que produit chimique de recherche ? Pour trente dollars le gramme, vous pouvez même vous le faire livrer chez vous. Je n'arrivais pas à calmer mes patients suffisamment avant qu'ils suffoquent. Victor s'est débattu violemment pendant que je l'asphyxiais, et j'en ai tiré l'enseignement qu'il fallait que je trouve un meilleur moyen, plus doux. » Il soupira.

« Vous voulez dire Victor Hugo ? »

Il acquiesça. « L'idée m'est venue pendant que je scotchais le sac autour de la tête de Victor. J'ai entendu dans la rue des rumeurs sur le U4, et j'avais vu certains de ses effets sur les toxicomanes qui traînent dans la ville. J'ai fait des recherches là-dessus. J'ai découvert que je pouvais le mélanger avec des crèmes pour application locale, y ajouter du DMSO pour une meilleure absorption par la peau, et le faire pénétrer par massage. Relaxation parfaite. Donc j'en ai commandé, en utilisant son identifiant fiscal. Malheureusement, elle a découvert ce que j'avais fait et m'a confronté. Elle a dit qu'elle allait me dénoncer. Je n'avais pas le choix. »

Nick n'en croyait pas ses oreilles. « Attendez. Là, vous me dites que vous avez tué Isabel Creasy parce qu'elle s'est mise en travers de votre chemin ? » demanda-t-il, incrédule.

« Oui. »

Eh ben merde.

CHAPITRE TREINTE

MERCREDI, 12 FÉVRIER

LA NUIT ÉTAIT fraîche. Prométhée, porteur du feu et enveloppé de toute sa gloire dorée, surveillait avec bienveillance les patineurs devant lui sur le Rockefeller Plaza. Après des semaines d'enfer, cet après-midi Nick et toute la bande avaient quitté le poste à l'heure pile, comme des étudiants faisant l'école buissonnière. Ils s'étaient réunis avec leurs chers et tendres pour fêter un dénouement heureux à la fin de leur poste et avaient passé l'après-midi et le début de la soirée à El Torero's Happy Hour, à descendre des boissons et des tapas. Le dîner suivit chez Pasta & Pesto. Maintenant, après avoir bien bu et bien mangé, ils étaient allés à pied à Rockefeller Center. Laura, serrée aux côtés de Nick, gloussait doucement aux pitreries de Carpenter et de sa petite amie, qui avaient décidé de patiner dans The Rink. Sacco et Ramos leur criaient des inepties et riaient à gorge déployée.

La vie était belle ce soir.

Plus que belle.

Parfaite.

Le stress se dissipait. Après sept journées intenses passées à mettre un point final aux tueries de Wexler, le commandant leur avait accordé une journée de congé demain. Un congé bien mérité, puisqu'un dur labeur les attendrait encore quand ils reviendraient. Les auditions de Nick avec Wexler leur avaient indiqué d'autres meurtres déguisés en suicides. Ils allaient devoir éplucher tous les dossiers sur des affaires régurgitées par le CCTR et déterminer lesquels contenaient partout les empreintes de Wexler.

Les médias, quand les meurtres avaient été révélés, n'avaient pas non plus été tendres tout au long de cette semaine. Ils avaient déblatéré sans arrêt sur le comportement irresponsable du NYPD. Sur leur imprudence en n'alertant pas le public sur ce tueur en série. « Dissimulation », « Complot », clamaient les gros titres. La transparence et la reddition de compte étaient d'autres termes choisis diffusés sur les ondes. Le maire et le gouverneur en avaient remis une couche, se faisant les échos du sentiment des médias sur chaque canal d'information, se livrant à leur cinéma habituel. Le commissaire de police, le chef, le PBA, le commandant de Nick, et tout le reste du poste de police de la Seizième s'étaient fichus complètement de leur opinion.

Ils avaient eu leur tueur. Fin de l'histoire.

Nick câlina Laura dans le cou, la mordillant puis l'apaisant, ravi des doux frissons provoqués par ses attouchements.

« Oh, oh, » murmura Laura en le poussant.

« Quoi ? » La tête de Nick émergea. Laura montra la piste de patinage.

« Oh mon Dieu, il a perdu la tête, » laissa échapper Sacco entre des rires.

« Ne gâche pas tout, PC, » encouragea Ramos.

Nick se concentra sur les patineurs, vit Carpenter sur un genou, les mains tendues vers sa petite amie.

« Le gamin fait sa demande en mariage ? » demanda Nick en s'esclaffant. *Alors, c'était ça la surprise que Carpenter avait mentionnée au dîner.* « Eh bien, c'est pas trop tôt. »

« Ne t'avise pas de refuser, Stacey, » la sermonna Ramos.

Carpenter leur fit signe de se taire.

Toutes les personnes sur et autour de la piste applaudirent, et encore plus fort lorsque Carpenter passa la bague au doigt de sa fiancée… et rugirent quand ils s'embrassèrent.

« C'est le signal du départ, côté jardin, » dit Nick.

« Tu as sacrément raison, » dit Sacco. « Mes gonades sont en train de rétrécir. »

« Tu veux que je les réchauffe ? » demanda Ramos.

Nick les dévisagea. Pas de réaction de Sacco, ce qui en disait long, et le regard de son équipier s'était fait sérieux, interrogateur.

En réponse, Ramos glissa son bras autour de la taille de Sacco. Sacco n'hésita pas. Telle une girouette changeant de direction, il fit demi-tour et se dirigea vers la Cinquième Avenue, Ramos se serrant contre lui.

Nick siffla.

« Tu y crois ? Enfin ? » dit Laura. Ils regardèrent Sacco et Ramos disparaître à gauche au bout de l'esplanade de Channel Gardens.

« S'ils ne le font pas, je serai vraiment furieux, et j'aurai perdu vingt balles. »

Laura rit.

« Taxi, ou à pied ? » demanda-t-il à Laura.

« À pied. »

La main dans la main, ils flânèrent vers le sud le long de la Cinquième Avenue, en direction de leurs appartements. Nick prit une profonde inspiration. La ville avait été miséricordieuse cette nuit, avec des températures de plus de quatre degrés. Tous les New Yorkais avaient jailli dehors pour célébrer l'événement, se mêlant aux touristes, remplissant les rues, profitant de la ville, de la soirée et de la vie en général.

Des moments rares pour Nick. Des moments auxquels il prenait un vif plaisir quand ils survenaient.

« J'ai pris une décision majeure, » dit Laura.

« Et quelle est-elle ? »

« Je prends aussi un congé demain. »

Nick s'arrêta. Il l'enlaça. Il la goûta. Ils ignorèrent les sifflements et les commentaires « Trouvez-vous une chambre » qui les environnèrent.

Il la prit de nouveau par la main et traversa en flânant la Quarante-neuvième.

« Cette soirée est parfaite, n'est-ce pas ? » dit Laura, de l'émerveillement dans la voix.

« Ouais. Quelque chose à ne jamais oublier. »

« Tu penses que ça va durer ? »

Nick réfléchit un instant.

« Pendant un petit moment. »

« Ouais. » Elle lui lâcha la main et enroula son bras autour de la taille de Nick.

« Cela ne veut pas dire que nous ne nous prendrons pas la tête, » dit Nick.

« Je l'espère bien. »

Nick rit. Mais quelques secondes plus tard, il devint sérieux. « Promets-moi juste une chose. Ne m'abandonne pas. »

Elle lui prit le visage entre ses mains gantées.

« Jamais. »

La confiance totale et l'amour qu'il vit le désarmèrent et l'effrayèrent.

« Laura, je suis sérieux. Les choses ont pour habitude de tourner mal quand je m'y attends le moins. Je paie toujours un lourd tribut à mon travail. »

« Tu as oublié la bête noire de mon existence ? Même une sangsue se tient mieux qu'elle à table après avoir fait le plein de sang. »

Nick ferma les yeux. Kilcrease lui avait envoyé un SMS aujourd'hui, disant que Sandra Ward serait libérée d'ici trois semaines. Avec un peu de chance, ce serait la fin de cette saga avec sa sœur. Sous traitement médical et incarcérée, elle ne les ennuierait plus jamais.

Les meilleurs plans des souris et des hommes...

« Ne gâchons pas cette soirée avec le travail et les cinglés. » Il lui prit la main et la tira à vive allure vers le coin de la Quarante-huitième et de la Cinquième. Il leva la main et siffla pour héler un taxi.

« Tu es pressé ? » Elle riait, hors d'haleine.

« Tu as sacrément raison. Je n'ai pas encore eu le dessert. C'est une affaire de secondes. »

FIN

NOTES

REMERCIEMENTS

Quand l'idée d'un Inspecteur Larson a germé dans mon esprit retors, je savais que je m'embarquais dans une aventure. Mais je ne m'attendais pas à ce que ce soit un lancement spatial.

Et quelle aventure cela a été.

La graine s'est mise à germer en 2004, lorsque j'ai écrit une nouvelle pour un collectif de critiques à l'Université Internationale de Floride, dirigé par l'incroyable John Dufresne. Cette nouvelle s'est révélée être le premier chapitre du roman. Le stade de tallage est arrivé en 2014, mais après la mort de ma merveilleuse mère, la dépression s'est installée et je ne pouvais absolument pas écrire. J'ai planté une autre graine, ce qui a lancé mon premier recueil de nouvelles en 2016 : L'aquarium et autres nouvelles. À l'intérieur de ce recueil, ma nouvelle–prologue, « Miroir, miroir », était née.

Je ne me suis vraiment plongée dans l'écriture de ce roman qu'à la fin de 2018. Et en premier lieu, il y a eu les recherches. Puis, le tri de toutes les informations. Ensuite, la liste des personnages. Et enfin, la chronologie des événements.

Laborieux, c'est le moins que je puisse dire. Je ne sais pas combien de fois j'ai louché à force d'étudier les éléments du roman, m'assurant qu'il y avait suffisamment d'allusions et de fausses pistes... que les personnages étaient bien développés, et que le crime et l'intrigue étaient uniques.

Je pense avoir réussi l'épreuve.

Avant tout, j'aimerais adresser ma gratitude et mes remerciements les plus chaleureux à l'Inspecteur III Jorge Luis Ramos (retraité) du Los Angeles Police Department pour ses connaissances, sa patience et ses conseils pendant l'élaboration de ce roman. Toute erreur dans les méthodes policières ne serait imputable qu'à moi-même.

Je tiens à remercier ma merveilleuse bêta–lectrice, Margarita Torres, une véritable passionnée de romans à suspense et de romans policiers, pour ses commentaires. Elle a été une girouette fiable pour m'indiquer le véritable parcours, ou le véritable fiasco.

À Anita Mumm, des services éditoriaux de Mumm's the Word : merci pour votre merveilleuse édition. Vous avez mené le navire à bon port.

Toni Lee : merci, merci, merci. Sans votre correction d'épreuves minutieuse, le roman n'aurait pas été au mieux pour être publié.

À Scott Carpenter, comme toujours, ma gratitude pour cette couverture extraordinaire. Si nous habitions plus près, je viendrais célébrer cela avec des cookies au chocolat et des tacos.

À Meredith Bond, pour sa mise en page remarquable.

Et a Dany Thelliez, pour sa traduction impeccable, comme toujours. Je ne l'ait pourriez le faire sans elle.

Et pour terminer, à mon mari et à ma famille... je vous aime. Merci pour votre patience et pour votre amour.

À PROPOS DE L'AUTEUR

Maria Elena Alonso-Sierra is an emerging author of action thrillers. This is Maria's fourth book.

DU MÊME AUTEUR

Maudite Monnaie

Maudit Manuscrit

L'Aquarium et autres nouvelles

Miroir, miroir : une nouvelle–prologue avec l'Inspecteur Nick Larson

Châtiment mérité : une nouvelle d'horreur

www.ingramcontent.com/pod-product-compliance
Lightning Source LLC
Chambersburg PA
CBHW070745120726
47910CB00001B/175